北岳·中国文学年选

(丛书主编：续小强 王朝军)

《名作欣赏》杂志鼎力推荐

权威遴选 深度点评

中国最好年选

林霆 ◎ 主编

2019年
短篇小说选粹

Selected Short Stories

山西出版传媒集团
北岳文艺出版社
·太原·

图书在版编目(CIP)数据

2019年短篇小说选粹 / 林霆主编. —太原：北岳文艺出版社,2020.1
(2019·北岳·中国文学年选 / 续小强,王朝军主编)
ISBN 978-7-5378-6091-8

Ⅰ.①2… Ⅱ.①林… Ⅲ.①短篇小说－小说集－中国－当代 Ⅳ.①I247.7

中国版本图书馆CIP数据核字(2019)第294552号

书名：2019年短篇小说选粹	策　划：王朝军	责任编辑：赵　婷
主编：林　霆	项目统筹：赵　婷	书籍设计：张永文
	高海霞	印装监制：郭　勇

出版发行	山西出版传媒集团·北岳文艺出版社
地　　址	山西省太原市并州南路57号
邮　　编	030012
电　　话	0351-5628696(发行部)
	0351-5628688(总编室)
传　　真	0351-5628680
网　　址	http://www.bywy.com
E － mail	bywycbs@163.com
经 销 商	新华书店
印刷装订	山西人民印刷有限责任公司

开　　本	787mm×1092mm　1/16
字　　数	254千字
印　　张	16.5
版　　次	2020年1月第1版
印　　次	2020年1月山西第1次印刷
书　　号	ISBN 978-7-5378-6091-8
定　　价	52.00元

本书版权为本社独家所有，未经本社同意不得转载、摘编或复制

"现代主义化"的现实主义创作

/林霆

现实主义和现代主义思潮自20世纪20年代、30年代进入中国以来,就分分合合又你中有我,我中有你。最明显的情况是,20世纪80年代现代主义被重新介绍到中国后,对现实主义一统天下的中国当代文学造成了巨大的冲击和改写。其时,人们普遍接受唯物主义反映论的现实主义理念,文学界对于关注自我,关注个体与他人、人与世界的荒诞虚无关系的现代主义,很难给予透彻的理解更不要说彻底的接纳。因此,现代主义必须依靠"现实主义化"才能获得初步的认可和接受。这一方面表现在,文学研究者在为现代主义抗辩时,采用的理论和方法是现实主义的,如向远在《不可忽视的价值》(向远:《不可忽视的价值》,《外国文学研究》,1981年第10期)中引用马克思、高尔基和鲁迅话,来证明卡夫卡的小说、弗洛伊德的潜意识理论同样反映社会现实,这也就是在现实主义的层面谋求对现代主义的理解;另一方面,最早拥抱西方现代主义的中国当代小说家,也仅仅是在技法上而非哲学基础上,有限地接纳着现代主义。比如王蒙先生抛出的一组被称为"集束手榴弹"的意识流小说,其艺术手法是西方现代主义的,但其主题是当时主流的"反思小说"的主题。80年代初期的中国,还不能全面接纳象征着唯心主义的、非理性的、表现主义的,以书写世界的荒谬和意义的虚无为目的的现代主义。

直到80年代末出现的先锋小说,通过语言和形式的实验,全方位地解构着世界的意义、因果逻辑关系和人存在的价值。这场现代主义和后现代主义杂糅的文学实验,虽然由于远离读者而很快沉寂,但其打破一切、为所欲为的现代派气质和以创新为其存在价值的精神血脉却隐然沉没在当代作家的文学记忆中。90年代的重量级现实主义小说《白鹿原》,就在叙事层面上深受先锋小说作家的影响,而在一些细节的处理上又采用了魔幻现实主义的手法。从此,现代主义对现实主义创作的影响时断时续又绵延不绝,一直延续到今天。可以说,当下的中国现实主义小说,无论叙事手法还是人物心理的表现,再到关注的主题和作品依托的哲学基础,已经被现代主义全面地改写和介入。与80年代初期现代主义的"现实主义化"相反,当下的现实主义创作呈现出"现代主义化"的特点。

21世纪的中国作家面对异常复杂而多变的现实,在动笔之前首先要考虑的就是如何处理现实的难局与精神的困境。从近年的作品来看,大多数作家还是采用了现实主义的创作手法。只不过,经过20世纪80年代西方现代主义的浸染和洗礼,现代主义的审美素养和现代哲学观念已经对作家形成了潜移默化的影响。当代的小说创作,或隐或显地,已经呈现出现实主义和现代主义交融并置的特点。很多作家往往不再追求表达整一的世界,或者可以完全被经验解释的现实,而是倾向于在错位和断裂中表达自我的心理现实,显示出对于非理性、偶然性和个体性的特别关注。

由于现代主义对于现实主义的介入和内化,当下的短篇小说颇具阅读难度,但同时也显得更具现代感和思想深度。班宇的《隐鸣》由三篇短小的故事组成,其中第一篇"迷宫"就使用了类似意识流的手法,将人物意识的流动贯穿在机器的轰鸣声中,让那个爱写作、内心充满诗意的青年工人与工厂这种铁质的环境并置,让柔软的内心在坚硬的环境中歌唱,诉说着他所忍受的精神折磨和没有未来的人生。后两篇故事中的人物身份与第一篇的工人不同,也没有采用现代主义的手法,但都为卑微的生命发出了在无望命运中的哀鸣。特别是第三篇中的主人公,他是一名学IT的大学毕业生,却没有任何工作、生活的动力,只能租住廉价房、靠啃老苟活。人物身份与生活现状的错位,逼迫人去思考当代人的精神疾病及其产生的社会环境。

邓一光的《风很大》、文珍的《雷克雅未克的光》、王小王的《魔术》同样在巨大的心理断裂中去揭示现代人的精神处境。《风很大》中的陶问夏在台风肆虐的天气里开车冲出家门,一路拯救流浪的小猫小狗。在狂风暴雨中,她的意识不断回到过去,回到她的丈夫身上,她的女性身份使她更加清晰地看到了男性的软弱和不可依靠。这场台风中的营救,更像是对现代女性精神独立的一次拯救。《雷克雅未克的光》通篇的写法都接近意识流小说。作品以第一人称的视角叙事,为的是更贴近人的内心、人的灵魂。在绵绵不尽的心灵絮语中,主人公童年时作为留守儿童所遭受的祖母的虐待,无时无刻不在刺痛成年的她,这一隐痛甚至造成她缺乏安全感和爱的能力。小说结尾处的写法具有超现实主义的魔幻意味:"我看见自己真的在飞。飞行中眼泪一滴滴流下来,一落地就变成一根细长的盐柱……只要一直流泪,那柱子就会不断地生长变粗——终于和盐柱一起缓慢升到云端里。起先经过了一朵棉花糖气味的云。后来又经过了一朵巧克力冰糕的云。再后来,就是红丝绒云。还有小龙虾云,宁波汤团云。"然后,"我"随着雨水落到了泰晤士河上。在河畔两边,"我"找到了一座老旧的居民楼,敲开门后,来开门的是已经去世十五年的祖母。这种现代主义的写法,对应着表现人物内心痛苦的需要,没有这样的穿越,便无法描述来自亲人的伤害所带来的无法忘记的精神折磨。《魔术》的主题和这篇小说有相似之处,都是表现童年经验对人的影响和折磨。但其写法是典型的精神分析小说的写法。整篇故事的讲述,像是剖析犯罪心理的过程,以侦破小说的叙事结构,来讲述一个受虐狂的变态行为及其心理根源,以及那个最先被他选中来施虐的小男孩,其成长经历如何受到了这一变态童年经验的改变。真相是,施虐者和受虐者都被童年的噩梦纠缠得痛苦不堪。小说结尾处二人的和解,不只意味着噩梦醒来,更是对传统二元对立的善恶观念的解构,是对人性复杂性的正视和尊重。

还有一些小说,并没有使用如此鲜明的现代主义手法,但其关注的焦点,却是基于存在主义哲学基础上的命题。如修新羽的《城北急救中》、徐则臣的《青城》、唐颖的《隔离带》、陈世旭的《上一回庐山》、叶兆言的《吴菲和吴芳姨妈》、宁肯的《火车》等作品，这些小说中所书写的由偶然性所导致的存在的荒谬，由个体的非理性所抵达的意义的虚无，是小说逸出世俗的部分，它是在平庸的现实之外令人沉思的诗意。

《城北急救中》是一位90后年轻作家的作品。小说的题目就透着不可解的味道，看了作品才知道，这是一对刚刚大学毕业的小情侣租住房对过的"城北急救中心"的标牌，"心"字的霓虹灯不知何时坏掉了，在夜里只能看到"城北急救中"的字样。"无心"似乎是一个隐喻，暗示着这对小情侣的关系，他们的同居并非是感情至此，而只是为节省生活开支凑在一起的。与心无关、与感情无关的同居关系，竟然发生在豆蔻年华的纯真年代，这真是一件荒谬至极的事情。加上死亡的意象在小说中不断出现，都令人感到无比沮丧和颓废。好在这并不是真的，小说最后的结尾可以看出二人的真情，两个人只是都羞于承认自己的感情，在他们伪装的冷漠和轻率背后，还存留着青涩和真挚。"虽然世界是荒谬的，人生是痛苦的"，但是作者最终没有把人写到绝望中，还是给了这个世界一点温度和希望。

《青城》之恋，则像是一笔感情的糊涂账，分不清哪些是真情，哪些是假意。"我"自从介入到一对情侣的生活中以后，就开始出现了令人困惑的局面。原本青城和老铁有着不顾世俗的浪漫爱情，即便在老铁生病后，青城也是不离不弃地精心照料他。但在二人与"我"合租住房后，事情开始发生着变化。当青城和"我"一起去野外看老鹰时，竟然钻进一个帐篷里住宿。后来老铁发现了二人之间的秘密，痛苦不堪地离家出走，由于体力不支晕倒在外。这又使青城深陷于痛苦之中。而"我"在尴尬之后，迅速选择与二人告别。青城是爱"我"还是爱老铁，"我"对青城怀的感情是不是爱情呢？叙事者对此不置一词，这让小说颇有存在主义的意味。所谓存在先于本质，就是指并没有一个事先存在的概念和定义，本质是通过人的行动来构建的。小说中的三人之间的感情并不是已经被定义了的"爱情"，而是他们三人以各自的行动来构建的"爱情"。因为，"除掉行动外，没有真实……人只是他企图成为的那样，他只是在实现自己意图上方才存在，所以他除掉自己的行动总和外，什么都不是"（萨特：《存在主义是一种人道主义》，周煦良译，秦天、玲子编,《萨特文集Ⅲ·自画像》,第268页,中国检察出版社,1995年)。这是爱情吗?这难道不是爱情吗?或许就像小说中的青城摹写赵熙的字,神似吧。

《隔离带》同样也有着存在主义的意味。小说人物之间的情爱关系,不是用传统中爱情的含义可以解释的,而是由人物的行为重新定义的一种亲密关系。同样是将心理活动隐去,不以固有的常识去解释人物的行为,并以此来呈现爱情的新型面貌——离心灵更远,距生存更近。

叶兆言的《吴菲和吴芳姨妈》看似是现实主义小说,但想要理解它,如果不依靠存在主义的哲学理念,也是很困难的。小说写了一对长相非常相似的孪生姐妹,本应心心相印、情深义重,结果却互相仇视、彼此争斗,连男朋友、丈夫都要争抢,最终老死不相往来。这既是基因所带来的人格缺陷,也是人性中的自恋情结,通过对另一个自己的嫉恨得到了表达。有彼此相爱的姐妹,也有如此水火不容的姐妹,其中的爱与恨同属于人性。可见,所谓的人性,并没有统一的答案,它是由人的主观性不断缔造、不断丰富的。也可以说,这将是一个开放的过程,世界从来不会固定不变,因为"除掉人的宇宙外,人的主观性宇宙外,没有别的宇宙"(萨特:《存在主义是一种人道主义》,周煦良译,秦天、玲子编,《萨特文集Ⅲ·自画像》,第280页,中国检察出版社,1995年),是人的主观性在塑造着这个世界。

这几部小说都是在表现当代中国人的情感关系,不高尚也不恒久,但却异常真实。小说不给出人物行为的动机,有时甚至没有清晰的因果逻辑关系,以此来呈现人性中所固有的非理性的部分。还有一些小说,则是在偶然性中寻找人性的真相,同样呈现出现代主义的质素。比如一个意想不到的事件发生后,人所做出的选择,不仅仅改写了人物的命运,同时也揭示了人性隐秘的部分。陈世旭的《上一回庐山》先写了三个在孤儿院长大的年轻人亲密无间的关系,其中的那位姑娘负责浆洗那两个男孩子的衣服,两个男孩子则替她分担地里的重活,三个人互相照顾、彼此疼爱,就像没有血缘的兄妹。但打破这一切的,是姑娘上了一次庐山。带她去的人是在社里被人看不起的男青年"卷毛儿"。虽然姑娘表示什么事情也没发生,但是从前的关系却不复存在了。在三位伙伴中的一位因患血吸虫病去世后,另一位也没有开口向姑娘表白,因为他心里过不了姑娘和"卷毛儿"单独过了一夜的这个坎儿。姑娘最后真的嫁给了卷毛儿，离开了此地。小说最后结尾是，留下的那一位守在死去的那位的坟前，体味着物是人非、世事苍茫的隐痛中。宁肯的《火车》也写了这样一个女孩子小芹，她和一大群男孩子一起疯玩，突然有一天在爬火车的时候，没有像以往那样，也没有像其他男孩子那样，在火车开动时跳下来。小芹从此失踪多年。当她再返回北京的时候，已经长大了很多。"我"从她嘴里陆陆续续得知，她当年是故意不跳车的，她原本希望大家都不跳一起走的，结果别人都跳下去了。她想，坐着这火车就可以去到新疆找爸爸妈妈，就可以离开对她异常苛刻的姥姥。而这趟寻亲的旅程足足花了三个月，她住在了押车大叔的家里。这三个月到底发生了什么，谁都不知道。结果是，她回到北京后，姥姥已经因她的失踪痛苦不堪而早早去世了，她独自一人住在老房子里，和从前的伙伴不再来往。最后，她自我举报，带着警察来家里搜走了她手抄的色情小说《少女的心》。一次寻找爸妈的意外行动，彻底改变了小芹的人生。小说带着重重的年代感，通过一个偶然的事件传递出对人性隐秘之处的错愕感。

此外，还有一些作品采用传统现实主义手法，在各种关系的错位和情感的断裂中去表现现实中的人性美好与堕落，如张惠雯的《雪从南方来》、张怡微的《醉太平》、秦岭的《一起上路的女人》、迟子建的《炖马靴》等。

《雪从南方来》和《醉天平》都是表现家庭内部的亲情与欲望之间关系的小说。《雪从南方来》是一个家庭内部亲情使爱情隔绝的故事。女儿由于不愿父亲再婚，故意诬陷父亲的女友虐待自己，造成了父亲一直单身。直到女儿自己结婚生子，懂得爱情的滋味时，才懊悔小时候的行为，向父亲说出真相。然而往事逝去不可追，父亲只能空怀着惆怅品尝着半生的孤单。小说的写法延续着张惠雯精准描写人物心理的优势，含蓄细腻，韵味回荡。而《醉天平》中的家庭，表面上相安无事，不吵不闹，实际上潜藏着巨大的谎言。出国打工的妻子不断将钱汇到家里，婆婆去世时她也会专门回来奔丧。看起来是和睦的，但实际上这家人并不渴望团聚，也没有共同的奋斗目标，各自关注的都是自己的未来。丈夫和儿子都把她当作提款机，不断地索要钱财。妻子也不委屈自己，在国外有自己的情人。这个家庭中的每个人都不在乎亲人是否伤害自己，更不会戳穿彼此的谎言，在一种麻木和虚假的太平中醉意沉沉,人性的至真至善也在欲望中不断陷落。他们的人生看不到任何出路和希望,他们没有任何自由选择的可能,如果不麻醉自己是无法活着看到明天的太阳的。小说始终弥漫着令人沮丧的灰暗氛围。

秦岭的《一起上路的女人》是近年来比较少见的农村计划生育题材小说,涉及这一领域的小说始终不多。小说的设计巧妙,让两个曾经是闺蜜的女人,因为一方超计划怀孕,一方要执行计划生育政策,而在抓捕行动中意外相遇。在紧张对立的人物关系中,二人复杂的内心被丝丝入扣地表现出来,特别是"我"在人情与责任中的纠结和挣扎心理令人难忘。不仅如此,作者还特意把执行抓捕任务的干部"我"也设置为孕妇,让两个女人腹中的胎儿面对不同的未来,加大了人物命运的撕裂感。最终,超生妇女的成功脱逃,化解了尖锐对立的矛盾,这也是人性之善熠熠生辉的时刻。

迟子建的《炖马靴》则延续着她一贯温暖的写作风格,这一次是描写一场战争中未泯灭的人情以及动物与人之间的情谊。小说情节复杂而曲折,但又叙述得从容不迫、自然真实,在两个敌手的对峙中,散发着美好和煦的人性光芒。

和这些关注个体内部环境的作品不同,还有一些作品更重视外部环境而非人物内心,如陈应松的《恶狗村访友记》是一则看似平淡实则富有意味的小说。一个孝子为了治好母亲的耳聋费劲心力,结果没想到母亲恢复听力后,听到有人说玩"斗地主",却惊慌失措地吓死了。原来母亲的出身是地主,曾经在从前的政治运动中被批斗得很惨。看似荒诞不经的事件,却在提醒着世界不要忘记曾经发生过的惨剧。

莫言的《一斗阁笔记》是比较独特的存在,小说由多个极短篇组成,融奇人异事和市井人情于一炉,写人叙物笔触老到,将中国传统的笔记小说进行创新,赋予其当代意义,用简练的文字记下中国社会的历史和现实,以及中国人曾经活出过怎样的面目。

总体来说,本年度的短篇小说体现出近几年出现的现实主义"现代主义化"的特点,作家们或直接吸纳现代主义的艺术手法进行创作,或在感受世界时,有意无意地站在了现代主义特别是存在主义的哲学层面上,承认是人的行为缔造人的本质,人的非理性也是人性的一部分。此外,叙事者对小说中的人与人之间的新型关系普遍采取了不置评判、全然接纳的态度,小说的主题因此出现了最大可能的弹性阐释空间。从这一阅读效果来看,也印证着现代主义已经内化于中国当代现实主义小说的事实。

目 录

1	隐鸣（短篇三题）	/ 班宇
15	醉太平	/ 张怡微
21	一起上路的女人	/ 秦岭
37	风很大	/ 邓一光
51	魔术	/ 王小王
77	炖马靴	/ 迟子建
94	城北急救中	/ 修新羽
109	一斗阁笔记（二）	/ 莫言
127	雪从南方来	/ 张惠雯
145	青城	/ 徐则臣
161	雷克雅未克的光	/ 文珍
174	恶狗村访友	/ 陈应松
187	隔离带	/ 唐颖
203	上一回庐山	/ 陈世旭
218	吴菲和吴芳姨妈	/ 叶兆言
230	火车	/ 宁肯

隐　鸣（短篇三题）

/班宇

迷　宫

　　厂房像宫殿，乌鸦在红色棚顶上蹲伏，彼此守望，翅膀张开，又再收拢，不飞也不叫，有光穿过，阴影向外延展，大约几米的距离，在午后持续变长，逐渐黯淡，直至傍晚，走向暂时的终点，准备与夜晚汇合，不可分解。两侧是不同型号的变压器，巍峨连绵，有人在其上攀行，自吊车副臂降落，为其喷漆，一道之后又是一道，为无名之山做修饰，底下是成捆的巨线，不同颜色，覆盖着土和锈，相互盘绕，向未知跳荡。我先顺着绿线，走到一半，愈发荒凉，阴风吹进领口，连忙后退，换作蓝线，一路通畅，经过工会楼，有人在用假声唱歌，模仿女高音，我靠在墙上，点根烟，闭着眼睛倾听，咿咿呀呀，没一句正经词儿，似被巨兽扼住喉咙，一路往高走，后来忽然停止，清清嗓子，开始唱，风、吹、稻、花，只这四个字，翻来覆去，叫不准音高，我踮起脚，透过窗户看去，里面与教室相似，桌椅整齐，但破旧，木色昏沉，一人高高在上，站在我面前，穿着深蓝的工作服，对着窗户唱歌，我抬脸时，她正低头，四目相视，她看见我，没有讲话，眼神无光，卷起桌上的词本，转身出门。我跑到门口，在外面等，她步伐急促，假装没看见我，继续朝前走，我跟上去，贴在身边，她的衣服上有肥皂的气味，好闻，干涩而清洁，令我迷恋。她走得很快，穿梭于变压器之间,我有点跟不上,便伸出手去,拽住衣角,她用力打掉,我的手臂便在半空中来回摆动,像风吹过的稻穗。我忽然意识到,风吹稻花,这四个字说的不是气味,而是声音,像浪,由远及近,覆盖彼此,抹平褶皱,消遁于时间。我说,小柳,不要这样,再给我一次机会。她没说话。我说,腊月里,我们把婚事办了。她说,第一,告诉你好几遍了,咱俩已经分手;第二,腊月里不能结婚,常识。我一听,觉得还有戏,说道,那你定月份,我听你的,三月也行,春姑娘的脚步近了,近了。她说,我有对象了。我说,跟他干啥,普通工人。小柳说,反正比你强。我说,我爱听你唱,他不行,我做梦时都是你的歌声,只有动静,没有影儿,那些高音,如同即将截流的瀑布,纤细流落,醒来时耳鸣,一天都是你。她说,没用,有什么用呢。我说,我想我们还是有感情的。她说,现在没了,书上怎么说来着,谈什么都别跟我谈感情。我有点想笑,但是忍住了,接着忽生蔑视,心里想,小柳,你什么文化水平我还不清楚吗,跟我谈书,你知道我读过多少本书吗。但立即又低落了,书籍或者精神,只不过是两个动作之间的忽然停顿,除此之外,什么也不能代表。她说,我换衣服下班,不要跟着我。易燃库的侧门敞开,小柳走进去,我没有工作证,无法进入,站在门口,听风吹过柳树,哗啦哗啦,也像唱歌,风吹过什么,都像是在演奏。我回到工程队里,夜间要出活,我没去,躺在长椅上,抖开一张厂报,上面有我的文章,但我已经不愿再读,只用它遮住脸,队长走过来,坐在身边,对我说,没谈好。我说,嗯。队长说,好好休息,不能强求。我说,我不理解。队长说,放你一宿假。我说,喝酒不,哥,我想喝酒。队长说,不喝,明天还要去医院,陪护病人。我想我也是病人,却无人陪护,孤寂地在午夜的走廊里游走,尽头是窗,我打开后跳出去,发现是另一趟走廊,无止无休。外面铃声响起,反复敲击头颅,夜在逼促,休息室剩我一人,我起来抽烟,半盒"古瓷",掐掉过滤嘴,一根接一根,抽到肺里,失火一般,头发竖立发焦,烟抽完后,嘴巴发干,四处都找不到水,只好去厕所,到处都是信纳水的味道,嘴对着龙头,直饮生水,喉部动荡,喝完打了个哆嗦,又尿出来几滴,最近经常憋不住,不知怎么回事,眼泪也涌出来一些,全身濒于失禁。但这样的晚上不能浪费,我应该去做点事情,为万分之一的可能。于是我走出厕所,回到休息室,取出瓦刀,有鸟蒙蒙的金光笼罩，我将它捂进派克服里，躬身踱步，像一个犯胃疼的人。来到室外，没走多远，便有巨大的声响向我扑来，分不清是重物坠地还是爆炸，反正灰尘总是扬起，飘在空气里，长久不散。许多人也走出来，四处查探询问，没有结果，生产进入短暂的歇止期，人群喧闹，互相散着烟，我低头经过，来到装配车间。这里的棚顶没有乌鸦，厂房宽阔，回声阵阵，大多空洞，并不可靠，头顶是高瓦数灯泡，忽明忽暗，我站在这里，停留一刻钟，又往外走，下班的人群将我淹没，身侧都是推自行车的人，围着纱巾，黑色、白色或者橘色，静默无声，像要奔赴刑场。我跟他们不同，我的刑场就在这里，我将埋于此处，十万大厂，为我陪葬，我在地底深处，每天都能听到你操纵机器的声音，你的脚步声、谈话声、歌声，怎么唱的来着，风吹稻花，聚拢思念，一年又一年，雨天里，泥水渐落，那是我的使者，是我这个荒谬之人能给出的唯一答案，我将成为疾病，成为核，永恒在此辐射。所以小柳，请你跟我来看一看，我扼住她的手腕，对她说，我要告诉你一些故事，关于这个世界，你从不知晓，白天折磨黑夜，黑夜折磨灯火，我绕过曲线与环线，绿和蓝，在火的深处等你，这是我们的秘密基地。你跟着我走，不要叫，要仔细听，背后的冰凉不是刀，不是利刃，而是语言，它终会将我们切开，一分为二，我的一部分将归属于你，你将拖着它走，继续前行，经过三十岁、五十岁和七十岁，时而想起，但常常忘记，像隐微之鸣，像铁的相互撞击，振动渐弱，但不会静止。世界即存在于此，存在于这样的振动与声响里。我说，小柳，你也许刚弄清楚，我在人群里将你拯救，未经阻拦，众人司空见惯，不要去谈人性、本能与孤独，正是这些词语，终将置你我于死地，世上是英雄广场，却无凡人立足之处。你来到这里，只是为了在黑暗里倾听，一切将会更为真切。我说，小柳，你不妨再听听，我有苏联的灵魂，小柳，沈阳就是彼得堡，跟毁灭处于同一纬度，关于我的小说，现在一点一点念给你，请记好，在这篇小说里，我就是你：黑海北岸的平原上，只要一刮起风来，许多人便会随之离去，顺着海水的狭窄通道，涌入无尽的洋流之中，包括你的祖父、父亲、母亲，还有许多爱人，其中一位是你在十六岁时认识的，爱你到发狂，守在山杨树旁边，弹奏小曲儿，唱久远的情诗，但你又不能去爱，他贫苦而丑陋穷，他的过去密不透风，如今他一无所有，乃至连自我都不存在，你只好终日拉紧窗帘，泪流满面，每个傍晚，都能听见一点细弱的歌声，从窗帘的缝隙里钻进来，接近于谁的诉说，只言片语，有时是叶子，有时是花，随着季节一并落下来，秋季逝去，冬季来临，在某一天，风也将他带走了，悄无声息，仿佛从未出现过。雪落下来的那天，你坐在马车上，离开庄园，经过那棵树时，仿佛又听到他的吟唱，悠长，辽远，就像汽笛，长久呜呜，蔓延至心脏，也许有那么几次，你也想把心托付于此，但他却离你而去，甚至没有一句告别。没有告别，小柳，你听懂了吗？小柳不再哭了，混沌之中，电线缠绕其身，她已经毫无气力，也已放弃挣扎，近乎虚脱。我又开始耳鸣，像是所有醒来的时刻。最后的光线从铁门的缝隙里射入，不断摇摆，像是即将熄灭的探照灯。我说，小柳，有时候我们看天，密云遮蔽，也能透出这样的一束光来，抬头望去，好像众神在歌唱，但不过是丁达尔现象，小柳，听不懂没关系，记住就行，你知道那是什么吗，当光线进入云雾时，冰原退缩，乌鸦飞散，从入射方向可以看见其中有一条光的通路，小柳，我们的工厂是人造之林，我们的大地是迷宫，到处是点、线和胶体，信纳水的味道，走不出去，无尽之凝滞与拖曳，只有那闪亮的光束是唯一的通途，别怕，小柳，用行动去撕扯语言，投下眼泪或者闪电，朝着光的方向走，不必回头，我在你身后，我想要在你身后，我终将在你身后。

猛　禽

晨风轻过，街上树响，几滴雨扫下来，沾染尘土，落在外套上，化为道道泥渍，人与影彼此斑驳，纵横交错。穆成昂首栽肩，缓步左行，俯首翻墙，低进低出，迅速钻越栏杆，动作一气呵成，像只久困笼中的老兽，稍微蓄力，便轻松完成一次脱险。

临街站一排客人，秩序井然，有的提盆挂壶，多数两手空空，睡眼惺忪，再往前望，铁锅立在中央，底下劈柴燃烧，蹿出火苗，锅内的羊汤尚未沸腾翻滚，一层褐油凝在表面。旁边是竹蒸屉，摞几层高，水汽上升，溢出一阵清香，萦绕盘旋，屉中的烧卖静待盛放。几个戴着白帽的人来回进出。穆成排在队末，掏出毛巾，擦去额头与颈上不断渗出的汗液。

劳动公园的西大墙下，穆成刚打过一趟拳。拳有后劲，逐渐回返，心脏像是被攥紧后又放松下来，起伏不定，持续向外撞击，他半张开嘴，呼入冷气，试着平复心境，又转向一侧望去，几十米外，在公园入口处，有人支好画板，提笔勾勒，也是一位老者，头上一顶画家帽，横握着铅笔，比画几下，又放下手来，对着坛中松树，长久相视。

这一刻钟，穆成又想起他的师傅，也常常对着静物凝视。师傅姓郭，祖籍河北，因家事变迁，逃到关外，隐姓埋名，窝在场里干活，平日少言寡语，闲时打拳，提着一瓶暖壶来到江边，背完语录，便在雪地上沉身踩步，一推一进，筋颤若簧，借自身之力，向上攀空，虚实相映，踢散江声与雾气，热浪涌动，最终藏身于一片洁白，不见踪影。穆成初见时，不以为然，一套民间把戏，回到屋里再想，琢磨出来几分趣味，喊打拳者来办公室，一番问询，穆成也有了兴致，隔三岔五，便跟着操练起来。

说是师傅，其实是穆成的下属，成分有点问题。穆成当年外派驻在，负责调配物资，职位不高，但管理的人数不少，东西南北，全听他的口令，郭师傅便是其中之一。每逢节假日，一老一少，在江边与风过招，强身健体为主，也兼思想辅育。郭师傅跟穆成讲境界，有人写字画画，境界高妙，老话讲，吾写此纸时，心入春江水，江花随我开，江水随我起，打拳也是一个道理，身与心，没入世间，先是我随江水，倾泻浩荡，起落如翻浪，而后，江水随我，江风拂我，江声为我，江心入我心，万物即我，我即万物，你慢慢悟。穆成想了一下，说道，老郭，这是唯心主义，不好，我悟不出来。郭师傅连忙说，其实我也没悟到，扯犊子呢，当我没讲过。

今日看见作画者，穆成便又想起上一次与老郭会面，那时他尚在世，精神状态不错。1979年时，穆成调回沈阳，分配到变压器厂，在后勤处任职，刚开始不适应，规矩多，上级压制下级，行事不便，处处受拘束，几个月下来，身心俱疲，全靠打拳纾解，心中念起师傅，常怀感激之情。1982年，工会举办"比武较劲大会"，十几万人的大厂，不乏高手报名，打野仗的，练拳击的，学八卦掌的，各门各派，借此机会，共济一堂。穆成写信给老郭，邀请来沈，游玩叙旧，顺便观摩切磋。

大会当日，场地内拉一道横幅，上面写隶书大字，气氛热烈，各车间分组竞赛，刚开始相互试探，嬉皮笑脸，真动起手来，场面就有些失控，相互撕扯缠绊，龇牙咧嘴，拳脚毫无章法，十分难看。郭师傅叹气，问穆成报名没有，穆成摇头。郭师傅说，不报名是对的，打不出名堂，按规矩练习的，站桩几年，觉得自己顶天立地，掌可毙牛，结果上台不到三分钟，被乱拳打倒，这是愚痴，止于外象，但要去讲用途，拼力度与反应，也不科学，会变成一种功能，而功能总有进退；你看这些打法，所谓实战，其实是将部分身体遮蔽，看似刚猛急促，以强逞强，其实不堪一击。穆成不懂，问，那到底要怎么打才能赢呢？郭师傅摇摇头，说，我们打个拳，就图个延年益寿，把自己往高层次上带，比武是过去的老话，不提倡，这些年，我总结下来，就一句俗话，到了深处，拳术即全输，要接受败，要迎着败去打，别给自己留胜算。

傍晚，滚云密聚，穆成在家里设宴，四菜一汤，还包了酸菜饺子，炕桌放在外屋地，他端坐在马扎上，跟郭师傅喝酒，同席的还有一位，装配车间青工吴凤友，也就是穆成未过门的女婿，也住附近，身强体壮，平时爱比画几下，被叫过来一起喝酒。酒过三巡，吴凤友起了兴，要跟郭师傅讨教一番，穆成面有愠色，厉声喝止，其实心里反而有期待，许多年来，他还从未见过师傅跟人动手。郭师傅一眼看明，轻笑两声，抬头望向朗月，不语，等再低回头来，已然换了一副面庞，虽仍稳坐，但五官扭结在一起，不分个数，模样难辨，顷刻之间，臂膀反旋，腰胯向前一送，突发整劲，半推半撞，吴凤友猝不及防，跌出几米之外。再看郭师傅，不知何时，已经起身后蹬，摆好架势，三七之步，落得悄无声息，像是一只白雀，其羽如夜霜，浮于半空，伺机而动。

吴凤友踉跄起身，拍去尘土，嘟囔一句，操，这属于暗算啊。

何为暗算，穆成想到这里，心头又是一股火，吴凤友当年说遭郭师傅暗算，他现在觉得自己反被吴凤友暗算一道。

吴凤友的父母死得早，婚后一直住在穆成家里，算是倒插门。他的工作清闲，三班倒，为人也勤快，对内对外，说话办事，一切都很得体，婚后，还跟着穆成练过几天拳，青出于蓝，一点就透。刚开始时，穆成对这位女婿也十分满意，倾囊相授，甚至教过他一记当年郭师傅身授的绝招，并非攻击，而是用作逃遁，默念一句语录，不管风吹浪打，胜似闲庭信步，之后闪身移位，借力而行，迅疾如闪电，辗转腾挪，步步登天，旁人难以企及。穆成当年练习时是在冰面上，无力可着，颇费一番心思，在桥与廊柱之间滑脱数次，摔得筋骨错移，却眼看着郭师傅一路飞奔，飘逸矫健，在远处的教堂侧窗旁一闪而过，羡慕不已。

　　日久天长，穆成逐渐发现吴凤友品行不佳，常在外惹是生非，他数落过几次，但不见效果，后来外孙女出生，全家对他无暇顾及，此时，吴凤友摇身一变，辞去工作，去海南经商，一来二去，颇有几分成就，人一有钱，难免狂妄，吃喝挑剔，看谁都不顺眼，有几次，破口大骂妻子，甚至作势要打，穆成半闭眼睛，举着半导体，置于左耳旁，听《新闻联播》，粮油价格上下浮动，右耳朵则仔细分辨外面的动静，他在心里已经演练数次，只要吴凤友敢动一下手，那他绝不会轻易放过。虽已年迈，但这点信心，他也不缺乏。

　　感情不和，吵骂不断，吴凤友却始终没有动过粗，似乎也有所忌惮，结局常常是摔门而出，十天半个月见不到人，仿佛也念了语录，一路沿冰飞行，闲庭信步，无影无踪。

　　穆成要了一屉烧卖、一碟牛腱子、一碗加厚羊汤，还喝了二两散白，吃完一抹嘴，腹中下沉，便束起肩膀，往家里走。到门口时，发现吴凤友的摩托车正停在外面。

　　人还没进屋，哭声先传出来。推门一看，吴凤友跪在地上，耷拉脑袋，穆晓玲靠在椅背上，眼睛哭得通红，穆成不明所以之时，吴凤友又忽地转过身来，朝他磕了三个头，声音清脆，像在砖地上抚拍一只熟透了的瓜。

　　吴凤友说，爸，做错一件事，疏忽大意，违背国家政策了。穆成一头雾水，问道，啥事情？吴凤友说，爸，经济问题，估计要判。穆成说，那你现在什么情况？吴凤友说，爸，对不起，我就是回来说一声，准备去自首，往后尽不了孝心，别挑我。穆成说，到底啥错误，坦白交代，争取宽大处理。吴凤友说，宽大不了，十年起步。穆成说，那我陪你去派出所，一五一十，交代清楚问题。吴凤友说，清楚不了，牵扯太多，最好的办法就是自己扛，一人做事一人当。穆成暴怒，咬牙切齿，骂道，这时候你还装上英雄好汉了。身随心动，忽飞起一脚，吴凤友虽跪在地上，反应倒也机敏，双手护面，轻松格挡，将力道完整卸下。

　　摩托车开走之后，穆成跟穆晓玲端坐两侧，他点着一根烟，望着壁上挂钟一秒一秒走过，一圈又一圈，整个清晨如梦一场，电视剧里十集的内容，不一会儿就演完了，简直滑稽。穆成倍感疲惫，在这种重复单调的声响里，沉沉睡去，身体不断向下滑，直至跌在地上，才醒过来，浑身酸痛，仿佛在梦里又遭一次暗算，武功尽失。不知何时，穆晓玲也已离家而去，屋内空余一声叹息。

　　人走茶未凉，穆晓玲正值好年华，虽条件一般，但也每周出去相对象，没过多久，穆晓玲稳定交往一位，在冶炼厂开吊车，离异无子，二人出双入对，偶尔也住在穆成家里，天翻地覆，不太顾及旁人。每逢此时，穆成心里便极不踏实，情绪难以言表，家中无可立足之处，只能带着外孙女出门玩。外孙女问他，姥爷，那人谁啊。穆成不知如何回答是好。

　　穆晓玲说，爸啊，我们准备结婚，日子算好了，但是酒席不办了，两家小聚一下，是那意思就行，二进宫，说出去难听，给你这老干部丢人现眼，你说得对，这些年来，老是你惦记我，我也得替你想一想。

　　穆成没有说话。

　　穆晓玲说，爸啊，结完婚后，我俩想去南方看一看，享受一下改革开放的果实，孩子你能不能帮忙带一阵子，反正也是送幼儿园，长托班，偶尔看看去就行，孩子都得锻炼，不然以后咋独立。

　　穆成没有说话。

　　穆晓玲说，爸啊，你要是愿意找一个，我是一点意见都没有，但是话说在前头，房子不能给吧，这边早晚要动迁，这是基本要求，其次，我没啥挑剔的，对你好，那就是比啥都强。

　　穆晓玲说，爸啊，你说，吴凤友还能回来不，他闹这一出，到底是真是假，要是真的，到时候他完好无损，平安归来，那我可咋办，算了，脑袋疼，反正有你在，我也不用操心这么多。

　　穆晓玲说，爸啊，这一把我算真找到对我好的了，衣来伸手，饭来张口，家里啥都不用我管，你替我高兴不？

　　穆晓玲说，爸啊，你咋不说话。

　　婚礼当日，对方父母相当拘谨，穆成面色深沉，酒只喝了一两，有人举杯，他就抿一口，沾沾嘴唇，也不寒暄，趁着上厕所的工夫，带着外孙女出来透口气。一老一小，行至派出所附近，他提议跟外孙女捉迷藏，刚闭上眼数数，穆成的身子一转，迈步进入派出所里，支支吾吾地问，有没有叫吴凤友的来自首过，对方一头雾水。穆成说，查一查档案。没人理他。他本来是想告诉派出所，要抓他的话，也许不易，对方有功夫，如有必要，他可亲自出马，大义灭亲，为民除害。但话到嘴边，又咽回去了，径自走出门去，拉着外孙女去坐小火车。

下午时分，公园里人少，小火车开动，没有汽笛声，只有一首《生日快乐》，循环播放，外孙女一人孤零零地坐在车厢里，低着脑袋，什么也不看，火车走过一圈，钻进桥洞，然后又是一圈。

对面是假山，南方运来的怪石，丑陋险峻，堆积在池塘旁边，再往上是低矮的土坡，穆成忽生兴致，默念语录，使出功力，三步两步，攀至高处，沉稳站立，火车和水在脚下流动，无人留意到他。

他听见外孙女在喊：姥爷。

穆成在山顶眺望，想象着一场激战，新人或者旧人，拉帮结伙，要与他恩断义绝，没有磕头或者暗中行窃，只是无尽的联合，要将其逼至绝境。他在高处，腹背受敌。梦里也常是这样的场景，被紧缚，又挣脱开来，直飞天际。

生日歌逐渐消隐，火车也停下来，外孙女翻过围栏，来到山下，抬着脑袋看他，满脸困惑，又喊道：姥爷，姥爷。

穆成觉得这声音奇妙，稚嫩，充满疑惑，像是要将他接下来的日子全部召唤回来。他的晚年由此开始，也将在此结束，时间被延展、抻平，逐渐勒向他的喉咙。

外孙女说：姥爷，你要上哪去。

穆成想起来，有一次在江边，师傅打完拳，盘膝而坐，雪花飘落，他对穆成讲道，老一辈拳师，晚年下场均十分诡秘，很少人因疾病而终，多是意外，或失足摔桥，或溺水而亡，或被猛兽伏击，或被落石砸中，只留一声叹息，便咽了气，看似草率收场，其实不然，拳到极致，其实是感应附体，山石泥河，草木野兽，均注入体内，浑然自成，内里庞杂混乱，相互搏击，外部秩序也由此而出，一招一式，空洞却又复杂，超出经验，所以不存在具体招数，随机应变，似江海，绵延不绝，暗潮漩涌；似生灵，繁衍不息，相克相生。

外孙女说：姥爷，我想回家了。

他又忆起那天傍晚，师傅化身为白雀，在砖地上跳跃，仿佛离你很近，伸出手去，方知遥不可及，逼至角落，仍可飞往高空，委身于云。穆成仿佛也至此境，也许不是今天，但终会置身于此：岩高百仞，浪声喧哗，他立于崖边，化身为兽，双臂如翅般张开，如大鹰或巨隼，而目光所及，大荒之中，讹兽遍地。他闭上眼睛，屏息凝神，俯身向下，是无际的嘈杂，他开始等待，为这即将到来的一刻，为全部即将到来的日子，他已做好充足准备，不留丝毫胜算。

民 谣

2008年的夏天，我与女友和平分手，她去英国留学深造，继续研习自动化控制专业，其实我觉得大可不必，她对我的控制早已实现全自动，当然，这是题外话。我在毕业之后回到沈阳，准备找个工作，好好上班，但几次面试均未通过，究其原因，经济形势不好当然是一方面，另外，也是怨我大学四年过得比较荒废，计算机科学与技术专业，但除去重装系统，其余一概不会，这便很难在行业内立足。至此，人生陷入停滞阶段，好在心态尚可，恰逢奥运盛世，我全天候为运动健儿加油助威，短短的半个月时间里，对曲棍球、沙滩排球、皮划艇静水和激流回旋等竞技项目都有了一定了解，并且为之着迷，直到闭幕式上的伦敦八分钟里，Jimmy Page弹起吉他的那一刻，我才从这场梦中醒来，既惶然，又悲伤，甚至还有点想念前女友，那辆红色双层巴士仿佛也将她一并带走了，轰隆隆地驶往通向天国的阶梯。

国庆节过后，我仍躺在家里，一动未动，形同泥塑。但与父母的矛盾却日益激化，他们认为我应该出去卖保险、当保安，或者去三好街组装电脑，接触社会，摆正位置，从底层做起，而不是在家反复看奥运会比赛集锦。我当时也觉得自己是有些问题，但又不愿意承认，一来二去，互相看不顺眼，每天都要吵几句，愈发难以调和。随后，我索性跟朋友借了一点钱，在十三纬路附近租了间房，1970年代的旧楼，每个月房租四百元，公共厨卫，三户共用，简单收拾几件行李，我便搬过去住。这次出走，跟去外地读大学时待遇差别很大，当年我爸妈是舍不得我，千叮咛万嘱咐，还抹过几次眼泪，这回可倒好，我爸好像还特意买了挂鞭，藏在缝纫机下面，我看至少两千响，就等我走后放呢，普天同庆。

刚搬出来的那几天，觉得轻松自在，没说没管，总喊朋友过来做饭喝酒，半个月后，也有点喝不动了，心思不在这上面，每天感觉时间过得很慢，下午醒过来，看看窗外，双眼迷茫，总觉得看得不真切，傍晚时，我总会接来一盆清水，拎着抹布蹲在窗台上，使劲地擦那几块玻璃，反复冲荡清洗，一遍又一遍，直至夕阳散尽，夜幕逐渐落入那盆水中。

永亮给我打电话，说要来看看我。我说没啥事不用过来，都挺好，还能坚持活。永亮说，有事找我商量，给你留言，好几天也没回。我说，租的房子，没办宽带。他又问我，那你天天在家都干啥呢。我说，看看书，中外名著，打打纸牌接龙，偶尔也擦擦玻璃，做点家务，过得挺充实。永亮说，未来有啥规划。我说，开春再说，如果还没什么起色，想去南方看看，有同学在那边卖家具，风生水起，现在太鸡巴冷了，实在是啥也不愿意干。永亮说，给你找了个活儿，见面细聊。

永亮提了一塑料袋的零食，啤酒香肠花生米，像要去赶火车。我俩是高中同学，关系一直不错，主要是爱好比较一致，都喜欢文艺，爱听歌，他会吹口琴、拍手鼓，我学过几天吉他，当年互相借磁带听，从此埋下友谊的种子。但他的学习成绩不如我，高中毕业后没考大学，说是跟着他舅干工程呢，东跑西颠，好几年了，我也不知道到底是啥工程，也不知道到底什么算是工程，就知道个希望工程。

刚一见面，我俩就干了两听啤酒，有点上头，中午不太适合喝，控制不好量，很容易醉。永亮握着半捧花生米，一边往嘴里扔，一边跟我说，铁子，你知道我二哥干啥呢不。我说，你到底在干啥我都不知道，更何况你二哥，我都不知道你还有个二哥。永亮说，也是后认的，独立戏剧导演，目前在排话剧。我说，铁岭民间艺术团那种啊？永亮说，不是，玩严肃艺术的。我说，那能有人看吗。永亮说，上次演出，我去了，整整一百多张票，屋子坐满了，男女老少。我说，那不错啊，什么题材。永亮说，先锋戏剧，一般人不太懂。我说，具体讲讲。永亮说，一个男的，上班下班，养了只猴儿，猴儿成天模仿他，后来男的死了，心梗，猴儿穿上他的衣服，上班下班，打卡吃饭，替他看电影，帮他搞对象。我说，挺好，妈了个逼的，猴儿都有工作了，我还没有。永亮说，你想多了，铁子，这个剧不是这个意思，没特指你。我说，那啥意思，上班的都是猴儿，公司就是花果山。永亮说，你这样就没意思了。我一挥手，说，我也没别的意思，就是自己的事业不顺，你别介意，能来看我，我内心特别高兴，但就是挺长时间没怎么跟人接触，不太会表达。永亮说，我特别理解，有一段时间我也这样，打不起精神，感觉全世界都跟我作对。我说，后来呢。永亮说，后来处了个对象，很有耐心，对我一顿开导，告诉我，挺住意味着一切，不念过往，不惧将来，要做内心强大的男子，我觉得很有道理，每天对自己默念，慢慢就缓过来一些，最终成为今天的自己，真的，铁子，我们终此一生，就是要摆脱他人的期待，找到真正的自己。我说，你说实话。永亮说，啊，她给我破处了。

我说，之前都没听说，你还有对象。永亮有点不好意思，说，昌平的，长得一般，干美发呢，也还只是学徒，但社会经验挺丰富，十三岁半，就离家出走了。我说，俗话说得好，昌平人都是冠军，家乡有特色，干豆腐一绝，行业有前景，以后剪头发也不花钱了，你捡了个宝啊。永亮说，说正事儿，铁子，我二哥那边，上次戏剧效果不错，被打包卖给一个地产公司了，要给业主们演，圣诞节活动，欢度外国年，平安夜、圣诞节，这你知道吧，外国春节，人人见面都得相互问好，欢欢喜喜过大年。我说，这知道，铃儿响叮当么，叮叮当，叮叮当，我们穷得响叮当。永亮说，正经唠嗑儿，现在我二哥这个剧，缺个音响师，要求是会做点效果，现场播放，得跟着排练几次，我跟他推荐你了，你不会弹吉他么，肯定能行，有酬劳，千八百块钱，够你维持几天，反正闲着也是闲着。我说，好几年没弹了，琴都卖了。永亮说，别放弃啊，家驹，背弃了理想，谁人都可以，哪会怕有一天只你共我。我愣了一下，然后说，出点儿声音，应该还行，具体是干啥呢。永亮说，那我也不知道了，对外保密，估计是刮风下雨啥的吧。我说，那大概明白了，就是前面有人说台词，打雷要下雨，我在后面配一声，雷欧，前面说下雨要打伞，我再配一声，雷欧。永亮说，那不成凤凰传奇了吗，不用你唱，明天你去看看就知道了，肯定不难，跟着排练几次，带着电脑，在仪表厂仓库，我给你写个地址。我说，那边没有电脑吗，我这是台式机，不太方便啊。永亮说，台式机，台式机，不就得抬着去吗，咋地一点儿苦也不能吃啊，你记住我这句话，铁子，不要让未来的你，讨厌现在的自己。我说，啥？

我俩当天喝到半夜，永亮又出去买一次酒，最后喝得挺大，我送他走，下楼梯时踩空了，永亮一屁股坐在台阶上，叹了口气，然后又小声唱起歌来，空空荡荡的楼道，将他的声音放大数倍，混响来回激荡，那歌声孤独而空旷，恒久不散。他唱道，暴风雨来临那一天，迷途的羔羊还没回来，铁匠铺传来了叮当叮当声。唱到这里，忽然一个停顿，然后转头冲我露出欣慰的微笑，像是在揭晓答案一般，边拍着我的肩膀，边对我继续唱，这一切没有想象得那么糟。我说，是啊，谢谢你，永亮，回家吧，不要再唱民谣了，钥匙在窗台上，钥匙落在窗台上的阴影里，我去给你取，回家吧，永亮，不要再唱民谣了。

选自《上海文学》2019年第1期

评鉴与感悟

书写普通人内心的隐秘"事故"

班宇的新作《隐鸣》，用三段发生在不同时代的、不同社会身份的底层人生活，展示了现代人面对历史与未来、现实与理想的消极精神状态。他的小说倾向于把人复杂的精神状态、社会行为和其背后涉及的社会环境相结合。这在《隐鸣》中表现为，将人物的"理想"隐晦地投射在平庸的生活中。而这股声音之所以隐微，在于人们摇摆于现实与理想之间的复杂心态。

小说塑造了三个具有相同命运的主人公。"迷宫""猛禽""民谣"三篇故事中所潜藏的时代信息，以及人物身份和人生经历都大相径庭，但是三位主人公的精神状态却指向相似的方向，且在中国人中具有相当的普遍性。在他们身上，依稀可以看到理想曾经停驻的痕迹，然而为了生存和生活，他们不得不卑微、麻木地屈就于现实。

"迷宫"中的"我"是一名变压厂工人，爱好读书写作，一度在杂志上发表作品。但是现实环境并未给他施展抱负的机会，他依然每天被工厂机器的轰鸣声包围，是大厂无数工人中的一员。喜欢的姑娘也离他而去，无论他如何努力挽留也无济于事；"猛禽"中的穆成是国企干部,有打拳的雅好,生活顺遂的他本应该儿孙绕膝、家庭和美。但是女儿家庭的破碎,间接导致了他晚年不宁。美好生活理想的破灭对于穆成来说,意味着不仅仅是前半生的失败,更是晚年生活的毫无指望;"民谣"则直面当下青年人最普遍的生存困境——毕业即失业的难题。主人公铁子不知从何时起,就丧失了生活的动力,上大学不好好读书,大学毕业后,即便面对家庭的压力,也不愿出门找工作。他完全没有年轻人对理想和未来应有的憧憬,而是每天龟缩在租来的破房间中过着得过且过的日子。

这三个故事,从不同方向表现普通人内心的隐秘之声,用颇具现代感的手法呈现两代人的心理事故。"迷宫"中的叙述语言,远离世俗之气、充满诗意,与工厂轰鸣的机器声形成巨大的反差,让心怀文学理想又无法实现的主人公形象遍布苍凉之感。他注定无法走出这不知谁布下的命运迷宫,前路漫漫,却毫无希望。命运中的那理想的微弱声音,不仅没有能够拯救他逃离这宿命,反而由于这隐微的鸣响,加重了人物悲剧的底色。与此相反,"猛禽"的叙述语言回归日常,穆成这一形象与"我"相比,也显得更加平庸。穆成既无理想也无才能,唯一与人不同的就是喜欢打拳,还为此拜师学艺。当他想要安享晚年的愿望破灭后,他无处求告,只有做出猛禽的拳脚动作来宣泄内心的绝望。一个普通人即便卑微,也有他卑微的喜乐和失意,打拳就是他表达情感的隐微之声的方式。"民谣"中的铁子,是三人中心理问题最严重的一位。他学的是当今社会最有前途的IT专业,却过着最没出息的啃老日子。小说特意跳过了他心理"事故"发生的原因,留下了他人生经历的空白,但由于他的颓唐和空虚被传递得如此清晰蚀骨,让人无法怀疑这个人物心理的真实性。甚至从他身上,看到了一代人内心隐秘的虚无感。

《隐鸣》三篇从形式上来看,先锋的意味颇为浓厚,小说遵循人物自身的心理逻辑,气韵相通、一脉相承。文本叙述看似随意散漫,其实语言精练细致,且随表达内容需要而变换风格。班宇专注于刻画人物幽微隐秘的心理瞬间,将镜头对准时代生活的最深处,对普通人的内心挣扎和心理事故予以曝光。(董伊蕾)

醉太平

/张怡微

1

林老太太往生第二天,铳炮声就周知了邻里。林家门上多了"慈制"字样,哀戚一片。林东方让儿子林太吉去邻里家报死,分发丧贴(一定要放在人家椅子上),叮嘱他不许说"死"字,就说奶奶老啦,别人都懂。可惜奶奶没过八十,家里只能穿蓝,代表孝顺。

林太吉裤兜里塞着一台新手机,那是母亲回家送给他的。林太吉心里窃喜得很,他终于体会到了邻居家明明只剩两个人却盖了十三层楼的极致的快乐,脸上却只能表示大悲。林太吉知道,在那十三层楼里,从十楼到十三楼都没装修,跟个工地似的,大、脏,很多垃圾,不像个家,倒像个真相。他们潦潦草草只好好弄了个外墙,搞得富丽堂皇,外国的房子似的。没人上去过他们家的十几层,林太吉上去过,所以他知道,那栋楼的荣耀是有瑕疵的。相较之下,林太吉的手机可是簇簇新的,最新的,里里外外都是货真价实的,没有一丁点冒牌之处。四海八荒的年轻人,谁都没有比他更新的手机了。他恨不得跟所有人视频,跟所有人说,"嘿嘿,新的,也就那样"。

2002年,母亲离开家时林太吉才一岁半,按说,奶奶才是他最亲的人,实际上也是如此。但母亲有钱,至少回来的时候看起来是这样,有钱就让人欢迎，感到亲，突然间就亲了起来，一点也不唐突。林太吉拿到新手机，几乎连他两岁时母亲长什么样子都快要想起来了。当下他心里只有一个念头，就是躲到屋后院跟手机里的女朋友视频。大太阳底下，他还戴了一副母亲送他的新墨镜，摆弄来摆弄去，抱怨女朋友的脸怎么黑乎乎的，结果被手机里的女朋友臭骂一顿。她每个月花不少钱在脸上，就希望看起来更白，像日光灯一样白。女朋友说，那你把手机送我吧。林太吉嬉皮笑脸说，那你把上衣脱了，给我看一眼。他俩总是那么相谈甚欢、其乐融融，虽然林太吉从没见过她真人，但他有她不少照片，这些照片就是爱情。他刚才还在想，怎么把那些照片导入新手机。

聊完视频，林太吉不慎听到屋里父亲问，再走吗？母亲说，还要想想办法。林太吉猜想母亲也许并没有拿到新身份。虽然她对所有人都说她已经是英国人了。听说，拿到身份的人，都不会再回来了，葬礼也不会回来，天塌下来也不会回来。这样的事，林太吉不知道父亲会不会问问清楚，反正他是不会去问的，也不知道怎么问。他觉得自己是第一次见到母亲真人，虽然他已经快十八了。母亲真人不错，就那样，跟想的差不多。

林太吉也没有亲眼看到父亲母亲说话的那个场景。因为这似乎是极反常的，反常到让人不好意思面对。2002年到2009年，也就是林太吉十岁以前，他就是没有母亲的孩子，这在周遭也并不稀奇。更多的孩子既没有父亲也没有母亲，或者只有母亲没有父亲。他的状况算比较冷门。毕竟女人等男人，那是天经地义的。男人等女人，就有点与众不同，有点丢人。这也是没办法的事，命里安排的事。开始母亲和父亲都去了法国，那时法国比较松。林太吉本来也会成为没有父亲、没有母亲的"孤儿"，成为和其他小孩一样的人。谁知临到入关，父亲被通知遣回。于是，背着双份债务的母亲，独自乘欧洲之星到了伦敦。她从外卖店做起，这次回来以前已经是住家保姆，周入六百镑。那可是喜人的数字，可以平息不少事，还清了债，整修了家。十七年前，林东方回到家里，继续给同乡看看仓库。他大部分时间都闲着，一个月赚八百块钱，这几年，涨到了一千八。很多人都谣传林太吉母亲在伦敦一定是有相好了，没有女人能独自打拼。林东方也相信这样的传言，但林东方从来不提这事，这在周遭同样不稀奇。他有时出去找小姐，还特地搞得人尽皆知。奶奶问他，太吉什么时候出去。父亲说，等我弄到钱。奶奶说，你一直在糟蹋钱。奶奶更喜欢林太吉，对太吉说："你和你爸可不一样，你是个读书人。"太吉读到高中就辍学了，他在家族的默许之下等待着一种命定的"转机"，这个转机也不知道算是不当"读书人"了，还是要当"读书人"了。

2012年之后，母亲突然出现在了林太吉的生活里。林太吉对手机里她的样貌感到惊异，但令他更惊异的是手机的神奇。从此，他们一家三口，每个月在手机里团聚一次。父亲会拿着手机，拍摄家里需要什么的场景，譬如说，"你看，地板坏了"，然后用手机照着破洞。譬如说，你看"隔壁买了新车"，然后用手机照着新车。譬如说，"你看，太吉可以结婚了。"就拿手机照着太吉。太吉很早就知道自己已经有一个安排好的老婆了。一旦母亲给买了房，老婆就会从天而降。

2

出殡队伍长而复杂，乐队之后就是摩托车连接着三轮车，花圈是泡沫塑料做的，上面钉着稀稀落落的花。魂轿也免了，沿路飘飘荡荡的只有孝灯、招魂幡、吹鼓手、挽联、铭旗，演奏各种运动会开场也会演的进行曲。和林太吉曾经见过的执绋队伍相比，算简约得很了。

如果不是两年前，父亲把母亲这几年寄回来的钱投去了P2P，花牌上的鲜花还能插得更加密集一点，母亲也能坐上竹轿。如果没有P2P，不管奶奶死没死，母亲都已经要彻底回家了。可惜出了事，这两年母亲只得一边重新赚钱，一边想把快要十八岁的林太吉带出去一起赚钱。这显然令父亲感到生气。母亲总是在手机视频里说，快要来不及搞了，叫林东方抓紧。林东方则坚持，一定要让林太吉在老家先结个婚，生个孩子再走。女人他都找人看好了，就差买个房子。男人结了婚出去是最好的。虽然父亲并没有从这种风俗中获得个什么好。如今，奶奶走了，母亲回来了，父亲倒是借机重回起点，时光倒流。那时候他就跟林太吉似的，快要结婚，快要有孩子，快要出国。天地之间充满光明的希望，致富的十三层楼的那种希望，而不是幽冥灯里的孝子的希望。

第一次见到自己未来的太太，林太吉居然十分紧张，血脉偾张。尽管他已经在电脑里看过裸体的女人无数，手机里也有女朋友奖赏的美照，但这个太太是他没有用别的东西看过的，是直接用眼睛看的，可真是刺激。说不上好看，也不是难看。她好像也不知道应该忙着紧张，还是忙着为她根本没见过的一个老太太悲伤。

能出席奶奶的丧礼，说明这事可能真的八九不离十。丧事里包裹着快要来临的喜事，林太吉觉得自己脸上分外有光。团圆的乐曲响彻天际，戴着蓝帽子或白帽子的宾客笑意盈盈，臂弯里挎着红带子的妇女们都心知肚明地见证了这一切，大号的喇叭口上白底红字贴着"玖乐"，"床前小儿女，人间第一情"……持引魂幡的林太吉觉得奶奶升天这一日，居然令他有一丝醉意，一息微风随幡掠过头顶，命运像奶奶棺木上写的那行字一样磊落温馨，"美德长存"……

"要不要问老婆要个微信呢？"跪在地上的林太吉心想。

3

因为陪伴母亲走过最后的岁月（包括最后之前的那些岁月他其实也没有离开过母亲超过一周），林东方虽然投资不力、一事无成，却享有"孝子"的美名，他也乐在其中，是连四十九孝歌都不用唱，就被盖棺定论、不会易动的一份荣誉。他本来想，把钱变成钱之后，他能像个男人一样地给儿子买房、让儿子成家、送儿子出国，光宗耀祖盖楼房，子孙满堂办移民。可惜时局太差了。出国也没有从前那么容易，先要把户口换了，再有机会交钱滞留。眼看着人生大半过去了，上一回和老婆睡觉还是十几年前，说紧张是丢人的，但比紧张还丢人的，是身体也不如从前听话了。林东方觉得，老婆就在手机里当老婆也不错，她可真能挣钱，回来可惜了。她一定还有很多事没说真话。可他们并没有去领离婚证，这是事实。他们结婚十八年了，这也是事实。太吉就是证据。如果不是母亲走了，太吉要结婚，他们三人见面简直遥遥无期。就像隔壁谁家、谁谁家、谁谁谁家，各拿各的护照，各过各的日子，谁也不管谁，也管不了谁。一个月视频里团圆一次，说说自己赚了多少钱，说说家里还缺什么……这可不就是太平日子吗？

4

"……我回来看完了病，太吉结了婚，就想办法回来的。"林太吉起夜尿尿时听到母亲对着手机说，他定睛看了一会儿，手机里的那张脸怎么黑乎乎的。回屋时他不慎被不知道什么东西绊了一下，又定睛看了一下，原来是一张遗落的魂帛，刚好盖在破洞的地板上。林太吉想起来，父亲曾说要修这块地板，但他从来不直接问母亲要钱，他会拿手机朝着要花钱的地方，破洞或者他的脸照一下……

父亲挺逗的。他想。

选自《上海文学》2019年第1期

评鉴与感悟

物质追求背后的亲情危机

2019年张怡微于《上海文学》发表的短篇小说《醉太平》，涉及了当代社会潜存的亲情危机，即一家人为了保住经济利益不惜丧失伦理的持守。小说整体上以一场传统意义的葬礼为背景，将当代世情生活、移民家庭、留守、致富等社会问题，与智能手机的话题巧妙结合，讽刺性地揭示了当代人粉饰太平生活的虚伪真相。

小说的开头以林家老太太的往生，召回林太吉远在异国他乡的母亲为契机，试图在一个特殊的相见中，揭开太平生活表象下的真相。太吉一家人分居两国，母亲在国外打工，父亲和儿子在家留守，他们只能靠智能手机来彼此联系。但是，林家三口人对"每个月在手机里团聚一次"并无不满，因为这只是他们例行公事的团圆。连接三人之间的纽带，早已不是亲情，而是物质利益。这可以从他们之间的深层关系看出来。林太吉的母亲在异国他乡有相好的传闻，丈夫林东方早有耳闻，但他不闻不问。为了妻子往家里寄回的外汇，他已经丝毫不顾及做丈夫的尊严了。他甚至觉得，"老婆就在手机里当老婆也不错，她可真能挣钱，回来可惜了"。儿子林太吉也一心想着母亲能寄回更多的钱，能为自己盖房子、娶媳妇。因此对母亲在手机和一个陌生男人聊天，视而不见。

小说名为《醉太平》，无疑是带有浓重的讽刺意味。夫妻关系、母子关系全都被金钱所操控，生活从表面看来一团和气、其乐融融，但是这太平日子背后却是疏离、背叛和冷漠。这一切如张爱玲所说："生活就像一袭华丽的旗袍,里面爬满了虱子。"在金钱面前,人们丧失了基本的廉耻与尊严,沉醉于虚妄的"太平生活",自我麻痹地活着。张怡微的笔力无疑是令人称奇的,她通过对一场葬礼的描写,将一家人十几年的生活浓缩在短短的三千字中,篇幅虽小,但是揭示了当代家庭的亲情危机,主题的深刻性毋庸置疑。叙述语言在冷静调侃之余,又不失犀利嘲讽。小说毫不客气地戳穿了人们"太平日子"的假象:基于物质利益追求的生活,其背后是亲情的失落,情感的危机。
(董伊蕾)

一起上路的女人

/秦岭

引 子

我是女人,梅香是女人;我大肚子,梅香大肚子;我怀胎七个月,梅香怀胎七个月;我二十八岁,梅香二十八岁……还能找出不同吗?那一刻,我俩像憋蛋的母鸡一样窝在农用三轮车的后兜子里,面对面,却不声不响,像怀来怀去,把娃怀成了土坯。

这是我讲述二十多年前那段往事的开始,唯一的听众是千里迢迢来西部天水参加社会实践活动的大学四年级团干部小董。本地人都在四处打工跑日子,谁还顾得上拿那些陈谷子烂糜子热剩饭呢?小董搜罗了一大摞群众来信,其中一封是有人托他指名道姓捎给我这个乡长的,可他并没拿出来。毛头学生就这样,对常态的农村工作和乡村生活总是充满好奇。小董属广州籍,满嘴的粤语像外国话似的,可我隐隐觉得他像遥远记忆中的某个人,具体像谁,说不好。像就像吧,天底下基因毫不相干但面相撞车的人比草还多哩。

小董的年龄容易让我想到腹内曾经孕育过的第一个生命。我的讲述,像极了讲给一个并没出世的胎儿。

1

　　你一定想不到那天的三轮车"突突突"冒傻气的样儿，像是猪八戒背媳妇了，一背还背俩。两个大肚子像两盆凉粉坨子，经不得晃荡。三轮车不敢脱缰撒野，勒着性子往前蹿，憋出的浓烟和车轱辘卷起的沙尘搅在一起，像打碾扬场一样。正月十五的寒流把我和梅香铸成了两个臃肿的烟囱，满嘴呼出的都是一团又一团的白雾。梅香老是歪着脑袋，眼仁儿里把我剔除得连骨头都不剩。目光陌生得要命，劈过来，像寒光闪闪的刀刃。刀刃像是刚从灶膛里抽出来，还蘸了水，既浮泛着眸子的潮气，又裹挟着胸口的火焰。她若是一匹母狼，早把我一口吞了。不！是嚼碎了，又吐了。

　　而我注视她的目光里都兜了些啥，连我自己都说不清楚。"任爱珍，你别老这样盯着我。放心！我跑不了的。"终于，梅香的牙缝里挤出了这样的话。口气硬硬的，连姓带名，这样的叫法像极了屋檐上倒挂的冰碴子，尖锐，冰冷。不像平时只疼疼的、柔柔的一个字：珍。

　　我的泪不识时务地涌了出来，慌忙扭头擦拭干净，断不能让梅香和队员们察觉的。"一引顶三扎"。老话了。在结扎、放环、人流、引产"四术"任务中，引产对象的获取难度和手术难度，注定是战利品中的极致。乡卫生院做引产手术时，一般都有县医院的专家亲临指导。标语云："结扎一人，家族开明；引产一人，全村光荣。"梅香是我们那次漂亮攻坚战的全部意义，意味着胜利和欢欣。要说我喜极而泣，驴也不会相信，但梅香说不定信的，她至少会把我的伤心泪理解为鳄鱼泪。在班师回朝的凯旋路上，我的泪像误吞的苦药，倒流眼眶。

　　八辆自行车在沙尘的海洋里时隐时现，像顽强而坚硬的岛礁，其实更像航空母舰周围跟屁虫一样的护卫舰。骑自行车的是我们九十里铺乡计划生育突击队"春季攻势"第一小分队的干部和联防队员，由队长老甄带队。一大群乌鸦聒噪着盘旋在我们头顶，一路同行。我和梅香脚下的食品袋吸引了它们，里面是原封不动的茶鸡蛋、榨菜和锅盔馍。乌鸦们像升空而起的舰载直升机，与车队配合默契，铁板一块地跟着，死心塌地地跟着，一丝不苟地跟着。远村时不时隐隐传来爆竹、秧歌、秦腔的喧闹，也丝毫影响不了乌鸦们的犯傻。

　　"梅，你吃点吧。"我说。梅香报以冷笑。我左手攀着三轮车的前护栏，右手紧紧揽着肚子；梅香右手攥着前护栏，左手揽着肚子。我晓得我的话像多余的空气，可我除了劝慰还能干啥？我机械地重复着："梅，别饿着。"当然有为她肚子里的胎儿着想的意思，可我始终不敢提胎儿半个字，梅香的胎儿像快要背气的老母鸡腹部的绒毛，一哈气，会没的。她不吃，我只好陪着饥肠辘辘。

"当年在班里，我这个追求上进的团支书居然一点没发现你的表演天赋，你非常适合当演员。搞计划生育专干，真有点亏了。"

"梅……你……攥紧些，三轮车太颠簸了。"

梅香再次驳过脸去，视野里再次没有了我，有的只是周围的川道和山坡，这是我们共同熟悉的世界。中学时代的每个早晨，我从老家尖山村出发，她从老家唐家坪出发，我们殊途同归到八面坡那里会合，然后结伴奔向九十里铺中学。下午放学，我们又结伴离校，步行一个多小时，然后又在八面坡那里分手，各自爬山回家。她上无兄下无弟，姐姐打工时远嫁江苏。要说我俩像亲姊妹，真有点委屈她了，一是她长得比我漂亮，二是她学习拔尖，三是入团比我早。用如今的话说，她是同学们心中真正的女神。初中毕业后，我考上了天水卫校，直至毕业分配到九十里铺乡当了计生专干。她却顶着邻里乡亲的埋怨放弃读中专，立志读高中考大学当文学家，结果还没读到高二就被十几亩破地拖成了皮包骨，只好灰溜溜进城当了保姆。"我打死也不会想到这辈子会给资本家当丫鬟。瞧我这名字：梅香。"当年梅香大发这番感慨的时候，把保存多年的日记本塞进灶膛里，那些与人生、理想、未来有关的千言万语，像蒿草一样化作青烟。

后来我才晓得，梅香是在天水著名私营企业家宋金发家当保姆。我这个市、县、乡三级"优秀计划生育工作者"荣誉称号获得者和宋金发的大幅照片，曾一起在天水市政府大门口的橱窗光荣榜里同期展示。要说巧，也算不上，更像注定，据传，宋金发早就给劳务部门打过招呼："我找保姆，一要漂亮，二要麻利。"有次在表彰会上，我曾给满面红光的宋金发开玩笑："待我的梅香姐要好点啊！"宋金发乐了："任专干要是不放心，辞职来我这里当白领，我给你双倍的酬薪。"我笑着顶了回去："你们这些人有了几个臭钱，就忘记当年从国企下岗的苦日子了。"宋金发反唇相讥："这就是你不懂世事了，我这是贵族基因，我爷爷新中国成立前就是名震天水的资本家哩。"这话还真让我气短。据我爷爷讲，新中国成立前，我家祖宗三代给地主当长工。后来每次在报端看到宋金发的照片，莫名的不知所措。

  关于我和梅香后来的关系，咋说呢？举个例子吧。她嫁给赵家窑的赵三根那阵，我是伴娘；我结婚那阵，她像亲姐姐一样陪护左右。可我俩的区别同时也显现出来了。作为国家正式干部，我必须带头晚婚晚育，严格执行一胎政策。梅香仍然属于农业户口，生一胎后，间隔四年还可以生二胎。也就是说，继安娜来到人间之后的第五年，梅香的第二个女儿安琪也来到了人间，而那时我连第一胎都没怀上呢。并非我有多么高尚。说穿了，机关男女干部本来狼多肉少，男同志是狼，女同志是肉，我找对象的条件自然水涨船高，一番东挑西拣，让土堡乡的干部杨世刚后来居上成了我一生的枕边人。婚期决定生育。一步晚，步步晚啊！

  得认！假如没有跳出农门，我就是第二个唐梅香。

2

  一道慢坡，车身微微后仰。我下意识地伸手扶梅香，手背却"啪"地挨了她一巴掌。我差点忍不住了，想吼，但理智压制了我。一旦吼出来，就无法给同志们解释了。我其实非常想给梅香表达这样一层意思：尽管我俩处于目前这种尴尬的场合，但我对你的真情丝毫没有改变。我始终没能张这个口，既然认为我在演戏，那么，所有的解释都摆脱不了婊子与牌坊的意味。

  能改变吗？当年她怀上安娜的时候，我每逢下村蹲点，都要绕道去赵家窑陪护她。她是咱班女生中第一个怀孕的，或多或少算咱花季时代的一个美好事件。在看望她的女生中，我无疑是腿最勤的，没有之一。她既怕耽搁我的工作，又渴望见到我。本计生专干科班出身，好歹也算半个医生呢。安娜出生的第二年，梅香就急着想争取二胎指标。我明白她渴望一个男娃。这个理由其实用不着解释的。老是拿抵制封建的、腐朽的传宗接代思想热炒宣教的剩饭，就是不敢直面触碰山区农民与劳动力之间的关系这一要命话题。口口声声说男人是人，女人也是人，甚至说妇女能顶半边天，那都是象牙塔里的知识精英们站着说话不腰疼。山区农民养家糊口靠的是扛麻袋举石夯赶牲灵当麦客，靠的是盖房能砌墙放羊能赶狼，拼的是硬身板和死力气。男娃是啥？是日子的另一种，是光阴的成色，他比香火更麻达，他就是一家人的铁门坎、顶门杠、护身符。这是硬逻辑，是千古世事。有次，从城里来的县计生委主任在全乡育龄妇女大会上宣讲男人和女人如何如何一样，有位妇女当场火了："同志，能一样吗？你裆里还比男人少一块材料、多一个缺陷哩，你不承认这一点，你就不是女人生的，驴也不会生你。公驴和母驴的力气啥成色，驴比你还要亮清。"

那年赵三根在深圳打工打成了腰肌劳损，被药罐子腌上了。返乡后，一干重体力活就龇牙咧嘴，只好歇手，一家人的烟火气顿时减了半，像是跑风了，漏气了。梅香给我一声叹息："不生个男娃，天就塌了。"她还告诉我两件事，一是本来不讲迷信的她开始求神拜佛了，否则一颗心悬悬的没有个落点；二是开始重读鲁迅，她发现自己像极了一个女人：祥林嫂。

以第二胎和女性的名义孕育在梅香体内的安琪，一定没想到像苍蝇一样误闯子宫，毫不知羞地给家庭带来了难堪。梅香中途想打掉她，心一软，就没下手。"这娃，是讨债哩，追我的命哩。"梅香说。怀胎十个月，我照样隔三岔五都要去一趟。安琪满月那天，同学们相约去探望，个个表情诡异，既不像道喜也不像安慰，反正都把兴高采烈的意思像剪纸一样装裱在脸上，"小棉袄""千金""一枝花"啥的夸个不停。"早知大家要来，咱得摆一桌，热闹一下。"赵三根说。明知这个臭男人在撒谎，撒就撒吧。大家毫无原则地说说笑笑，话题悄悄绕到农药涨价种地赔钱打工受欺负上来。"都在吃农民呢，下辈子要转世投胎，宁可给城里人当宠物狗，断不能当种田的。"聚会比安娜满月那次潦草了许多，还没到高潮呢，就在低潮处收了场。大家走了，我一个人留了下来。

"珍，你才是我真正的月婆子哩。我生娃生到这份上，假如没有你，我死的心都有了。卦象上说，我和赵三根命里没有男娃。"梅香那天絮叨个没完，泪如倾盆，足可缓解全乡的旱情。她告诉我，宋金发这个暴发户只给了她一个半月的产假，要求必须如期返城伺候他待产的一个女人，这个色鬼到底明明暗暗有过多少个女人，给他生了多少个娃，恐怕只有宋金发自己才数得过来。而梅香生娃的前提是：按期不到，解雇。"你瞅瞅，这，就这，白了好多，我会不会变成白毛女呢？"梅香扒拉着自己的头发。我心里有些毛，我不仅想到祥林嫂，还想到抑郁症，千万别啊！

桌子底下掖着一个鼓囊囊的大纸包，分明是个新买的香炉。记得小时候看到的连环画中有这样一个画面：不堪凌辱的白毛女，高举香炉怒砸地主黄世仁……把白毛女的胆借一半儿给梅香，料想她也不敢怒砸宋金发，她只能把香炉留给自己。宋金发和香炉，都是她的命。

3

三轮车刚刚拐了个弯儿，"啪"的一声，一团热乎乎的东西裹挟着恶臭从天而降，毫不客气地糊了我一脸，是乌鸦屎。够倒霉了！我一声不吭，从包里取出卫生纸。"你说这乌鸦，咋不朝我使坏哩。"梅香说。话音刚落，"啪"的又一声，我再次横遭不测。我仰望苍天，无语；乌鸦俯瞰大地，一片聒噪。

"任爱珍，你晓得你当演员，适合演啥角色吗？"梅香又来了。

女间谍？女特务？准这个意思了。这个梅香，这个混蛋，恶毒！真想踹她一脚，但理智又一次封锁了我。回头想来，在她严重违规怀第三胎的问题上，我还真有点女间谍的意思，只是侮我为女间谍的可以是天底下的任何人，唯独不该是她。大概是去年夏收扫尾不久吧，梅香突然悄悄摸到乡上来："有个事，我估摸一千遍一万遍了，还是找你底实些。"她告诉我，这些日子忙着割麦、打碾、扬场、扛麻袋、赶牲口、交公粮，拼了一个多月，人晒黑了拼瘦了事小，要命的是拼出红来了。我心里一拧，下意识地扫了一眼她的肚子。"天哪！你……第……第三胎？"

"嗯。刚刚三个月。"

"见红了？"

"嗯。"

"血量……"

"不大，可所有的医院不敢明着去，我……我死了不要紧，娃儿要保。"

"男娃？"

"嗯，偷偷给一家医院做B超的塞了三千元，查了，是男娃。"

难以形容梅香当时的表情，咋说呢？仿佛一介农妇的子宫里收容了一位落难皇帝的太子，喜悦、惶恐、哀伤、渴望、期待、绝望……啥都有了。我当时怔了半晌。梅香这是哪壶不开提哪壶，自投罗网送上门来，却等于塞给了我一个炸药包。两个要命的选择堵住了我的退路：要不，顺手牵羊把她交给突击队，这样的结果必然是强行做人流手术，我因此而立功受奖，成为大英雄；要不……还要不个啥？如果不是我，借给她一万个豹子胆老虎心，她，敢来？我憋出一句与主题无关的话："我，也有了，也是三个月。"

我不忘补充："今后别再信神信鬼了，卦象说你和赵三根命里没男娃，这不来了吗？"我晓得这种空洞的说教等于放了个……屁吧。如今村村都在建庙堂，修宗祠，不少镇子都建了教堂，那一呼百应的场面，震撼死了。

接下来的事，天知地知，我知她知。我以进城为自己检查胎位为由给乡上请了假，偷偷领着梅香到了县计划生育工作指导服务站。"我的朋友，第一胎，见红了，想保。"我镇定自若。站里的同志都是熟人熟脸，二话没说就给梅香查了胎。医生的口气带着责备和庆幸："如果晚来半天，不！几小时，流产就板上钉钉了。分明是干重体力活累的，那些活，让男人们去干吗！乡下的女同志，就是不注意这一点。"所有的医生和护士都没有按规定检查梅香的准生证、户口本和介绍信，谁也不会料到我把炸药包拎到了这里，一旦爆炸，将集体沦陷。他们百分之百相信了我。我是谁？我是堂堂正正的计生专干，我的特殊身份就是梅香的初胎证明，就是原则和真理，就是正能量，就是实事求是。

三个月，是胎儿的脆弱期和危险期，而保胎的保险系数到底有多大，只有女人的子宫说了算。一般来说，三个月内保胎，真正的危如累卵，到了第四个月，仍然是雾里看花，过了五个月，才算勉强抓住了救命草，过了六个月七个月，胎儿才算稳坐军中帐，只等十个月大吼一声出征人间了。这期间，梅香一改怀前两胎时的从容不迫，从来没有在婆家待过一天。为了躲避各村的计划生育信息员——实际上是乡上为了监控育龄妇女和"四术"对象而在各村发展、安插的卧底，她像狼狈的流窜犯一样东躲西藏，打一枪换一个地方，娘家、姨家、舅家、大姑子家……更多的是在女同学家养精蓄锐。按我们的行话，属于典型的"逃跑户"。工作组查上门来，婆婆一句话就堵上了："查啥查？儿媳跑南方打工去了。"这个挡箭牌是铁逻辑，不由你不信。儿子不行了，儿媳就得南下。在我们眼里，孕妇背井离乡，都属于计划生育流动人员，也就是各地都在合力围剿的超生游击队。

这期间，我俨然成了地下工作者。一旦有同学来乡上和我接头，我立即以给落实过"四术"任务的妇女提供保健服务为由，偷偷带上听诊器和保胎药品，潜往梅香的藏身之地。我其实比梅香更要紧张，一举一动，如履薄冰，心悬一线。相对于遍布各村的"四术"对象及其家属，我在明处人家在暗处，要报复易如反掌。这样的教训不是没有过。武装部长老家的猪狗鸡猫被人毒倒了一大片，后来真相大白，是一个引产对象的丈夫反戈一击……其实我更担心闯入卧底——咱"自己人"的天罗地网，各村的卧底不显山不露水，大多与乡干部单线联系，每揭发一个手术对象的行踪，由上线直接兑现信息费，如果察觉我是个"内鬼"……有一年突击队夜袭后沟村，乡党委办公室秘书小孙提前赶到后沟给计划外怀孕的表姐通风报信，致使攻坚战一败涂地，前功尽弃。第二天小孙就受到了处分，还被取消了后备资格。文面书生准没想到——或者想到了：他在后沟的一举一动，没逃脱卧底的火眼金睛。

印象最深的是在斜坡村蒋连珠同学家那次，蒋连珠当时已经是斜坡村的妇女主任，她利用这个特殊的身份为掩护，前后接应过梅香三四次。有次我们几个同学相约去蒋连珠家看望梅香，却见堂前红烛高照、紫香燃烧，一片肃穆气氛。妇女主任高高举起一炷香："同学们，香蜡是梅香带来的。非常时期，相信大家能够理解。夜长梦多，最怕咱内部有人扛不住。好在彩凤信的是基督，有《圣经》管着，秀菊信的是佛，有《金刚经》管着，其他同学——包括我和爱珍两个党员干部，希望能对着香蜡发个誓。"

"人在做，天在看，举头三尺有神明。"我们这些"其他同学"念念有词。

蜷在炕上的梅香一副寡妇样儿，死死咬住被角，啜泣不断。炕角的一张《甘肃日报》上，勾勾画画涂满了男娃才有的名字，都很洋气：赵文澜、赵熙安、赵诗翔、赵远鹏、赵金樽、赵鸿志、赵凌云……分明要分娩一批赵姓文武百官教授老板的架势。梅香慌忙想把报纸掖起来，但为时已晚。"还是……嗯，还是叫赵存根吧！哦……不！和他大（方言：指父亲）三根的名字撞了，那就叫……叫……"我赶紧搂住她穷开心："听，咱俩的娃儿，在相互问好哩。"

梅香抹了一把眼泪："你这算是大龄怀第一胎，来回奔波，悬着呢，千万要当心,不像我,生娃像串门似的,道儿是通的。记得不?我还说过,等你生娃时,给你当月婆子哩。谁能料到,咱俩这催命的娃,一搭来了。"

"心有灵犀的人,啥都像商量过似的。"

梅香惨惨地笑了:"珍,下辈子,你当小姐,我当丫鬟吧,我用一生伺候你。给宋金发那样的人家当保姆,感觉自己是一条狗。"

4

三轮车穿过一道沟,一间早年用来看秋的土坯房闯入视野。房顶早已被拆光,后墙背对公路,破门朝庄稼地那头。一堆残垣断壁,像一个从岁月里走来的古堡。乡干部们经常长途奔袭,把这样的破房子戏称女同志的服务区。男同志裤裆里的营生好对付,阳关大道上随便一个侧身,就趾高气扬地解决了,但女同志不行,女同志就是女同志。

"师傅——停一下,服务区到了。"队长从后面喊。大家心领神会。队员们把我和梅香扶下车,后撤几步,背靠公路站成一排,一边嘻嘻哈哈,一边哗哗啦啦。不依不饶的乌鸦们歇下翅膀,栖满枝头,"哇哇哇"地响成一片,也不晓得是哭是唱。

"你先进去吧!你去完,我再去。里面太窄,两个人转不过身子。"

梅香一定没懂我的意思。我提醒她"你去完,我再去"而不是"你回来,我再去"。所有的深意和聪明全在里面了。这里地形比较复杂,破门对面是一溜儿斜坡,坡后便是沟口,一进沟便是大沟套小沟,沟沟岔岔挤满了黑乎乎、密匝匝的柏树林。梅香迂回到破门那头,实际上就转入了我们视线的死角,若想溜之大吉,可谓十拿九稳。——我巴不得梅香逃跑。

男同胞们显然是憋急了,下半身没完没了。队长老甄一边哧溜儿,一边摸出一包香烟,一根一根抛过去。似乎没人担心梅香会逃之夭夭,难道他们完全相信了我这个女"看守"?有那么几秒钟,我真的怀疑老甄的动机。这些年来的集体行动中,疑似监守自盗的事情也不是没有,煮熟的鸭子也飞了不少。比如有次副乡长领一帮男同志抓马家寨的马翠翠,也是途中解手时让马翠翠给跑了。颇像放虎归山,却成了无头公案。有人怀疑是副乡长故意放的水,可偏偏找不到证据。女人要解手,男同志总不能守着看黄片吧。这样的客观因素,最能掩盖主观故意。关于那位第一、第二、第三胎都生了女娃的超生"纯女户"马翠翠,有多个版本,一种说法是关于她逃跑前的,说是马翠翠怀第四胎前精明了,在上海打工时成天琢磨染色体,借种怀了个男娃。还有一种说法是关于逃跑后的,说是在异乡生下娃后,母子双双改名换姓,如今娃儿已经会站着尿尿了⋯⋯为了免遭大家怀疑,我欲盖弥彰地靠近了后墙,摆出一副忠于职守的架势。一分钟过去了,五分钟过去了,十分钟过去了⋯⋯谢天谢地!这要命的冤家准没影儿了。我如释重负,如沐春风。

可是⋯⋯可是天哪!梅香居然现身了。她的第一句话是:"别担心,有你在,我跑不了。"

该我进破房子了。我看到了梅香光天化日之下诞生的一堆热气腾腾的秽物。这不是她平时的做派,至少应该用土疙瘩和衰草苫了的,可她没有,她在用另一种方式臭我。乌鸦是冲我的脸,梅香是朝我的心。我蹲下身子,终于可以泪如泉涌。是伤心,也是肚子隐隐作痛。

5

三轮车又启动了,乌鸦在枝头再度旋起。"这大过年的,你能挣多少奖金?"梅香说。

"你说呢?"

"我晓得你未必在乎这个,仕途嘛,抠的是政绩。你官场多年,我才发现你真的锻炼出来了,将来是当乡长的料。其实,任爱珍你也够没脑子的,你冠冕堂皇、阳奉阴违、欺上瞒下帮我保胎几个月,真的不怕我告发你?"她终于狠狠戳到我的软肋了。她如果真的杀一个回马枪,我跳进黄河也洗不清,只有应声落马。可她突然又自嘲地笑了:"哈哈哈,我差点忘记了,你反过来会说是在深入虎穴、欲擒故纵、放长线钓大鱼,这是你计划生育工作惯用的招法吧。我还是不如你这公家人聪明。"

"我真的比你聪明吗?"

"你这是笑话我。今后谁笑话谁还说不定哩,你还有脸皮去我的娘家唐家坪、我的婆家赵家窑指导所谓工作吗?你还有脸见咱的同学吗?也许,你敢,一个不要脸的人,我得相信你脸皮的厚度。"

那次攻坚战,我打死也没想到猎物会是梅香。突击队平时的行动方式,一般都是白天睡大觉，深夜组织"零点行动"。为了不走漏风声，往往是"命令不隔夜"，但这次"不打年盹"的行动命令却是乡长一大早下达的，除了队长老甄，谁也无权过问到底奔袭哪个村，哪一户，哪个人，大伙跟着跑腿就是了。乡长说："都说狡兔三窟，没想到这个引产对象是狡兔三十窟，据我们的信息员报告，她昨晚流窜到了咀头村。她自以为神不知鬼不觉，咱倒想看看，到底谁是真正的神？谁是真正的鬼？"按我大腹便便的身体状况，说啥也该请假休息了，可我必须主动请缨参战上火线。这样的范例够多了，那年书记的母亲大人病危，书记仍然亲临一线走村串户，靠前指挥，结扎对象逮住了，可母亲至死也没能看上儿子一眼，书记每每提及此事，就喟然长叹："忠孝不能两全啊！"乡长的宝贝女儿考上了兰州大学，说好要亲自陪同报到，恰恰卧底提供了一个人流对象的行踪，二话没说率队出征，女儿一个人孤苦伶仃地挤上了西去的火车，后来给爸爸寄来一首诗：《一个人的车站》。

乡长爱怜地拍拍我的肩膀："小任，你身体虚弱，尽管避开了夜袭，白天行动也应注意身体，还是让男同志用自行车驮着你去吧，回来时有三轮车呢。"

我感激地点点头。车队经过一个多小时的行程，很快到了山下。自行车全部集中起来由我看管，其他队员立即顺着羊肠小道步行上山，直取咀头村。大概三个多小时后，羊肠小道上再次出现了队员们的身影，八人变成了九人，前四后四，中间夹着一个女人。我庆幸地长出了一口气，成功了！

近了，近了，更近了。我瞠目结舌，是梅香。难以忘记她一刹那间惊鸟一样的表情：眉，一抖；眼，一睁；嘴，一张，分明是倒吸了一口凉气的。她的脚步迟疑了一瞬，又迈开了。过年的大红袄和烫发头上有草屑和土痕。我想到了地窖。

"梅……"

风搅散了她坚定而简单的回应，我琢磨了老半天，才搞清是我们中学时代经常讨论的一个文学形象：甫志高。

6

三轮车慢了下来，快进九十里铺镇了，来来往往的行人、骡马、车辆渐渐增多。来自各村各寨的社火表演队正在主街上集中，秧歌队、彩灯队、高跷队、花车队、锣鼓队排成一条长龙。"叭叭叭……""叮叮咣……"爆竹声声，锣鼓喧天，人声鼎沸。一路同行的乌鸦们大失所望，盘旋了几圈，显然有鸣金收兵的意思。梅香突然拎起食品袋，一扬手，食品袋飞入坡下，乌鸦们箭一样俯冲下去……

社火——曝光——震慑。我突然意识到正月十五大白天突袭的另一层意思了。三轮车缓缓汇入社火队伍，像最奇葩、滑稽的一台花车。两个大肚子像两个耀眼的大灯笼，还用说吗？突击队战果辉煌，一次逮俩。"队长——"我回头喊了一声，我绝望的喊声像掉进沧海里的雨滴，队长根本没有听见。

"这有啥丢人的？大英雄可别下车啊！希望你继续陪着我，都陪一路了。"梅香一眼看穿了我的内心。

三轮车像绅士一样款款而行。耳朵里塞满了品头论足："这叫躲得了初一，躲不过十五。""可惜两个大灯笼了，一进卫生院，全瘪。"有人好像认出我来了。"这不是乡上的任专干吗？咋也在上面哩？八成是超生逃跑，给追回来啦。""哈哈哈，同学押着同学，大义灭亲，一路同行。"这当中有没有我的亲友、熟人、同学，我全然没了判断力。我紧勾着头，脑海里黑一片，白一片；白一片，黑一片。世界像没了，又有了；有了，又没了。

当时的心情，咋说呢？送我个老鼠洞，也没心思钻进去，就想死，真的！我几次想朝后一仰来个倒栽葱，脑浆迸裂，彻底与眼前的一切做个了断，可是，能死得了吗？腹内又一次作痛，是那种牵扯般、撕裂般的痛。异样的疼痛是否与一路的纠结、紧张和颠簸有关，我不好公然讨巧卖乖，但肯定殃及胎儿了。恐惧、担心和后怕让我大汗淋漓，而此刻的梅香居然高高地昂起头，一副死猪不怕开水烫的样子，大义凛然，视死如归——这样用词肯定不妥，可真像啊！西北风恣意扒拉着她黑白相间的乱发，干裂的嘴唇渗出丝丝血迹，扬起的目光越过人群，眺望远方。天空苍茫，远去的乌鸦们像一颗颗麦粒儿。

卫生院到了。队员们把我和梅香扶下来。早已严阵以待的医生和护士们表情严肃,像是迎接刚刚从战场上挂彩归来的伤员。呛鼻的来苏水味儿包围了我们。乡长大手一挥:"同志们!这叫新年开门红,喝完庆功酒,马上手术。"

梅香突然转过身来,微微笑着:"珍,抱抱我吧,像往常一样。"

居然叫我"珍"了。我一时没反应过来。队长老甄倒是反应极快,敏捷地把我朝后拽了一把。我立即理解了老甄的意思。这个时候接受手术的女人都是母老虎,会吃人的,可我却神经质地迎了上去,双臂不听使唤地张开了……才多久没见啊,可肢体传递过来的感觉已不一样。和臂膀同时送过去的,还有彼此的大肚子,像同时捧上两个侧扣的大锅,硌着,有点异样的顶。这算拥抱吗?当两个女人的胸脯慢慢贴上去的时候,就像在努力构成一个正立的三角。几何学上,正立的三角是最稳定的,可我俩这一拥,却形同跋涉,摇摇欲坠。

"珍,感觉到了吗?咱的两个娃儿,在道别呢。"

"梅……"

我想说肚子疼,这算叫苦?还是想博得同情呢。我终究没说出来。

"你生娃时,我可以给你当月婆子了,你会答应吗?"

当时咋回答的,我至今没想起来。可我预感到难产正在朝我步步紧逼。除了我,没人知道后来胎死腹中的理由。伤痕累累的子宫再次让我成为一名母亲的时候,已时隔六年——这是后话。

那天的结果轰动全乡:梅香——跑了。全体队员、医生、护士聚在食堂喝完庆功酒,一进手术室,集体傻眼:高高的后窗洞开,一条用撕开的床单、窗帘布、护士服搓成的绳子,牢牢地绑在窗框上,拖在后墙外,像晚清老朽们拖在屁股上的一条粗辫……

尾 声

仿佛一个遥远的传说,可它真是往事。我看出了小董目光里的好奇。乡上欢送小董南下返校之后,我这才想起有人曾托他捎给我一封信的。我在电话中提到那封信:"谁写给我的?"小董却说:"任乡长,其实那封信您已经没必要看了,假如我此生还有机会名正言顺地回到故乡,我会捎给您另一封信的。"这算啥话?如今的大学生,涉世不深心眼不少。我故意开了个玩笑："真是数典忘祖啊！你不是已经返回你的故乡广州了吗？"

那天整理二十多年前的旧资料，一张疑似小董的照片赫然出现在报端，咋会呢？记忆深处检索到一个人：宋金发。小董长得是像宋金发吗？我来不及回答自己，赶紧把目光移向窗外，一群乌鸦正在天空盘旋，和当年一路同行的乌鸦一模一样。

选自《桃花源》2019年第1期

评鉴与感悟

洞察现实社会的新视界

如何关注人的精神在时代和社会中的嬗变，作家秦岭总是带给我们不一样的思考与冲击。他善于以我国农村乡民的生活裂变和精神困境为切入点，在对复杂人性的斑驳呈现中，去反思人与历史、理论与现实、政策与人心之间巨大的割裂和融合，彰显出文学穿透生活的锋锐度。其计划生育题材短篇新作《一起上路的女人》，显然继承了这样的文学追求，并给我们提供了洞察现实社会的新视界。

都在强调作家要关注现实，可对于深层次影响着中国社会和国民生态的计划生育，许多作家却显得束手无策，以至于长期以来学术界考察乡村题材文学时，面对计划生育生活罕见的缺失和空白，亦感不解和茫然，这是中国文坛非常严肃的一个笑话。《一起上路的女人》"千呼万唤始出来"，可谓来之不易。小说讲述了这么一个故事：在一次看似很平常的计划生育攻坚战中，"我"作为有孕在身的计生专干，与超生逃跑户、同学梅香"狭路相逢"，一路"监视"她去卫生院做引产手术。梅香误以为是"我"出卖了她，甚至把我平时帮她查体、保胎、躲藏所做的一切真诚努力都当作是"欲擒故纵"，而我的纠结不仅在于无法证明清白，甚至因承受压力导致难产却无法诉说。同学情、姐妹情、乡情就这样高高架到了人性、良心、道德的火炉上，把规则与违规、政策与对策、坚守与背叛、国情与现实煎熬成了一锅不一样的文学之粥。

小说的成功在于，作者并没有拘泥于计划生育本身，而是把与计划生育有关的乡干部、育龄妇女、"四术"对象推到了农村社会的最前台，用他们生存、生活的法则和逻辑诠释计划生育与乡村男、女劳动力之间的利害关系，用各自正常、非正常的抗拒方式和内心纠结，反观社会变革时代乡村的宗族伦理和价值尺度，用道德的坚守与妥协、良心的追问与沦陷、灵魂的博弈与困顿揭示计划生育时代复杂、变异、脆弱的乡风世情。《一起上路的女人》借力于计划生育这一特殊生活的富矿，断然撕开一层又一层社会、学术、文学界欲语还休的遮羞布，写出了一种难以用道德批判的政治、社会和生态困境，也写出了一种令人骨寒的人性复杂，同时也提出了一种深刻的社会思索。

小说在艺术上可谓独辟蹊径，讲述者"我"作为一位西部地区的女乡长，仿佛在和一位看似与故事毫不相干的听众"围炉夜话"，机关工作语言和乡土民间语言交替融汇在一起，把遥远的往事拽到了现场。毋庸讳言，就我国的现实国情而言，计划生育本身的必要性、现实性不容置疑，这更彰显了作者切入现实矛盾的巧妙和智慧。特别是在构思和布局上，虚实结合，在看似舒缓的情节中蕴藏了庞大的信息量和思考空间。同为母亲的"我们"彼此情感相惜，但"我"是计生专干，梅香是"超生者"，身份与情感的对立形成了一个巨大的艺术悬疑，同时作者又让闺蜜之谊、人生跌宕及乡村人情，随着一次次紧急事件的展开，呈现出繁复而悖论的一面。在结尾处，作者将这种戏剧化推到了高潮。人心的柔软与坚硬、人性的悲悯与黑暗、灵魂的救赎与背叛，在一种巨大的、难以言说的悲苦中深刻展现。

而在故事的背后，作者暗设多重副线，这些副线有的如蜻蜓点水，有的像迷宫一样贯穿始终，而每一处迷宫都巧借隐匿于历史和彰显于时代的"资本家"（对应私营企业家中的暴发户）、丫鬟（对应底层保姆）等称呼和概念，将这些人物背后的精神气质移植过来，并对接了某种社会的痼疾，打开了纵向观察历史的通道。比如，中学时代的梅香有志向、有文化、有追求，属于典型的新时代农村知识女性，因何沦为"资本家的丫鬟"，成了祥林嫂式的悲剧人物？在"生男生女都一样"的思维中，梅香因何"中途想打掉"第二胎女孩，而非得认为"不生个男娃，天就塌了"？身为基层党员干部的村妇女主任组织同学们面对神龛、香蜡进行不伦不类的"宣誓"，却对皈依佛门、教会的同学"放一马",难道仅仅是乡村精神文化的贫瘠吗?同样的集体所有制,暴发户宋金发为什么能够如鱼得水,妻妾成群,小老婆们给他生的娃"只有他自己才数得过来"?值得一提的是,"我"唯一的听众小董尽管只是在首尾各昙花一现,却是个画龙点睛式的关键人物。这个身为大学团干部的天之骄子假如真的是"资本家"宋金发的"野种",那么,我们对计划生育的思考岂止于对政治文明、社会进程、阶级阶层、世情伦理、生命尊严、女性生态的判断,所有的谜底,恐怕就像小董一开始就迟迟不肯拿出来的那封信,谁知道上面写满了什么,而他后来提到的"另一封信",会是潘多拉的盒子吗?

胡适说:"你看一个国家的文明,只需要考察三件事:第一看他们怎样对待小孩,第二看他们怎样对待女性,第三看他们怎样利用闲暇的时间。"《一起上路的女人》作为目前为止第一篇成功反映计划生育题材的短篇佳作,与秦岭的另一个同类题材中篇《风雪凌晨的一声狗叫》共同深入地剖析了此标尺下文明的程度。一般来说,第一个吃螃蟹者容易囫囵吞枣,而秦岭却能品出个中真味,再次印证了他解构现实社会的不俗与迥异,也为此类题材的更多书写者提供了宝贵的方法和经验。(李丽)

风很大

/邓一光

早上差两分钟七点，门在赵身后咔嗒一声关上。陶问夏皱了皱眉头，扭头看露台方向。

昨天中午台风登陆前赵就来了，带了两卷胶带，楼上楼下跑，带玻璃的落地门窗全贴上对称的米字膜。现在，仪式感十足的门窗紧闩着，风把一只肢体修长的竹节虫和几只色彩斑斓的荔蝽尸体敷在玻璃上，一只八眼巨蟹蛛还活着，困难地伸展螯肢在雨水中爬动，试图离开那里。隔着钢化玻璃，依稀能看见，对面那栋没人住的人家，两扇没关严的窗户抽筋似的摔来砸去，玻璃早已碎光。院子里，满地龙尸般的树木断枝，一棵百年树龄的小叶榕连根拔起，龇牙咧嘴倒在游泳池旁。花园小径中有位年轻保安，奇怪地抱着一棵大王椰，风把他的脸紧紧摁在弯成弓背的树干上，这使他活像找错目标的扁脸情人，不知道这种时候，他为何出现在那里。

22号台风肆虐了一整夜，天亮以后弱了不少。昨晚风震厉害时，房屋摇晃过几次，赵咨询陶问夏，要不要进他怀里。陶问夏说不用，还好。现在回想起来，她不清楚当时说"还好"是什么意思，但她能想象东部海边地区会是一副什么样子。

陶问夏站在客厅，低头看自己赤着的脚丫，感觉它们正受到某种不明事物的威胁。她走过去，脚趾有节奏地蠕动，一点点爬进赵留在门口的那双皮拖鞋里，趿拉着回到楼上卧室，走到床前。

　　床上凌乱，和大多数时候一样。入睡前他们各自阅读，赵刷屏专业论文圈，陶问夏读几页书，或者，看上去在读书。自从加入了一个和专业不相干的读书会后，陶问夏总有些群里推荐的书要读，不过大半没读完。他们很少交谈。总不能谈和λ射线计量公式。作为配合默契的专业伙伴，他们在研究所里有足够的领域和时间交流。

　　有一阵子了。他们保持着肌肤之亲，不多，但有。

　　陶问夏缩起双肩，让睡袍滑过锁骨，跌落到脚踝上，脚趾脱离松垮垮的拖鞋，爬上床，钻进凌乱的丝制品中。秋分还有一周，她并不觉得冷，却像月光螺一般蜷起身子，感到光着的腿正一寸寸复活过来。

　　好像知道陶问夏回到被窝里了，邹芊芊的电话恰逢时候地打进来。

　　"他提出新条件，补我三十万股宝德。"隔着话筒，陶问夏被小姑子的怒火灼得脸往后撤回几寸，"拿我当什么，鸡都不食的港股耶！"

　　"闹四五年了，总归是分手，你拿到不少了，觅儿的监护权，两套房子……"

　　"三套。伦巴底街那套上个月我也抢过来了，没告诉你？"

　　"三套，还有岘港的生意，游艇也归你……"

　　"我就知道，在你这儿别想找到安慰。"邹芊芊怒气冲冲，好像电话这头的陶问夏是可恶的叛徒，"我根本不想要那只破瓢，看看人家朱梦，康明斯发动机，我是狗屎Yamaha，会费和维修就能把人逼疯。我只是不想让他在上面睡他的小奸妇———我俩在艇上搞过，在不要脸的大海上！"

　　陶问夏有点恍惚，不确定是否应该起来给自己煮点东西吃。她对烹饪过程和自己没有关系的食物向来缺乏信任，从不叫外卖。她朝落地窗外看，雨不大，风肆意撕扯着天空，一个劲往地上摁，所有翻天覆地的事情都在地面上进行，房屋隔音效果好，听不见它俩在外面嘶喊着什么，她猜这会儿后者连呻吟的力气都没有了。

　　换了个姿势，陶问夏把话筒推到枕头那一头，大致能分辨话筒里抱怨在继续，伸手够过床头柜上的手机，心不在焉地处理了两封工作邮件。预报说台风下午就会过去，但她不知道小姑子什么时候才会停下来。

　　有一段时间，陶问夏和邹芊芊好得像一个人。那会儿，邹茂茂想娶陶问夏想得哭，母亲和三个姨妈坚决反对，理由是陶问夏学历高。父亲和叔叔弃权，表示尊重精英民主，支持代议制。

"娶谁不好，娶女博士。"归纳起来，邹家的反对意见大体如此。

陶问夏是博士后，要命的是，她是工科，精密仪器专业。邹家是知识分子世家，家里三代出一堆博士，废品店不收，堆在家里攒着，深受困扰。邹芊芊是邹家唯一的低学历，港科大一毕业就嫁了潮汕新贵，身份落地，人事通透，邹家有什么化不开的事总是她出面拿主意。

邹茂茂央求妹妹拯救，信誓旦旦，陶问夏品质优秀，玷污不了邹家的名节。邹芊芊那会儿正和老公暗中斗法，忙着改北美身份为欧洲身份，没心思管闲事，劝哥哥，在人生的田径场上你永远别想跑赢一个想拿金牌的女博士，她越优秀意味着你当亚军的可能性越大，这是一场风险远超机遇的比赛。耐不过哥哥央求，邹芊芊怨气冲天从瑞士飞来深圳见陶问夏，本来打算直接逼陶问夏知难而退，没想到一见就陷进去了，回头慎重地向父母宣布，哥哥要不娶陶问夏，她就娶。

几年后，陶问夏和邹茂茂分居，邹芊芊专程飞了一趟新加坡，堵着门跋扈地把哥哥痛骂一顿，邹茂茂刚买的自行车二话不说丢进湖里，最后还是邹茂茂费老大劲打捞起来，去警局交了一笔罚金了事。

"抓住最后机会，四十岁的女人能得到真实性爱的概率不到百分之十。"邹芊芊从新加坡飞深圳，进门把自己扒光，跳到陶问夏床上，一边试在爱雍·乌节新买的内衣，一边连怂恿带威胁指导陶问夏，"关键是财务自由，我豁出来免费替你打官司，保证邹茂茂净身出户。"

邹芊芊是金逸事务所合伙人，生下女儿后几乎没接过案子。

"我俩没你想得那么不济。"陶问夏为小姑子挨件拆内衣吊牌，一样样递给她。

"喂，别把自己当一把螺丝刀。"邹芊芊龇牙咧嘴反手够搭扣，有点够不上。

"喂，别说淫荡的话。"陶问夏学邹芊芊。

"蠢货，我指蓝领思维。"邹芊芊气喘吁吁扒下衣裳丢在地上，恨铁不成钢地瞪一眼自己的胸，再瞪陶问夏一眼，"你以为能修好这个世界，知道需要多少吨大号螺丝？我哥入佛系不是一两天，他待在狮城不回来，是想进普觉寺。他打和尚的主意，你又不打算当尼姑，想蛰你的蜜蜂满世界都是，离了和尚照样授粉开花。"

"你哥没想好，想好了他会告诉我。"陶问夏说，剪断一件普拉达的吊牌。

陶问夏处理完邮件，顺手刷了刷赵在路上发来的视频：香港一座建筑工地的塔吊被风撅甘蔗似的撅折了，有人在大街上被风吹得撞在隔离带上直接撞晕过去。

陶问夏不喜欢大惊小怪的视频，好像世界还不够乱，没看完就关掉了。她调出镜子，朝镜子里看了一眼。牙齿在镜子中闪烁着暗暗的光泽，不仔细看还算精致，但她比谁都清楚，凹陷的眼窝不是美人窝，是缺少睡眠，眼睑旁爬出几丝皱纹挺不耐烦，好像在考虑要不要爬得更远一点。

陶问夏把手机送回床头柜，隔着枕头拿过话筒，趁小姑子喘气的当口告诉对方，昨晚有风来访，没睡好，现在要睡一会儿，然后挂上座机。

窗外，有一棵七八尺长的树拖曳着雨水飞过，也许是半棵，样子像试验失败的飞行器，蘑菇形树梢拉出粉状白烟。昨天政府宣布停市停工停课，陶问夏觉得自己有理由睡一会儿，可怎么都睡不着。

二十分钟后，陶问夏换上一套蛋青色耐克运动装走进车库，绕过蒙着车罩的雷克萨斯，上了自己那辆2015款卡曼，打开车载电台。

本地台新闻频道和交通频道吵成一团，都在播送台风新闻，播音员像身处狼烟四起之地的新兵，口气亢奋而绝望。陶问夏把波段调到94.2，听了一会儿私家车台的路况报道，下车返回楼上，取来一台自动体外除颤仪，放进后备厢里。

设备是陶问夏科研成果中的一种。她不知道是否能派上用场。她把车开出车库。

一到外面，就像进入另一个星球，风力起码十五级，时速超过一百五十，两千千克自重的卡曼像刚学短跑的新手，身后有个脾气不好的教练一掌掌狠推，一个劲地跟跑。

陶问夏有点害怕。但她没有让自己回头。

银灰色的卡曼驶上梅林路。雨水在车窗外呈干冰状，拉出一缕缕直烟，视线不好，能看见马路上到处躺着吹落的广告牌和横倒的垃圾箱，路边植被一律向西北方向弯着腰，沿路到处是倒下的大树，它们连根拔起或拦腰折断，压塌了好几辆停在路边的汽车，那些汽车就像买多一份只能拍扁打包带走的汉堡，完全没有了营销广告中宣称的从容高贵品味，有一辆红色QQ干脆掀翻在马路上，看着触目惊心。

街上店铺都关了门。还是有一些政府工作人员出没在街头，各种制服外套着橘红色荧光救生衣，像一群失去了导演调度的特技演员，在风雨中侧着身子困难地蛇行。

陶问夏小心翼翼绕过路边倒木，拐出梅林路，沿梅丽路往南行驶。平时高峰时段，这条路会堵得厉害，这会儿却基本没有车辆，偶尔遇到一辆，也是闪着警灯的工程车，悲壮地犁开白花花的水道驶过去，车身溅起的浪头就像墨斗鱼不断扇动的边裙。

陶问夏受到启发，打开示宽灯和警示灯，提醒自己不要空挡滑行，尽量不用刹车。

在北大医院路口，陶问夏没有犹豫，把车拐向莲花路，让车顶着风行驶，这样能保证安全。她看见一股湍急的水流像走错了地方的瀑布，顺着莲花山公园西北山脚涌出来，冲上马路，一些懵圈的土黄色蟾蜍、果绿色树蜥和花斑色蛇在白花花的水头中扭动，沿着路面快速爬开。她回忆在电台里听到的新闻，一些地势低洼处，海水顺着河道灌进市区，卷起几尺高的潮头拍打着街道，很多建筑都进水了。

这么想着，陶问夏听见身后一声巨响，吓得手一紧，下意识闭上眼睛，很快睁开，紧张地看后视镜。身后几十尺远处，一块巨大的公益广告牌不知从什么地方飘来，掀过马路，广告牌上夹带着一团白花花的东西。好一阵，她才看清楚，广告牌上面写着"以书香为伴，让知识续航"，白色的东西是条白色毛皮的狗，卡在两根断裂的钢筋中，不知怎么和续航的书扯上了关系。

陶问夏慢慢减速，小心地倒回去，把车泊在路边，摇下车窗。风嗖的一声把纸巾筒吸出车窗，接着是挂饰，它们向莲花山方向飞去，像是急着去找什么人，眨眼消失在风雨中。她觉得有一双手在把她猛力往车窗外拽，衣袖筒里瞬间灌满雨水。

隔着马路，一个浑身透湿的交警冲这边挥动手臂大喊大叫。陶问夏听不见他喊什么，但明白是在催她赶快离开路边。

快过来，快！她朝狗招手。

狗挣扎了几下，从刀叉般的钢筋中脱身，瑟瑟地过来，从车窗外爬进车里。

陶问夏把车从路边开走。"待那儿别动，我刚洗过坐垫。"她关上车窗，回头对湿漉漉发着抖的狗说。

白色皮毛的狗在脚垫上转着圈，冷得直哆嗦，也许吓着了，好一会儿才抬头看了陶问夏一眼。是一只萨摩耶，男孩，看着挺老实。陶问夏曾想养一只耷拉着大耳朵的猎兔。她喜欢警惕的智者，比如写《彷徨》的鲁迅，但他们眼神不一样。

好吧，反正都是移民，谁也没有权利要求别人怎么做。陶问夏妥协了，听任萨摩耶上了后座，在那儿转着圈耸出一片水珠。她不喜欢狗变得失魂落魄，但她能怎么办？

情况没有好转，陶问夏在莲花支路的路口再度停下，让一条杂色柴犬和一条黑色松狮上了车。它俩一个像滑稽的公知，一个像神经质的演员，之前躲在公园东北出口的垃圾分理站后面，完全吓坏了。它们应该是莲花山上的住户，可见山上的植物被袭扰得有多厉害。

陶问夏把两位流浪汉让到后座上安顿好。这次她没有提醒它俩注意礼节。讲究卫生什么的，用不着了。她不清楚莲花山上还有多少住户遭了殃，鼯鼠、琵鹭和角鸮，更多的是被人抛弃的流浪狗猫。

车在莲花立交桥旁停下。那里有一片汹涌的水流，水头不知打哪儿钻出来的。陶问夏小心翼翼减慢速度，开车通过水洼，拐上红荔路。中途她又停了两次车，排气管明显遭受到摧残，她肯定要去4S店做延保了。

现在，车上有了五条流浪狗，其中一位受了伤。陶问夏在一段路边没有大树的地方停下车，为受伤的金毛做了简单处理，包扎上伤口。车上有点挤，五个家伙为争夺地盘开始大声叫喊，朝对方露出尖利的犬牙。萨摩耶男孩果然老实，它第一个上来，本来独占后座，现在把那儿让给后来者，自己躲到脚垫上。松狮最霸道，像坏脾气的黑脸包拯，谁都欺负，好像卡曼是它的座驾，陶问夏来接它回家吃饭，它不想带上其他人。问题是，真正的危险可能是那条小个头的年轻杜高，它一声不吭，小眼睛不断往松狮那边扫，感觉随时都可能扑过去。

陶问夏读过《吉尔加美什史诗》《玛雅圣书》和《史记》，书中记录了大洪水的事，说了神打架、人作恶、天谴责的事，没有狗龃龉，她不知道该拿这种事情怎么办，是停下车，帮助它们当中某一个对付其他几个，还是就她自己，它们来攻击她，它们一起上？

"可以停止吗？"她一边观察马路上的倒木，一边斜眼严肃地教育后座上大打出手的流浪汉，"不然你们找我，我们好好打一架。"

除了黑色松狮，别人都停下了，或呆懵或识趣地看陶问夏，好像她是一个过于吹毛求疵的老师。

陶问夏觉得好笑。其实她不会打架。

多年前，陶问夏和邹茂茂去南丫岛度假，忘了为什么，精力旺盛的邹茂茂把陶问夏抱起来，扛上肩往海边走，假装要把人扔海里去。陶问夏吓得又踢又叫，后来还是按照要求衔住邹茂茂的耳朵，事情才算结束。

那应该不算打架。

陶问夏还清楚地记得，那天晚上，她洗完澡，头上裹着毛巾走出农舍，隔着夜空中几只斜飞的萤火虫，看见了邹茂茂。邹茂茂像认真值堂的小学生，坐在门廊的木头台阶上，两只手合架在膝头，食指相勾，一动不动地看着远处寂寞的离岛，那个单纯样子，差点没让陶问夏落下泪来。

"这样度过一生，是幸福吧。"那天夜里，邹茂茂说过这样一句话，不是询问，不是对陶问夏说，是告诉他自己。

车上湿气很重，弥漫着浓厚的山林气味。人类并没有为自己驯化出真正的宠物，只要这个星球变化一下，它们回到自己的来处，很快就会恢复祖先的基因。

陶问夏有点反悔，不该这个时候出来。但她不否认，这就是她冒险出门的目的。她猜想有谁急切地需要尽快离开肆虐的台风。实际上，很多人都需要离开困境，比如她自己。

陶问夏还记得第一次见到邹茂茂时的情景。

他们是在世界五百强求才大会上认识的。他高挑，优雅，西装不是什么大品牌，鞋子的款式也一般，手腕上贴着一块干净的创可贴，模样更像一位创客技师，而不是上市公司风控师，可他漫不经心的神态中透着一丝堕落的气息，慵懒的气质非常迷人。

"哇，S！"他咧开嘴，露出雪白的牙齿冲陶问夏喊。

"啥？"陶问夏没听明白。

"就是Alba，漫威里的Sue Storm，X的象征。"

"是吗。"

她晕头晕脑，不知道Sue Storm是谁。她知道截止频率和红限波长，不知道漫威，胸口怦怦跳个不停，一个劲地想，她真是那个幸运儿吗？

后来，陶问夏悄悄查了杰西卡·阿尔芭的资料，闹了个大红脸。在《神奇四侠》之后，阿尔芭出现在《蓝色星球》里，一身蓝色紧身皮衣，冷着脸，性感极了，难怪他说X。

他们有过甜蜜时光。九年。陶问夏习惯了每次从梦中醒来，手都在邹茂茂呼吸均匀的胸膛上。还有，她遇到气急败坏的事情，昏了头给他打电话，他什么事没有似的先笑，然后咧开一口白牙对她说，没事，有我呐。

可惜，经济危机摧毁了一切。

邹茂茂的公司遭遇到流动性危机，然后是连续股灾。不止他们一家，全球百年老店倒闭掉三成。他们共同认识的很多熟人都消失了，过去他们都雄心勃勃，相信好日子通往永远，那是属于他们的世界。

德国政府替Hypo Real Estate担保。美联储七千亿紧急救市，政府接管Fannie Mae和Freddie Mac。中国政府也没干坐着，五万亿入市，可是，纾困名单中没有民营企业。邹茂茂的公司申请停牌，遣散掉半数员工，试图最后一搏，挤进家电和汽车下乡的队伍，董事会决定，由干将加福将邹茂茂负责项目。邹茂茂使尽吃奶的力气，还是被握着政府批文的国企挤了出来，一点份额也没拿到。

邹茂茂离开了公司，不是辞职，是除名，股权收回。公司市值跌破发行价，宣布摘牌离场，总得对股民和证监会有个交代，他是最不会引发次生灾难的人。

邹茂茂垮掉了，一夜之间苍老了十岁。那天，他通过律师递交了身份申请。陶问夏劝他别那样。他们吵架了。

"你以为我不知道，你觉得我丢脸……"

"别这么说……"

"不能什么好事你都占全了,你知道我的感受,你让我觉得自己非常糟糕……"

"对不起……"

"够了,我们都不是彼此的第一次,谁也不是谁的救世主……"

她觉得他太侮辱人了,她的科研项目逆市上马不是她的错,她从来没有见过救世主。但她还是爱他———爱那个因为爱她而不知所措的他,那个食指相勾,默默与夜色对峙,相信宁静海湾是幸福之地的他。

他们有两个星期没有说话,然后是半年。他抗争过,投过几次简历。人们熟悉他,年轻有为的风控师,拖垮了大名鼎鼎的头部企业,没有谁会和这样的人沾边。

有一天,陶问夏从研究所下班回到家,精疲力竭,想喝口热水,倒水的工夫,听见风叩动门的声音。她向门口走去,却发现邹茂茂躲在储衣间里偷偷哭泣,头一下下往墙上撞。她惊慌地挤进窄小的储衣间,用力把他的脑袋从墙上剥下来,抢救进怀里。

"走开!"他推开她,顺着橱柜滑坐到地板上,一脸散乱的恐惧,"告诉我真话,我是不是不中用了?"

她回答不了他的问题。她不相信男人会这么脆弱。难道她就没有垮掉,没有垮掉过?好日子不会一直到黑,人们还要生活下去,人口红利还没有用光,他们赶得上重新来一次。

邹茂茂终于去了南洋理工大学,做访问学者。离开家那天,他神情恍惚地走出门,在门廊的吊窝里坐下,呆呆地看院子。这一次,也许是白天,天色太亮,他没有食指相勾,坐了一会儿,慢慢起身,埋着脑袋下了台阶,连行李箱都忘了拿。

"你还是那么帅。"头天晚上,她替他收拾好行李,特意下楼,走进书房对他说。

"你也一样。"他那么说过,反应过来,从平板电脑上抬起头,抱歉地看她,"喔,我是说,你一直都那么从容。"

她瞟了一眼屏幕上的画面,灵修课程什么的。她觉得他说得对,如果她不那么从容,惊慌一点,哪怕一点点,她就能做母亲。

卡曼在关山月美术馆附近停下。车上又添了两位乘客,一条黑白相间的喜乐蒂，一只看不出品种的流浪猫。喜乐蒂是条高龄老狗，人情世故地坐在马路当中拦车。猫带着一身水珠直接蹿上车头，凭这个，陶问夏就判断出它俩不是野种，是流浪儿。

猫蹿上车头时陶问夏吓了一跳，差点猛踩刹车。它有缅甸猫的黑眼睛，东方猫的尖嘴，英国短毛猫的烟灰色皮毛，乍立着两只斯芬克斯猫的大耳朵，脑袋上顶着一条亮晃晃的马陆虫，隔着窗玻璃冲陶问夏露出两排尖尖的牙齿，好像那样做就能洗刷掉它出身的疑云。

让猫进到挪亚方舟里来颇费了一番工夫，风大得邪乎，根本打不开门，陶问夏没法下车去帮忙，猫又死活不肯从车头上下来，屈尊挪步窗道。好在街上一辆行驶的车也没有，只要不停在路边，他们大体是安全的。

卡曼终于重新上路，陶问夏运动衣湿透了。她发现自己惹上了麻烦，那只出身可疑的猫在呕吐。这太糟糕了。更糟糕的是，猫的背部塌陷，肚子圆鼓鼓，缩在逼仄的副座下，一副抑郁脸，丝毫不理会冲它大叫的松狮。

陶问夏找出一双手套，试着把可怜的家伙从副座下拽出来。猫没有反抗，只是在她把它抱上副座时有些警惕，试图弹出爪子挠她，她嘘住它。

"我来找熟人，没找到，我也不认识它们，但我们可以客气点，对吧？"她对猫说，然后回头警告松狮，"别冲它叫喊，它被伤害过。"

猫松弛下来。陶问夏捏了捏它身上，几乎没有脂肪，乳头肿大，至少有六周孕期。她把车停下来，脱下干爽的运动裤，把猫裹起来，用两个软枕在副座上做了个临时的窝——离分娩还有三周，但不管它孩子的父亲是谁，血缘复杂到什么程度，它有资格得到单独的窝。

陶问夏有个条件相当不错的窝，可那个窝不能让她分娩。

问题不在经济危机，也不在邹茂茂。邹茂茂不是陶问夏的第一个，她也不是。邹茂茂之前那些血缘丰富的男人都认为她该有一个窝，他们愿意成为窝的一部分，可是，最终他们都离开了，或者说，她离开了。她不喜欢用朗诵的口气大声说话、在发式和皮带上下足功夫的男人，而且，不是"四十岁的女人能够得到真实性爱的概率不到百分之十"，而是女人结束掉的时间提前了，她希望有力而深刻地生活，在日后宣称自己真实地生活过，但不曾做到，至少现在她还没有做到，科技魔兽上足了发条，越往前走路越窄，发展的空间越少，她不敢稍许松懈，害怕一旦松手，面前一片荒芜。

谁想知道那些大树为什么会在大风中倒下？它们是移栽，根系浅，如今还生长在那儿，不过是在等待下一次级别更高的风，它们根本来不及分娩，就被绝育了。

银灰色卡曼停在红荔路和新洲路路口，等待绿灯放行。这个路口的红灯很长，即使此刻只有它一辆，车的主人也习惯地等在那里。

卡曼已经绕着莲花山行驶了一圈，现在，陶问夏要从手机里翻找出流浪猫狗收容站的电话。她很清楚，要是查起来，在成为流浪汉之前，车上这些家伙大都按照《城市养犬管理条例》进行过登记和检疫，取得过合法户籍，但政府可没有为它们安排经济适用房和廉租房，收容站的人会抱歉地告诉她，她应该把它们送到犬类保护协会去。这个她会。她不打算指望谁。她没有打算指望任何人。只是，她不知道流浪狗基地是否还在原来的地方。他们拿不到用地计划，已经搬了十次家了。

陶问夏那么想着，风依然刮得紧，赵在风头上把电话打了进来：

"听说了吗，大梅沙的'天长地久石'垮了，两块石头只剩下一块，没有天长地久了！"

赵口气焦虑，透露出一丝抱歉。他们有足够的默契，从不通电话，也不会拿各自失去配偶这件事情来烦对方，但显然有什么事情让他崩溃。那是什么？不过是两块耸立在海边的石头，被风吹垮了，它们怎么啦？男人怎么啦？他们看上去那么优秀，这个世界是他们创造的，诞生和毁灭都因为他们，可他们倒下去也太容易了，根本用不着22号这个级别的台风来帮忙，他们为什么不爬起来，要一个劲地在风雨中打滚？

"听说，"赵迟疑了一下，"垮掉的石头里露出了砖头，就是说，它是假的。"

原来这样。陶问夏完全说不出话。她越来越说不清楚，她到底在意什么，是离开的那些人，还是他们留在某些皮制或者棉制品中的灵魂？

她挂断了电话。

红灯依然亮着，和热带气旋一样执着。天气好的时候，路过这一带，能闻到公园里飘来花草芬芳，这个时候应该是桂花开的季节，桂香让人心情舒畅，要是晚上，还能听见山上牛蛙愉快的叫声。陶问夏觉得，这真是一个奇怪的世界，人们从内地来到这里，把自己变成南方人，再变成国际人，最终能变成什么，谁也不知道。其他族群的生命也一样，在代际遗传中，把自己变成黑眼睛尖嘴烟灰色皮毛乍立着两只大耳朵的杂种移民，分辨不出谱系。是不是人们都变了，这个世界只剩下她一个人，她还得循规蹈矩，守住血缘，等待红灯？

那么想过，陶问夏快速做了决定，回到家，她就找只包装袋，把那双男式皮拖鞋装进袋里，丢进垃圾收纳筒。不过，她现在还不打算去做这件事，她先得把车上这些家伙送到该去的地方，安顿好，为自己弄杯热水，一口一口喝掉，让自己缓过劲来。

红灯闪动几下，终于换成绿灯。

陶问夏没有动，让卡曼停在那儿，享受着绿色的清凉之意。她看见一样闪着金属光泽的黑色物体掠过马路飞了过去。是一只鸟儿。不可能，但只能是。她看不清是哪种鸟，甚至看不清它伸展开的翅膀，实际上它像弹丸一般眨眼消失在怒号的狂风中。谁叫她是工科博士，她在脑子里快速复盘出那个小家伙努力平衡着身体，奇怪地伸长脖颈向前飞去的轮廓。

不是她一个人在风中。

这场风不独属她，但风中的生命是同类。

没人喜欢台风，它会把一切吹走，什么也不留下。可是，所有曾经存在过的，那些快乐和痛苦的日子，还有连接它们的某个拐角处，以及在那儿现身的生命，比如从新洲路转向莲花路的拐角，那只可能连翅膀都没能抻开却飞行在暴风中的鸟儿，它们就像伙伴一直伴随着她，让她欣慰，她应该谢谢它们在那儿，没有走开。

她记得邹茂茂有一件"自由兵幽灵"战术雨披，一双深色工装靴，在他的徒步行囊里，他没有带走，她可以穿上它们，返回来，去莲花山上救那几个熟人。也许它们正打算逃亡，却找不到人营救；她只要避开狂风中摇摇欲坠的大树，看仔细，它们躲在雨林溪谷还是漾日湖畔，最好不是风筝广场，那里了无遮拦，有一些不管用的簕杜鹃，风会把它们吹得满地打滚，也不是桃树林和风铃木林，作祟的树木会吓坏它们。也许它们可以去山顶广场，那里有一尊七吨重的铜像，铜像的主人经历过暴风骤雨，见多识广，他会告诉它们怎么韬光养晦，从头来过，何况，几十年前，人们想放弃的时候，他曾经隐晦地提到过它们；这样，她去那里就很容易找到它们，把它们带离大洪水，她也一起离开。

只是，需要风停下来。雨大没什么，风不行，风会搅乱一切。

选自《长江文艺》2019年1月上·原创版

评鉴与感悟

现代女性的精神困惑

邓一光的新作《风很大》描述了主人公陶问夏在一次台风天中的生活轨迹，从一开始她躲避在钢筋水泥的"庇护所"内，到她冲出家门、开车逆风而行，最后直接上演了一场街头动物的大营救活动。在一定的篇幅内，小说还穿插讲述了经济风暴对陶问夏家庭的冲击，以及她与伴侣的精神冲突，从中透视了现代女性在自立自强生活背后的精神困境。

整个小说在台风天气下展开，与风暴环境相映衬的是陶问夏内心汹涌的精神痛苦。表面上看，她遇事不惊、从容不迫。比如，她作为高学历的现代女精英，能在经济危机中应对自如，并让自己的科研项目逆市上马。但是，当她面对丈夫因事业失败而选择遁入空门时，却不知所措、无处求助。再加上，现任男友仅仅因为"天长地久石"被台风捣毁就陷入焦虑等事件，直接导致了陶问夏对男性感到失望，对男性的认识发生改变。

小说中两个男人因为两场不同的"风暴"表现出了同样的脆弱姿态，男性尊严被击碎，软弱的性格被暴露无遗。陶问夏本认为男人是具有坚强意志的强者，世界因男人创造、诞生、毁灭。而男性的软弱不堪与她对男性力量的认识形成了冲突，导致她产生了精神和生活的困惑。

陶问夏在台风中拯救流浪动物的行动，是一个颇有深意的情节安排。精神的压抑和无助感让陶问夏毅然离开"安全屋"的庇护，冲向街头，置身于风暴的中心。似乎，台风天气能帮助她理清混乱的思绪，是她认清自我力量，寻找精神出路的契机。开车冲出家门后，她遇到了在洪水中挣扎的流浪猫狗，并开始了对流浪动物的拯救。这一行为暗示着，她看似是施救者，其实也是需要搭救的被救者。在营救的过程中，她是否找到了"有力而深刻生活过的痕迹"并不清楚，但在营救的最后，陶问夏显得愈来愈有力量，越来越有把握。小说的结尾，她还要穿上"自由兵幽灵"战术雨披，徒步上山，将街头瑟瑟发抖的生命，连同自己一起带离台风。

可以看出，邓一光在《风很大》中隐秘地预设了现代女性的精神困境以及寻找精神出路的主题。陶问夏从对男性力量的失望而产生精神困惑，再到她寻找有力生活的痕迹、确信自己的能力，将自我和动物带离风暴。可以说，这是一篇在两性关系的坐标系中，思考女性精神独立和心灵出路的女性主义小说。（董伊蕾）

魔 术

/王小王

A

他贴着墙走,贴得那么紧,就像那墙是一张床。路灯把他的影子在地上拖来拖去,毫不怜惜。他今天很想回家,想早早躺下来,什么也不干,就那么躺着,安安静静。有个人站在他面前他也没有注意,直到他撞到那人的身上。确切说,是那人撞到他身上。他抚弄了一下那小男孩儿的头,把他轻轻推到一边,接着向前走。

小男孩儿绕到他前面,推他的肚皮,说:"哎!"

他摇摇头,说:"不,今天不需要。"

"为什么?"

"不为什么,就是不需要。"他朝小男孩儿歉意地笑笑,从那小身子和墙的中间挤过去。他现在只想贴着墙,就像他现在要回家,就像他以前常让男孩儿们那样对待他,没有理由,就是想这样,就是想那样。他从不给自己找理由,那没什么用。理由对自己有什么用?理由是对别人说的。对自己来说,有理由也好,没理由也好,一切都该怎样还怎样,既然无法改变,干吗要费劲给自己找个理由?

"那不行,我需要钱。"小男孩儿再次挡住他,却扭过头看向另一边的街角。

他顺着小男孩儿的目光看到了一群男孩儿。五个，或者六个。他们待在房屋的阴影里，路灯洒在他们前面的空地上，照不到他们。

"我们都来了。"小男孩儿接着说，并且转回头直视他，眼神里有了不屈的光彩。显然，伙伴们的存在给了男孩儿坚持的勇气。"怎么样？我们找好了一个地方，没有人会发现。要么，我们便宜点儿？"男孩儿接着说。最后这句话让那张小脸上显出了纯真。

他看着男孩儿，心里头一次充满了不一样的感觉，很疼爱似的。他伸出手抚摸男孩儿的脸。男孩儿使劲打掉了他的手，恶狠狠地蹭自己的脸。这个抚摸让男孩儿很气愤。"快点儿，跟我们走！"男孩儿盯着他，向上扬起了手挥动着，街角的几个孩子跟随那手势的召唤出现在灯光下了，向这边走过来。他看清了，是六个。

七个男孩儿围着他，抬头盯着他。他们中最高的那个的头也刚刚才到他的胸口。他想起了七个小矮人和白雪公主，觉得有些可笑。

也许他脸上露出了一点点笑意，也许男孩们把这笑意当成了默许，也或者当成了轻蔑。总之他们如同得到了号令，突然一拥而上，对他拳打脚踢。他们沉默着挥舞拳头，飞动麻秆一样的细腿，紧咬牙关，带着说不清是努力还是恨意的扭曲表情。他也一言不发，只是把身子紧紧贴住墙面，微蜷身体，闭上眼睛，像一个在噩梦中抽搐的人。

他高大，虽说不上威猛，但是两条胳膊也圆木一样粗壮结实，拳头攥起来，随便朝哪个男孩儿的脸上捣下去，也会砸出鼻血来，或者毁掉一两颗小牙。但是他不动，男孩儿们也似乎早就知道他不会还手一样，踢打得勇猛而坦然。

"多长时间了？"最高的男孩儿奋力舞出了自己的最后一拳后，先停下来，站到一边问。

男孩们跟着都停下来了，喘着粗气，散在他的四周，有一个一手扶着墙，看起来累得够呛。今天他们特别卖力，他们觉得自己表现很好。最先出现的那个小男孩儿抬起胳膊，撩起过于宽大的袖口，看手腕上一只金光闪闪的表。表盘对那只细胳膊来说大得要命。他认出，是他的表。是他以前给他们的。那一次他应该付给男孩儿们三百八十块钱，他们拿了八十块钱，提出要他的表。那是最不值钱的一块表，出门前临时换上的，但也值六万块，他觉得就当它是几百块也没什么，于是把表给了他们。后来他注意到，男孩们轮流戴那块表。他没有提醒他们应该把表卖掉，他自己也不知道是不想说，还是懒得说。他想，也许孩子们突然觉得他们的"工作"与时间有了关系，因此赋予了一块表更庄严的意义吧。

"差不多十分钟了。"小男孩儿看着表，郑重地回答。

他无奈地苦笑。

高个子的男孩儿向他伸出手来："十分钟，一分钟三块钱，七个人，呃……二百一十块钱。"

他摇了摇头说："不，今天不算。"

"操！"高个子的男孩儿高高跳起来，一脚踢到他两腿间。

他惨叫一声蹲下去，仍然说："今天不算，我只想回家！"

男孩们再次扑上来。这次他们不再是沉默的。每个人都在边打边问："算不算？算不算？算不算……"

奇怪，他们问得越多，他越不想回答，他在心里对自己重复着说："我想回家，我想回家……"没人听到他心里的话，就算是听得到也没人在意。他听着此起彼伏的"算不算"，猜想男孩们的心里一定也有他听不到的声音。他感觉到他们这次打得比刚才凶狠多了，他的腿支撑不住了，只能躺下来。尽管他今天真的不想这样，但也不会还手，他只是护住自己的口袋，不是为了护住钱包……

他突然想哭。

B

"滚开！滚！快滚！"年轻人扯住一个男孩儿的领子把他扔到一边，又拨开另一个，然后向那个仍没停手的孩子的屁股上狠狠踢了一脚。现在所有的男孩儿都停下来了，但没有滚，他们看清了这个制止他们的人，迅速低下头来，向其致敬，并像受到过训练一样齐齐喊道："二郎神。"

等年轻人从鼻子里"哼"出一声算作答复，那高个子的男孩儿才抬起头来低声说："他还没给钱呢。"

"你们没听到吗？他今天不想给。"年轻人的手动起来，所有的孩子都不由自主地捂住脑袋。但他只是将手停在空中。男孩们放下胳膊，有些羞愧又有些松了口气地互相看看。年轻人在空气里一抓，几根烟便出现在指间。男孩们齐声叫好，然后几只手伸过来抢走了烟。他又向空气中一抓，掌中便多出一个打火机来。又是一阵叫好。他先给自己点上烟，深吸了一口，才把打火机扔给高个子的男孩儿。打火机在男孩儿中间传递，一个个烟头儿次第亮起红光来。年轻人吸着烟看男孩们，突然抢下一个男孩儿的烟扔到地上踩灭，说："小崽子，学什么抽烟？"那男孩儿最矮，看上去是最小的一个。

"你，你给的嘛。"小个子男孩儿小心翼翼地辩解。

"我给你了吗？"年轻人略弯下腰，把头探到男孩儿跟前。

"没有没有没有，你就这么着，我自己拿的。"小个子男孩儿显出了机灵，一边说一边学着年轻人的样子伸手在空气中挥舞。

年轻人嘴角向左面撇撇，算作是笑。男孩儿们跟着笑，他们都笑出了声音，嘴咧得大大的，夸张得很。

"滚！"年轻人直起身来，挥了一下拿烟的那只手。长长的烟灰猛地抖落。

男孩儿们被惊吓到，不约而同地飞快跑了几步。离开一些距离后，他们慢下来，转过来倒着走。那最先出现的男孩儿喊道："我妈没钱买药，我需要钱。"可当那年轻人矗立在路灯下的身影只慢慢转过一半时，他就转身拔腿向街角跑去，其他的孩子们也跟着他跑远了。他们害怕这个年轻人，这个外号"二郎神"的小伙子是这一带的霸主，当然只是针对一部分人来说。不过，恰好是这群孩子所归属的那部分。

这段时间内，被孩子们殴打的那个男人一直蜷缩在墙边，他静静地躺着，为了晾干自己的眼泪。

"二郎神"背朝着那个人，多年以前，他便用"那个人"给那个人重新命了名。这个称呼既有些崇拜，又有些轻蔑，既含着些恐惧，也带着些需求，既亲切，又陌生。"那个人"在他和其他孩子中间秘密流传，谁也不知道他真正的姓名。"二郎神"的目光跟随着男孩们奔跑的脚步声，仿佛看到若干个自己在四下逃窜。他换上一副忧愁的面孔，慢慢将烟吸完，然后踩灭烟头，走到"那个人"的身边站着，静静地俯视那具同样安静的身躯。

过了好一阵儿，"那个人"才撑着墙站起。"二郎神"把目光移开，移向斜上方的夜空。

"谢谢。""二郎神"听到"那个人"说。而他回应的方式只是把双手插进牛仔夹克的口袋。其中一个口袋里面有一把灵巧的弹簧刀。一按那个按钮,轻轻的"当"的一声,闪着银光的刀片就从黑色的刀把里长出来,像魔术一样精彩。当然,"二郎神"没有马上变这个魔术。他在暗处等着这男人出现,然后一路跟踪,本来就是为了变一个更大的魔术,比如白刀子进红刀子出。

可男孩儿们的出现打乱了他的计划,也搅乱了他的心思,现在,看着"那个人"的样子,"二郎神"没有了表演的欲望,他想,也许还不是时候。

A

他仍旧紧紧贴着墙,向前走,疼痛让他步履缓慢。年轻人走出一段距离,便靠在墙上等他。等他离近了,再闪开身子,把墙让给他,自己站在一边。他走出一段距离,便又听到年轻人沙沙的脚步从后面赶上来,超过他,走到前面去,走了一段,又停下来。有那么一次交会的时候,他扭过头去,觉得应该跟这年轻人说句话,可是却被内心的虚无感抑止了,就接着向前走。年轻人走走停停,紧抿双唇,似乎也决意就如此无声伴随。

夜色那么长,足够他们这样走下去。他看着自己的两只脚交替着一前一后,机械的重复像蕴藏着什么玄机,可他无力去想。他们的路却远没有夜色那样长,那堵墙到了尽头,他们停了下来。前面,是一扇阔大的门,大得让人不知所措。他在粗壮的铸铁栏杆前站了一会儿,才想起也许应该在这儿跟这个被称为"二郎神"的年轻人告别。

他看向"二郎神",刚欲开口,那年轻人的目光却从他脸上移开了,攀过他的头顶,在他的身后缓缓飞起,落在高处。他被那束年轻目光指引着转身,在明亮的灯光中眯起眼睛,仰起头,沿着栏杆向上寻着,终于看到栏杆顶端那铸着繁复花纹的一排巨大箭头。它们直直指向夜空,好像在着重提示着方向——向上……

两个人都受了暗示一样向上望着,头向后折起,像两个叠加的问号。等他们的目光都从上面落下垂在地上时,两个人仿佛获得了某种默契,低着头并排向那大门走去。在一侧的小门前,他掏出门卡贴在磁锁上,门

"嗒"的一声启开了一条缝隙。两个人一人伸出一只手，共同推开门，然后并排着走了进去。他感觉到"二郎神"的手撑起了他的胳膊，尽管有些生硬，但毕竟是一个依靠。他把身边的人当作墙，竟然感到些许安定。

B

"二郎神"走进来才感觉到诧异，像冥冥中有什么驱使他，他对自己说：也许我只是需要一个新的变魔术的场地。这个高墙中的院子是不属于他的世界。大墙中套着小墙，小墙内是一幢幢漂亮得吓人的房子。他的名号在这个别墅区叫不响，他在一街之隔的广阔地带叱咤风云，走进这墙内，却还不如路旁精美的欧式灯柱引人注目。他憎恶富人，也曾靠着劫富济贫酣畅地表达过这憎恶，可在真正面对一片庞大的富丽时，却陡然失去了力量。他突然扶住身旁那刚刚被一群孩子殴打过的男人，反倒觉得自己也被支撑了。他早就知道"那个人"住在这里面的某栋房子里，关于这个男人他只知道这件事，和另外一件事——正是这另外一件事，将他们联系起来。

"二郎神"九岁的时候——那时他还没有这个响当当的名号——也是一个夜晚，他正拖着一个破袋子四处寻找空饮料瓶子，这个男人走过来，将手中一瓶只喝了一半的矿泉水递给他。他们的故事便开了头。

他看看这个突然出现的陌生人，迟疑了一下，便拧开瓶盖，倒掉了里面的矿泉水，把瓶子扔进袋子。然后含糊地说了句"谢谢"。

男人点点头，没说什么，也没有离开。

等他迈开步子向附近一个垃圾箱走去，男人跟上几步，在后面轻轻说："你想挣钱吗？"

他听清了，却像没有听清。他对这句话充满困惑，于是他回过头，张开嘴，吐出一声："啊？"

那男人却犹豫了一会儿才重复道："想……挣钱吗？"

这句话让一个穷人家的孩子如此心潮澎湃，以至于他飞快地返身奔回男人的面前，一边使劲点头一边说："想啊，想啊，想啊！"在他当时的想象中，男人会把他带到一个地方，那个地方有数不清的空饮料瓶子，全都属于他一个人。

然后，这男人确实把他带到了一个地方，是一栋刚刚推倒?半的房子。

那个时候，别墅区刚刚建成第一期，在那些气派的新房子旁边，大片的老房子被推倒，还有大片的老房子被涂上丑陋而气势汹汹的"拆"，那块原来充满了穷酸气的土地正等待着脱胎换骨。他在破房子里没看到一个瓶子，只看到那男人在黑暗中闪亮的眼睛，他感到了恐惧，以超常的机敏悄悄后退，正准备拔腿而逃。"一分钟一块钱。"他听到了这句话，瞬间就有了把生死置之度外的豪迈感，他对自己说："妈的，豁出去了。"

"你要我干什么？"他努力使自己显得粗声粗气，仰着天不怕地不怕的小脸儿问那黑暗中的男人。

"打我。"男人说，"打我，不停地打，使劲儿打，我说停才可以停。"

"我打你？"他一时间怔住了，然后自估肯定那男人是说反了。他认为这件奇事最起码应该是那男人要打他才可以接受，如果是反过来，那就太过于奇特了。

"是的，你打我。用拳头也行，用脚踢也行。随你怎么样。一分钟给你一块钱，十分钟十块钱，一小时就是六十块钱，两小时……"男人停住了，期待他的肯定。

"为什么？"他必须这么问，这是无法避免的好奇心。

"不为什么。"男人轻轻答道。

他没有说话，用沉默的目光重复着他的问题。

男人抬起头，看着废墟中残破的夜色重新回答："因为我想这样。"等了一会儿，重又看着他，很温柔地问："可以吗？"

他便愣住了，这事儿对他来说实在是太可以了，但他又觉得不可以，他不知该说些什么。他用力看着眼前这个高大的男人，光线暗淡得看不清神色，只看到那双眼睛里透露出的恳求。最后，仿佛是这目光，而不是钱的驱使，让他扔掉了手里的袋子，试探着以不大不小的力量向男人肚腹上捣了一拳，作为他给那男人的答复。

如果我是富有的，那个夜晚就不会存在——"二郎神"置身在这另一个世界，在心中回望自己生长的贫民区，感到了说不清根由却无比清晰的痛楚。

A

拐过两道弯，他看到了自己的家。今天他原本特别想早早回到家里，在床上躺下来，就那么一直躺下去……

可突发的事件耽误了他的渴望。那群男孩子，那群他经常付钱请他们殴打他的男孩子，今天主动进行了工作，可却没从他这儿得到回报。他听到了那小男孩儿远远的喊声，说他母亲等钱买药。他有点儿后悔没给他们钱，尽管他今天真的不想被打，但是给他们一点钱又能怎么样呢？孩子们已经把打他当成了一项工作、一个挣钱的行当，当他们需要钱的时候，他成了他们的希望。而今天他的固执让他们的希望落空了。可他逼问自己，确实是因为固执吗？

以往男孩儿们打他的时候，他感到的是安慰，今天他却感到了悲凉。悲凉使他觉得自己是一个受害者，是一个可怜人，悲凉也使他丧失了付钱的勇气。

是的，为这种事付钱是需要勇气的，他的地位，他的财富，让他有勇气以这种方式承认自己是一个变态。然而当回家的渴望被孩子们不由分说地阻断时，他突然在心里缩成了一个更小更弱的孩子。他希望能被放过，可没人理解他，没人同情他，他们不但不在乎他的心情，甚至连他高大的身躯也不放在眼里。而且他们也不想从他这儿抢钱，他们只是要让他屈服于自己的角色。这种彻底的鄙视让他由最初的不想付钱变成了不敢付钱，他已丢光了一个有钱的变态者的自信。他蜷缩在墙边，虽然他已准备好去死，却并不想死在那儿；虽然并不想这样被打死，却也没有自救或反击的欲望。他只是小心保护着口袋里的药瓶，心中被担心一种死亡阻止另一种死亡的忧虑占满。这种对于"死"无法把握的感觉，让他更加绝望。

可"二郎神"救了他，他感到了羞愧。

曾有将近五年的时间，他们不定期地相聚，以逐渐发展的默契保持着一种奇异的关系。甚至随着物价的提高，他为领受殴打所付出的费用也自然地增长。这男孩儿用打他赚来的钱补贴家用，他粗略算过，已经相当于一个成年人在工地上付出苦力的报酬。而他得到的则更多——他是这样认为的——当他心中郁结难耐，无法排解的时候，一个男孩儿落在他身上的拳脚会将一些烦闷赶跑、打出，让它们暂时远离他，让他可以顺利地走向新的一天。

直到突然发现他承受的已不再是他所需要的，那已经变成了来自一个少年的只能让人痛苦的殴打，他无法从中感受快慰，只有身体上的痛。他明白了，他不需要一个少年，他只需要小男孩儿，十岁左右的小男孩儿。

他知道有一种人的偏好被归于"恋童癖"，但他也知道自己不属于这个群体。他的怪癖无法命名。没有名称，意义便无从附着，这成了他生命里一个不可说的事物。"凡是能够说的事情，都能够说清楚，而凡是不能说的事情，就应该保持沉默。"他便对自己沉默了，屈从了这不可说的召唤。于是一切没有因为小男孩儿变成少年而终结，少年"二郎神"得到了一个新的工作——为他寻找新的小男孩儿。十四岁的小"二郎神"乐于接受这新的安排，并迅速地扩大了"业务"，接下来的几年，贫民区里的适龄男孩儿都或多或少地从他这里获得过这种特别的"资助"，小"二郎神"通过这业务建立了他最初的权威，并得到了更丰厚的回报。后来，最初以这种怪异方式与他结缘的男孩儿淡出了他的生活，很久没有再出现。他对此并不在意，对他来说，男孩儿们都是一样的，只要他们打他。

尽管已经几年没见，今天当"二郎神"站在他面前的时候，他还是马上便认出了那副面孔。他想起，当他在备受心中那无以名状的折磨时，正是今天的这个人给了他突如其来的光亮。他发现被那男孩儿痛打一番的渴望像饥饿中面对食物一样无可抵挡——那是他的"第一次"；在他的计划中，"最后一次"已经在上一次结束了，然而就像冥冥中被安排，他被动被强加的"最后一次"结束在开启"第一次"的人手中——那个男孩儿已长大，具有力量、威严和响亮的跟神有关的名号。想到这些，他有些感动，然而却不是感动于被搭救，而是感动于这种命运的巧合。

他将钥匙插入锁孔，转动了一圈，停住了。他突然感到了此刻的情境充满了吊诡——他为什么没在小区门口感谢这年轻人的搭救和护送然后对他说再见？为什么要将他带回家？尽管他没有用语言表示邀请，但他用行动引领了跟从。这是为什么？这不是他最后的一个夜晚吗，他有这一生最重要的事情要做。可为什么……

他转回头看向"二郎神"，当年那张稚嫩懵懂的面孔如今已布满与年龄并不相称的阴郁和沧桑。他想起多年以前他们第一次相遇时，自己抛给那个疑惑的小男孩儿的答案——"不为什么"。为什么要问"为什么"，自己那个"为什么"的源头便全然隐蔽在虚空之中，除了他需要被殴打的时刻，他在自己生命的其他时空中全然回避着这个现实，并用强大的心理暗示承认了自己是个天生的变态。有一次，他曾向一个即将跟他结婚的女人坦白了自己这个独特的嗜好，结果那个女人揪住这个问题不放，不停地问他为什么会这样，结果，他只能痛苦地选择了与之分手。

"不为什么。"他很快给了自己答案。钥匙接着转动，锁孔里"咔哒"一响，门开了。

不为什么——这几乎已是他的人生信条。他打开门，以一种从天而降的茫然的亲近感邀请"二郎神"走进了他的家中。

B

"二郎神"换好拖鞋，走进去，站在客厅的中央环顾这个富丽堂皇的房子，再次把双手插进上衣的口袋，右手抚摸着里面的弹簧刀，仿佛在安抚那把刀的惊讶。他当然知道"那个人"是个有钱人，但从未想到过富有到这种程度。说不清是憎恨还是恐惧，总之这富有一时让他无法接受，他把不可思议的目光移向"那个人"。

"这是你家?"他问。

"是的……算是吧。"他听到"那个人"很低郁的回答。

"什么叫算是? 租的?"

"不不，那倒不是，是我的房子。""那个人"说，"不过，有时候觉得它不像个家。"

"二郎神"点了点头，这句话让他有了认同感，他也时常觉得家不像家。

"那个人"很感激他的认同似的笑了笑，然后指着沙发提出建议："坐?"

"二郎神"犹疑地看着身后那张硕大的皮沙发，向它移近了一步，却没有坐，还是回过身来直直地站着。

主人也那么站着，两个人面对着，透露出不知道要拿对方怎么办的窘迫。

"二郎神"摩挲着他口袋里的弹簧刀，突然觉得很口渴，于是问道：

"有……啤酒吗?"

"那个人"愣了一下,"啤酒?"

"二郎神"突然想到他不应该在这个家里留下太多痕迹,随即改口说:"不不,算了。"

可是,当"那个人"向厨房走去的时候,"二郎神"却又感到自己无法阻止。他的目光追随"那个人"一路点亮灯光走进厨房,隔了一会儿,他看着"那个人"怀里抱着一堆易拉罐出来。啤酒。他觉得自己应该帮一下忙,可他仍然保持着双手插在口袋里的立定站姿,似乎自己是一个被紧缚的木乃伊。

一堆易拉罐散在大理石面的茶几上,叮叮当当地响了一气才稳住。"那个人"又返回厨房,再回来时,又抱着一堆东西。同样,一股脑儿摊在茶几上。"二郎神"感到身体慢慢松弛下来,可以改变姿势了。他在沙发上一屁股坐下,双手从口袋里移出,迫不及待地"砰"地开启一个易拉罐。

好像两个人都渴得要命,一人一罐啤酒咕咚咚喝下去,他们又几乎同时打开了第二罐。这次,他们慢了下来,并且开始享用花生米和薯片,每喝上一口还要碰一下彼此手中的易拉罐。无论是否用力,这种"碰杯"都只发出音量几乎固定的小小声响,如同背对一个发声障碍的人,即使他涨红了脸在你背后拼命嘶吼,你也只听到平静。

第二罐就这样有些优雅地喝完。

"再来一个?""那个人"指着茶几上的啤酒问他,算是谈话的开始。

他当然再来了一个,他要做的事还没有做。

"你一个人?"喝第三罐的第一口后"二郎神"问道。

"是的。"

"离婚了?"

"那倒不是,一直没结过。"

"没有女朋友?"

"很久没有了。"

"二郎神"抓起一把花生米,犹豫着,往嘴里抛了一颗,还是问道:"你喜欢男的?"

"那个人"愣住了,抬头看他,然后苦笑着摇了摇头,回答:"不,不是你想的那样。"

"二郎神"一边看着"那个人",一边喝光了手里的那罐酒。

在他小的时候,每次依照这个男人的请求对其进行殴打时都觉得毫不理解,虽然再不问为什么,可"为什么"始终萦绕心底。最初,看着蜷在地上老老实实挨打的身体,他心里涌动着不由自主的同情。然而疑惑慢慢折磨着他,没有出路,他开始在自己身上寻找。这样他便逐渐感到了自己的可悲——个被有钱的变态者所驱使的"打手",一个摆脱不了自己命运的穷孩子。对,这就是他的命运。再下手的时候,他不必再等"那个人"要求"再用点儿力"了,他用尽全身的力气,每打一下都带着恶狠狠的快感,仿佛他打的是那个掌控他命运的魔鬼。可是每次结束,看着那离去的背影,他又会生出强烈的悔痛。他对"那个人"的情感是复杂的,复杂得让幼小的他难以承受。他下定决心要拒绝,但是不知是因为金钱,还是"那个人"本身,他被说不清的力量诱使着,一次次地回应着召唤,来到"那个人"的身边。他恨自己,也恨那个变态的男人,然后,他终于觉得整个世界都如此面目可憎。

长大一些之后,当他懂得了男女之事,便立即轻率地给了"那个人"一个结论——性变态。他不想再被疑惑控制了,他需要一个答案。于是他便认定,"那个人"是一个天生的性变态,靠这种方式达到性快感。这虽然让人恶心,但起码是个理由。有理由的事情才能让人心安。好了,这样一来,他终于可以坦然地对待"那个人",对待整件事了,一切变得简单了。

可今天,多年来的判断遭到了否定。"二郎神"盯着男人疲惫的脸,看出那张脸上没有半点欺骗的兴味,只有说不出的苦楚。"二郎神"对"那个人"重新疑惑了。这疑惑因为经年的根基,生长得极为迅猛,像杂草侵占庄稼,呼啦一下把他心里的恨挤得细瘦。现在他只能再喝一罐啤酒——他原本想喝完这一罐就完成他的计划。

A

他没想到会有这样一天,他跟"二郎神"坐在他的家里,而且还喝着啤酒。尤其是在这样特殊的一天。他觉得这个邂逅虚幻得不可思议,甚至怀疑这是不是一个真的"二郎神"从天而降。

他把手揣进衣服口袋，握紧那装满药片的小瓶子，瓶子圆滚滚的形状完美地贴合着他的手掌，他感觉到了一切将要结束前的心安。这让他开始认真审视眼前的年轻人，审视他们的相遇与相处。他认真追忆起那个最初的夜晚——当他看到那捡瓶子的小男孩儿，心里突然涌上来的念头像一阵不由分说的风吹着他走。他追随着那个瘦小的昏暗中的身影，积年的厚重阴郁有了裂口，这种感觉实在诱人，让他难以抑制自己，终于还是用钱来满足了愿望。他当然知道这跟性取向毫无关系，当他置身于男孩儿的拳脚下时，并没有半点儿身体上的性满足，只有来自内心深处的获得救赎的安慰。他喜欢女人，想爱女人，这一点毫无疑问。可命运没有让他遇到那个愿意疼惜他的女人。而他也并不确信该如何爱一个人，他精通的是与人的相处之道。他相信，妥善处理各种关系，使双方的利益最大化，需要的是智慧，而不是情感，或者说，恰恰需要的是没有情感。

"砰"的一声，"二郎神"启开了第四罐啤酒，朝他举起。他回应，将自己手里的一口气干完，然后也启开了另一罐。从这时开始，他们都喝得很矜持，慢慢地啜饮，没有人再去碰茶几上花花绿绿的食品袋，气氛与其说是尴尬，毋宁说是种别样的和谐。

他想，这也许是他人世间最后的安详。这个"二郎神"，像个特意来送行的使者。出于感激，他让自己的语气充满关切。"你过得怎么样？"他向前探着身体问道。

"二郎神"看他一眼，短暂而锐利，像飞出来的针。

他被扎到一样倏地闭上眼，那眼神儿却"余晖效应"般久久在眼前。

夜已很深了，不论每个别墅主人的生活有着怎样的生机盎然，别墅区这时只有一片死气沉沉的寂静，甚至能清晰听到"二郎神"咽下啤酒时喉头滑动的声音。他微微摇了摇头，是对自己的否定，他假设有人也如此问他，而他对这样一个问题只能摇头。"你过得怎么样？"这个提问看似关切，实际上却充满敷衍的虚伪，对于一个人来说，这是个天大的问题，几乎没有答案。于是他感觉到这沉寂中浮游起浓浓的苍凉，他深吸了一口气，轻缓地发出一声叹息。就在那叹息的结尾处，他听到一句让他意想不到的话。

"我今天打了我爸。"

他觉得自己没有听清，再次探出身体发出短促的疑问："什么？"

"我今天打了我爸!"易拉罐被捏得"砰"地凹陷,啤酒溢出来,打湿那双青筋暴起的手。他们四目相对,他看到"二郎神"的眼球暴凸,蒙着一层颤动的泪水。他下意识地曲起身,双手撑住额头。

如果在往日,不是今天,如果是另一人,不是面前这个,他确信自己会对这句话无动于衷。即使他会说出最得体的宽慰和劝解,但他的内心不会因此波动。但偏就是在今天,偏就是这个人,于是这句话像一个漩涡,把他吸了进去,他感到胸腔憋闷,呼吸不畅。他的家乡有一条河,他长在河边,却害怕水。他记得自己不会游泳,从没有过溺水的真实体验,可是他却总是梦到那条河,梦到他站在河边,河水卷成一个巨大的漩涡,一瞬间便将他吸入,淹没……他从沙发上站起身,深深地吸吐着空气,在客厅里转圈儿。直到一声脆响将他惊得呆住——"二郎神"把手里的易拉罐砸在他的脚边。酒溅到他的脸上、身上,竟还在地面上留下一摊完整的圆形。这溢着酒香的圆太过完美,简直像魔法一样神奇,神奇得似藏着什么暗示。

他从水中挣扎出来,回到岸上,头上已沁满汗珠。他坐回沙发,迎向"二郎神"的目光,看到那双眼睛里闪烁着复杂而强烈的怨恨。他还未及去探究这怨恨的根源,却莫名地感到了一种深切的自责。他们之间有着一种奇特的缘分,这缘分不美妙,不温情,似乎只关乎双方的需求。他支使他,利用他,他的钱帮助"二郎神"和其他的那些男孩儿们补贴了家用,他出手大方,甚至还为此而感到过些许欣慰。他不想知道他们站在他面前,得知自己将要做的事的时候是什么感受,也不想知道当他们下手殴打他的时候心里承受着什么,是否也在挣扎和痛楚,更不想知道这项怪异的"工作"带给了他们人生怎样的改变。他只关心自己。在被他们殴打时,他只享受与体会自己心中那深重的痛楚被暂时驱散的轻松,陶醉于那自欺欺人的解脱,沉湎于祈祷自己的重生。他想起那个童年时代的"二郎神",想起那双在黑夜中望向自己的清澈眼睛,那眼中有天真的疑问,还有对生活的渴求。他无比强烈地想在那双眼睛的注视下受刑,却并未考虑那个被迫行刑者的感受。当他感到刑罚缓解了自己灵魂的折磨,却从没有想到这折磨已一点一点地渗透进行刑者的生命。那男孩儿是怎样度过了童年,他并不知道,也并不关心。可如今,那目光清澈的孩子已变成一个面带凶狠的少年,带着那响亮的绰号,像所有那些男孩儿的代言人一样坐在他的家里,以一个简短的句子表达着悲愤。这一切真的没有理由吗？难道仍旧可以用"不为什么"来作答吗？几十年筑了一个堡垒，原以为牢不可破，却不想只是个见不得水的沙雕。

最近这两年，他越来越痛苦，越来越觉得走投无路，那些花钱买来的殴打带给他的解脱感越来越短暂，直到转瞬即逝，当他付完钱的那一刻就开始重新感受煎熬。现在他明白了，因为他带给别人的那些痛已经成为他新的罪责，它们隐身在那最初的罪之中，结成强大的一团，共同碾轧着他的心。他非但没有使自己得救，反而将更多的罪加诸身，他觉得自己就像一个邪恶使者，将他的痛不断从身上剥离出来撒播给更多的人——那些孩子，那些贫穷的、单纯的、无辜的孩子，再通过他们种植进更广阔的生活。他不但是自己痛苦的根源，也成了摧毁他们生活的推手。

"我今天打了我爸。"他紧闭双眼，这句话在他耳边一遍遍回响，那语气中的伤痛、悲苦、悔恨和绝望一次比一次更清晰。这句话中的两个主角在他脑海里浮现——他想起自己其实是见过"二郎神"的父亲的。

那还是很多年以前，他看到父子俩在街边摆摊，一边变魔术一边卖些简单的魔术道具。他有些好奇，走过去看了一会儿，当年的小"二郎神"镇定自若，只是在他提出要买一副道具扑克的时候，头也不抬地要了十倍的价钱。那父亲生怕吓跑了这个难得的顾客，伸手打了儿子一巴掌，伸出三个指头"三块，三块。"他装着没听到，还是掏出三十元。那副扑克有一半的牌是"红桃6"，这些"红桃6"比别的牌短一小截，不仔细对比看不出来，但是放在手上翻牌时，短一小截的牌会隐在别的牌后，完全藏匿起来看不到。但是换一个方向翻牌，"红桃6"便又遮住其他所有的牌，整副扑克看起来便全变成了"红桃6"。这副道具扑克让他很沮丧，觉得魔术说到底就是骗人的行当，毫无神奇可言。这行当流传至今，也大师辈出，证明了人类本就是有自欺欺人的天性。可他仍然保存着那副扑克，没有什么原因。

街边的变魔术父子在他记忆里消失多年，在这样一个时刻魔术一样重返。他凝望着时空深处的他们，一直能望到他们灵魂的伤口，他心里生出了强烈的疼惜与爱意，好像看到亲人。在人生中最后一个夜晚，他突然对整个人类产生了感情。这猛烈而澎湃的情感让他难以自制，他想为自己多年以来的无情道歉。

"对不起。"他抬起头来说。

B

这一天傍晚,"二郎神"的父亲再次笑嘻嘻地出现在没有被邀请的酒席上……从前他是个变小魔术为生的街头艺人,也常会在别人家的红白喜事上表演挣些小钱,后来人们厌倦了他那些老掉牙的把戏,街头的表演只能赚一些零钱,大小宴席也都不再请他。为了蹭酒喝,他听说谁家请客就去免费表演,一开始还能换些酒菜,渐渐就愈发受嫌弃,于是为避免遭到驱逐,他又练就了讲荤笑话的本事。钱当然是赚不到的,可他已经不在乎,只要有酒喝。这天当他喝得醉醺醺,满脸泛着红色油光地讲到一个黄段子的高潮处时"二郎神"站在他身后,拎住了他的衣领。这个瘸着一条腿的酒鬼早已经习惯了奴颜婢膝,他咧着嘴费力回过头,发现是自己的儿子,一时间不知如何是好。他原本是怕儿子的,但此时众目之下的屈辱还是让他难以承受。为了在外人面前显示父亲的尊严,他挣开儿子的揪扯,将手中原本作为表演道具而挥舞的筷子砸在儿子的脸上。

也许出于本能,"二郎神"一拳挥了过去。而接下来,"本能"已无法解释他的行为。父亲蜷成一团蹲下去的姿态激荡起了他心中的凶恶,像汽油注入发动机,他被莫名的力量驱动着,将拳头疯狂地砸在父亲身上。

等到围观的人们从惊愕中走出来将他按住的时候,他正好刚开始走入惊愕。他不相信自己做出这样的事,他看看左边,又看看右边,本来是想向左和右寻找真相,可两边的人都被这小霸王的脸色吓到,迅速不约而同地放开他,脸上挤出多管闲事的歉意。

他耳中漂游进父亲嘤嘤的哭声。这哪里是一个父亲的声音?"二郎神"在那婴孩一般委屈无助的哭声中苏醒,拔腿奔跑而逃,仿佛再晚一些,自己就会被那声音啃噬成一堆白骨。他一次一次跑过家门,却都无法停止脚步。他绕着逼仄肮脏的街巷一圈一圈飞奔,在此过程中,满腔的疼痛被挥洒在路上,他心里的意念瘦骨嶙峋,突显了轮廓。

"二郎神"在家门口猛然刹住了脚步,喘匀了气后,郑重地踱进了家门,在抽屉里找到了那把战功赫赫的弹簧刀。在把刀刃一次次清脆弹出的时间里,他回溯着自己的成长,看到一个黑色的身影形影不离地站在他身后,鼓励他成为一个凶神。他从那黑影中掏出钞票,也从那黑影中汲取了黑暗。他想象着,如果没有那个夜晚的诡异相逢,他会继续捡他的破烂儿补贴家用,而后慢慢循此道路变成一个勤奋劳作的人。他可能仍旧贫穷,但不会攒下不劳而获的可耻心理,不会习惯了以欺凌别人来换取体面与财富,不会将自己塑造成一个恶魔,不会在牢里度过那么多大好时光,也不会将自己的母亲气死,而他的父亲就不会因为死了老婆变得更加酗酒无度,尊严丧尽,他今天也便不会禽兽不如地殴打自己的亲爹……

我过得怎么样?这他妈就是我的生活!

"二郎神"顺着自己的思路理到最后,觉得一句话就可以总结他到目前为止的人生——"我今天打了我爸"。

他盯着"那个人"的眼睛,问题到回答中间那些被省略的部分在他的目光中不断地闪回。他努力地恨着眼前的这个人,这样才能平复对自己的恨意。

可是当听到那句简短的道歉时,沮丧、震惊和迷惘如飞沙走石击得他毫无力气,瘫在沙发上。他早已不相信人们口中吐出的话,在社会上混,谁的话都不能信。可是他却无法让自己不相信那双眼睛,他曾断定,或者说他曾希望,那双眼睛里透出的是猥琐,是肮脏,是有钱人的轻浮与傲慢,是嘲笑,是虚伪,是鄙视,是一个变态者的淫邪,可是他无论怎么看,都只看到无尽的忧愁。

忧愁这东西总在人生的阴暗处滋长,却有如早春冻土中顽强生发的草芽,总还是在冷中带着些暖意,且又是那么容易蔓延。"二郎神"被染上了忧愁,他抵抗似的捏着自己手里的易拉罐。易拉罐发出脆响,凹陷下去,这个带着刀的人仿佛听到自己刚硬的心"唧"地一折,泪水溢出眼眶。

A

他的眼前出现了那个在夜晚哭泣的孩子,是的,那是他自己,那一年,他六岁。几十年了,他从来看不到自己六岁时的样子,他主动丢失了自己的六岁,让那一时刻成为生命中一个断裂的沟壑。

在死亡来临前的时刻,他却突然想起了六岁的自己。

几十年来，活下去的欲求使他锁死了一扇门，他躲在里面苦苦求生，寻找别的出路，即使筋疲力尽也不敢去碰那门，时间久了，他连那门也忘记了。直到多年的挣扎把他的生命耗费殆尽，如今他放弃了，心里的那把锁却也像失了灵力一样，有个人轻轻一敲就碎掉了。"二郎神"原来就是那个开锁人。他望着对面那流泪的年轻人，感到心里那尘封的大门正吱呀呀开启，引起的震动让他浑身颤抖。

　　他想起六岁的自己原本有一个十岁的哥哥。回忆在这里停顿了一下，哥哥的样貌模糊不清，总是和"二郎神"童年的脸叠加在一起。他闭上眼睛，用黑暗与面前的人拉开距离，再次看到六岁的自己。那躲在被子里哭泣的孩子突然坐起身来，看着他，向前方一指。他顺从地向前踏出一步，却一下子跌进深渊……

　　他感到了身体被剧烈地摇晃，胸膛里憋着的一口气突然找到了出路，伴随着一大口浊水向外喷出。眼前还是一片昏黑，耳边有遥远的哭声。他伸出手挡在眼前，慢慢看清了指缝间一张张晃动的脸，那些脸他都认识，却都不似平常的样子，突然变得有些丑，也有些恐怖。哭声也渐近了，越来越近，震得耳鼓生疼。他被抱起来，他的头靠在那肩头，他闻到熟悉的味道，那是祖父。祖父在走，肩头在颤动。他努力挣脱，踉跄地跑回去，却又腿一软，一屁股跌坐在地。他的面前，是一层层裹得严密的人群。人群的中间，父亲在大喊着他哥哥的名字，母亲在扯着嗓子哭嚎。他向后一倒，又昏了过去。

　　时光接着倒流，他正站在家乡那条河边，倔强地盯着湍急水流中那搅动的漩涡，他哥哥晃动在水面上的双手正在慢慢下陷，最后终于寂静地隐没，这时，他方才感到了巨大的恐慌，声嘶力竭地大喊着向河水中扑去。

　　再向前，他终于来到了那个时刻——他蜷成一团躲在墙角，而他哥哥的拳脚落在他的身上……他已经忘记了起因，忘记了自己又是因为什么激怒了他哥哥。他那当年在他看来威武无比的哥哥，经常自作主张地承担起替父母管教他的任务，而管教的方式就是打他，只要觉得他做错了事，就向他挥起拳头。他被打的时候心里复杂地交替着恐惧、后悔、伤心和恨。可是只要过了一个晚上，只要他在夜里感受到哥哥为他盖好蹬掉的被子，只要他在早晨看到他哥哥像个男人一样扛起扁担去挑水，他就完全忘记了恨，哥哥就还是他最亲爱的哥哥。

但是那一天，被打的疼痛还清晰地留在身上，恨还没有来得及被时间擦拭干净，他就遭遇了这一切。持续了两天的暴雨，早上突然停息了，阳光报复似的猛烈洒向大地与河流，河水涨了很多，已淹没了他平时玩耍的那片石滩。出门的时候母亲嘱咐他，千万不要下河，下过暴雨水流急，会有危险。哥哥早已奔出门去，没有听到。母亲说，记得啊，告诉你哥，别下河。站在河边，他看着哥哥脱掉衣服，耳中不停回响着母亲的话，脑中却全是哥哥打他时的场景，他委屈，继而憎恨，默默发出对哥哥的诅咒；当他看到哥哥脚踢着水，快活地喊着"真凉快"向河中深入时，诅咒更密集地向心中聚拢，他抿紧双唇，倔强地看着哥哥；当哥哥一头扎进水中，向河中心游去，他突然张开了嘴，却没有发出声音；河水突然汹涌起来，形成一个漩涡，将哥哥卷了进去，他看到哥哥的胳膊像两条树枝一样在河面上舞动，心里的诅咒被吓得飘走了片刻，却又固执地荡了回来，他是会游泳的，比哥哥游得还好，但是他没有动；当哥哥彻底消失在了河水中，那小小的恨也跟着一起被淹没了，他清醒了过来，感觉到了自己因为这恨和诅咒而受到的巨大惩罚，像有一把铁锤重重地砸在他的心上，他的心被砸烂了。他大叫一声——"哥"，扑向了河中……

那天晚上他哭了一夜，直到哭得晕厥。醒后他便像个傻子一样整日昏昏怔怔，不说话，也不再哭。直到秋天的一个早上，他睁开眼睛，感到像做了一个长长的梦，终于彻底醒了过来。清醒后的他已忘记了刚刚过去的夏天，忘记了自己的哥哥，也忘记了游泳的全部要领，从此怕水怕得要命。父母知道他的病由惊吓而来，也不再提起那段悲痛的往事，和那个淹死的孩子。

他们很快搬了家，离开了那个伤心地。他从此开始"快乐"地成长，虽然他没有一天真正快乐过。

突然回归的记忆如此清晰，像一盘没有被岁月划损的录像带在他脑中循环播放。他再次找到那个被他哥哥打得蜷在墙角的时刻。与后来发生的一切相比，那个时刻是那样的美好，那样的幸福，他哥哥的拳脚落在他的身上，他哥哥不会因他的仇恨、诅咒和冷漠而死，他仍然还拥有那个哥哥。他一遍一遍地回放这个镜头，希望时间就停在那里，他宁愿一生就那样度过……

原来他一直在用自己的方式不断重演那一幕。然而现实的触角也不断将他从这重演中撩拨而醒，他不能将假的变成真的，他无法永远停留在那生造的梦境中，也无法摆脱那一时刻对他的纠缠而回到正常的生活。配合他演戏的那些群众演员也被他拉进了一个缥缈的苦境，他们浸润着他的痛苦衍生变异出来的毒素，又把这些毒掺在一起分享给了他。他被自己逼到绝境，只有用自我的灭亡才能将它们全部毁灭。理由，他终于承认了自己人生的溃败必有理由。不敢直面，只是因为这理由来自自己。人，真正不敢直面的只有自己。可失去自己，也就失去了全部的他人——空无一人的世界，这就是他的世界。

在这他给自己设定的人生中最后一个夜晚，那个失而复得的六岁的夏天，像当年他从"二郎神"父亲手中买的那副魔术扑克里的"红桃6"，不断在他心中闪现，遮掉其他的记忆，铺展成他的整个人生。

不发现"红桃6"的秘密，就会以假为真。面对这个并不自知却带着重大使命来到他家中的"二郎神"，他感叹着命运的诡谲，知道自己必须要在此刻讲出这个秘密来。

B

"二郎神"把这个故事听完，窗外的天色已在黑暗中透出一层灰蓝。在天光与灯光的对峙中，这正是个彼此不相上下的时刻，从窗外看灯，有光，从屋内看天，也开始有了亮。这故事久远而隐秘，可是不知为什么，"二郎神"总觉得它跟自己有着那么紧密的关联。

"那个人"的呜咽声由小变大，逐渐灌满了他的耳朵。

"那个人"，"那个人"是他的仇人，尽管看上去那么孤苦无助，不仅手无寸铁，而且毫无防备，完全没有一个仇人应有的样子，但仍是他的仇人。他将手插进口袋，摸了摸他的弹簧刀，提醒自己这一点。他将要杀死这样一个人，他在心里提前进行了哀悼。而哀悼使他终于敢承认他对"那个人"那奇特的感情……

在他第一次拿了那笔莫名其妙的"工钱"回家后，犹豫了很久，责任感才战胜了恐惧，他忐忑地将它交给父亲。他等待父亲的询问、咒骂甚至殴打，在他心里，他觉得这笔靠打人换来的钱跟抢劫差不多。可是父亲听了这笔钱的来源，反而惊喜地说："还有这好事儿，好，揍他！打死他个有钱的变态，说着还将钱藏进袖筒，在空中一抓，又把钱变出来，再变没，再变出来……他看着父亲得意地不断重复这拙劣的魔术，不知为什么，反倒希望自己被暴打一顿。

第二天，他看到父亲喝起了一瓶平时不舍得买的好酒。父亲瞥见他进来，堆起笑说道："好儿子，来，陪爸喝一盅。"他走过去坐在父亲身边，像个老练的酒鬼一样捏起杯子，咂着嘴一饮而尽。父亲大笑着拍拍他的头。他晕了，心中冲上来一股奇妙的幸福感，父亲在他眼里变得美好起来，不再是那个佝偻着腰背的瘦小瘸子，不再是那个只会变些小魔术等着人行赏的近乎乞丐的街头艺人，不再是那个动不动就耍酒疯对他和母亲大发淫威的卑劣酒鬼。他傻笑着看着父亲，看着那健硕高大的父亲，那慈爱亲切的父亲，那富有体面的父亲，却突然发现那张脸是另一个人——"那个人"！他跳起来，打翻了酒杯。一个巴掌落在他脸上，打掉了他的醉意，他看到眼前的父亲又变回了往日的样子，心里竟然既欣慰又失望。父亲骂他浪费了这得来不易的好酒，用手指蘸起洒在桌面上的酒放在嘴里嘬。他的失望越来越大，把欣慰完全遮住了，他怀念起醉意中那个假想的父亲，心里的蔑视如点燃的鞭炮一样炸响。他站起来，以十岁的小身躯站成一个大人的模样，对父亲说："你凭什么打我？这钱是我挣来的。"他如愿以偿地看到，父亲尴尬地愣住了。

从那以后，他便无法控制地将"那个人"想象成另一个父亲。他看到"父亲"迈着稳健的步子走来，穿着考究，脸上带着亲切的微笑——到这一阶段为止，都是那么完美。"那个人"像一个榜样一样、一个救世主一样站在他面前，宽厚的胸膛看上去让人那么踏实，他那么想要投入那个怀抱，想要喊一声"爸爸"，想要得到真切的关爱和呵护。这渴望让他想哭。他忍着泪，默默地贪婪地感受着那假想中的父爱。可这一切很快就结束了，当"那个人"蜷成一团等待他的殴打的刹那，所有美好的想象就都破灭了，他失望了，他不需要这样一个可悲的变态当父亲，不需要一个被殴打的可怜人当父亲。他对自己再次失去父亲而痛心。他拿了他的钱，飞也似的跑回家，想寻求一个真的父亲的关爱。可当他真的看到父亲时，又很快就失望了，这个父亲除了在老婆和子女面前大发淫威，面对外面那个世界却卑贱得像一条狗。这也不是他需要的父亲。

他轮流在两个男人身上寻找"父亲"，每当在一个"父亲"那里受到了伤害，便企望从另一个"父亲"那里找到避难所。这样身心奔波，他觉得两个"父亲"合谋将他越伤越深，进而认定他们都是他的仇人。

现在，"那个人"忏悔的痛哭与父亲在他拳脚下的哭泣合二为一，"二郎神"看到父亲的面容在"那个人"的脸上浮现，而使这一切调和在一起的，不再是他对一个真正的完美的"父亲"的希求和想象，而是那共同的人生之艰难。

他真的那么厌恶父亲吗？他想起自己曾经是那么鄙视父亲的魔术，他把那些魔术与自己不堪的生活联系在一起，甚至觉得它代表了贫穷、卑微和苦难，可是他又为什么无法抑制对魔术的喜爱，偷偷学会了父亲所有的小把戏？他在重复那些魔术的时候，难道不是在用自己的方式温习对父亲的爱吗？他想起父亲醉酒打骂他之后，深夜里偷偷查看他身上的伤痕，想起父亲领他去买鞋，将街头表演挣来的零钱摊在柜台上时那羞怯的表情，想起母亲病重时父亲挨家挨户借钱，被赶出来时一瘸一拐跑掉的小丑样的身影……这些他其实从不曾忘记，只是假装忘掉了。忘掉这些，他才能让自己的恶理直气壮——生出恶意是容易的，无论对他人还是对自己，但我们需要给它一个堂而皇之的理由。忘掉这些，他才能将父亲当成苦难生活的根源，将父亲当成自己要打败的对手——父亲近在咫尺，衰老使本就残疾的身体更加软弱可欺，父亲不会真正与儿子为敌，不会去申诉，去告发，也不会报复，"二郎神"此时觉得自己这响当当的名号着实可笑，他竟然为了必胜而选了最无辜也最无力的人来欺负。

那么"那个人"呢？"二郎神"将自己的父亲打倒在地，却没有丝毫胜利的喜悦，反而感到更加无法平复的痛苦，与其说他要找一个更强大的仇敌，还不如说他是将"那个人"当成了自己这个施暴者的替身，来替他承受殴打父亲的罪责。他窥见了自己的真实目的，一时又无法正视，这份焦灼让他站起身来。他的脚步在客厅里来回奔走，内心也似有一股力量在左右冲突。他的手向空中一抖，变出那盒烟——每逢要抽烟，他都用这种方式，这已成为习惯，不管是否有观众——点上烟，他重新坐下来，开始认真地审视"那个人"。他看到的是一个跟父亲一样可怜的人,一个跟自己一样用错误的方式惩罚了错误的仇人的人;一个像六岁孩子一样哭泣的人,一个曾被自己假想成"父亲"的人;一个忏悔者,一个失败者。"二郎神"发现这个人同样无辜而无力,完全承担不起自己强加给他的罪恶。

那么,谁是那个摧毁一切的凶手,谁是自己真正的仇人?"二郎神"突然感到了对手的强大,无奈感一层一层地叠加上来,压得他喘不上气来。他在茶几上摁灭烟头,再次站起身,走向窗边,似乎是想向窗外那个无边的世界求助。

可他看到的只有窗上映现的自己的脸,那双眼睛正忧伤地与他对视,仿佛在告诉他,这就是他寻找的答案。

A

他真的从未这样哭过,哭过了悔恨,哭过了悲痛,之后仍然无法停止,变成一种极致的哭,纯粹的哭;不带任何目的,既不为了表演,也不为了表达。只是哭。他被自己的哭放空了,淘净了,像一个玻璃瓶,晶莹,透明,所有的光穿透他的身体,他感到了澄澈。他起身扯出纸巾,擦干满掌满脸的泪水,站到了窗边,站在"二郎神"的身旁。微白的天际、灰暗的残星,遥不可及,寂静无声,那片空无投进他身体,他也变空,变轻。在这幻境般的幽明交会时刻,他感到灵魂出了窍,飘飘荡荡,在从不曾抵达的最远和最近间徜徉,清晰地看到了很多前所未见的东西。他默默惊叹着,这是怎样的一个世界啊,它那么恢宏,又那么狭隘,那么壮美,又那么龌龊,那么情深意长,又那么冷若冰霜,那么丰富,又那么空荡……

他的灵魂从天边飘回来,透过窗子看到了屋内并肩而立的两个人。一个是他自己,一个是号称"二郎神"的年轻人,两个人脸上都带着彻悟的虚空,多么可笑,多么可怜,然而又是多么可爱;他们像一对父子,也像老朋友;他们那么陌生,又如此亲近。等灵魂安详地回到身体内,他感觉到破碎了很久的自己获得了一种久违的完整,仿佛重生。他想,也许可以再等一等……

"谢谢你。"他侧过身,对"二郎神"说。

"谢我什么?""二郎神"没有动,看着窗外问道。

"谢谢你救了我。"

"二郎神"转头看着他。

他把手伸进衣服口袋，拿出一个小药瓶，递到"二郎神"的面前，说："我原本想……"

"二郎神"疑惑地接过瓶子，对着上面的标签愣了很久，才明白了，"你是准备……"

"是的。本来，我是看不到这个日出的。"他再次转过身看向窗外，天边已漫上一抹亮丽的橙红。突然有种激荡的热流蒸腾在皮肤上，从每个毛孔向皮肉里钻，再向血骨里蔓延。他难以承受地深深吸满一口气，再缓慢地呼出来，双手抵住窗台的边缘，支撑住自己颤抖的身体，慢慢平复下来。

B

"二郎神"握着那个药瓶，反反复复地看，似乎是想从它身上解出命运的玄机。他本想在刚刚过去的夜晚杀死"那个人"，而"那个人"却也计划好在这个晚上自杀。

"真巧。"他说。

"什么？"男人转过身望着他。

"二郎神"把手伸进口袋，但那里空空荡荡。

他找遍所有的口袋，掀起沙发垫，把头探到茶几下……

那把弹簧刀消失了，那把已准备好成为凶器的弹簧刀，那把等了一夜要变"白刀子进红刀子出"的魔术的弹簧刀，它就这么消失了，仿若从没有存在过。

"没什么。""二郎神"站起身，整理好衣服，把双手摊在"那个人"面前说，"没什么。"

小时候他曾梦想着，有一个真正的魔术，可以改变他的生活。

原来这种魔术是存在的。他突然忍不住大笑起来。

2016年5月2日，初稿

2017年3月21日，二稿

2018年10月12日，定稿于北京

选自《钟山》（双月刊）2019年第1期

评鉴与感悟

一场心理救赎的魔术

若是生命于阴影下苟延残喘，在无尽的黑暗中持续溃烂，是否还能获得重生与救赎的机会？而王小王在新作《魔术》中所讲述的，正是这样一个有关溃裂与救赎的故事。一切都在情绪的压抑与静默当中潜伏滋长，又在情绪的爆发与狂啸中断裂。最终，那些曾经疯狂滋长的压抑与癫狂，都随着日出的那抹橙红逐渐远去。

在小男孩的口中，他被称为"那个人"，熟悉而又陌生的称谓。他富有，却在不见天光的心理压抑中生活。以金钱为代价，他从小男孩的殴打中获得心理上的某种满足。而昔日的小男孩，被这种奇特的交换方式所熏染，逐渐走上邪路，成为偏执疯狂的"二郎神"。在这个夜晚，并非意料之中的重逢，他们各自心怀鬼胎。在一场彻底的深谈中，溃烂的回忆断裂又重组。弹簧刀终未成凶器，药瓶里装的也非夺命毒药，一切终究释然。改变人生的魔术，原来真的存在。

故事就在"那个人"被殴打的场面当中拉开序幕。为何他付钱给十岁的男童来殴打自己，又是怎样的心理让他从被虐中获得满足感？小说在此处精心埋下伏笔，等待探索与解答。与此同时，小说设置了另一条线索，就是"二郎神"复杂的成长历程。

在不动声色而又心思缜密的叙述中，要自杀的"那个人"和要杀他的"二郎神"再次相遇。仿佛冥冥中的力量在带领他们，让他们相聚在一起，进行了一次二人都以为是最后一次的谈话。"那个人"在痛哭中，完成了对于童年记忆的讲述，也揭开了他自虐的谜底。原来童年时的他，因为经常被哥哥管教殴打，遂心怀恨意。在河水上涨的时候，故意隐瞒了这个消息，眼睁睁看着哥哥下河游泳，又眼看着哥哥被洪水的漩涡卷走而不施救。这段记忆被他刻意遗忘与压制。在他长大后，那被压抑的负罪感，开始在潜意识中寻求着受罚的方式。于是，他付钱去购买殴打，让肉体的痛感来偿还心中的孽债。而还没有成为"二郎神"的小男孩，却曾在"那个人"身上寻找着父亲的幻影。他渴望父亲也能够那样"完美"，即使只是表面。不再以那卑劣的魔术谋生，不再因生活的重压而卑琐得宛如小丑，将恨与怒发泄于亲人身上。他心底的"弑父"念头，与父亲偶尔的温情碰撞，使他感到罪恶不已。可有着这样理想父亲形象的"那个人"，却是个不折不扣的"变态",愿意出钱请他任意殴打。他多么希望父亲不让他接受这种收入,但是父亲猥琐的嘴脸令他厌恶。在和"那个人"的交易中,他学会了狠毒和暴力,也因此成为不劳而获的人,被毁掉了一生。

小说结束在"那个人"和"二郎神"的长谈之后。在他们被心底的罪恶和仇恨捆绑多年之后,彼此言语的释放换来了情绪的宣泄,多年郁结的黑暗潜意识,终于被他们自己清醒地感知到,相互的理解达成了不可思议的谅解。"二郎神"带来的杀人用的弹簧刀,魔术般地消失了。

与其说真有拯救人心的魔术,不如说是二人完成了一场伟大又独特的相互救赎。两段病态的人生,本不该有交集,却在王小王的笔下紧密交织,在潜意识的心理学的支撑下,完成了一场心理治疗的文学实验。(畅悦)

炖马靴

/迟子建

　　故事发生在1938年还是1939年，父亲记得并不很清楚，他说年份不重要，重要的是时令，寒冬腊月，祭灶的日子，西北风呜呜叫，他们抗联部队的一个支队（父亲至死对他部队的番号保密），二十多号人，清晨从四道岭小黑山的密营出发，踏雪而行，晚饭时分，袭击了位于中苏边界的一个日军守备队。

　　父亲说他们事先侦查了，这个守备队在山脚下，距离一个小镇四五里路，驻扎着三十来人，有一栋长方形板房，两个矩形仓库，还有一对大狼狗。板房是营房；两座仓库呢，为弹药库和粮库。这两座库，是他们的主攻目标。那时关东军在中国东北，一方面针对苏联，在边境一带秘密修筑防御工事；另一方面针对抗日武装，进行围剿。为切断老百姓与抗日队伍的联系，他们大规模实施归屯并户，建立"集团部落"，大片农田荒芜，无数村落夷为废墟。父亲说自此之后，队伍的给养成了问题，缺粮少衣，陷入被动。

　　四道岭在哪里？我在地图上找不到。父亲说除了四道岭，还有头道岭、二道岭、三道岭和五道岭。这些岭呈刀锋状，山上林木茂盛，山下溪流纵横，地形复杂，易守难攻，适宜做密营。父亲说他们最初的营地在头道岭的大黑山，那里狼多，当地人也叫它野狼岭。深夜时群狼齐嗥，狼眼鬼火似的在树丛闪烁，地窨子的女战士恐惧这"夜歌夜火"，就往男战士住的这一侧跑。父亲也不避讳，说他们因此喜欢狼嗥。

　　狼通常群居，但也有离群索居的。父亲说头道岭就有这样一条母狼，它双眼瞎。不知是天生瞎眼，还是后天瞎的——比如被猎人打瞎、疾病或是同类相残所致。大家分析，它在狼群里受排斥，才被驱逐出来。一条瞎眼的狼，就是一把卷刃的剑，锋芒不再。虽说它的嗅觉依然灵敏，但它朝着掠食目标飞奔的时候，由于深陷永无尽头的黑暗，往往会撞到树上，或是跌入谷底。猎物到不了嘴，反受皮肉之苦。但狼是聪明的，父亲说这条瞎眼狼自打发现支队的行踪后，就一直凭声音和嗅觉尾随他们，以求得生存。

　　父亲是火头军，他可怜瞎眼狼，做了几个鼠夹子，将拍死的老鼠扔给它。战友们都说，狼是吃人不吐骨头的野兽，喂不熟的，可父亲还是不忍看它挨饿，尤其到了漫漫长冬，白雪像巨大的裹尸布一样覆盖了山林，它几乎找不到吃的，连哀叫的力气都没了，像一团飘浮的阴云，蔫巴巴地尾随着队伍，父亲总会想方设法给它口吃的。它得了食物后会叫几声，像小孩子没吃饱奶时的吭叽声，带着些许的满足，又些许的抗议。

　　大地回春了，瞎眼狼的日子就好过多了。春夏秋三季，它可以用鼻子觅到果腹之物，而那些东西其他狼基本是不碰的，譬如浆果、蘑菇、青苔或是昆虫。它食肉的机会有没有呢？那得看它的运气了。病死的鹰，半腐烂的兔子，对它来说就是美味。一旦发现，它就迅疾赶去。可这样的食物，也是乌鸦的珍馐。常常是它大快朵颐时，乌鸦纷纷落下，与其争食。瞎眼狼反正看不见，奋勇吃它的。父亲说他们不止一次撞见它与乌鸦同食腐肉的情景。看着它被漆黑的乌鸦给挤在一角，像条瘪了的布袋，实在是心疼。

　　有时不是瞎眼狼先发现的腐肉，而是乌鸦，它也能跟着蹭点荤腥。乌鸦一鼓噪，它就循声而去。所以瞎眼狼最爱的声音，该是乌鸦的叫声吧。乌鸦啃不动的骨头，对它来说就是心仪的阳光，它会把它们拖进山洞，作为存粮，以备不时之需。它瘦弱不堪，但牙齿锋利，骨头于它，恰如糖果。

　　瞎眼狼像个讨债鬼，跟着支队，渐渐地成了编外一员。

　　这条狼有年正月，突然消失了！看不见它了，大家还担心，它是不是被老虎或狗熊给吃了？父亲说瞎眼狼失踪三个月后，他和战友为前方的大部队运粮，在二道岭遇见它。它居然大了肚子，怀了崽了！它拖着沉重的身子，穿越新绿点点的灌木丛，往头道岭走。它的爪子在林地上，留下的印痕明显比过去深了，而它的毛色，也比过去光鲜了！闻到它熟知的队伍的气味，它还停下来，转过头，低低叫了几声，有点羞怯，又有点骄傲似的。

它是在哪里俘获了一条公狼的心呢？父亲说他们猜测，公狼与它发过情后，恐怕也是后悔的，否则不会在它怀着孕的时候，让它孤独地在山岭间穿行。

那次运粮，父亲他们中途遭到日伪军伏击，死伤过半。原来是队伍里一个姓梁的通讯员做了叛徒。他们不得不放弃头道岭的密营，重整旗鼓，在四道岭的小黑山再建营地。这样，头道岭的瞎狼，就在他们视野中消失了。两三年不见它，大家还念叨，它生了几仔？养活得了小狼吗？因为一直没见它来找他们，父亲认定，瞎眼狼生的小狼，个个都是好眼睛，它的生活有了灯，不需要他们了。但父亲还会在队伍偶尔开荤时，将吃剩的骨头，扔在附近的山洞。瞎眼狼喜欢山洞，也能对付骨头，万一他们转移了，而它走投无路，寻到那儿的话，总不会饿着。

为了那次行动，父亲说他们做了周密计划。选择过小年的日子，是因为侦查员带来消息说，日本兵到了冬天的晚上，为打发长夜，喜欢三五结对，去镇上喝酒。小镇有家烧锅，酒好，下酒菜地道，且店主人的老婆俊俏，待人周全，烧锅便成了这个守备队士兵的温柔乡。每逢中国的传统节日，端午、中秋和小年，烧锅一派花园气象，菜品多姿多彩，香气勃勃，撩人胃肠。每逢此时，守备队的人有一半会开小差，防卫空虚，易于突袭。

小年那天飘着雪花，从四道岭到目标点，大约八十里路，要穿越几道山谷和数条冰河。父亲他们驾着滑雪板，清晨就出发了。呼呼叫的北风，让雪花成了薄命人，未等落下，在半空就被风撕裂了。雪粉飞扬，常迷了人的眼睛。父亲说他们不讨厌这样的迷眼，因为雪花纤尘不染，就像老天送来的润眼膏，无比清凉。

他们在午后三点接近了日军守备队，埋伏在山后，把滑雪板卸下，藏在一条沟塘里，预备着突袭成功后，再穿上撤离。父亲说每个战士都是滑雪高手，在冬季，滑雪板就是他们的战马。

腊月的太阳冻得够呛，午后四点不到，就缩着脖子退出天朝了，想必急着烤火去了。太阳落山后，遗下一片滴血的晚霞，好像西边天负了伤。父亲说天黑透了，侦查员带来消息，三辆摩托车驶离守备队，带走了十一个日本兵，看来他们是去镇上的烧锅了。父亲说支队长没有犹豫，下达了进攻令。

趁着夜色，队伍匍匐向前，靠近目标。守备队四周是铁丝电网，两扇宽大的铁门紧闭，门侧的岗楼是空的，没有岗哨。营房灯火通明，照亮了院子。那生硬的铁丝电网，因为有了光的照拂，在院子投下无数爪形的印痕，像一幅工笔的松枝图。两条大狼狗嗅到异常，汪汪叫起来。身手敏捷的神枪手小张，握着手枪，埋伏在岗楼，单等日本兵开门察看时击毙他，打开进攻的通道。岗楼对面，隔着一条雪道，是一摞半人高的柴垛，一个机枪手和五个持步枪的战士，作为冲锋的主力，以此为掩体，准备突击。其他人员分布在左右两翼，对守备队形成三面夹击。

两条狼狗越叫越凶，营房的门终于"嘎吱"一声响，有人出来了。狗迎了主子，引至铁门，更凄厉地叫起来，用爪子"嚓嚓"挠门报警。那个日本兵没有想到外面重兵埋伏，打开铁门，他刚一露头，小张便举起手枪。子弹飞过，他应声倒地！两条狼狗狂吠着，像两朵暴风雨中滚动的浓云，一前一后冲出，一个奔向岗楼，一个奔向柴垛。奔向岗楼的，被小张击毙了；奔向柴垛的，被步枪手撂倒了。不同的是前一条狼狗吃了一颗枪子，后一条吞了两颗。守备队的日本兵听到枪声，携枪而出反击。院子的光亮，让他们成为鲜明的靶子，在交战中处于劣势。支队伤亡极小地冲进守备队，可以说是旗开得胜。

然而谁也没有料到，那三辆刚离开不久的摩托车回来了！

十一个荷枪实弹的日本兵回来了！

父亲说抗战胜利后，他路过那个小镇，才知道那天日本兵为什么突然回返。原来镇上的几个农民，看不惯开烧锅的夫妇做日本人的生意，知道小年的这天他们又要来喝酒，自制了燃烧弹，投向烧锅，让烈火吞噬了它！

他们在返回途中，已经听到了守备队传来的枪声。

父亲说他们受到了前后夹击，优势立刻转为劣势。

当队伍冲向弹药库和粮库的时候，没想到这两座库，居然还有碉堡的功能，这是他们事先没有侦查到的。虽说守备队门前的岗哨形同虚设，但粮库和弹药库，哨兵一直在岗。这两座仓库架设的机枪，让暴露在空场的战士陷入绝境，父亲说大部分战友牺牲在那里，包括支队长，以及两名救护伤员的女战士。

最终从虎口脱险的，只有五个人，一个副支队长，三名战士（两男一女），加上父亲这个火头军。当然，父亲说他是后来才知道的，因为逃出的五个人，分了三个方向。

他们事先也制定了撤退计划，一般来说，为牵制敌人，保存实力，撤退时会分两个方向。火光中父亲不辨东西，所以他开辟了一个撤退的第三方向。

他们没有全军覆没，得益于绰号磨牙王的战士。这个人爱磨牙到什么程度呢？不仅睡觉磨，行军磨，吃饭也磨。挨着他睡的战士，梦中被他扰醒，常将臭袜子塞他嘴里。他咬着袜子，吭吭哧哧的，磨不出声了，但醒来后塞袜子的战士就惨了，袜子湿漉漉的不说，对着太阳一照，还亮光点点（到处是窟窿眼），好像他用牙齿，在袜子上播撒了繁星。父亲说交战处于被动时，靠近粮库的副支队长下达了撤退令，父亲眼见着身负重伤的磨牙王，咬着牙，趁乱爬向弹药库，在冻土上爬出一条墨似的血痕，用自制的手雷引爆了弹药库。剧烈的爆炸令大地震颤，冲天的火光像一条条金红的鲤鱼，跃向夜空，守备队周围的铁丝网被撕裂了，日本兵赶紧转向粮库防御。

父亲就从弹药库北侧逃了出来。从此以后，与磨牙相似的声音，比如吱扭的扁担声、喑哑的拉锯声，甚至是老鼠啃东西的声音，都被他视为美音。

父亲逃得并不顺利，一个日本兵不屈不挠地追捕他，两个人之间的周旋和战斗，也就进行了大半夜。

初始父亲并未察觉身后有人，他戴着狗皮护耳，呼哧带喘的，加上踏雪发出的咯吱声，根本听不到背后的动静。由于撤离方向有误，预先藏在守备队山后沟塘的滑雪板，对父亲来说是梦里的彩虹，遥不可及，他在雪中跋涉了一个多小时，才走了七八里路。但父亲觉得这距离足够安全了，他停下来，打算歇歇脚，给身体补充点能量。

父亲说作为火头军，无论行军还是打仗，他总是背着一口铁锅。那铁锅跟菜墩那般大，与他的背一样宽，所以他背着它的时候，一点也不突兀，就像他身体的一部分，当然这使他看上去像个罗锅。除了铁锅，他棉袄外还斜挎着干粮袋，里面装着二斤左右的炒米。此外他棉军服的里子，靠近胸口的地方，还缝了两个布袋，一个装盐，一个盛火柴。火柴和盐，是部队陷入被动时的救生索。

父亲停下的一刻头晕眼花，也许是先前战友的死刺激着他，他忽然恶心起来。当他垂头呕吐的时候，后背的锅猛地一震，冲击力让他险些栽倒，接着右前方树丛闪出一团白炽的火花，好像彗星划过，父亲马上意识到这是子弹擦着锅的右角飞过，后有敌手追击！父亲本能地卧倒，拔出枪来，匍匐到一处雪坎，以此为掩体。

父亲讲起这个人时，总以"敌手"相称，那么我也随他这么叫吧。

雪已停了，父亲说借着雪地的反光，依稀看见一团黑影在树丛飘动，距他不过四五十米。敌手对父亲的突然消失满怀警觉，因为他知道子弹打飞了，父亲不是中弹消失的，对方已进入防御，他的最佳进攻机会葬送了。敌手开始隐蔽自己，父亲说那团黑影下沉了，鬼影似的不见了，证明他也就势趴在雪地上了。那年雪大，积雪足有两尺，正好隐蔽。

父亲说他所在的支队的武器装备，在当时算精良的，有七八条老套筒步枪，还有两把毛瑟枪。手枪中好的是缴获来的王八盒子，其余的是自制的转轮手枪。而有的队伍武器装备紧张，像火头军和救护兵，只配备大刀，而父亲所在的支队人人有枪。父亲所持的是一支自制的转轮手枪，有些笨重，但很好使。父亲自诩枪法不错，用它打过野猪和狍子，为支队改善伙食。不过对他的枪法，我一直怀疑他有吹嘘的成分，因为在我童年时，看他参加武装部的运动会，父亲投掷的铁饼和铅球，都是不听话的孩子，落脚点不在规定范围内，没一次成绩有效的。还有他每每教训我时，无论是飞向我的砖头还是空酒瓶，也无一砸中。当然，也许他只是为了吓唬我，没让它们走正确路线。

在与日军守备队的交战中，父亲所带的子弹基本用光，只剩三发。每一发对他来讲，都贵如黄金。父亲说一个人在野外作战，子弹的用途多着去了。既可抵御敌手，又可预防野兽袭击，还可以猎取动物、获得食物，以及向搜寻自己的人发出求救信号。除了这些，父亲说子弹还有一项顶要紧的功能，万一奄奄一息，有落入敌手的危险，不如给自己个痛快，所以他说要给自己留颗子弹，就当是藏着一块人生最后的糖。

但那个晚上，他的糖果没能保住。

父亲说腊月天本来就冷，加上夜间气温骤然降至零下三十多摄氏度，人趴在雪坎上，一刻钟就冻木了。如果双方僵持下去，都将被活活冻死。为了让敌手主动出击，父亲想了个办法。他穿了两层衣服，里层是棉绒秋衣，外层是棉袄。他不顾严寒，卸下锅和干粮袋，脱下棉袄，将里层的秋衣脱下，再把棉袄穿回，锅背上，顺手捡了一根被暴风雪刮断的柞木树杈，故意大声咳嗽几声，引起敌手注意，然后用树杈将秋衣挑起来，轻轻舞动，制造他在运动的假象，敌手果然上当，连着两发子弹打过来，父亲说那家伙的枪法真不错，子弹都是穿过秋衣呼啸而过。两发子弹过后，父亲丢下树杈，让秋衣垂落，使对方以为他中弹了。果然，敌手认为父亲凶多吉少，慢慢露出头来，缓缓朝前移动，准备察看战果。当敌手走了十多米时，父亲扣动扳机，想在最有利的时机下，一枪撂倒他。可是也不知是手冻得麻木了，还是移动状态的黑影有点飘忽，总之第一颗子弹打飞了。枪声让他暴露，敌手自知上当，卧倒瞬间，父亲又开了第二枪，这一枪中弹的是一棵树，树发出嘶嘶叫声，火花绽放。父亲说他剩下最后一发子弹后，反倒镇定了。双方都知未伤对方皮毛，也就是说，他们的生命，处于同一地平线上，谁有日出，就看命运了。

父亲说他占据的雪坎驼峰一样凸起，是天然堑壕，毕竟有利，不想转移。但他知道卧在雪地撑不了多久，所以紧盯着那个方向，等待敌手的意志先崩溃。他们对峙了近半小时，父亲说他感觉周身的血液要凝固的时刻，敌手背后传来凄厉的狼嚎。这声音对一直萦绕着支队的父亲来说，习以为常，权当是老朋友来打招呼，可敌手却感到危机，躁动不安，听得见他潜伏之处传出咯吱咯吱的声音，他想着避开狼吧，终于起身了，一直全神贯注盯着他的父亲，就在他露头的一瞬，打了最后一枪。

父亲很镇定，撤退时没忘了将中弹的秋衣拿上，顺手系在腰间，将两只袖子打结。他说现在很多人在运动时喜欢把外套脱下来这样装扮，自以为时髦呢，其实那时他就这么干了。那天西北风从背后吹得厉害，秋衣像棉帘子护住腰臀，让他暖和不少。

父亲说自己太走运了，等后来终于瞅清他时，才知道最后一枪，击中了敌手的左肩，而这家伙是个左撇子，右手虽也能持枪，但枪法比起左手差远了，所以尽管父亲消耗了所有子弹后被迫撤退，而为避免中枪采取蛇形方式，忽左忽右，但暴露在敌手有利射程范围的他，没有倒下。那人开的最后两枪，都成了献给夜的森林的小礼花。

父亲是什么时候察觉到敌手也没子弹了呢？他说为了便于听动静，他解开了护耳，在雪地跋涉约两里路后，他不再听到背后传来枪声，只是越来越清晰的狼嚎，觉得奇怪，回身一望，隐约见尾随他的敌手所拎的枪，似乎枪头朝上，说明它也无用武之地了。父亲说那一刻他轻松了一下，赶紧放慢脚步，撒了泡尿。他说战事紧急时，只要不是冬天，尿就撒在裤子里，尤其是雨天的时候。可是北风呼号时节，一泡尿下去，不出一刻钟，裤裆就会冻成硬坨，男人的家伙挨着冰坨，再强旺的人也会废了！父亲说如果那样，就不会有我和姐姐的出生了。

父亲撒完尿，再回身看了一眼，敌手追得近了些，但离他还有二三十米的样子。他走得跟跟跄跄的，看得出很吃力。父亲也没多想，心想你有耐力就追吧。武器都成了哑巴后，双方拼的就是毅力、体力和运气了。

雪又下了起来。父亲说不下雪的话，他不会迷失方向，他本来是向着四道岭新建的密营方向撤退的，他渴望在那儿与离散的战友汇合，渴望着在地窨子笼起火，喝上一缸热水，吃顿饭，踏实睡一觉。

然而雪越下越大，父亲说雪夜的森林，就是打了数不清的烟幕弹，你不走上歧路都不可能。他分辨不出东西南北，觉得哪儿都是前方，可走了一个小时后，会突然发现，自己又回到了先前经过的地方。敌手无路可走，紧追父亲。父亲怎样走，他就怎样追随，父亲想除了斗志在起作用，这家伙一直跟着可能与背后狼的追逐以及他无法辨认来时的路有关，也就是说，他也无力撤退了。

他们就这样在飞雪中又行进了两个多小时，午夜时分，父亲实在走不动了，在靠近河岸的灌木丛停下。飞雪中林木模糊，可狼的叫声一点也不模糊，愈发清晰。对付狼，火光就是子弹，父亲打算与敌手，徒手决一死战，如果幸存的话，就卸下锅，燃起一堆火，化点雪水，就着热水吃炒米。想起炒米，他一摸斜挎的干粮袋，却是瘪的，他立时就腿软了。父亲仔细摸索，发现干粮袋靠近后脊梁的部位，有道寸长的口子，看来这一通急走，穿山时被树枝给刮破的，炒米白白流失了。所幸吊在干粮袋上的茶缸还在，行军中它既能喝水，还能当食物的容器。父亲说鸟儿要是寻到遗落的炒米，一定会张开翅膀欢呼。他说脱险以后，干粮袋就不在衣服最外面斜挎着了，而是像护卫盐和火柴似的，将其当银圆捆在腰间，这样就不会有闪失了。

老实说复述到此，我觉得父亲无数次唠叨的这个故事，没啥新奇，无非是他们行动失败，他单枪匹马撤退，被一个敌手，不懈追击而已。

但接下来发生的故事，尽管父亲每次讲述时，语气是平静的，但总能在我心底搅起波澜。我对后半程的故事永不厌倦，就像对一首喜欢的乐曲，不管循环播放多少次，依然爱听。

雪没停，父亲选择了靠近河谷的一片灌木丛停了下来。除了手枪，他还携带一把三寸长的钢刀。作为火头军，这把刀的主要用途是炊事，剜个野菜，剥点引火的桦树皮，打到野兽开荤时用于肢解动物等。当然危急时刻，它还可以作为武器。

父亲说他卸下锅，把枪也卸下，看着敌手一步步逼近。他的喘息传来了，如此沉重，好像喘不动的样子。父亲手握钢刀，身体绷紧，做好了决战准备。可是敌手踩着父亲趟出的脚印，趔趔趄趄靠近他时，既没做出战斗的姿态，也没举手投降，而是一头栽倒在雪地上。父亲怕他佯装倒下，持刀慢慢凑近，才发现他左臂中弹了，他的军服残破不堪。原来情急之下，他撕扯军服当绷带，包扎伤口了。可是他伤得厉害，军服的面料又不适宜做敷料，所以包扎处渗血严重，一团墨色。父亲说他从未见过一个人的眼睛会在夜的飞雪中发出那样强的光，锐利、绝望，又不甘。敌手打着寒战，牙齿磨得咯咯响，不知他是被疼痛折磨的，还是因为憎恨父亲。

父亲先缴了他的枪。是一支轻便灵活的三八式步骑枪，俗称小马盖子枪，父亲说那是女战士最喜欢的一款枪。他最终靠着这支枪，俘获了母亲的芳心，那时她在后方营房的被服厂做军服，当然这是后话了。

小马盖子枪到手后，父亲继续搜他身，没发现手枪和刀具，说明他们仓促应战中，装备不足。父亲说本来可以一刀子扎在他心口上，让失去反抗能力的敌手立即毙命，但见他气息奄奄，挺不了多久了，再说狼嚎声越来越近，父亲准备赶紧点火。敌手受伤后，伤口没包扎好，血滴在雪地上，父亲想，是血腥气让嗅觉灵敏的狼一路跟着吧。狼的叫声越来越近时，父亲听出至少两条狼在叫，一种声音富有攻击性，凄厉而有穿透力；一种比较婉转、犹疑，像婴儿的啼哭，让他有似曾相识之感。

父亲在灌木丛划拉了一抱干枯的树枝，又找了棵桦树，剥了块桦树皮，生起火来。这堆火距离敌手倒地之处，有四五米远。父亲把锅支上，想融化点雪水来喝。没有食物，吃几粒盐，喝一缸热水，也能补充能量。

他烧雪水的时候，想着该怎样处置敌手。他失血过多，倒地后就再也没能爬起来。父亲知道这样下去，不出几个小时，他就会死在那片灌木丛。他似乎不惧怕父亲，但对狼的叫声表现出异常的惊恐，狼一叫唤，他就呻吟。

父亲又找来一些柴火，打算在篝火旁多休息两个小时，等雪停了再行动。他抱着柴火回到篝火旁时，雪水烧沸了，狼也来到近前。躲避在灌木丛后的狼，交替发出叫声，一种是带着威慑和焦急情绪的大叫，一种是呼唤故人似的低沉呼唤。敌手哼哼得更厉害了，他身体扭曲着，似乎想努力爬到篝火这来，可他终归没能离开跌倒之地半步。

父亲是怎么判断出徘徊在附近的狼，有一只就是他熟悉的瞎眼狼的呢？他喝过一缸热水后，发现篝火的斜对面，狼发声之处的灌木丛，有两个黄绿色的光点在闪烁，那是狼眼发出的光。两条狼应该有四个发光点，可父亲说他望了多次，总是两个光点，这说明另一条狼的眼睛是不发光的，它不是瞎眼狼又会是谁呢！父亲说直到这时他才明白，为啥有一条狼发出的叫声，令他有熟悉的感觉。

一缸热水落肚，父亲觉得已快凝固的血液，开始苏醒，一波一波地缓缓流动了。他摸出几粒盐，当点心一样品咂。直到和平时期，父亲都有囤积食盐的习惯，这与他战争年代的经历有关吧，他常说盐粒是尘世的珍珠！

不瞎的狼一定是饥饿到极点了，它的叫声带着极度的不耐烦和愤怒。父亲向篝火填了更多的柴，让它愈发旺盛，篝火噼啪燃烧，就像黑夜的心脏，怦怦跳动。父亲说他歇息的时候，不时瞄一眼敌手，他努力挥起右手，似在召唤他。父亲走过去，发现他浑身颤抖，脸被疼痛和恐惧折磨得扭曲变形，他对着父亲，从牙缝中迸出一个"冷"字，父亲明白，他这是想离篝火近些。父亲犹豫了一下，想着这可能是他此生的最后愿望了，最终还是又怜又恨的，拽起他双脚，确切说是拽着一双半新的长腰马靴，将他扯到篝火旁。篝火照耀着他,他发出一声怪异的笑声。不知是被篝火激动的,还是因父亲最终屈从了他而得意的。

敌手是个年轻的士兵,懂得一点中国话,说不连贯,单字单字地蹦。他到了篝火旁,先是艰难吐出个"水"字,父亲没搭理他;他又吐出个"盐"字,父亲还是没搭理他。父亲说了,水和盐的摄入,也许会让一条毒蛇苏醒。想着自己差点成为他枪下的鬼,想着牺牲的磨牙王,父亲甚至觉得把他拖到篝火旁,让他得到最后的人间温暖,都是对战友的背叛。

父亲说那夜的篝火太美了,将它周围飘舞的雪花,映照得像一群金翅的蝴蝶!他看着飞旋在铁锅上空的雪花,心想它们要是化成小年的饺子,该有多好啊。父亲饿得慌,狼也饿得慌。一条狼始终凶悍地叫,它一定希冀篝火快点熄灭,黎明快些到来。敌手怕自己最终会成为狼的盘中餐吧,他在生命的最后时刻,拼尽全力,拍一下自己,然后指指篝火,再吃力地拍一下自己,再指指篝火。父亲明白,他想让他火葬了他。父亲说你要是投降,优待俘虏,我或许可以考虑。敌手听得懂父亲的话,但他没有将手上举,而是牢牢贴在胸口,像守卫最后的堡垒,至死没有做出投降的姿势。

敌手挣扎了最后一程,凌晨两三点钟死了。父亲说这时雪停了,老天爷不撒纸钱似的雪花了。西北风刮了起来,父亲又捡了一抱柴,让篝火始终处于旺盛状态。父亲饿得肚子咕咕直叫,可雪水沸腾的铁锅,依然没有可煮食的东西。父亲再次搜敌手的身,希冀有所发现,万一有两块压缩饼干,或是一支香烟,那将是这个小年的好享受了,可他最终失望了。他只在军服的口袋里搜出两样东西,一个是一方蓝格子手帕,另一个是长方形金属外壳的镜盒。打开一看,里面竟夹着一张二寸的黑白相片。父亲凑近篝火一看,那是个穿着印花和服的姑娘,她额头很宽,鼻子小巧,微微垂头,浅浅笑着,满眼都是甜蜜。这掩藏在镜盒里的姑娘的相片,令父亲有看见原野小花的感觉。父亲想这相片中的人,也许是敌手远在家乡的恋人,而她再也见不到心上人了。父亲将镜盒放回敌手的口袋,而将蓝格子手帕揣进自己兜里了。

父亲从敌手的头一直细搜到脚,突然有了救命的发现。敌手穿着的马靴,是长靴,长靴通常是军官和骑兵的装备。从这名士兵的肩章和帽子看出，他不是军官，那么他是守备队中的一名骑兵？军官的靴筒通常为平口的，而骑兵长靴为斜口的。父亲说敌手的马靴就是斜口的，深棕色，里面有黑色绒毛，极其保暖。靴子是上好的牛皮的，靴帮靠近脚腕处，有一圈韭菜叶宽的装饰带，好像给这靴子戴了一个项圈。

父亲将这两只靴子从敌手脚上拔下来，靠近篝火，用钢刀切割靴子。靴筒很温乎，敌手死了，可他身体的余温未散，孤魂似的游荡。父亲说摸到热气时，他心里哆嗦一下，望了一眼敌手，他死时眼睛没闭上，父亲停下手，将敌手的那块蓝格子手帕掏出来，走过去蒙在他脸上。父亲每每讲到这个细节，我总要问，你是怕他看见你吃他的马靴吧？父亲的回答总是，一个死了的人，唉，他就是没闭上眼的话，哪能真瞅见呢。他并不解释给他蒙面的具体原因。

父亲割掉靴底，将要扔掉时，发现靴底烙印着一行字，仔细辨认，原来是"昭和十二年制"的字样。他将靴底撇得远远的，说是感觉是将这罪恶的一年给抛掉了。父亲划开靴帮，燎猪毛似的，将靴筒绒毛在火上处理掉，再用刀子，将它一遍遍地刮着，除掉绒毛烧后留下的灰烬，再尽力刮掉所染的颜色，让牛皮尽量恢复本色。他数了数，一双马靴，经他分解后，得了大大小小的牛皮，一共十块。他将它们放进雪堆，一遍遍揉搓，使它们更为清洁，然后加柴调旺篝火，往铁锅续了雪，使融化的水更多，把马靴皮下到锅里，又折了几簇樟子松苍绿的松枝，作为提香除秽的调料，投进锅里，开始炖马靴了。

父亲说火旺，锅很快就烧开了，咕嘟嘟冒热气。在冬夜的山林，这口锅散发的水蒸气，在升腾的一刻，被篝火映照得像一条腾空的金龙。没有锅盖，水汽蒸发极快，父亲不停地往锅里添雪。马靴的味道渐渐散发出来，初始是煳味，跟着是膻味，半小时后，牛皮仿佛被熬煮得苏醒了，淡淡的香气出来了。父亲说他等不及了，狼也没耐心了，它们闻到肉皮的味道，嗥叫不休。一种是威慑性的想要攫取的叫声，一种是乞求施舍的温和的叫声。

父亲用桦树枝条做筷子，捞出最大那块马靴皮，用刀切下一小块，填进嘴里。牛皮虽然膨胀起来了，但炖的时间不长，极其难嚼。父亲努力吃了半块，将余下的一分为二，撒给盘踞在灌木丛的狼。我问他食物如此短缺，为啥还要喂狼？他说可能是习惯吧，毕竟瞎眼狼在那里。再说狼得了吃的，就不会过来吃人。他说的人，是否包括敌手呢？这个话题我始终没敢问他，直到他辞世。

父亲说肚子一旦有了食物，哪怕只是垫了个底儿，心就不慌了。西北风越刮越大，树也开始呜呜叫起来。父亲不担心会有敌兵追来，因为路途艰险不说，他们留在雪地的足迹，早被飞雪和狂风搅起的雪浪给荡平了，任谁也别想找到他们了。

马靴又被炖了一段时间后，终于嚼得动了，父亲吃了两块，体力恢复了，他将剩下的牛皮捞出来。父亲说几乎就是打个哈欠的工夫，它们就在寒风中凉透了，再打个哈欠的工夫，它们就冻硬了，父亲将它们当点心，分别揣进裤兜，然后取下篝火上的铁锅。热锅落在雪地的一刻，发出"吱吱"的叫声，父亲说锅底下的雪被烫得不轻，破了很大一片，流出汩汩雪水，但热锅烫伤的雪，很快结痂，寒风也让热锅成了冷锅。父亲抬头望了望天，雪停了，但夜空还没晴朗起来，望不见北斗星，父亲不知置身何方。夜晚的山岭，看上去都是一个模样，按照父亲的比喻，它们就像一把把钢刀插在那里，阴森恐怖，让人觉得是在屠宰场。

父亲本不想天亮前出发的，他不知该走向哪里。天明以后，他能从太阳判断方向。可是狼逼得他必须走，因为它们窸窸窣窣地冲出灌木丛，朝向篝火了，显然那点牛皮，不够打牙祭的。父亲说当它们离自己仅有五六米远时，他在它们斜对面，借着残余的篝火，望见了一生难忘的情景，两条狼一前一后，呈一条直线，前面的狼高大威猛，后面的狼矮小瘦削。前狼挣扎着向前，后狼拼死咬住前狼的尾巴，试图阻止它的步伐。父亲认出了后狼就是瞎眼狼。他说从未见过狼眼会泛出红光，前狼试图奔向篝火旁边的人时，眼睛漫溢的就是这种光，也不知是不是篝火映的。父亲"嗨嗨"地叫了两声，这是以往瞎眼狼尾随支队时，他抛给它食物时，惯常的招呼声。瞎眼狼显然熟悉父亲的呼唤，它更加用力地往回拽前狼，前狼的尾巴绷得直直的，像一支在弦之箭，就要绷不住了，它的尾巴随时有被扯掉的危险，痛到极点，叫声格外瘆人。最终前狼让步了，瞎眼狼将它生生地拖回灌木丛。父亲长吁一口气，感恩似的分出两块牛皮，投给它们。

父亲说既然前狼连火光都不怕了，久留于他来讲，危险太大了，他准备出发。他本想换上敌手的棉服，它的保暖性更好，可是这件棉服的肩胛处，被父亲发射的子弹打穿后，先前涌出的鲜血已成凝固剂，衣服破损污秽不说，要是强行脱下，等于撕敌手的皮。最终父亲将他的帽子取下，扣在自己头上。然后划拉了一抱柴，将篝火调得旺旺的，拔腿出发了。

常听父亲讲炖马靴故事的母亲和我，一再问过父亲，你都要开拔了，还点篝火做什么？是不是火葬了敌手？父亲给出的答案总是模棱两可的。有时他说："我缴了他的枪，还吃了他的马靴，不然就得饿死啊"，有时他说："我战友的尸骨还不知埋在哪里呢"，有时他说："那晚上没月亮，生火能照亮一段路啊"，最接近答案真相的一次，他说："唉，让他和那个姑娘的相片一起化成灰，他做鬼也值了吧。"

父亲说他根据西北风吹来的方向判断，他要撤退到队伍的密营，得与风向逆向而行。结果他走了一两里路后，风竟然休克了，没了，他等于丧失了唯一路标，又不知所向了。按照父亲的说法，当时森林整个冻僵了，树枝动也不动，连一声野生动物的叫声都没有，他感觉自己在地狱中。天渐渐亮了，可它亮在阴云里，父亲期待的太阳没有现身。就在他走投无路之际，他听见了背后有走兽的声音，回身一望，距他五米多远，就是那两条狼！冬季的狼皮毛黯淡，它们就像荒草堆一样。瞎眼狼还是在后面，叼着前狼的尾巴。前狼见着父亲，停了下来，它的目光柔和多了。瞎眼狼低低叫着，安慰着陷入绝境的父亲。父亲仔细打量前狼，发现它是条年轻的公狼，它对瞎眼狼不敢违命，原来是瞎眼狼的儿子啊！父亲是怎么看出的呢？前狼追上父亲，停下的一瞬，它身后的瞎眼狼，立马松口，放下前狼的尾巴，上前两步，用嘴温柔地触着前狼的脸，似在亲吻，前狼发出撒娇和委屈的叫声。父亲说只有母亲对孩子才能表现出如此的怜惜和爱抚，也只有孝顺的孩子，才会对母亲发出的哪怕它不喜欢的指向，俯首帖耳。直到这时，父亲才明白瞎眼狼当年为什么怀孕，它是为自己的未来生活，寻找一双眼睛啊！不知瞎眼狼一窝生了几仔，存活几只，它的丈夫和它另外的骨肉，也许都因嫌弃而背弃了它，但至少父亲看到了，有一只忠勇的小狼，把自己的尾巴当作母亲的生命线，在荒无人烟的深山，不离不弃地牵引着它。父亲说瞎眼狼所叼着的尾巴，是它生命的脐带，也是一道藏在心底的光啊。

后来的故事,我和母亲差不多都能背诵了,天连阴了三天,不见日月,瞎眼狼和它的孩子在前引路,把父亲领出迷途。他们靠着所剩的煮熟的马靴皮,和深埋在雪下的红豆浆果,以及山洞的骨头,渡过难关。而那些骨头,有瞎眼狼备下的,也有父亲当年丢给它的。骨头怎么吃呢?父亲说晚上在山洞口生起火后,会把它们在火上烤酥,这时的骨头就能咬动了。而小狼很卖力地想帮他解决伙食,期间它发现一只雪兔,可它跳跃着要扑向它的时候,它的母亲松开它的尾巴过慢,它扑了个空。母子狼最终带着他,靠近了一个村庄。父亲说闻到炊烟的气息后,瞎眼狼觉得告别的时刻到了,它松开嘴,用两只前爪激动地刨着地,洗尘似的,快乐地躺倒,在雪地打了几个滚,然后起身抖了抖毛,沾在它身上的雪粉飞溅出来,飞进父亲的眼睛,与他的泪水相逢。瞎眼狼看不见父亲的泪,它无比骄傲地仰天嗷嗷叫了几声,仿佛宣告它的使命完成了。小狼卸下了父亲这个沉重包袱,得到解放,它比母狼还要欢欣鼓舞,父亲说它原地转了好几个圈,像在跳舞,然后站定看着父亲,身体后倾,调皮地做出进攻的姿态,长嗥一声,最后吓唬一下父亲。

母子狼转身走了,依然是小狼在前,瞎眼狼叼着孩子的尾巴在后。父亲说它们转身前,他给两条狼作了个揖,瞎眼狼无法看见,小狼却并不领情,对着他又是一声长嗥,好像在说,少来这套,没吃掉你,算你走运!父亲说他夜晚栖息在山洞的那三天,瞎眼狼守候在洞口外,也不忘了叼着小狼的尾巴,怕它万一不听话,会对父亲下口吧。

父亲得救后,认识了后方被服厂的母亲,那支缴获来的小马盖子枪,经组织同意,配给了后来跟父亲一同上阵的母亲。他们在我之前,生了一个女孩,跟着他们转战,营养匮乏,两岁就死了。我命好,出生在抗战胜利后。父亲待我甚为严格,他像严苛的教官,要求我学习攀岩、游泳、滑雪、测绘、爆破甚至跳伞等本领。据母亲说,这些都是抗联战士当年要学的科目。每到小年的时候,他都要讲一遍炖马靴的故事。所以我落下了一个毛病,父亲去世后,每年腊月二十三,我也给我的儿子,讲炖马靴的故事。而且我退休后,爱泡在图书馆的地方志资料室里,查阅抗联时期的相关历史资料,希冀能找到头道岭、二道岭、四道岭的位置,希冀能找到那个不依不饶追逐父亲的敌手的资料,希冀能够从民间资料中看到有关瞎眼狼的传说，可是我就像一个蹩脚的渔夫，撒下无数片网，却终无所获。最后我甚至怀疑，父亲的这个故事，是不是编造的。但有一点肯定的是，父亲中弹的棉绒秋衣，弹孔还在，边缘处的烧灼痕迹清晰可见，不过它没有传到我们下一代手里，而是在抗联博物馆陈列室的橱窗里。

父亲去世的次年，母亲也走了，他们都活过了八十岁。炖马靴的故事，只有我一个人给下一代讲了。儿子是做网站编辑的，他每次听这故事，总要俏皮地说，驴马牛都是大牲口，算是一族的，爷爷当年在山中，吃的可是大补的阿胶啊。之后便骂张学良，说当年他要是带领东北军抵抗侵略军的话，日军不会轻易占领东北。他说当年的东北军是只老虎，空军有两百架战机，地面部队也不错。张作霖当时开办的兵工厂设备优良，还有德国进口的设备呢，所以造的武器也过硬。儿子说要是张作霖不被炸死，侵略者休想进犯东北半步！儿子经常是发完牢骚，就会打电话叫外卖，外卖的主角是猪皮冻和鱼皮冻，他说动物的皮，是身体的精华。我想他是用他的肠胃，帮助他的精神，记忆这个故事吧。

最后我要补充的是，父亲每回讲完炖马靴的故事，总要仰天慨叹一句：人呐，得想着给自己的后路，留点骨头！

选自《钟山》2019年第1期

评鉴与感悟

雪地上的温暖

迟子建的短篇小说《炖马靴》依然带有其回望式作品的一贯特征。整篇小说基本上由父亲的复述构成，讲述了20世纪30年代，东北抗联部队袭击日军守备队，以及伏击失手后"父亲"的逃亡经历。一部小说仅有精彩的故事情节并不够，还应具备一种精神内核，延伸小说的精神广度和深度。迟子建的创作就具有这样的内核，让故事性极强的作品释放出同样强大的精神力量，从而提升故事的精神境界。"炖马靴"这个故事的精神内核就是战争年代的人性。在战争中，瞎眼母狼与父亲之间的情谊，以及追击中敌手和父亲的对手戏，使得人性中的温情在战争残酷本性的夹缝中闪耀出了火花，从而拓宽了故事的精神空间。

迟子建利用了一个特殊角度来处理战争文本，即从一双普通的马靴出发，避开对战争场面的正面叙述，通过父亲的回忆，将复杂人性中向善的部分凸显出来，表现人性中压制战争之恶的一面。马靴的温度既表示敌手的体温，更多的是象征充满善意的人心。追击过程中，敌手和父亲的对手战明显呈现了人性两个背驰的方向。敌手对父亲紧追不放，中弹后将死之际依然不屈服，体现了战争机器对他精神的摧残。而父亲在敌手即将殒命关头伸出的手，和最后将敌手与相片一起火葬，都表现了人道主义至上的一面。敌手与父亲的对比升华了故事的精神内核，彰显了隆冬大地上的暖意。

与这条线索并行的，是父亲和瞎眼狼的故事。《炖马靴》在战争文本中，讲述了一个人与动物之间的温情故事。在缺粮少食的情况下，父亲不忘照顾尾随小队的瞎眼狼，沿途拍老鼠投喂母狼；反过来，在父亲被追击的生死关头，瞎眼狼母子"嘴下留情"救下父亲，最后为父亲引路，一路护送。在一来一往间，父亲与瞎眼狼之间产生了非比寻常的情谊，这种情感在战争中显得弥足珍贵。

有论者曾表示，迟子建的小说总是在苍凉的背景下突显"温暖"的存在。无论是《额尔古纳河右岸》《群山之巅》，还是《候鸟的勇敢》，迟子建的作品底色是苍凉的，人物是隐忍坚强的，但是"人性之暖"始终是迟子建创作的落脚点。《炖马靴》在雪地上演绎了一出战争之恶与人性之善并存的故事，延续了迟子建回望式作品中"苍凉与温暖"并存的特质。（董伊蕾）

城北急救中

/修新羽

发现陈焯睡着的时候,我狠狠掐了他一把。而作为报复,他喊了惊天动地的一嗓子,引得周围人纷纷侧目。我不侧目,我全神贯注地看着那正在翻乐谱的小提琴手,看着音乐厅天花板上一小块脱落了的墙皮,装作不认识他。

这种伪装在音乐会结束之后终于前功尽弃,因为陈焯像条尾巴那样紧紧跟在我身后,低眉顺眼,一口一个对不起。票是提前好几个月买的,英国小提琴巨匠来华首场演奏会,我为此期待了很久,还特意找出最得体的那身黑连衣裙。然而陈焯连两个小时的清醒时间都给不了我,他只能给我对不起。

我感到前所未有的挫败,脚步逐渐压了下来。陈焯牵住我的手,说他确实不应该睡着,然而我也有错,我刚才掐他的时候没有堵住他的嘴。我试图摆脱而未遂,就找了个路灯旁边的位置,站定了望着他。他肯定看清楚了我眼里的泪水,因为他瑟缩了一下,猛然把手松开。那些乱七八糟的托词对我不管用了,早就不管用了。

这就是我和陈焯,我们从来都是这样的。

我们在城北读的大学,毕业后想尽办法才留了下来。经过反复思考和反复实践，不约而同地发现谈恋爱是降低生活成本的最佳方式，就心照不宣地睡在了一起。

我们租的房子就在城北急救中心对面。每天都能听见急救车乌拉乌拉的声音，把那些快死了的人运进来。有些就这么死了，有些折腾一顿也还是死了，只有非常少数的幸运儿才能活下来。人们嫌这里晦气，租金也就相对低廉。

夏天那阵子房间老跳闸，陈焯只好跑去阳台上，靠着一盏应急台灯批作业。阳台上蚊子多，等他回到床上回到我身边的时候，总是带着一股很浓郁的花露水味。闻起来比我还娘。他会故意抬手搂住我。

我嫌热，把他挡开。他会不依不饶地搂过来，只为看我一脸嫌弃又委屈的样子。我说，陈焯你都多大年纪了还喜欢欺负小姑娘？他会故作深情地说，在你面前我永远八岁。我想把他踹下床去，而他会顺势抓住我的脚踝，把我拉向他。

楼体隔音效果很差，尽管每个窗缝里都贴了隔音胶条，却还是能听见由远及近的警报声。隔着窗帘，还有急救灯一闪一闪地飘过来再飘远。刚搬过来的时候我总睡不好，只能跟陈焯整宿整宿做爱，汗津津地昏过去，直到第二天被闹钟吵醒，带着黑眼圈挤地铁。后来工作越来越忙，我们也越来越习惯，躺下就能睡着。只是随着天气变冷，有时候明明各睡各的，醒来的时候也会抱在一起，陈焯毛茸茸的下巴会抵在我肩膀上，胳膊也紧缠过来。

刚搬过来的时候，我还没经验，依旧留着那个功率过大的吹风机，洗完澡吹着吹着头发房间就跳了闸。把窗帘拉开朝外瞅瞅，只看见旁边几户的灯都还亮着，马路正对面是荧荧的一排红字："城北急救中"，"心"字不知道怎么坏掉了。陈焯走到我旁边，把窗帘重新拉上。拉得太急，房间里就弥漫起一股灰尘的味道。我说城北大概要没救了。

陈焯说，那怎么办，那我们只能倾城之恋了。

我不知道城北是不是要倾覆，只知道我们随时都可能彻底完蛋。陈焯高中学理科，但因为是外语院校的保送生，到大学只能继续学外文，学得就有些三心二意狗屁不通，毕业之后就找不到工作，最后去给外语培训机构打工。而我被一家创业公司拉去当CCO，全称Chief Cultural Officer，首席文化官；公司里只有五个人，人人都是首席，而我最重要的一项工作就是帮大家点外卖拿外卖。简单来说，我们两个谁也看不到未来。

陈焯的公司离这里很近，而我上下班要坐一个多小时地铁。所以做饭和日常打扫基本都被他包揽，就连厨房里的围裙都是他喜欢的花色。有时候我加班到很晚，从地铁站回来黑灯瞎火，经常打电话让他来接我。他就赶过来拉住我的手。一边走一边背诵社会主义核心价值观来辟邪。

那时候只有寿衣店还开着，白惨惨的荧光灯亮着。我手心直冒冷汗。陈焯说我们都是社会主义好青年，都是年轻人，不要怕那些牛鬼蛇神。我嘴硬着说我也不怕牛鬼蛇神，我怕人，怕杀人放火抢劫。他倒觉得无所畏惧，走到路灯下的时候还突然朝我耳朵大叫，又一脸讪讪地说："哎，你没被吓到啊。"当年我究竟为什么会觉得他很可爱呢？完全就是个傻×。

我们在一起快两年了，可谁也没说过"我爱你"。出去玩的时候，别人问我是不是他女朋友，他也总是很暧昧地笑笑。私下里他跟我讲过好几次，他说，你也是知识分子，是念过大学的，是讲道理的，你不能强迫我。那时他刚跟女朋友分手，头上长着一片草原，只想把自己变成野马。他说，我心里那扇门关上了，现在只想找个人陪在身边，其他的走一步算一步。

我说，每次你心门关上的时候，我的手都恰好在门缝里。

陈焯扭头看我，就像在看一个陌生人。他说你什么时候这么文艺了。我说原文来自一本学术专著《现代性与大屠杀》，豆瓣评分9.0，讲的是犹太人总把手指放在现代性的门缝里。陈焯开始笑，他说："好好好，我承认你还是你。"

我说："我不承认。"而陈焯摇摇头，表示他不想吵架。他慢慢脱掉外套，仔细叠好，然后把头枕到我膝盖上。如果我愿意的话，从这个角度可以很方便地掐死他。我用手指轻轻拂过他下巴的胡茬。

陈焯就那样睡着了。人在睡着的时候看起来往往会年轻些，带着一种毫无防备的天真，然而这个道理在陈焯身上并不起效。陈焯一睡过去就像是死了。

最开始他的睡态总能让我感到震惊。我们第一次出去开房的时候，并没有正大光明，而是打着复习期末的旗号。隔壁传来呻吟之后，我把脸凑到陈焯跟前，问，没激起你的好胜心吗？而陈焯立马跳起来，抱着电脑找了半天，开始大声外放一部聚众淫乱的色情电影。

女主角声嘶力竭地呻吟，而我笑倒在床上，还故意摆好姿势。让腰上的皮肤露出一小截。陈焯看都没看我。"陈焯，你真是个君子。"

陈焯对此不以为然。他说，我今天是真的要好好复习的，也劝你认真看看课件，不要老马失蹄，在大四的时候把自己挂掉。他的话倒激起了我的好胜心，决定要复习给他看，跟他比比谁更能沉得下来。

结果我还在研究费孝通的差序格局理论，陈焯就已经咚的一声倒在桌子上。姿势很奇怪，额头紧抵着桌面，像是猝死了，像是能这样一直睡下去，睡个几十年。我象征性试了试他的鼻息，然后把他搬到了床上。

那是我第一次认真地打量陈焯。他比我小半年，高瘦文静，头发浓密，皮肤白，在人群里打眼一看就很出挑，再配上那副黑框眼镜，完全就是电影里那种斯文败类。可仔细观察起来，五官也没什么特殊的地方：眼睛不大，眉骨不高，下巴倒是有点儿尖。睡着之后，陈焯浑身的力量和戒备都卸掉，无论怎么推他，拉他，捏他，他都毫无反应。他睡得那么沉，那么死。

陈焯学过钢琴，我也学过。但他考过了九级，我只学了三年就放弃了。更要命的是，我带他去参加过几次朋友聚餐，而他只是坐在那里，露出自己那脸傻笑，就能被所有人喜欢。

我拿毛巾沾湿了给他擦了擦脸，在他旁边和衣而睡。其实从那天开始我就该知道，陈焯对我几乎没有兴趣。他只是习惯了讲软话，习惯了对女孩子好，而我只是一个比较方便的选项。时至今日，我们的关系依旧更像是长期互嫖，甚至留不下什么干净美好的记忆。

那天外面下着暴雨。

雷声滚滚而来，整个城北都停电了，只有急救中心的几个房间还亮着灯，估计是有什么应急电源。那天晚上陈焯七八点钟才回来，自顾自进了厕所洗澡。我跟进去看，他脱下来的衣服都被冷水浸透了。我把衣服扔到洗衣机里，问他："雨伞呢？"

"借给了一个学生。"

我有些心疼，于是决定跟他吵架。我问男学生还是女学生啊。

陈焯说："女的，眼睛大，皮肤白，长得比你好看。"他的话从防水帘后面透过来，闷闷的。他说得如此坦荡，我心里反而不好受起来，架也没力气吵了，早早洗漱完躺到了床上。陈焯不声不响地洗漱完，关好灯，也躺到我身边来。

我们肩并肩躺在床上。我深呼吸，闻着周围的空气，潮湿而带着隐约的霉味。我不知道在这间房子里有什么正在坏掉，那些旧家具，还是那些被整齐叠好收在柜子里的衣服。陈焯说："我掐指一算，你又在生气了。"

我说："陈大仙再帮忙算算，我是被什么气着了。"

陈焯说："生活。"

这样的事情在生活里并不少见。有次我们吃完晚饭，打算出去看电影。在公交车站旁边，一个小姑娘把鞋跟卡到了下水道盖里。陈焯蹲下身帮她拔了出来，而她连声道谢，说自己穿高跟还没穿习惯。又问，你也这么晚才下班啊，做什么工作的。

公交车还是不来。

陈焯指了指旁边楼上那个"天天向上培训学校"的灯箱："教外语的。"小姑娘"哦"了一声，过了会儿说，最佩服英语好的人，找他报名培训的话能不能有优惠。我在陈焯试图回答之前，就笑了笑抢先说，没优惠的，他们公司管得可严了。那天晚上陈焯格外来劲，看完电影回来的路上还在追问："你是不是吃醋了？"我说："吃春药了。"

不怪我生气。我旁敲侧击地问过好几次，至今没搞明白他有多少前女友。

还有一次，是穿校服的小姑娘在我们楼下探头探脑。那时我正在把阳台上晾晒的红内裤都收进房间，才收到第五条的时候，听见她鼓起勇气问我，陈老师住在这里吗？我说，哪个陈老师啊，不认识。

小姑娘瞅了瞅门牌号，说，陈老师留给我们的地址就是这里，也可能后来搬家了吧。她举着手里的一沓东西，晃了晃："我们下周就结课了，大家想提前给他个惊喜。"从二楼的阳台上，我能看见那些信封上印着烫金的爱心。我摇摇头回到屋里，一条条卷好我们的内裤。

也不知道陈焯后来有没有收到那些信。总之他什么都没跟我提起。总之他对学生好，真的好。难免会招人喜欢。

为了赚钱，陈焊不仅教高中英语，还教初中数学。然而毕竟不学数学五六年了。他只能每天晚上对着辅导书自学，第二天再去讲给学生听。有时候好不容易搞懂了很难的问题，就会很得意地向我汇报，还把我揪过去也做做试试。我做不出来倒还好说，如果做出来了还做得比他更快，他就会闷闷不乐起来，坐在那里等着我去哄。

有些时候我会扑到他身边，捏捏肩捶捶背，夸夸他，找玻璃杯倒上热水塞到他手里。有些时候我觉得烦了，就什么都不理。

万圣节的那天，陈焊要给班上的学生带去惊喜。他跑去菜市场，拎回来两个脸盆大的南瓜。等我回家的时候，其中一个已经被削废了，另一个刚刚掏干净了瓤。我看不得他笨手笨脚的样子，找了把美工刀扑上去帮忙，最终把第二个南瓜削成了半哭半笑的辰像。为了不浪费粮食，我们吃了整整五顿的南瓜粥，连舌头都变成了黄色。出于对陈焊的爱，那时我不在乎自己的舌头究竟是什么颜色。

据他说，那些孩子们对南瓜很满意。而我总觉得，他是在寻找途经来消磨掉自己过分旺盛的父爱。我想过干脆养只狗，陈焊对此万分赞同，但又提醒我说，一定要从小养起，好好训练它，培养它定点排便的习惯，按时给它喂食洗澡，按时遛。他念念叨叨着所有养狗的细节。直到我终于打消了这个念头。

创业公司没有什么假期，有项目就忙些，没项目就轻松些。他们来砸门的那天，我刚熬过夜，起得就晚，半睡半醒间听见钝器的撞击声。起来从猫眼往外看，走廊空无一人，声音也已经飘到楼下了。又过了会儿，楼下好像吵起来了，有人高声说："这周就要搬出去。没有任何条件可以讲！"还有小孩子哇地哭了起来。

听不懂这是怎么回事，我原本打算继续去睡了，却看见有人从楼下跑了上来，手里举着擀面杖一样的东西在我们这层每家每户的房门上乱敲，然后在每家每户的门上都贴了通知条。

他们说这栋房子在前几天的消防检查里被评为危房，现在开始往外清人，下个月就要整个拆掉。我问房东怎么办，他说他去想想办法，让我和陈焊也商量一下。

微信不回，电话也打不通，我决定去找陈焯。刚到走廊上，就听见他对班上的同学大声嚷嚷："你们就不能用点儿心吗，花着爸妈的钱，又不是给我学的。"

有男生大声反驳："是给你学的，我们怕你伤心。"

陈焯当时正在往黑板上抄题，听见这话，咯噔一声把粉笔摁断掉。他转过身来把手里剩下的半截粉笔砸到那男孩子头上，说："我已经很伤心了。"

他低下头，挑了支新粉笔，想要继续抄题的时候才看到我站在教室后门口。

我朝他举了举手机，他朝我举了举粉笔。我摇头，而他终于无可奈何地从讲台上拿起块抹布擦擦手，去看我半个小时前发给他的信息。

陈焯坚持上完最后半节课才跟我一起回去，以免工资被扣掉。

于是我坐在培训机构的前台等他，前台小姑娘瞥了我几眼，端来半杯热水。我感谢了她，从包里找出根口红，去洗手间里补了补妆。

回去的路上我们接到房东的电话，那中年男人满怀歉意地解释了半天，说已经给居委会负责人递过几条烟，以为没事了，不知道这次上面查得那么严。挂了电话之后，陈焯问我打算怎么办。我说，同林鸟也要各自飞啊。

陈焯说这不是开玩笑的时候。可他也没有什么办法。

打扫卫生是他负责的，但一个月前老板去外地开会，放了我们所有人的假，我刚巧有时间，就随手收拾了下客厅，结果从沙发上的杂志里掉出来几页病历。没有名字。只有诊断日期以及诊断结果。在我见过的所有病历中，这算写得很清楚的了，能让我明白究竟发生了什么。

我真的不会做饭。但我那天点了一桌子陈焯喜欢吃的外卖，等他回来。

今年是我们俩的本命年，陈焯买了二十条红色内裤，十条男式的自己穿，十条女式的硬塞给我，说是本命年犯太岁，红色能辟邪。于是我们阳台上经常就红旗招展。我没料到他会这么迷信，而他神秘兮兮地跟我说，这是家族传统，就连他的名字也是算命先生起的，说他五行缺火。原本是卓越的卓，就直接给加了火字旁。

他说这个字是光明的意思，是照亮的意思，是火苗跳跃的意思，总之都是好意思。可我很没文化,还是去网上搜了一下,发现这是个多音字,还可以读作"抄",是把蔬菜放到沸水里烫一下的意思。我把这件事记了下来,准备好好嘲笑他,但一直没找到合适时机。现在我重新想起了这件事,这是个多么不吉利的名字啊,让那些绿色的生机勃勃的东西在沸水里蔫掉。

我以为我们能吃完饭再讨论这件事,可陈焯一进门就溜到了沙发那边,东翻翻西看看,大概是意识到自己没把那些东西放好。我说赶紧来吃饭。

于是他麻利地拉开椅子,坐到我对面。丰盛的晚餐显然在他意料之外,因为他的神色突然紧张了起来,不知道他是否忘掉了哪个重要纪念日。

我跟他讲,是我们公司今天拿到了第一笔天使基金。他瞅着桌上的菜,还故意用手点着数了数:"三荤两素,大餐啊。"

我也跟他瞅桌上的菜,可眼前却总是晃着病历上的字,"肺癌晚期"。会恶心,呕吐,最后呼吸衰竭。会死得很难受。为什么是肺癌呢,陈焯已经戒烟了。可能是因为雾霾吧,冬天烧起煤来,城北的雾霾一向很严重,朝窗外望去,万物都是灰蒙蒙的。特别是我们这里,离急救中心近,离火葬场也不远。前阵子治理污染。据说已经关掉了一些燃煤企业,可火葬场总不能给关掉吧。朝窗外看的时候,万物依旧灰蒙蒙的。陈焯又总是在阳台上批作业,总是待在灰蒙里。

陈焯说:"那我先动筷子?"他一边吃,一边努力露出幸福的笑容。

我吃不下去,正好外面传来了隐约的哭声,就跑去了窗前。有人正把盖了白布的担架从医院里抬出来,平常都是从后门走的,今天不知道怎么直接抬到了前门。一个年轻女人跟在担架后面,时不时抬手抹眼泪。还有个中年女人,用手扶住担架,脸涨成了红色,大声哭号。其实死也有死的好处,本科时我跟着老师去养老院里做过调研,年老面前,那些寿终正寝的人反倒不可能保持住什么体面。

往常陈焯总会很快冲过来把窗帘拉上。但今天他没有,他远远躲在房间的另一边,看都不愿往我这边看一眼。就好像这边有什么东西会伤到他的眼睛。车很快开走了,黑暗中我不知望向何方,却突然注意到"城北急救中"那几个字也熄灭掉了。或许他们终于打算把那个缺失掉的"心"补上,为了维修才拉了闸。或许只是故障。

听完音乐会那天，陈焯非要将功赎罪，拉我去附近一家不起眼的小店，说是学生推荐给他的，这家烧烤做得特别好。可店里面没几个人，我们选了靠窗的位置，点好烤翅和啤酒。我们谁都没再提刚才的事情，直到陈焯又一次开始道歉。

陈焯说："最近他们放寒假，来上课的人很多，我真的很累。"

我说谁不累呢。我说，我要去找学长了。在学校的时候我参加过许多兴趣社团，认识过许多人，这些陈焯也都知道。陈焯说什么学长啊。

我说，就是社团里认识的，生物奥赛国家队那个。陈焯当年才拿了省二等，没拿到竞赛保送的资格，因此对所有国家队选手怀有微妙的嫉妒。

他说你能不能讲讲道理。

我说，不讲道理，讲故事，从前有个人，又穷又屡，连治病的钱都交不起，还不敢跟别人说，只愿意自己默默忍着，等死。

陈焯说，那我给你讲个道理吧：心思太重的人是活不开心的。

我说你讲完了没有，他说没讲完。然而他也没有再继续讲下去，只是和我一起沉默地坐在餐桌前。已经是晚上十点半，旁边的服务员鼓起勇气凑过来，说先生小姐要不先买个单，我们马上打烊了。

我指着陈焯说，让他买，我没钱。然后手脚麻利地穿上衣服，头也不回地冲出门去，仿佛已经当众把他给甩了。可是出门之后我又不敢走得太快，因为身上没带家里的钥匙。

我磨磨蹭蹭地走。陈焯在后面磨磨蹭蹭地跟着，走到那家寿衣店门口的时候才撵了上来。他说你真勇敢啊，不知道这附近前些天闹过鬼吗。他说所以你是算我家里人是吗。他说，等我以后变成鬼了，一定会好好保佑你。

我不想听他说话，干脆转过身，躲到了寿衣店里，那扇脏兮兮的玻璃门在我身后关上，陈焯在外面发愣。寿衣店里的老板在里面发愣。

头戴毛线帽的老人家瞪大眼睛："不买的话别进来捣乱哦。"

我说："怎么不买。"正好陈焯也低着头跟了进来，被我一把拽过去：多精致啊，快挑个你喜欢的。老板听了我的话，把屋里的灯又打开几盏。灯光不再是白惨惨的，而是带了点儿暖黄。挂在墙上的衣服都很精致漂亮。摆在柜子里的还有许多模型，有苹果手机，还有些带花园的欧式别墅。老板说，都是纸做的，都能烧。

我最终买了一座城。一小座古代城池，让人想起了空城计，想起了烽火戏诸侯，还想起了小时候的手工课。它是用硬纸板拼起来的，拼接处还能看到胶痕，但也价值整整两百元。其他人会抱着怎样的心情买下这种东西，再烧掉它。我本来想把它直接拿在手上，但老板找出只纸盒子，非要帮我包装起来。陈焯一言不发，在离开的时候帮我推开玻璃门。

我捧着纸盒走在前面，陈焯跟在后面。这条路还是很黑，一出门几乎什么都看不见，我也只是继续往家走，走着走着眼睛适应了些，就能看到微弱月光落在前方。

"那病历不是我的，是方老师的。"在我身后，陈焯小声说。方老师是他的同事，据说当过高中的教研组长。退休后被培训机构请过来教课。老烟鬼。

"我看你误会了，就想顺便吓吓你。我不知道你那么傻。"

我想扇他一巴掌，但我只是把那个纸盒子扔到地上，踩扁了。

砸完门，贴通知，之后就没了下文。房东找关系去打听情况，但也没问出什么来，总之说大家都还没开始搬，可以继续先住着。

初雪那天，我们去买了火锅底料在家里涮。锅里热腾腾的，杂七杂八丢进去，满屋子烟火气。我边吃边盯着他看，他边吃边盯着锅里的东西看，把那些浮起来的虾饺抓紧捞出来，再挑点儿羊肉丢进我碗里。他说，你够不够，不够冰箱里还有。我说抓紧把东西都吃掉吧，还不知道能在这里待多久。

陈焯说："如果这里真的住不下去了，咱怎么办。"

我说："不是咱怎么办，是我怎么办，你怎么办。"我说我去找那个奥赛学长呗，让他养着我。说话的时候。嘴里好像又尝到了南瓜味。在连续吃过五天南瓜之后，我一直对南瓜味感到恶心。

陈焯放下碗，放下筷子，呆呆地坐着。我说，那个学长后来在印度出家了，从朋友圈里看，他每天过得都很快乐。

陈焯说，你去不成的，没人会要你，你没有慧根。眼泪从他睁大的眼睛中落了下来，留下两道亮亮的湿痕。成年之后，我还从没近距离看人哭过。我觉得头晕,甚至没办法起身去找些纸巾过来。我把袖子扯出来一截,往他脸上抹。

陈焯朝后躲了躲。他说,如果这里过不下去了,我就带你回家吧。我问,回青岛吗。他说不是,回老家。那里有果园,有渔船,有玉米地,反正饿不死的。

我说不。我说别以为你说这话就行了,你永远都不够真诚。

陈焯说难道你就真诚了,连跟我说句情话都是剽窃的。

我说我剽窃谁了。陈焯说,剽窃齐格蒙特·鲍曼,心门与手指,《现代性与大屠杀》。他站起身走到客厅的书架那里,边说边恶狠狠地把那些书一本本抽出来,一本本甩在地上。砰,砰,砰。窗外急救车的声音由远及近地响。

我说对不起我脑子不灵光,没办法,编不出更多瞎话了。

陈焯说,那我教你行不行,我说一句你跟我说一句。陈焯说:"我爱你。"

我用比他大一百倍的声音嚷回去:"没听见,没听见!"我他妈的一点儿也不难过,只觉得生气,可我生气的时候总是想流眼泪。陈焯的表情突然就垮掉了。他走过来抱住我,但我什么感觉也没有,就像被一个玩偶抱在怀里。

我说:"这就是你编的瞎话吗?"抱住我的胳膊收得更紧了一些。

他说附近真的闹过鬼,所以政府才减免了租金,非要把这些辅导机构拉过来,想用学生的阳气来镇一镇。他说:"我们抓紧搬走吧,太晦气了。"

听完音乐会那天,我一整晚没再跟陈焯说话,第二天故意定了很早的闹钟,跑去茶餐厅吃了顿丰盛早餐,又买了杯冰咖啡,才开开心心往公司赶。路上接到陈焯的微信:"我道歉,好不好?"我看了眼就把整个对话记录彻底删掉。

我们公司主要是在设计手机App(手机运用软件)。和那些给人们的自拍加耳朵加尾巴的拍照应用不同,我们能给人们的宠物加上衣服、帽子、眉毛、手。CEO是个比我高三届的学长,每天都穿着同一件浅蓝卫衣,精力旺盛地讲述着未来:"历史的车轮已经可以看到了,我们想法要多,不能漏掉每一块金子。"其实我没看到，但据他说，历史的车轮在朝短视频驶去：人们越来越没有耐心，所以视频要短；人们越来越浮躁，所以视频比文字更能吸引目光。历史似乎总在驶向更糟糕的方向。

上周他约了几个投资人见面，昨晚在微信群里兴冲冲跟我们说，搞到了一大笔天使基金。不是空头支票，是真金白银，足够给我们每个人涨薪三倍。钱多，压力也大，需要马上给出理想demo（录音样带）来配合宣传，可我们连产品定位都还没想好，就都留在办公室里集体加班。我全神贯注地整理着用户调研报告。而陈焯又发来微信，问我在哪儿。我说我在你心里，然后把手机扔到了一边。公司里有咖啡机，有零食，熬过整晚不是什么难事。直到第二天上午，CEO验收了成果，我才又溜回家去。

陈焯不在。但从垃圾桶里留着的烟蒂数量来看，他估计没怎么睡着。我换好睡衣，窝到床上，盘算着该怎么哄哄他，让他明白事情没有那么无可挽回。我等着他来联系我，我就在家里等他。他一直没有回来。

之后我睡了会儿，又醒来。整个房间空空荡荡，只有一道阳光从窗帘缝里落进来，碾在床尾。好像能听到雨声，还能听到有人在楼下压着嗓子交谈。

从窗户边偷偷往下看，是几个人正喊着号子，努力将一辆侧翻了的三轮车扶正。东西乱七八糟地甩了满地，有些沾着水就化掉。都是纸糊的，还不是什么好纸。是寿衣店要搬迁了，老板在三轮车上载了过量货物，到巷子口的拐弯那里一时没稳住。店里的帮工正努力从雨水里抢救那些物件，再把防雨塑料布重新捆牢在车上。

我还看见了陈焯。他一手拎着几袋刚买回来的蔬菜，一手抓住几只红彤彤的纸灯笼，把它们往旁边的编织袋里塞。我随便套上件衣服，也跟着跑了下去，跟他们一起弯着腰，把成堆纸制的物件从雨里拾起来。雨还在无休无止地落下来，万物声响都被雨声掩盖住，雨声太吵了。

我们就像是阴间里的幽魂，漫无目的地收拾着那些冥币和纸元宝，把它们装回到袋子里。最后地上只剩些被泡软的黄纸，老板向我们道谢，然后开着那辆三轮车，载着那些精致的假房子假人假钱，晃晃悠悠地离开了。

陈焯说，这些东西有用吗。他说话的时候，阳光从云层里慢慢渗出来，给世间万物都镀上了一层浅金色，让世间万物看起来都昂贵极了。陈焯还说，我们回家吧。

选自《花城》2019 年第 1 期

评鉴与感悟

个人经验与日常生活的"90 后"表达

用代际概念对一个作家群体进行命名，是当代文学常用的一种命名策略。徐则臣作为第一位"70 后"作家获得茅盾文学奖，在一定程度上标志着"70 后"作家的正式"入史"。与此同时，"80 后"作家渐成气候，"90 后"作家也开始陆续"入场"。与"70 后"作家入场时有棉棉、卫慧，"80 后"作家入场时有韩寒、郭敬明这样的代表作家不同，至今为止，"90 后"作家群体还未产生有代表性的作家。在当下的文学场域中，对"90 后"作家进行观照时会发现，他们还不具备接受整体评论的条件，而首先应接受典型个案分析。

《城北急救中》的作者修新羽，便可以作为"90 后"作家的典型个案进行分析。她的创作已经引起了金理等评论家的关注；她的身份可以由三个关键词概括："90 后"，新概念作文大赛一等奖得主，清华大学哲学硕士。"90 后"作家身份自不用赘述，新概念作文大赛一等奖得主的身份很容易令我们想起韩寒、七堇年等"新概念"出身的"80 后"作家。而清华大学硕士又令她与石一枫、徐则臣等名校出身的作家产生联系。这种与"70 后""80 后"作家身份的关联在一定程度上使得修新羽具有了一种对于上一代作家的承袭姿态。

个人经验的抒发与日常生活的"小叙事"是"70 后""80 后"作家书写的一种"传统"。《城北急救中》便承袭了这种传统，用"90 后"的方式讲述着"90 后"的个人经验与日常生活。如果从社会发展视角来看，"90 后"与"80 后"写作具有许多相同点，如价值观虚无化、生活状态碎片化等。但这两个群体也存在着一个非常大的区别，那就是"90 后"自出生以来就完全接受着市场经济与网络化、信息化的影响，这使得"90 后"的世界观构成相比"80 后"更加碎片，更加虚无，也更加无畏。

《城北急救中》的"我"和陈焯，就是这样虚无地活着。大学毕业之后，他们开始了真正的社会化生活。对于他们来说，生活本身就是"现时"性的，既无须回顾过去，也不用联想未来。每一秒都是"现在时"，不存在其他"时态"。甚至在他们的认知中，似乎本就不存在对"过去"的怀念与对"未来"的憧憬。陈焯在外语机构打工，"我"在一家只有五个人的公司做CCO，他们就是这样一天一天生活着。他们不认为自己的生活是有意义的，自然也不为任何"念想"与"目标"而活。需要注意的是，"我"和陈焯都曾是学生中的"精英阶层"，这样的书写似乎说明精英们的生存状态并不是完美的，甚至并不是"合格"的。

这种虚无的生存状态，会使生活产生一种"生病"的表象，而"我"和陈焯的生活也确实存在着或大或小的"病症"。二人的关系，在表面上看是情侣，但他们之间并不存在由爱情所产生的粘合力量。二人在一起，似乎更多的是为了单纯缓解各自的"寂寞感"，以及解决"生理需求"。家对面的"城北急救中心"，正是"我"和陈焯生活的镜像，而"我"和陈焯也正在"城北""急救中"。

在这篇作品中，修新羽建构了内外两个文本层面。从外部来看，她以"90后"代言人的姿态描绘了"90后"群体虚无甚至颓唐的生存状态。这样的生存样貌与年轻人所应蕴含的朝气与活力形成了鲜明的反差。但是从内部来看，修新羽却在这样冰冷的生存图景中注入了自己的温情。急救中心并非"太平间"，急救中心的病人虽然生病了，但仍有可能康复。这就如同"我"和陈焯的生活，虽然虚无，但并不是没有价值。就如同"我"踩扁的那一个祭品纸房子一样，生活的意义看似已经耗尽，其实只是虚惊一场。她对"90后"生活的态度是乐观的，即使"90后"们现在是这样生存着，但他们也并不是完全冰冷的，仍旧是有希望存在的。这样内外对照的结构，使这篇作品呈现出一种"外冷内热"的"调子"，也可显见出作者客观、冷静的思想与温暖的内心。

这也是这篇作品最具价值的地方。如果仅仅是以自然主义的方式描摹"90后"虚无的生存状态，这篇作品难免会落入无病呻吟的青春书写窠臼中。而这部小说的处理方式是，在故事的结尾，一切矛盾都得到了解决。陈焯并没有得肺癌，二人音乐会上的矛盾也得以消解。即使"我们就像是阴间里的幽魂，漫无目的地收拾着那些冥币和纸元宝，把它们装回到袋子里"，但阳光最终还是会从云层里慢慢渗透出来。即使"90后"们出于各种缘由，或被动或自愿地灰暗地活着，但是最终太阳还是会出来。他们的生存除了灰暗，还是有温暖和希望存在。"90后"们在成长，"90后"作家也在成长。笔者也是"90后"，所以在对"90后"作家进行观照时难免会有"身在此山中"的偏颇。无论如何，笔者相信《城北急救中》这样优秀的作品仅仅是修新羽创作的开始，之后她会有更多有力量的作品问世，而"90后"作家群体也会在以后的创作中迸发出更"有力"的光芒！（李嘉桐）

一斗阁笔记(二)

/莫言

十三 蛙泳

三十二年前,我曾写小说《生蹼的祖先》,描写了一个生活在沼泽地里手足上生有蹼膜的家族。这部小说最根本的灵感来源于我的一位小学同学。他手指与脚趾间有蹼膜相连,大家也不以为怪。那时吾乡雨量充沛,每到夏秋,河中水势滔天,沟渠池塘中也水满槽平。是时省直机关的"右派"集中在我们村子东边的国有农场劳改,一时龙虎云集,各显其能,令村民眼界大开。有几位"右派"体育健将担任了我们小学的体育教师,其中一位姓邓名赞的是省蛙泳纪录保持者。邓老师耐心纠正我们的"狗刨"泳姿,教我们标准的蛙泳。我这位同学脱颖而出,先得了县级冠军,又得了地区冠军,很快名声远播。他这个冠军和亚军差距很大,横渡大湾子,一个来回大约一千米,他能将亚军甩出去三百米。邓老师是省纪录保持者,虽然当了"右派"后速度有所下降,但入水后依然是一条蛟龙。他与我们这个同学在大湾子里游了一个来回,竟然被落下十几个身位。邓老师是胶东人,夸奖人时喜欢加上"妈拉个逼的"做定语,他拍着我们同学的脑袋说:"妈拉个逼的小兔崽子你不得世界冠军谁还敢得!"接下来就要到省里比赛,有好事者写信给省体委,取消了我同学的比赛资格。后来,邓老师出钱,让我同学去手术,术后泳技尽失。"文革"期间"红卫兵"批斗邓老师,说他迫害贫下中农子弟，邓老师恼怒地说："妈拉个逼的，我真傻！"

我至今记得这位同学在村西大湾子里蛙泳的英姿：邓老师一吹哨子，学校游泳队的队员们一齐蹿进湾子，奋勇向前游去。湾子南北长三里，东西宽一里，水深平均三米，最深处八米，据说最深处有一个鳖的宫殿。等大家游出几十米后，我这位同学才慢吞吞地举起双手，对着太阳照照，然后纵身入水，如同一只油滑的海豹。邓老师挥舞着拳头，兴奋地说："看看，看看，妈拉个逼的，这才是蛙泳！"

七十年代末，我在保定当兵时，看了美国电视剧《大西洋底来的人》，心中感慨万千，剧中主角麦克·哈里斯，就是手指间生有蹼膜的人。我想，那个将我同学手足上生有蹼膜的事告发给省体委的人，真不是个东西。

九十年代末，我去烟台新华书店签名售书，一位白发苍苍的老人，捧着一盒子红樱桃挤到我面前，提着我的乳名问我还认不认识他，我困惑地摇摇头。他恼怒地说："妈拉个……"我大喊一声："邓老师！"邓老师在暴烈的阳光下穿着游泳裤、炫耀着一身腱子肉给我们上游泳课的往事便像老电影一样浮现在我的眼前。晚上我到邓老师家去吃鲨鱼肉馅的饺子，师母特意捣了一碗蒜泥。师母说："我记得有一次吃大蒜比赛，你得了第一名。"我笑了。我想不到师母竟然是胡珂老师。胡珂老师也是那拨"右派"中的一位，也是体育运动健将，曾经在省女子篮球队里打过中锋。她带领着我们修了一个标准的篮球场。这都是二十世纪六十年代初的事情了。吃着饺子喝着啤酒，我和邓老师说起了我那同学的事，我们都恨那个写信的人。

昨天，我收到了胡珂老师的一封信。胡老师在信中说，邓老师昨天去世了。我早就想写信告诉你，那封信，是我写的。当时，邓老师跟音乐老师蔡美玲好，蔡美玲弹着风琴，邓老师唱歌，金童玉女一般，我很嫉妒。后来发生了很多事，我也没想到我成了他的妻子。如果你有兴趣，我可以跟你讲上三天三夜。现在我只能跟你说，因为嫉妒，我写了那封信。其实，即便我不写那封信，吴三太（我同学的名字）也成不了世界冠军。你想想，奥运会怎么会让一个手脚上生蹼的人参加呢？

十四 神 迹

1992年春，吾与友人游昆明太和宫金殿。殿前有一铜缸，缸中满储清水，缸底有一条石鱼，鱼嘴张开朝上。众多游人欲将硬币投鱼嘴中，皆不中。吾从口袋里摸出五枚硬币，大喊一声：闪开，看俺的！众人急闪，吾将硬币朝缸里撒去，只见那五枚硬币从不同的角度入水，飘飘摇摇，一枚追着一枚，四枚落进鱼嘴，一枚停留在鱼唇上。众人一片欢呼。此是吾平生第一快事也！目睹此事者，有原《解放军文艺》主编王鹰和原济南军区创作室主任田水。

  二十年后，我独自一人旧地重游，见铜缸依旧，石鱼依旧，游人全新。我还是我，也不是我。我知道那个神奇的场景，是茫茫宇宙中唯一的，不可再现的，但还是心存幻想。瞅瞅左右无人，我摸出五个硬币，用记忆中的姿势，朝铜缸撒去，然后，我转身走了。对天老爷保证，将硬币撒出去那一霎我就闭上了眼睛。这就使结果有了多种可能，一种可能就是这五枚硬币也像那五枚硬币一样，四枚落入鱼嘴，一枚停留在鱼唇上。

十五　老　汤

  寒冷的腊月里，给爷爷拉着小车去赶集卖草，是我童年的美好记忆之一。黎明前最黑暗的时候，我们就出发了。到了路边那三棵大柳树下，爷爷支起小车，抽了一袋烟。这时太阳出来了，东边的天际被映得通红。柳条上，路边的枯草上，爷爷的眉毛胡子上，都沾着白色的霜花。我奋勇拉着车，踩着冻得裂开大纹的路面，听着河道里冰层坼裂时发出的"嘎巴嘎巴"的响声，向牛庄集进发。牛庄集是我们县除县城外最大的集市，集市南头有一棵据说是宋朝的老银杏树。树有多粗？七搂八拃一媳妇。说古代有一个人在树下避雨，想量一下树粗，张开双臂算一搂，搂了七搂，看到一个小媳妇在树缝里避雨，无法再搂，只好拃，伸展开拇指和中指算一拃，拃了八拃。

  在这棵大树下，有一个老汤锅。那锅非常大，据说有三十二印。这个"印"，到底是个什么单位，我问了很多人也没得到准确回答。反正那锅倒进去十桶水也不满，把一头牛剁巴碎了扔进去也绰绰有余。这锅里煮着牛的下水，灶下燃着劈柴，火光熊熊，锅里的汤翻着浪花，咕嘟咕嘟的，几根牛肠子什么的随着热浪翻滚。臭烘烘的老汤味儿在那个没有工业的贫穷年代里的寒冷的早晨，能扩散出很远，夸张点说，一出村我就闻到这个迷人的气味了。有经验的吃货都知道,不管是猪下水还是牛下水,下锅前万不能洗得太干净,洗得太干净了就没有那个味道了。吃的就是这味儿。说实话我之所以踊跃地帮爷爷拉车赶集,为的就是这几碗老汤。

  我当兵第十一年,调到总部机关工作,一位同事,曾经给一位名震胶东的将军写过回忆录。他说,将军说过,1943年初冬,久病不愈,在你们县牛庄一棵大树下,喝了三碗老汤,出了一身大汗,精神立即健旺,第二天即指挥着部队,全歼了伪军一个团,活捉了伪团长,缴获武器弹药若干,最重要的是缴获了一批布匹棉花,解决了部队的冬装。

  这个故事我对很多人讲过。说者无意,听者有心。如果你到我们县牛庄去赶集,在集市南头那棵比"七搂八拃一媳妇"又粗了一些的大银杏树下,那个热气腾腾的老汤锅已经变成了一组雕塑,其中有一位将军,蹲在锅前,捧着大碗,在喝老汤。雕塑旁边的一块碑上刻着隶体大字:某某将军喝汤处。

  我老家的一个旅游局长在一次旅游经验交流会上慷慨激昂地说:"发展旅游,经验两条。一是造景,二是造谣。"

十六　鸟　事

  五十多年前,我对养鸟产生了浓厚的兴趣。那时我们村子里有一个光棍汉,名叫好胜,外号喜鹊。之所以他有这样一个活泼的外号,是因为他曾经驯养过一只喜鹊。夏天的中午,村子里的人喜欢到大湾子边上那棵大柳树下乘凉。柳树喜水,不怕涝。因为靠着湾,红色的树根都扎到湾水中,柳树长得格外茂盛。后来我常到北京的北海公园去散步,看到水边那些枝繁叶茂的大柳树,我就想起我们村湾子边那几棵大柳树。北海公园里有个亭子,亭子里很多人在那里唱歌。有一个文质彬彬的老人带着一只秃尾巴的喜鹊,每天都到这里来。老人坐在凳子上打盹,有时也不打盹。喜鹊在他周围蹦来蹦去。有一天,有三只野喜鹊降落下来,与那秃尾巴喜鹊打招呼。喳喳,喳喳喳,喳喳喳喳喳喳喳。秃尾巴喜鹊,突然用标准的普通话说:"别惹我,烦着呢!"三只野喜鹊夅夅翅膀,飞走了。秃尾巴喜鹊用英文说:"Goodbye!"我这是亲眼所见,亲耳所听,如果撒谎,让我下辈子变只喜鹊。

当时，我很好奇，上前去问那鸟主老人："先生，它怎么会说话呢？"老人翻翻眼睛，冷冷地说："你怎么会说话呢？"我的脸一阵发烧，感觉到羞臊，这个问题的确没有质量，老人刺我，是我自找的。我灰溜溜地往前走，一个操着一口北京胡同语言、戴着白手套、双手托着四个沉重铁球格愣愣转动的人，仿佛是对着虚空说："这老爷子，康熙皇帝的十五世孙，真正的贵族！"

我差不多有十年没到北海公园去了，这个老贵族和他的会两种语言的喜鹊还好吗？

我还是继续说一下好胜那只喜鹊。夏天的中午，我们集合在大柳树下，看好胜的喜鹊。好胜的喜鹊胃口很好，荤素都能吃。我亲眼看到它吃了半个生地瓜，也亲眼看到它一口气吃了三条蜥蜴，像无牙老人吃面条一样。最让我着迷的是好胜跟喜鹊的关系，那样好，形影不离。好胜走到哪里，喜鹊跟到哪里。有时候喜鹊在好胜的头上低飞，有时候喜鹊蹲在好胜肩头。我想我要是有这样一只鸟就好了。

有一天好胜的喜鹊不见了，好胜到处找，吹着口哨找，流着眼泪找。好胜脾气暴躁，经常用屈起的强有力的中指，猛弹儿童的脑门。弹一下就鼓起一个包。我们有点恨他，也有点怕他，但更多的是崇拜他，因为他养了一只会说话的喜鹊。在那个时代里，养鸟是被视为腐朽堕落的事儿，好胜出身好，三代赤贫，又是光棍，无人敢说他。好胜的喜鹊只会说一句话"奶奶个熊！"

好胜为了找喜鹊旷了三天工。他吹着口哨，眼泪汪汪地在村子里转悠，村子转完了，就到村外的树林里去转。一个整劳力，为了一只鸟，三天不干活，这可是一件大事。队长汇报给村子里的主任，希望主任能够修理一下好胜。但村主任说："别说他三天不干活，他就是三年不干活，我也不会去说他。"队长问："凭什么？"主任道："你说凭什么？"

十七 呼啸

戊戌盛夏，因患腰椎间盘突出，经朋友介绍，去天坛公园附近，请著名中医看病。医生姓左，自言是左宗棠八世孙，有家谱为证。墙上挂有医生骑马戎装照，说是当年曾戍边防，每日骑马巡逻，练就高超骑术，可以在马上倒立，亦可倒挂在马肚皮下射击。医生为我正骨点穴，推拿针灸，连续数次，效果甚好。医生见多识广，谈吐雅致，凡古董鉴赏、茶叶制作、酒类酿造，谈来俱头头是道，令人叹服。一日茶饮时，医生忽闭目凝神，仿佛入定。俄顷，撮口而发呼啸声，初似风从松林间吹过，继而如鸾凤和鸣，又似虎啸龙吟，令人心胆颤动，毛骨悚然。陪坐数人，皆默然无语。吾知魏晋间高士，多有能发声长啸、借以抒发胸中积郁者，其中尤以阮籍最为著名。我以为此高术早已失传，没想到竟然在无意中听赏，此亦快事，医生真奇人也！打油一首记之：

　　史载苏门啸，割然发凤吟。
　　群山齐响应，众鸟共停音。
　　隐士生奇志，良医好善心。
　　京城听妙曲，闹市变丛林。

十八　赤　膊

戊戌入伏日，办公室空调坏，大热，赤膊挥毫，其乐无穷。汗流浃背之际，突然忆起，吾上小学时，学校有一陈姓老师，"右派"，学问极好，通音律，善歌唱。可惜面部有天花瘢痕，影响了他往表演艺术方面发展，否则……没有什么否则。

当年的夏天比现在热，那时无风扇空调这些玩意儿，有也没有用，因为那时候我们那里没有电。天热，但课又不能不上，陈老师便脱下褂子挂在椅子背上，光着脊梁讲课。他第一次光膀子我们有点不习惯，但很快我们就习惯了。陈老师瘦骨嶙峋，却声若洪钟。讲到得意处，手拍胸脯啪啪作响。吾等心驰神往，学问大长。这样的老师再也见不到了。吾虽然只上到小学五年级，但我们的老师几乎都是"右派"，"右派"都是牛人，所以我们高粱穗子公社玉米棒子小学的毕业生，实际水平相当于当时的高中毕业生。

据说我们校长在办公会上批评陈老师光脊梁讲课，陈老师说："《宪法》没有规定不许光着脊梁讲课。"

"文革"后期，毛泽东主席发布"深挖洞，广积粮，不称霸"的最高指示,村里的人把"广积粮"误听成"光脊梁",于是感慨万千地说:还是人家陈老师有远见。

天花瘢痕毁了陈老师的容貌,但陈老师的基因是美丽的。我们村子里一个青岛的女知青意识到这一点,于是不管冷嘲热讽,嫁给了他。后来他们一家都回了青岛。那个青岛籍的著名女演员,就是陈老师的女儿。

十九 怪 梦

今日搭出租车从南站回师大,严重堵车,幸亏司机师傅善谈,免除了我不少焦虑。司机说他昨天夜里梦到中国足球队参加世界杯赛,守门员是一只斑斓猛虎,足球飞来,老虎扑住球,按在草地上,嚼巴着吃了。他说老虎怎么能吃足球呢。后来一想,当年红军过草地时,没有东西吃,就把牛皮腰带煮着吃了。足球也是牛皮的,所以老虎就把足球吃了。他说在他的梦里,老虎吃足球,双方的球员都站在旁边,静静地观看。老虎把足球吃了,打了一个哈欠,趴在球门前睡了。一会儿,对方的球员又盘带着一个足球过来了,老虎站起来,怒冲冲地说:你们还有完没有?!……

这时,忽听到"砰"的一声响,出租车的前头,撞在了一辆劳斯莱斯的屁股上。

二十 牛 黄

吴鸣自故乡来,言两个月前,村中张二爷家一头黄牛拴在户外,被冰雹击毙。张二爷失声痛哭。此牛如不死,可卖三千元,死了,连一千元也卖不了了。张二爷的女婿吴晋是屠户,前来帮忙,将死牛剖剥,从胆囊里弄出一块鸡蛋大的结石,用刀背敲之,铿然有声。吴晋对岳父说:"爹,你就别难过了,牛胆里长了这么大的石头,这牛,即便不被雹子砸死,也活不了几天。"张二爷接过结石看看,叹道:"嗨,怎么会长这么大的石头呢?"说完他就将结石撇到池塘里去了。当天晚上,吴晋正在家吃饭,张二爷赶来,急火火地说:"快快快,快去把那块结石捞上来!"原来,张二爷晚上与兽医孙宝功喝酒,说起牛胆结石的事,孙宝功说,那是天然牛黄,无比珍贵,比黄金还要贵。吴晋跟着老丈人来到池塘边,借着月光,跳下水去,先是乱摸,后来就用脚一点点地顺着摸,悄没声的,怕被人看到。摸到后半夜，几乎绝望了时，脚尖碰到了一个东西，摸上来一看，正是那块结石。几天后，来了一个香港商人，用十万元买走牛黄。懂行的人说，这样大个的牛黄，是宝贝，十万元，贱卖了。

按说，吴晋辛辛苦苦，把死牛剥皮解剖，发现了宝贝，又在池塘里摸了半夜，把宝贝摸上来，张二爷卖了那么多钱，应该拿出一部分给女婿才是正理公道。但张二爷是出了名的铁公鸡，一毛不拔。吴晋起初还不好意思开口，以为老丈人迟早会分钱给自己，但过了几个月，一点动静也没有。村里的搅屎棍尚老四撺掇吴晋："吴晋吴晋，你真是死熊啊，你想想，如果不是你在那苦胆上豁了一刀，那块牛黄能掉出来吗？如果你在池塘里摸到牛黄后，悄没声地塞到裤裆里，你老丈人如何能知道？你这老丈人太不够意思了，他分给你五万元都不多……"

吴晋被撩得火冒三丈，气昂昂地去找老丈人，但到了老丈人面前就蔫了。他挠着头皮结结巴巴地说："爹……那个……爹……"张二爷怒冲冲地说："什么爹爹爹，不就是尚老四那狗娘养的王八蛋给你喂了点枪药让你来跟我要钱吗？我跟你实说了吧，如果你不来要，我还真想给你一万，让你回去把那三间破房子翻修一下，让我女儿也住住新房。但你来要，对不起，一分钱也不给。"吴晋于是把那人教他的话颠三倒四地说了一遍，张三爷说："呸！牛是我的，别说牛胆里的牛黄，就是牛肠子里的屎，也是我的财产。我女儿陪你睡觉给你生孩子，你来帮我干点活怎么啦？不应该吗？"吴晋无言以对，灰溜溜地回去了。尚老四又来撺掇道："你这老丈人太不地道了，告他去！"

吴鸣说，吴晋的老婆可是个有主见的人，她把前来挑拨离间的尚老四臭骂了一顿，然后揪着吴晋的耳朵说："你这个不成器的东西给俺好好听着，俺爹就我一个独生女儿，别说这十万块牛黄钱，就连他那五间大瓦房，他那辆拖拉机，他那个玉石烟袋嘴儿，他家里一切的一切，最后都是我们的，你着什么急？"

下次吴晋在集上卖肉，尚老四又凑上来要说什么。吴晋举起钢刀，怒冲冲地说："你肚子里有块牛黄，要不要我帮你剜出来？！"

二十一　石　头

福建友人于某，是篆刻家，也是寿山石专家。前不久来京，送我一块桃核大小的黄石头，说是田黄，价值胜过黄金。我看他把玩着这石头，不断地给我讲解这石头的好处，那腔调，那神情……我想，古人笔下的石痴大概就是这样子吧。我笑道：于兄啊，既然这玩意儿比黄金还贵，那你就送我一块黄金吧，这个我不稀罕。他说你真的不要吗？我说我真的不要。他走了，我想起了两件与石头有关的事。

十七年前，我应邀去台北艺术村做驻市作家，时间一个月。邀请方希望我能从故乡带一块石头去，镶嵌在艺术村的墙壁上。这是他们的惯例。他们那堵墙上，已经镶上了几十块来自世界各地的石头。我从故乡南山上选了一块赭红色的光滑卵石，足有十斤重。我想石头太小了显得我小气，大点好，有气派。但这块石头在首都机场安检时被扣下了。他们最终也没明白我为什么要带这么块大石头上飞机。到了台北，艺术村工作人员跟我要石头，我说在行李里，明天给你们。当天晚上我就出去，想找一块跟我家乡的石头颜色相似的充数。但走了十几条街，也没找到那样的。没办法，只好从一处建筑工地上，捡了一块黑色的鹅卵石，揣在怀里，带回宿舍。当天晚上，我把那块石头放在澡盆里用热水浸泡，然后用牙刷蘸着牙膏搓刷，最后擦上了一层雪花膏，然后放进被窝里搂着睡了一夜。第二天，我把那块石头给了那位工作人员，她高兴地说：这块石头香喷喷的哎！

前年，一位山东卖石头的朋友，让我帮他找个客户。他不是卖那种一般石头的，他专卖泰山石。我想起少时在农村，经常看到村头上或者人家的房子后，竖着一块石头，上面刻着"泰山石敢当"字样，直到现在，我也不能很好地解释这句话的准确意思，只是大概地知道这是辟邪的。我以为我的朋友卖的也是这样的小石头，谈到深入才知道，他卖的是重达百吨甚至数百吨的巨石，每块要价数百万元。这朋友说起这有造型的巨大泰山石在风水学里的妙用，他说他的用户都是党政机关。按照他说的，这些石头，不但事关一个单位主官的升迁，而且关系到这个单位所有成员的福利，当然还有美观和气派的妙用。后来，我就对这件事比较上心，果然，在很多单位的地盘上，看到了这样的巍峨巨石。有的上边刻着激励人心的口号，有的刻着单位的名称，有的什么也没刻。

这些年我每次乘车路过泰山，总要透过车窗往外张望，也许是心理作用，肯定是心理作用，我感到泰山越来越矮了。

二十二　斗　虎

关东那地场到底有多么冷，无法子跟你们说清楚，怎么说也是个冷，真冷。但也有不怕冷的，俺家那匹黑马就不怕冷。俺家那匹黑马是匹公马，没骟过。那匹马有点野，蹄子热，嘴尖，除了俺爷爷敢使唤它，别的人都不敢近它的身。但它是一身的好活，在俺爷爷的手里，无论是拉车还是拉犁，都是一匹顶两匹。因为这一点，尽管它一身的坏毛病，俺爷爷还是舍不得卖它。这匹马一到初冬就拴不住了，无论你用什么样的缰绳，它也能给你咬断。它一大清早就跑出去，傍黑天才回来。既然是能够自己回来，索性也就不拴它了。刚开始家里人对黑马出去的目的有几种猜想，一是说它出去找母马谈恋爱，一是说它出去找草吃。但后来觉得这几种猜想都不对头。周围屯子里谁家有匹母马我们都知道，我家的公马要是把谁家的母马给配了，消息马上就会传回来，即便没配了母马，毁了马棚子，人家也得找上门来让我们赔偿。关于它出去打野食的说法也不成立，冰天雪地，一根草也没有，灌木条子和树皮它肯定不喜欢吃。况且它每天晚上回来就吃个不停，咀嚼草料的声音彻夜不息。如果白天在外边吃到了野食，夜里就不会有这样好的食欲。还有一个说法就是这匹马喜欢玩，白天它是出去游山玩水去了。这种说法太浪漫了点，毕竟是匹马。但这匹马每天回来时就大汗淋漓，好像一个刚跑完了马拉松的运动员，身上还有一些或深或浅的血口子。它到底出去干了些什么，的确是个让人心痒的谜。后来我爷爷决定跟踪这匹马，看看这家伙到底去干什么了。

爷爷跟踪着它到了后山的一块被稀疏的林子和一蓬蓬的灌木围绕着的平地，不由得吃了一惊。爷爷看到一只老虎在那儿烦躁地转着圈子，好像在等待着什么。我家的马进了场子，活动了一下身体，对着老虎叫了几声。老虎也叫了几声。我家的马在奔跑时脖子上的鬃毛竖起来，像波浪一样翻滚着，十分威风。然后我家的马就和老虎展开了生死大搏斗。我家那匹马能够将身体立起来，两只前蹄好像拳击手的两个拳头一样灵活而有力。它用前蹄把老虎打得鼻子往外蹿血。如果你认为我家的马只会用前蹄那就坚决地错了。我家的马两只后蹄用得也很俏丽。它会在奔跑中猛然停住，把两只后蹄飞扬起来。我爷爷亲眼看到马蹄子踢到了老虎嘴上，老虎嘴里飞出了几个白白的东西，还用问吗？虎牙。老虎牙被踢掉，蹲在那里啪嗒啪嗒地掉眼泪。当然老虎毕竟是老虎，它的锋利的爪子，也在我家马的屁股上留下了好几道深深的血痕。

爷爷心中感动，心里想，走遍天涯海角，到哪里去找敢跟老虎打架的马？而且还能打个平手。打上半个时辰，老虎和马看样子都有点累了，它们就分开了。我家的马跑到树棵子里用舌头舔雪吃，那匹老虎也用舌头舔雪吃。休息一会儿后，它们继续战斗。我爷爷很快就发现了一个问题，那就是，我家的马鬃毛太长，虽然在与老虎搏斗时能够直竖起来，但有时会遮住它的眼睛。爷爷回家，就替它把鬃毛剪了，想让它利利索索地跟老虎打架。结果，剪了鬃毛的马威风全失，上场不到一分钟，就让老虎咬断了脖子。

我爷爷哭得像泪人似的，一边哭一边说：马啊马啊，都是我把你给害了啊！

讲述这个故事的人，是我们村子里的聂西沛，他闯过关东，在名刊《故事汇》上发表过很多作品。

二十三 黑 猫

这篇小说的题目让我颇费踌躇，拟定的题目有如下几个：一匹宁死不屈的黑猫，一匹永垂不朽的黑猫，一匹装神弄鬼的黑猫，一匹替天行道的黑猫，一匹生命不止、战斗不息的黑猫，一匹转了基因的黑猫，一匹成了神的黑猫。最后感到这些名字都不好，干脆就两个字：黑猫。

黑猫其实并不全黑，四个爪子是白的，尾巴尖是白的，鼻子也是白的。如果是马，那就一定叫它雪里站，但一只猫，不配叫雪里站。这是我们当时的看法，等黑猫干出很多英雄事迹后，我们感到"雪里站"这个名字已经配不上它。那什么名字能配上它呢？有人说叫它展昭，因为展昭的外号叫"御猫"，是武功高强的大侠。但村主任赵二狗那位从哈佛留学回来在县农业局推广转基因大白菜的赵明灯坚决反对，反对的理由是展昭政治不正确,"御猫"是皇帝老子的爪牙,而我们的黑猫是反权威反体制的,一句话,展昭不行。熟读《西游记》的耿大爷提议用"大圣"给黑猫命名,"大圣"者,孙悟空也。大闹天宫,何等痛快淋漓。但赵明灯还是不同意,理由是孙悟空的政治也不正确,孙悟空被招安后就丧失了阶级立场,那些所谓的妖魔鬼怪实际上都是农民起义领袖,是我们的阶级兄弟,是推动社会发展的根本动力。耿大爷怒了,说:这也不正确,那也不正确,就他娘的你正确!我看,就让这黑猫叫"赵二狗"吧,你爹也叫"赵二狗",你天生不能说你爹政治不正确吧?赵明灯略一思索,拍着巴掌说:好,好,好。不过,"赵"字就不要了,就叫"二狗",本来是只猫,我们叫它狗,这是什么?这就是文化转基因!

被文化转了基因的黑猫从此就成了"二狗",但为了不造成叙述的混乱,下边的文章里,我们还是叫它黑猫。黑猫没有家,也就是说,是只野猫。它第一次出现在我们村是坦克车将河里的石桥压断的那个冬天的一个上午。它是被邻村的一群狗撵到我们村子里来的。它身上已经血迹斑斑,那些狗,几乎条条带伤,有破了耳朵的,有瞎了眼睛的,有豁了鼻子的。战斗的惨烈于此可见一斑。黑猫步履艰难地逃到我们村头那棵大槐树下,背靠着树干喘息。狗们开始合围,形势渐渐危急。我们突然可怜起黑猫来,我们认为邻村这群狗以多欺少,以大欺小,缺乏费厄泼赖精神。合围圈越来越小,黑猫的小命危在旦夕。就在群狗想一起发起最后的攻击时,黑猫突然将背高高地拱起,发出一种令人毛骨悚然的叫声,同时它的两眼里喷溅出碧绿的火星,就像暗夜里的礼花一样灿烂,那些火星子溅到狗身上,狗惨叫着逃走了。这就叫一猫拼命,群狗丧胆。我们人,应该学习黑猫的这种精神。

狗逃了,看样子短期内不会回来了。这时,黑猫艰难地沿着树干爬到了树上。村子里的光棍汉好胜——对,就是丢了喜鹊那位——抽着黑猫牌烟卷踱过来。有一个名叫水库的小子,哑着嗓子道:"好胜好胜,你的喜鹊就是被树上的黑猫给吃了。你看,它的嘴巴子上还沾着血呢。"——这分明是信口雌黄,但好胜竟然相信了。他站在树下,指着蹲在树杈上舔舐伤口的黑猫骂道:"你这畜生,我跟你无冤无仇,你为什么吃了我的喜鹊?畜生,你等着,老子马上给你来个厉害的。"

好胜扛着一支土枪来到树下，瞄准树上的黑猫，搂了扳机，"咕咚"一声巨响，硝烟弥漫，一束携带着铁砂子的火焰，喷到黑猫屁股上。黑猫惨叫一声，像块烂肉一样，从树上掉了下来。旁观者的同情心突然都转到了黑猫身上，有几个孩子竟然哇哇地哭起来。那个名叫水库的家伙指着好胜的鼻子说："好胜好胜，你他妈的太残忍了。你怎么能开枪射击一只身负重伤的猫呢？"好胜翻着白眼，想了好一会儿，才反驳道："妈的，不是你说它吃了我的喜鹊吗？"水库道："我说了吗？我说了吗？就算是我说了，但我也没让你用枪轰它呀？错误是你犯下的，你就等着猫精来收拾你吧。"好胜道："老子光棍一条，一人吃饱，全家不饿，老子不怕。"

当天夜里，下了一阵雷雨，电闪耀眼欲瞎，雷鸣震耳欲聋。有人亲眼看到，在蓝色的电光下，那只黑猫，缓缓地站立起来。它的身体长大了起码十倍，它的身体上增添了很多白色的条纹，它的眼睛变得又大又圆，它的牙齿变得又长又尖，更为重要的是，它学会了说人话，虽然是我家乡的方言土语，但我估计大多数人能够听懂。

那时候村委会里还有一台广播喇叭，水库的姐姐冰河担任播音员。一个只有八百多口人的小村庄，竟然还要配备一个专职的播音员，这简直是腐败——腐败的事有纪委管，我们只管黑猫的事——雷雨之后的第三个夜晚，凌晨两点来钟，人们睡得正香的时候，村公所后电线杆子上的高音大喇叭里，突然传出一阵尖利的嚎叫声。我们都知道"鬼哭狼嚎"这个词，狼嚎，很多人听到过；鬼哭，谁也没听到过。但听了那夜里大喇叭里发出的声音，就可以说鬼哭与狼嚎都听过了。村子里的人，男女老少，全都被惊醒。小孩子都被吓哭了，女人们都在打哆嗦，男人们强作镇静，但脊梁沟里也阵阵冒凉气。

鬼哭狼嚎声渐渐地变成了字字血声声泪的控诉，这是一个陌生的声音，时而像男腔，时而像女调，内容基本上是针对着两个人："水库啊水库，你这个头顶流脓脚底淌血坏透了的坏蛋，你这个狐狸和狼杂交出来的杂种，我跟你前世无仇，今生无怨，你为什么红口白牙地制造谣言说我吃了好胜的喜鹊？好胜啊好胜，你这个满脑袋糨糊的白痴，你这个没有丝毫判断力的愣头青，你这个驴和熊杂交出来的杂种，你一枪把我打成了筛子底……你们这两个小子听着，老子的复仇运动，这就开始了……"

胆子很大的好胜往土枪里装了加量的火药和铁砂子，悄悄地摸到村公所广播室窗外，从窗缝里往里一瞧，看到水库的姐姐冰河，披散着头发，腮帮子上抹着胭脂，对着话筒，在那里大呼小叫。好胜骂道："妈的，原来是你在这儿装神弄鬼！"他举起枪，对着窗户，猛地扣了扳机，只听到"咕咚"一声巨响，枪炸了，好胜左手的四根指头炸掉了。这时，冰河冷笑着（其实是黑猫冷笑着）说："好胜，好胜，先给你点颜色瞧瞧。其实，我最恨的不是你，我最恨的是水库这个杂种！"

这个故事，要展开讲，三天三夜也讲不完，我还有别的事急着办，今天就简单节说吧。之后数年间，黑猫用充满酒神精神的复仇运动，把整个村子搞得既惶惶不安又像过节一样，人们的好奇心得到了极大的满足，那几年间世界上发生的许多重大事件，与我们村子里的黑猫复仇相比，简直都不算事儿。黑猫的闹腾，和它的游戏精神，实在是太精彩了。有一次，莎士比亚的亡灵附着在冰河身上，先是大段地背诵了哈姆雷特的台词，然后发表了精彩的演讲。黑猫用匪夷所思的方式要了水库的小命后，接下来就集中精力收拾好胜。好胜过年煮饺子，捞出来是一笊篱癞蛤蟆。好胜躺在炕上，身体不知不觉地就飘起来了，然后又沉重地跌在炕上。好胜让它给闹烦了，想自杀，每次都被黑猫给阻拦。黑猫天天跟踪，生怕好胜自杀之后，它的闹腾就没了对手。黑猫与好胜打斗时，村子里的孩子们就像过年似的。那时候我们真是欢欣鼓舞啊！我们都是积极的观战者。黑猫走到哪里，我们就跟到哪里，我们还回家偷来最好吃的东西，来慰劳黑猫，这时候，黑猫就是一个人，我们早就忘了它是一只猫，我们把它当成了英雄，经过了漫长的一段斗争，好戏终于收了场。我们心中怅然若失，久久难以忘怀。

改革开放之后，腐败现象日益严重，人民愤恨入骨，这时候，黑猫复出的传说产生了。人民把贪官死在澡盆里、恶霸得了神经病等事情都归功于黑猫。黑猫成了英雄，我们村里的人偷偷地建了一个黑猫庙，门口挂着农民夜校的牌子，里边供奉着黑猫的牌位。当时我们那地方流传着一首童谣："黑猫在哪里？黑猫在哪里？黑猫就在老百姓的心窝里。"这是一个巨大的隐喻，谁不明白谁就是笨蛋和坏蛋。

黑猫庙被一块大陨石砸塌后，黑猫的传说也消失了。我们村子里的人，经过讨论将黑猫命名为"二狗"的事,就发生在这时候。大家可以根据"转基因"这个名词的出现,来判断时间。二狗的故事没完,咱们后会有期。对了,我学着赵明灯的声嗓跟大家吆喝几声:"转基因大白菜啊好啊好,就是好啊就是好就是好。看起来是大白菜啊,吃起来像牛肉。吃起来像牛肉啊,但它还是大白菜。"

村里的女人道:"他奶奶的,今后包饺子省事了。"

二十四 识 字

戊戌腊八下午,与老友霍文典同台做节目,向读者推荐他的一本《说文解字》的书。开场后我说:"天上有很多我们看不见的星星,但字典里没有霍文典不认识的字。"他一听,扔下话筒就跑了。主办此次活动的人追出去一千多米才把他抓回来。他严肃地说:"哥,我跟你没仇啊,干吗要这样害我?""好,你既然这么谦虚,那我就不考你了。"我晃晃手中的小本子,说:"来前从《康熙字典》里抄了二十个生僻字,本来是想考你的。"霍文典是我们这个年龄段里的作家中认识字最多的,但比起我今天要讲的故事里的主角,那还是有点差距。

咱们先说说前年高考时,一个山东省的考生,用甲骨文写了一篇内容与环境保护有关的作文。判卷的人一看,晕了。说实话那些判卷的人,有很多就是在读的现当代文学的硕士研究生,他们认识的字,比我也多不了多少。甲骨文,我不认识,他们也不认识。后来,这张卷子层层上交,到了几位古文字专家手里。专家经过辨认,确定考生所用的甲骨文字,是有典可查的,文章的内容,也是顺理成章的。最后这个考生被某大学的考古系录取了。这是得胜头回,也叫小帽,接下来,咱们讲故事的正题。

话说大清朝乾隆年间,一次会试,和珅担任主考官。有一个江南举子,全用带"鸟"的字,写了一篇文章。一篇八股文,七百字,字字有鸟,好生了得。阅卷官一看,愣了,连忙送呈和珅。和珅一看,也愣了,奶奶的,好多字不认识——其实和珅的文化水平很高,电视剧把他丑化成胸无点墨,这是与事实不符的——和珅怕担责任,忙把文章进呈御览。皇上一看,也愣了。愣了一会儿,吩咐和珅,将卷子送到刘墉那里。皇上心里想,你刘罗锅不是自恃才高吗?看看你到底是真有才还是假有才。刘大人那个村,清朝时属诸城，1950年后划归高密。所以我可以理直气壮地说他是我的老乡。我爷爷说刘大人是天上的文曲星下凡，他的学问不是学的，是从天上带下来的。刘大人读完卷子，发现了一个生造的字。他冷笑一声，又叹息一声，然后抄起朱笔，在卷子上批道："左边一鸟，右边一鸟，鸟鸟相对，是个甚鸟？才华横溢，良心不好，一撸到底，回家养鸟。"

一撸到底，就是把他的举人、秀才资格全部给剥夺了。这惩罚不谓不重。没想到过了几年，这小子又从秀才而举人，然后进京参加大考。这次写了一篇八股文，全篇都用带"马"的字。卷子最后又落到刘大人手里。刘大人看了一遍，这次字字都有典可查，文理通达，立论高明，没有理由不录取。但刘大人内心里厌恶这种炫耀才华的轻浮小人，便以他的卷面上有一点污渍为由，将他的卷子甩出三榜。刘大人在卷子上用朱笔批道："上次是鸟，这次是马。心浮气躁，炫耀才华。卷面有污，品德有瑕。一撸到底，回家养马。"

和珅觉得刘大人处理得有点过分，便跟皇上汇报了。皇上查着《康熙字典》看了卷子，对刘大人说："刘爱卿，人才难得啊，给他把红椅子坐吧。"

录取的进士要张榜公布，最后一名，考官会用朱笔勾一下，这就是"坐红椅子"。

那考生看了榜，心中不服，从背囊中摸出毛笔墨盒，在那黄榜上题了一首诗：

  才华横溢状元诗，鸟马成文世上奇。
  巨耳垂肩头颈短，罗锅压背眼窝低。
  大师失意趴红椅，小丑成名演大师。
  掌掴腮肥非是胖，回头再看脸无皮。

有人将这首诗抄给刘大人。刘大人瞥了一眼，轻蔑地说："'低'字出韵了。"

有人将刘大人的话传给那人，那人冷笑一声，道："老子能倒背《康熙字典》，难道还不知道'低'字出韵？——他只配用这个字！"

现如今高密县城的女人骂男人，还喜欢用这样的话："你这块'低'！"如果情绪再激烈一点，那就会骂："你这块活'低'！"

选自《上海文学》2019年第3期

评鉴与感悟

短小说里的绵长意味

今年，莫言连续以"笔记"入题，在《上海文学》发表了两篇《一斗阁笔记》。与第一组笔记相比，《一斗阁笔记（二）》写得更加自如和成熟。

《一斗阁笔记（二）》囊括十二篇长短不一的笔记，从题材上可以分为写人物、写历史和写日常。在写人物的笔记中，莫言塑造了一张张俗世奇人的面孔：如《鸟事》中，从驯服了一只喜鹊的光棍好胜，写到北海公园里养鸟的老贵族；《呼啸》介绍了一位医术高明且能发声长啸的医生；《赤膊》回忆了一位光脊梁讲课的小学老师；写历史的几篇，则在有限的篇幅里包容了个人命运与特殊时代的关系：《蛙泳》是莫言小说《生蹼的祖先》的灵感来源，回忆"我"的一位手脚生蹼的同学与右派体育老师之间的故事，其间还藏着师母因嫉妒写信告密的隐情；《老汤》将目光锁定在老家一棵银杏树下的汤锅里，讲述了一位将军喝了老汤立下战功的传说；还有的小说记录了日常生活，如《石头》里莫言直言人们因风水学而对泰山石充满了渴求。《识字》里由山东考生的甲骨文作文想到了康熙年间的刘墉，足见莫言纵横捭阖、谈论古今的能力。

《一斗阁笔记（二）》既延续了莫言小说中随处可见的魔幻色彩，同时还具有浓烈的现实主义情怀。《神迹》记下了"我"在昆明太和宫金殿前投掷硬币的神奇瞬间；《怪梦》记述出租车司机向我讲述自己的怪梦，却不留神"追尾"的戏剧性故事；《斗虎》和《黑猫》写动物的怪诞与通灵，既有魔幻色彩，也具有批判现实的意义。

《一斗阁笔记（二）》可以说是"借"来的小说，是作家假借自己和他人的经历写成。莫言曾坦言，"自己的故事总是有限的，讲完了自己的故事,就必须讲他人的故事"。于是,在莫言的小说里,不仅有自己的故事,还集合了乡亲的故事、祖先的故事。但莫言绝不是照搬这些故事,而是通过艺术编排和加工,让故事照见这个时代,让作品在精短的文体中生发出无限的意味。

《一斗阁笔记(二)》之所以独树一帜,是因为它给读者提供了一种写作的超越性。这些笔记虽然短小,却不是碎片和边角料。莫言打破了短小说里不存在宏大叙事中的典型人物、典型事件和典型环境的成见,尝试在每个作品的缝隙里缝合经验世界的断片,恢复记忆的整体性和叙事的完整性,以此来考量中国社会的伦理道德和价值取向。

值得一提的是,特殊时期的历史书写是《一斗阁笔记(二)》的又一特色,以苦难岁月中的个体经验为基础的短小叙事范式,可以作为对主流历史叙述的有益补充,让历史叙事呈现出一种原生而又具体的状态。(杨艳坤)

雪从南方来

/张惠雯

一

预报今天有雪，是这个冬天的第一场雪。吃早餐时，他又查了一遍当日天气状况：预测中的雪会从晚七点开始下，七点降雪的可能性是百分之七十，八点降雪的可能性是百分之九十。

他夜里睡得不好，早餐有点儿食之无味，最后，他把没吃完的、已经变硬的烤面包片倒进厨房的垃圾桶里。咖啡凉透了，但他还是把它喝了，他把餐盘、咖啡杯洗干净，放在控水的餐具架上。不锈钢餐具架和悬挂在它斜上方的那些酒杯一样，擦得发亮，发出银色的光。灶台上同样一尘不染，像黑色的镜面，对着石头台面的吧台，并排放着两张褐色带靠背的皮质吧椅，一把明显磨损得更厉害——他一个人就坐在吧台那儿吃饭，他背后那张六人座的长餐桌上空空荡荡，既没有餐具、桌裙，也没有花。

他打开电脑，开始在记事簿上列下一日事项：

一、查看公司邮件
二、回复小敏的邮件
三、清理车库，为下雪天做准备
四、解决午餐
五、去公司

他习惯在记事簿里写下一条条标注着数字的事项安排，即便可记的事越来越少。他不知道这样是否真能提高效率，或者只是为了让生活看起来更充实、有序。这个早上，他脑海里不断浮现出来的始终是女儿那封邮件、他想他今天务必要给她回一封信，至少让她知道他已经看了邮件，不必再为此担心。

小敏很少给他写电邮，她喜欢发手机短信，那是最简单的方式，如果是她认为比较重要的事，她会给他打电话。她去纽约读大学时，他们之间有个约定：每周通一次电话，每个月至少见一面。除了假期，每月一次的聚会，几乎都是他开车去纽约看她。后来，她有了男友、工作，以及越来越多的朋友……他们俩每个月见一面的约定早已不知不觉打破了，唯有一周一次电话的习惯保持下来。她几乎从不发电邮。两天前，当他打开邮箱看到她的邮件时，他心里有种预感：这或者是惊喜，或者是什么不幸的事。

那封电邮是用英语写的：

亲爱的爸爸：

今年感恩节不能和你一起过了，我觉得抱歉，但我和几个朋友约好了，我们会一起在纽约过感恩节。我希望感恩节过后，工作和杂事都少一些。也许新年以后你能过来？不过，让我们先不要这么早决定。无论如何，我盼望我们尽快见面。

如你所知，我和蒂姆已经订婚了——时光飞逝！亲爱的爸爸，你能相信你的女儿马上快要三十岁了吗？当然，你会强调说只有二十八岁半。你总是说在你的印象里，我还是个小姑娘，但事实本身总会吓人一跳。不过，你知道，我很享受我的成年生活。谢谢你在我的成长时期给我的所有支持。你上次问到结婚的事情。不，不，你的女儿还不想这么早结婚。在这一点上，我和蒂姆高度一致，在很多事情上，我们都能彼此理解。我们对彼此非常认真，蒂姆是我遇到的最理解我的人，这一点，我相信你完全同意我的判断。

我要告诉你的这件事难以启齿，亲爱的爸爸，其实，这几年来，我一直想告诉你。当我自己明白什么是爱情，什么是一种在生命里相互扶持、陪伴的珍贵关系时，当我明白这种事对我们每个人多么重要时，我为过去的任性感到羞愧。但我没有勇气告诉你。昨天，我把这件事告诉了蒂姆，我需要他的建议，他鼓励了我，让我给你写这封信，告诉你那件让人遗憾的事情的真相。

爸爸，你还记得那天晚上发生的事吧？我告诉你徐宁阿姨和我争吵之后把妈妈的照片撕成了碎片。但是，爸爸，那并不是她撕的，我让你看到的妈妈的照片碎片是我自己撕的。我那时候只有十二岁，我对你太依赖，太爱你，我害怕徐宁阿姨把你从我身边抢走，我不能想象会失去你对我的爱、深切的关注，是的，我当时总是威胁你说我要回北京找妈妈，但那一点儿也不是我的想法。从五岁开始，我就和你生活在一起，我对妈妈并没有那么深的感情，也不能想象再回去和她共同生活，我现在回想，徐宁阿姨对我并没有冒犯，而我也没有其他讨厌她的理由，我只是不想让你忽略我。我看得出你多么喜欢她，否则你不会在我不高兴的情况下仍然让她搬过来和我们一起住。爸爸，从我五岁时你带我来到美国，我们相依为命，我一直觉得生活就是我们两个人的生活，家就是我们两个的家！

你选择了相信我，而她离开了我们家……爸爸，但是我欺骗了你！请你原谅十二岁的我的幼稚、自私和嫉妒。很多次我回想起这件事都无法安宁，我为此哭过。我选择告诉蒂姆，因为我不愿带着这样的忏悔走进婚姻。他鼓励我告诉你，他要我无论多么惭愧，都对爱我的父亲诚实。爸爸，我可以自豪地告诉你，蒂姆是个高贵的男人。

爸爸，我折磨了你，也折磨了自己。我祈求你的原谅。如果可能，我希望你也能有机会对徐阿姨说出我的愧疚，祈求她的原谅。

爸爸，你感恩节为什么不去得克萨斯一趟呢？你在那里应该还有不少老朋友吧？你可以去拜访他们。南方的冬天多温暖！我现在也经常想起休斯敦，毕竟从五岁到十四岁，我在那里生活了十年。也许不久后我会带蒂姆去休斯敦一趟，他很想看看我长大的地方。爸爸，去南方吧！现在公司并不需要你，理查德早已可以帮你料理一切。

很多吻，很多拥抱。

爱你的敏

这完全不是他意料中的邮件。它……实在是太出乎意料！那封邮件一直在他面前打开着，几分钟后，电脑屏幕黑下去，他再点一下键盘让它亮起来。他惊愕、困惑、坠入记忆的迷雾，像突然患病的人一样不断用手指紧紧地按压额头。

二

他坐在那儿写那封回复的信。他感觉不能写得过于简短，但也想不出多么富有感情且足以安慰她的话。他不得不把她那封信重读一遍，一种往事突然涌来造成的时空错乱和晕眩感全然地笼罩住他。在电脑前呆坐半个多小时后，他写了一封半长不短的信。在第一段里，他告诉女儿他已收到她的邮件，他夸奖蒂姆，说他多么令人信赖，而他又是多么乐意把女儿托付给这样一个正直、诚实的男人。在第二段里，他说那件事他依稀有些印象，既然已经是很久以前的事，他们都不必再为此痛苦、愧疚，最好的办法是忘掉，但他仍感激她告诉他，她是个勇敢的孩子。在第三段，他说他会考虑她的建议，也许找个时间去温暖的南方一趟，他希望感恩节以后能尽快见到她，她应该明白，对他来说，这才是最幸福的事。

把邮件发送出去，他立即关上电脑，起身到车库里去，仿佛急于把它抛诸脑后。他上午得把车库整理出来。冬天之前，车都停在外面车道上。

天气仍然晴朗、干燥，没有雪的征兆，车库太久没打开，门吱啦啦卷上去，光线里立即飘满尘埃。隔一条街，对面那座房子勤恳的男主人背着吹风筒，在吹草坪上的树叶，树叶翻飞的空中同样微尘飞扬。

车库里看起来一片狼藉：地上堆放着很多拆开的纸箱——除了食物以外，他几乎什么东西都从网上购买，靠近车库门口，立着笨重的高尔夫球球筒，里面插着七八支球杆，旁边的地上扔着一袋袋的球，白色的袋子上和球筒、球杆上都落满灰尘；球袋后面，不知道哪年遗留下来的几桶油漆排成一排，地上扔着粉刷用的各种型号的刷子。他看到一个巨大的长方形纸箱，他蹲下身仔细看了箱子上的图案才知道里面装的是一棵仿真圣诞树。圣诞树的大箱子旁边放着好几个鞋盒，大小的纸盒，盒子用白色的纸胶带封着口，胶带上是小敏用潦草的英文写的标注：圣诞树挂件、圣诞彩泡、雪花图案投影仪……当然，小敏早已不在家过圣诞节了。在她和蒂姆关系稳定以后，圣诞节和新年她都在蒂姆家过，感恩节是她留给他的唯一一个节日，往年的感恩节，或者她回家，或者他去纽约找她。当她在信里说约好了和朋友们一起过感恩节时，他明白她是委婉地告诉他不必去纽约和她相聚了。

靠另一面墙堆放着他的"农具"：锄头、耙子、铁锹、短柄和长柄的铲子，还有各种型号的园丁剪刀，浇草坪的自动旋转喷头、手动喷头、盘成一团的乌蛇一样的水管……都是他春夏季节整理花园时用的，还有一辆墨绿色手推车，手推车后面靠墙立着一架折叠梯。折叠梯旁边，三个同等规格的透明塑料箱子摞成一摞，装着小敏的旧鞋子：扁平柔软、可以折叠起的船形鞋，细跟的舞鞋，网球鞋，跑鞋，夹趾的、草编鞋底的凉拖鞋，褐色羊皮长筒靴，鞋口翻毛的短靴……他一直想把它们送到"救世军"的捐赠中心去，但好几年了，始终没有行动。转过墙角，在车库通往客厅的那扇小门左边，并排放着两辆自行车，一辆黑色，一辆天蓝色。温暖的季节里，沿"民兵小径"骑车，曾是他们俩最喜欢的周末活动。他们从贝尔福德小镇出发，穿过莱克星顿，一直骑到剑桥。他骑那辆黑色的车，她骑那辆蓝色的车，那是她上大学以前的事。

这些经年累月积存下来的杂物，混乱无序地堆放在一个长久封闭的空间，每样东西都附着着一段旧时光，这情景颇像人的记忆：一堆时间遗留下来的、彼此之间没有关联却混杂在一起的东西随意堆放在某个昏暗的库房里，拥挤不堪，默无声息，潮湿，落满灰尘……他决定先用裁纸刀拆那些箱子，把它们压成纸板，然后把靠左边这面墙堆放的东西转移到右边去，把这些东西占用的空间规整、压缩，留出左边的空间停车。车库里没有暖气，阴冷，散发出陈旧、饱含灰尘的气味，幸好还有阳光照进来。

昨天夜里，躺在床上睡不着的时候，他试图理清他到美国后的生活线索：他住过哪些地方，在每个地方、每段时间里曾发生过什么……他发现有些东西他完全记不起来，有些时间和地点被他弄混淆了。譬如，1997年到1998年这段时间，他究竟是已经搬到得州糖城，还是仍然住在凯蒂区。那栋客厅里有架房东留下的橡木色老旧钢琴的房子，究竟是他带女儿到美国后租的第三个还是第四个住处。那段短暂时光里，他和徐宁从她住的位于三楼的公寓窗户里望到的远处那个湖,冬天的湖边长着发黄的荒草、干枯的芦苇,湖面上似乎永远笼着一层柔曼的雾气……那幅冬景是在2003年的年末还是2004年的年初,是在圣诞和新年假期之前还是之后?小敏出走那次,是住在她的女友泰勒家还是凯西家?他被这些想不清楚的细节纠缠,而且无处求证时间的难以衔接、某些细节的丧失也许无关紧要,但当有关它的记忆掉进了黑暗无光、深渊般的遗忘之中,他生命中的某一段仿佛就有永久消失、不复存在的危险。在夜深人静的时候,这让他极度焦虑,变成一种折磨,现在,那种折磨淡多了,似乎黑暗中尖锐的感觉会融解、消散在白日的光里。

带小敏来美国那年,他三十六岁,小敏五岁他前妻没有来,那时她已经是一所小学的副校长,她确信五年内,她能成为那所学校的正校长,她选择离婚。这对他来说倒不是多大的痛苦,因为他们早已不和,她身上兼具了小官僚和一位严厉教师的双重特质,使得家里充满庸俗、古板的气氛,有时婚姻是件奇怪的事,两个性格相去甚远的人会瞎摸误撞地进入婚姻,而后在婚姻里越走越远,直到最后难以理解为何当初竟会相爱。但他们也许从未相爱,在那个清教的年代,你很难区分什么是相爱,什么是仅仅渴望一个可以合法触摸、合法拥有的女人:在办完离婚手续后,他们俩都松了一口气。

他们最先住在休斯敦。初来的三四年里,他们每年换一次公寓,因为公寓只给新房客可观的租金折扣。他们一开始的生活不安定,更不富裕,租住的公司公寓不提供家具,他们的住处只有几件必不可少的简易家具:床、双人沙发、餐桌、一张学生用的小写作桌。他后来又从不同公寓的垃圾回收点捡过一把靠椅、一张小边桌,还有一面带木框的、完好无损的穿衣镜。他把它们捡回家,擦洗干净,告诉小敏说这是从别人家买来的二手货。他不能说他捡的,担心她自尊心受伤。那时候,他在一个中国人开的小贸易公司打工,每个月只有两千美金的薪水,而房租占去了三分之一,而且,他们得有一辆车,他要为女儿购买基本的医疗保险,他上班之外还在学习一个付费的IT课程……生活究竟是什么时候开始稳定下来的?他想是在他加入那家生产医疗器械的美国公司以后。他的薪金比之前那份工作翻了一倍,他们离开廉价住宅区,搬到了凯蒂一带:在那里安定地生活了两三年后，他在糖城买了自己的房子。他记得他带小敏住进新房的那一天，她看到他买给她的那张圆顶的、挂着纱缕的木床（那一直是她想要的公主床），忍不住跳起来吻他。他把所有的旧家具都送人了，房子连同房子里的一切都是崭新的、精致的，他告诉小敏说，她就是这房子的女主人。

拆好的纸板已经码放在右边墙角里，球具和圣诞树、灯饰也被搬到了右边。他找了块抹布，坐在塑料矮凳上，开始擦自行车上的灰尘。他累了，身上出汗，有点儿喘息。他比过去胖了一些，尤其肚子那边，肥厚、松弛，他变得容易疲劳，站起身时用力稍猛膝盖会抽疼……他注意到对面的吹风筒安静下来，居家男人也消失了。和十多天前绚烂的景致相比，现在的街景单调、萧瑟，在那么短暂的时间里，火焰般的叶子全都枯萎飘落了，屋后的树林曾像是金黄橙红的颜料，流溢、堆叠而成的巨幅油画，现在只剩下一堆暗淡的灰褐色线条。那些赤裸的枝丫有时如凝固般静默，有时又被风吹得剧烈颤抖。

在遇见徐宁之前的很长时间里，小敏是他生活里唯一重要的人，她是女儿，是他的小女友，还是他家里的女主人。到美国以后，有热心的人给他介绍女友，他都拒绝了。他在心里做过决定，不会在小敏年幼的时候给她找个继母，以免她有任何被伤害的危险。徐宁不是别人介绍的，是他在朋友家里遇见的。他第一次看见她的时候，她穿着牛仔裤和一件白色衬衫，袖口挽到了肘部以上，烫着短短的卷发。她活泼、爱笑，动作利索，身上有种男性的飒爽气质。她是个护士。那是个午餐聚会，每人需带一道菜到主人家聚餐，他带的菜是从餐馆打包的。她毫不客气地说他偷懒、缺乏诚意。过一会儿，她对他说："你不尝尝我做的这道菜吗？小鱼豆干。很好吃的，台菜。"他于是吃了她做的那道菜，真的好吃。

他想，他是和徐宁在一起以后才明白什么是男女之爱的，他指的既是精神意义上的也是肉体意义上的情爱。她有种出奇的热情，这热情会从她眼神里、头发里、皮肤里散发出来，仿佛是一股强劲的力量，你很难不被她感染。她把这热情也蔓延到了他身上——他这个被长久冰封的乏味、僵硬的人。他们迅速建立起一种亲密无间的关系。那时候，只要她不上班，白天他就去她住的地方找她，即便遇到公司下午开会，他和她相处半个小时就得离开。

她住在一栋三层公寓的顶层，那公寓的门、床、窗帘以及屋里每一样摆设他都记得。每一次，从踏入她的房间开始，他就像脱去了沉重的躯壳，变成了另一个人，一个柔和、富于感情的人。他有一把她公寓的钥匙，如果去得早而她还没有回来，他就在那里等她。他此前从来不知道等待也是这么美好的事。从她客厅的落地窗可以望见那个湖，湖很小，但和休斯敦那些高档居民区里挖掘的人工湖不同，它有种天然、荒野的美。如果某个午后还有足够的时间，他们会坐在沙发上喝茶、聊天。有时候，湖面的雾霭中突然冲出一只鸟，像条灰白色的线笔直地抛向高空，像一条弧线划向远方，然后消失在蓝色的天幕里。那大概是他一生中唯一的恋爱时光。他们只能白天见面，晚上他需要在家陪小敏。那是他很多年里第一次感到被束缚的烦恼。

那段幸福时光很短暂。他想他后来犯的一个巨大错误是草率地让徐宁搬过来和他们一起住，以为朝夕相处会有助于培养她和小敏的感情。在徐宁搬过来之前，她和小敏也见过几面。小敏始终表现出青少年的淡漠、不易讨好，但并没有明显的失礼，而徐宁确实一直努力争取她的好感。在小敏面前，她变得不自在，胆怯起来。每次见面，她都会给小敏带礼物，但小敏只是礼节性地道个谢，从未当面打开过，过后也不再提起它们。他印象深刻的是那个圣诞节，他们三个人一起吃饭。徐宁送给小敏一份圣诞礼物，小敏接过去就放在了旁边一张椅子上。徐宁笑着问她要不要打开看看，小敏说她不喜欢当着别人的面拆礼物。而他送给她的礼物，她却马上打开了。那天晚些时候，他送完徐宁回来，小敏躺在客厅沙发上看电视。他注意到椅子上的礼盒不见了。他问她是否看过徐宁送她的礼物，喜不喜欢。据他所知，那是一条很贵的围巾。小敏冷冷地说："一条围巾，老女人戴的，我打算把它寄回去给我妈。"又过了一会儿，她说："你对她说，以后不用再送我礼物了，或者是些不值钱的东西，或者是这种老里老气的东西，我一点儿也不喜欢。"女儿的尖刻让他吃了一惊。但他没说什么，他想如果他反对的话，只会激起她对徐宁更大的敌意。

在几次见面以后，她们的关系没怎么改善，而他对女儿的态度一筹莫展。可他竟天真地认为，只要徐宁搬过来住，小敏会慢慢接受她，会适应这个家里有另一个人和他们共同生活。他甚至幻想着小敏会慢慢喜欢上她，以为一切只是时间的问题。

那封信把这一段回忆带回来,那么鲜明、清晰,却令人痛苦。当两个未曾遭遇过生活折磨的年轻人,带着某种让人讨厌的乐观选择告知"真相"时,他们像是把他枯竭但平静的生活突然撕开了一道口子,恐怕是一道无法愈合的口子……

时间接近下午一点。他把整理好的园丁工具收进他留下的一个空纸箱里,用胶带封好口。这个冬天他再也不需要它们,直到明年四月过后,直到像民谣里唱的那样:"四月的雨水带来五月的花。"

三

如果不去公司,他经常在镇里的Panera Bread解决午餐。这里的食物简单但很新鲜,而且,他们不像餐馆那样有明确的午餐打烊时间。他叫了烤牛肉三明治,配一小碗清汤,随套餐送一个苹果,但他每次都会把苹果带回家,对于他的牙来说,去啃咬一整个苹果已经相当困难。

吃完午餐,他要了杯咖啡。天色阴沉下来,天空中堆积着深灰色的云层,两辆黄色的铲雪车从街上开过去。它们大概已经为晚上要来的雪做好了准备。

在过道另一头、靠前的一张桌子那儿坐着位华人女子,她看起来三四十岁的样子,身材纤秀,穿一件米色的高领毛衣,羽绒外套搭在旁边那张椅子的椅背上。在他前面隔着两张桌子,坐着一位五十岁上下的美国男人,和他一样在喝餐后咖啡。男人坐的位置面对着他,他能看到他的目光不时朝对面那个女人瞟过去。男人终于起身走到那女人的桌子旁边,毕恭毕敬地站着,问他可不可以和她聊聊天。他没听到那女子的回答,但看到那男人在她对面坐下来,看起来有点儿局促,脸膛兴奋得发红,并不像个游刃有余的猎艳老手。他像许多美国男人一样声音洪亮、中气十足,他听见他开始谈论天气,说晚上会来一场大雪,还提到他就住在这个镇。但背对着他的那个女人的回答他听不清楚。过一会儿,他看到男人尴尬地笑了,嘴里说着对不起,声称他没看到她戴结婚戒指:他由此猜想那女人刚才告诉他她已经结婚了,但那个男人并没有离开,他红着脸,希望她允许他去给她买一杯咖啡,他只是想聊聊天。随后,他就雀跃地站起来,走向柜台。

有些滑稽，有些难堪，又有点儿令人感伤，男人和女人之间这种持续不断的无休无止的追逐游戏。窗外一辆辆车在灰色的公路上静默无声地快速穿行，仿佛钢铁的鱼群；店里的碎冰机发出群蜂飞舞般的巨大的噪音。那个男性追求者端着他的两杯咖啡走回来，像是捧着他的两份战利品。他兴奋地坐下来，面对一个仅仅是由于礼貌而没有把他赶走的女人。

　　他想到和徐宁在一起时，她和眼前这个女人差不多的年纪，也是这种偏瘦的身材，他常常惊讶她纤瘦的身体里怎会蕴藏着那么大的热情和能量。她的长相说不上特别美，但在他眼里，她身上每个地方都是细腻的。他知道她早已找到了另一个人。他不知道那个人是谁，但他嫉妒那个男人，相信他比自己幸福，像她这样的伴侣，会和你始终胶着、缠绕在一起，会让你的生活温热、充满生气……很遗憾，在他们相遇的时候，他们面临的不只是两个人的幸福的问题。

　　他突然打消了去公司的念头，猜想公司里的人恐怕并不想要见到他。今晚有雪，也许大家已经开始陆续离开。趁着还有点儿天光，他想去附近一个湖边走走。

　　他抓起那个鲜红的苹果，塞进外套口袋。经过那两个人时，他不无自嘲地想：他们会不会注意到他？会不会意识到他是他们这场追逐游戏的唯一目击者？但他知道他们甚至不会看他一眼。有时候，老境的尴尬并不在于变老本身，而是你心灵的变化追不上身体的衰退。在心灵的镜像里，你还是个仪表堂堂的壮年人，但在他人眼里，你已经是个颓唐的老者。

　　他开车十分钟就来到湖边，眼前已是一片冬日景象：衰草、枯枝、腐烂破碎的落叶，仿佛冻僵了的光秃秃的小径，被一阵阵风吹皱的、银光闪闪的湖面。只有在冬天，这里的湖面才显露出来，开阔、清亮。春夏季节，湖面完全被浮萍和水藻覆盖，秋天则漂满落叶。风不大，但阴冷刺骨。一群灰褐色的加拿大鹅在湖中游着，它们像肥硕笨拙的大个儿的野鸭。下雪的时候，它们是仍然待在湖上，还是会去哪里躲避？最冷的时候，它们会不会挤在一起取暖？生活于它们而言是严酷的，但它们倒不会形单影只。

　　回想起来，徐宁搬过来以后那段时间就像阴郁的梦一般，充满了混乱和挣扎。晚餐桌上的冷言冷语、明嘲暗讽、沉默、委屈、猜疑、忍辱负重……他们俩小心翼翼，唯恐伤害了孩子。但这种小心翼翼又被小敏当成了他和徐宁"同谋"的证据。徐宁本来像个欢快的大孩子,但在眼前这个真正的孩子面前,她欢快的光芒全都暗淡下去。如果小敏拒绝吃她煮的晚餐,开始打开冰箱找冷冻餐盒,她也只是勉强笑笑。有时小敏假装没有听见她说话,忽略她示好的动作,她不过无奈而又嘲讽地看他一眼。她曾让他喜欢的那种天真的轻狂、肆意妄为的勇敢,反而变成他所惧怕的东西:他怕她不够容忍,怕她没有掩饰好她的不快,怕她直率的表达又会引起一场争执。她说话、发笑的声音稍微大一点儿,他都会害怕,怕这声音会从他们的卧室传到另一个房间里去……

起初,他们还相互安慰,鼓励对方,但慢慢地,他们也都疲倦了。那种阴沉、压抑,暗含着怨愤的气氛弥漫在家里的每个角落,压灭了每一点儿快乐的念头。小敏的卧室里经常整夜地亮着灯,她似乎以灯光、以她深夜不眠的事实来时时警示他们。徐宁也变了,变得暴躁、易怒,她不能在小敏面前发作,却开始对他发泄她的强烈不满:她觉得他过于宠溺女儿,却没有考虑她的委屈。但在那样的情况下,他又能做什么呢?她愤怒、冷漠起来令人绝望。也许她身上那种强烈的能量如果不能用于快乐,就会用于愤怒。

他们一起生活了三个多月以后,某一天,小敏失踪了。她夜里十一点钟还没有回家,手机也关机。他打电话报了警。整个夜里,他坐在客厅的沙发上等电话。徐宁说她可以替换他,让他去楼上睡一会儿。他几乎是愤怒地拒绝了她。他想,如果小敏打电话回家,她第一时间绝不想听到徐宁的声音。第二天接近中午的时候,一位女人打电话给他,说她是泰勒(或者凯西)的妈妈,告诉他小敏在她家,昨晚和她女儿睡在一起。她再三道歉,说她昨天的确问过小敏,但小敏说她已经知会过爸爸她要在朋友家过夜。他听到这消息就抓起车钥匙离开了家。他边开车边哭,本来,他以为他已经失去了女儿。他痛苦地意识到一个人的介入如何改变了这个家,改变了他和女儿那密不可分的关系。

过后,徐宁说她可以搬走,但他劝阻了她。就这样,她又留了下来,直到一个月后发生了另一件事,也就是小敏在邮件中提到的那件事。

那晚他回到家,徐宁去上夜班了,小敏的房门紧闭。他敲门,过了一会儿小敏才打开门,看到他突然号啕大哭。他抱着她,问她发生了什么事。

她只是哭：他让她在床上坐下来，他一直说：好了，好了，平静下来。后来，她哽咽着，说她和那个女人吵架了，那个女人发疯一样撕了妈妈的照片。当小敏从她写字桌的抽屉里拿出一小堆照片的碎片时，他一下子蒙了。他根本不敢正视女儿手里捧着的那堆彩色的碎片，也不敢想它究竟意味着什么。当他带着年仅五岁的她离开她母亲时，他心里是确信不会让她受一点儿委屈的……突然之间，徐宁成了阴毒地坑害一个柔弱、毫无抵抗力的女儿的恶毒继母的化身。他怒不可遏，疯狂地打徐宁的手机。很久以后，她终于接了，还压低声音问他是不是疯了，说她一直在忙，突然看到手机上有二十多个未接电话。她装得像什么事都没有发生一样，这让他觉得她更加恶毒、有心机。他开始失控地骂她，他从未这么骂过任何人。她试图说什么，但他不容她辩解。最后，她冷冷地说："我不明白你在说什么，有什么事回去说。""不要再装了！"他喊道。但她已经把电话挂了。然后，他又回到小敏的房间。他紧紧地抱住她，她那双仿佛受了惊吓的眼睛望着他——那是一双完全信赖他的、孩子的眼睛。

他一夜没睡。第二天上午徐宁回来的时候，他多少冷静了一些，觉得可以和她谈谈那件事。而她看起来比他冷静得多，冷静得近乎轻蔑。

"说吧。"她说，"你指的究竟是什么？我究竟对她做了什么残忍的事，我假装了什么？"

等他说完，她的冷静像镜面骤然碎裂，坐在椅子上的她猛地站起来："你现在就叫她起来，你让她过来当面和我说。"

她声音发抖，样子看起来很可怕，似乎要马上冲过去找小敏。他一把拽住她。她发疯似的抓他的手。他想，她也会有如此丑陋的时候。

"我绝不会让你再刺激她。"他说，紧抓住她不放。

后来，她放弃了挣脱他的努力，安静下来。她又在椅子上坐下来，一阵绞痛般的表情突然掠过，让她的脸扭曲了。

"骗子！骗子！这么小一个孩子……"她一字一顿地说。

"你不许这么说她。"他的模样一定非常凶狠、丑陋。

她抬起眼睛，望了他一会儿，嘴唇上浮现出一抹近乎微笑的弧度。

"所以，你昨天晚上打电话是为了这个？在我上班的时候，像发疯的畜生一样吼叫、骂人？"

他没说话。他已经后悔他昨天说过的话。他看见她眼睛里突然涌满泪水,她的嘴唇抖动,随后整个身体都在发抖,他不知道他能做什么。

"你选择相信她,是吗?"哭完了她问,哑着嗓子。

他不回答。

"不用回答,什么都不用说!"她站起来说,拿一张纸巾擦掉脸上的泪,像是如释重负,"我应该早就明白的,我应该早想到结果会是这样……"

第二天,她收拾东西离开了,他没有挽留她。他想帮她租一套房子,想给她一些经济上的帮助,但她断然拒绝了。事实是她不再接他的电话,也不再回复他的短信、邮件。很快,她换了号码,大概只是为了摆脱他。找不到她的那段时间,他失魂落魄。他让自己尽量去想她的冷漠、她的刻薄、她做的那件可怕的事,但这都于事无补。他睡不着,焦虑地一遍遍翻看手机,半夜起床打开邮箱写信;他到她上班的医院,在停车场里等着,却在她可能出现的时间逃之夭夭;他还到处打电话给认识她的朋友,只为了从别人那里听到一星半点儿她的消息……慢慢地,他知道他必须接受这样的事实:他所做的这一切都没有意义,他们之间的困境毫无解决的可能。

家里又恢复了那种平静——多年来的、一贯的平静。他和小敏心照不宣,谁也不再去提那些痛苦的事。这个家,这个小世界,它像一个有着坚硬外壳的、封闭的东西,打开过一条缝隙,很快又惊恐而痛苦地闭合了。他想他在这世界上只剩下一个角色必须心无旁骛地、永远地演下去——一个好父亲。

他走到湖边有围栏的地方。不知道为什么,这里有一带齐腰高的木围栏,像农场里圈马的那种围栏,延伸出去两三百米,又毫无征兆地中断了。他沿着围栏旁的小路走,眼前是平缓的草坡。湖三面被树林环绕,唯有这面向着开阔的草坪,仿佛牧场的风景。草黄了,但很平整,看得出不久前有人割过。那些年里,他和小敏喜欢在这草坡上野餐。最好是春天,五月以后,日光那么温煦,空气里弥漫着花草的香味。小敏说:"同样的东西在外面吃,味道好得多。"吃完东西,她喜欢趴在毯子上看书,有时她看着书睡着了,他就在她旁边守着,半个小时,一个小时……对他来说,那两三年算是轻松愉快的时光,是彻底放弃了其他念想的轻松。

他不相信心理学家说的"选择性遗忘",不然,他为何没有忘记那天晚上发生的事呢？那件令人痛苦的事的每个细节都印刻在他的记忆里。倒是那些快乐的事，常常只剩下一两个格外清晰的镜头，其他部分都模糊了，像一团柔和、明亮的烟，像湖面上闪烁不定的、细碎的光。

褐色的林梢在远处勾出天际线。天边浮着一条长长的孤云，泛出冬日薄暮时的冷光。周遭那么沉寂。某种微茫而凛冽的声音像滞留不散的烟雾一样漾在冬日的湖面上，潜行在林间、落叶堆和枯草丛中——一种低沉却无所不在的冬日鸣响。鹅群低飞，掠过湖面，在另一边上了岸。而后，它们在湖对面呆立不动，迎风立着，像在忍受，又像在冥想。他穿着单裤，在草坡上伫立太久，腿冻得麻木，眼睛酸涩。他发现这是一件荒唐又可悲的事：他让一个十二岁的孩子替他做了生活的选择！而一个十二岁的孩子的谎言几乎说不上是欺骗……这大概就是命运，只需要一个谎言、一点儿差失，它就拿走了原本属于你的东西，全然改变了你的生活。

他开车回家，发现路上已经撒了盐。粗粗的结晶体铺在地面上，像冻硬的灰绿色雪粒。那件痛苦的事发生后不到两年，他带小敏来到马萨诸塞州。他原以为新英格兰漫长冬天会相当难熬，但后来发现这地方知道如何对付严冬和风雪。途中他去油站加了油。再启动车子，油表显示可行驶里程四百六十五英里。如果他现在沿着90号公路开下去，开出马萨诸塞，进入康涅狄格，转上84号公路，一路向南开上两百多英里，他就能到达纽约，那个拥挤喧闹、杂乱不堪的城市。这是他最熟悉的一条行车路线。但很快，它对他来说就会变得生疏。

四

五点刚过，天就黑了。他打开房子里的灯。睡觉以前的时间里，他一般都待在楼下，但他习惯把楼上卧室里的灯也打开。一个其他部分断然漆黑、只有楼下一盏孤灯的房子，从外面看起来总有些怪异。他仍旧坐在吧台旁边那张椅子上，打开电脑查看邮件。小敏还没有回复。当然，他上午才发给她邮件，而那也是一封不需要回复的邮件。

他们其实离得很近，两百多英里。但他知道她离他越来越远。她不再需要他，那么他就在他能达到她的距离之外。那年，小敏申请的所有大学都在东岸，但没有一所在马萨诸塞。她解释说，她希望到自己熟悉的地方之外生活，适应陌生的环境也是一种挑战；她也希望离家远一点儿，这样她不会那么依赖他。他表示完全支持她的意愿，私底下却像一个被无情抛弃的老男人，感到说不出的委屈和痛苦。她离开以后，他就一直往返在那条路上：从波士顿到纽约，从纽约回波士顿……虽然辛苦，但就像个赴心上人的约会的男人，心里至少是振奋的、怀着希望的。

想到明天早晨起来需要扫雪，他去了一趟楼上，从卧室储物间里翻找出手套、帽子、围巾，还有一条秋裤。大约十年前，他还不至于在外裤里再套条裤子。他像大部分美国人一样，穿单裤过冬，因为暴露在严寒里的时间毕竟是很短的。但这些年，他开始畏寒，在零下十摄氏度的天气里穿单裤走几步，腿会发抖。冬天开始变得难挨，尤其一、二月最冷的时节，大雪一场紧接一场，扫雪变成了一种苦役。上午花一个多小时清理出来的走道、车道，到了下午又完全被积雪覆盖了。傍晚还要清扫一次，因为如果夜里冻上的话，清扫起来更加困难。但夜里往往还会继续下雪，一夜之间大雪封门甚至会埋住一楼的窗户……

他下楼，回到他清寂的厅里。他想，再过几年，他就会把这房子卖掉，搬到公寓里住。他去参观过那种公寓，里面的大部分住户是老人——那些再也无力自己清扫积雪的人，那些发现守着一栋很多房间的空屋再无多大意义的人。冬天，管理处会雇用工人来扫雪。温暖的季节，院子里的草木会被修剪得整整齐齐，鲜花盛开，一片生机，老人们走出来，在阳光下舒缓地散步……很快，他就会搬到这样的地方，融入这样的人群之中。在风雪交加的夜里，在温室般的房子里长久地、如同静物般坐着，望着玻璃窗外飘落的雪，独自一人。

朋友圈里都在分享下雪的消息和图片：下午三点，纽约在下雪；四点半，康涅狄格开始下雪；大约六点的时候，罗得岛的新港、普罗维登斯都在下雪。在他这里，雪是七点过后开始下的。昏暗的路灯光里，雪散漫地飘落下来，一开始像星星点点的白色碎屑，但很快就变成了大片的、斜飞的雪花。今年的雪像是从南方来，从纽约一路向北，最后到达波士顿。而他知道在最南方的休斯敦，在她那里，三天前已经下过雪了，一场多年来罕见的大雪。

她的样子开始缓缓地出现在他的脑海里，那么清晰，在不同的时刻、不同的地方，像一帧帧黑白照片。都是当年的样子。他试着描绘出她现在的样子，在她额头、眼角贴上细小的皱纹，在她的黑发里夹杂进去几缕灰发……他还想起她说话的声音，仿佛听见她的笑声、她轻柔的气息。但当他沉浸在他们俩甜蜜的笑言低语之中时，她的质问、哭声总是突然闯进来。同样，在那些温柔、静好的照片里，他会突然看见她眼睛满含泪水、发抖的模样。他突然意识到那个晚上，他对她做了极其卑劣的事。难道他真的认真判断过他应该相信谁吗？他真的想听她的辩解吗？他只是选择了一个对他而言便利的解决方法，他只是急于摆脱那种困境，回到他以前的生活……

仿佛感到一阵强烈的刺痛，他从枯坐的那把扶手椅上蓦地站起来。他扫视这个到处亮着灯光的宛如通体洁白、透明的所在。他发现他的居所如他的生活本身：整洁、光亮，似乎不缺少任何东西，但没有温暖。

他觉得饿了，但还不想做晚饭。午餐带回来的那个苹果放在餐桌上，他把它切成四瓣吃下去。站在客厅的窗户前面，他看见街道、屋顶、树已经披上一层白纱一样的薄薄的雪。等到雪积得更厚，大地上的一切完全被雪所覆盖时，雪地会泛出蓝光，雪夜会变成蓝色……天地之间都是飞旋的、曼舞的雪，有时候你看不出它究竟是在向下飘落，还是向上跳升。他在想是否应该走出去拍张照片，像他们那样发到朋友圈里，宣告他这里也在下雪。但他还是打消了这念头。这是件奇怪的事，各处的人们都在为一场新雪激动、振奋，而它不过是漫漫长冬的开始。

选自《人民文学》2019年第4期

评鉴与感悟

书写"去文化"的人性故事

经过了二十余年的创作，张惠雯已经成长为一名成熟的"70后"作家。并且，在新加坡求学并定居美国的经历，使她获得了一个非常特殊的身份——海外华文作家。她的作品具有和曾晓文等大多海外华文作家共同的特点，就是书写"他国"的中国故事。

但是纵观张惠雯书写海外中国故事的作品可以发现：她在描述海外华人的生存故事时，是去中国文化背景的。在这些作品中，海外仅仅是一个故事展开的背景，作者无意于进行中西文化对比。而小说中的华人形象，也在相当意义上是"去中国化"的。这就使得她的作品在讨论海外华人问题时，并不是定位于中西文化的差异，而是定位于书写人性的复杂。

《雪从南方来》便是这样的一部作品。作品叙述了"他"与女儿小敏、恋人徐宁之间的人性碰撞。故事发生的背景虽然是美国，但是这个背景没有任何西方文化意义，仅仅是一个地理坐标。人物之间的灵魂碰撞，是植根于人性的，并没有受到中西文化的影响。

小说采用了回溯的视角与插叙的手法。"他"在女儿即将结婚时回顾了自己的一生。与前妻离异之后，"他"承担了女儿小敏的抚养责任。之后"他"认识了恋人徐宁，但是女儿利用"计谋"破坏了他俩的关系，导致"他"一直未娶。这是一个看似十分老套的"肥皂剧"故事，但作者就在这个套路中，探讨了家庭婚姻中的人性问题。

在"他"、女儿小敏与徐宁的感情对峙中，"他"始终处于弱方。对于小敏，"他"怀着因离异所产生的负罪感，决心尽力将女儿抚养成人；而对于徐宁，他又因处于追求者的位置，而要委曲求全。这两种角色，使得他始终处于感情天平的低端。

在这个"计谋"的设计中，女儿小敏实际上非常鲜明地体现出了人性本有的"恶"——嫉妒、自私甚至阴险。十几年后，当"他"从女儿口中得知真相，早已无力回天。不仅如此，在一个有愧于女儿的父亲面前，女儿所做的恶事都是不可能受到任何惩罚的。这就提出了一个非常重要的人性难题——在家庭与血亲关系的范畴内，人性的恶应如何被看待、被处置？小说中的女儿对父亲的情感占有并非正常的人伦之爱，而是越界的情感剥夺和榨取。而"他"对女儿却没有丝毫的责怪，对逝去的情人也只有淡淡的怀想。逝者如斯，他是认命了。在家庭内部的情感对决中，这位中国男人全盘皆输，却无怨无悔。

在艺术上，这篇作品仍旧保持了张惠雯"冷眼观人性"的特点。这里的"冷"，并非冷漠，而是冷静。在探讨与剖析人性问题时，她不会站出来或是借助人物之口发表自己的观点，而是冷静、客观、细腻地讲述着一个典型的故事。在对人物的充分刻画与情节的细致推进中，尽量全面地表现人物多样的心理活动，借此来揭示看似普遍的家庭问题中的复杂人性。

在传统伦理的规约下，离异男性势必会处于复杂的感情场中，这就令这类形象的人性状态变得格外复杂而难以把握。张惠雯的这篇《雪从南方来》对这类形象的塑造，做了有益的尝试，在一定程度上具有开拓意义。（李嘉桐）

青　城

/徐则臣

那段时间我总梦到老鹰在天上飞。一直飞，不落下。我知道是因为一个月前又去了趟藏区，站在高山上看到很多老鹰。这辈子见到的各种鹰的图片加起来，都赶不上那一次眼前的老鹰多。老鹰力气大，可以飞很久，这我知道，但我还是替它们担心。这么马不停蹄地悬在半空，谁都受不了。因为感到累，开始喘不过气地咳，我从梦中醒来。石英钟在黑夜里明亮地走，咔、咔、咔，每一秒都迈着正步。我想重返梦境，再次感受一下我和老鹰或我作为老鹰疲惫得如何咳嗽时，老铁的咳嗽声从另一个房间里传过来。接下来是李青城的拖鞋穿过客厅，她去厨房给老铁熬药。我在黑暗里睁开眼，抽空得上网查查，老鹰会不会咳嗽。

这是我在成都的第二年。都说少不入川，我三十了，虽然还是光杆一个，进成都应该没问题。陈总问，谁去打前站？我在五十八号人的会议室里站起来，我去。陈总看了我两秒钟，点点头，你是我心目中的人选，就你了。我面红耳赤地坐下，不是因为陈总夸我，而是我竟然当众站出来请缨。这不是我的作风。我很少有在大庭广众之下挺身而出的勇气，跳水里救人除外，那时候来不及想脸红不红的事，直接就下去了，人命关天。我坐下来，按住扑通扑通直跳的心脏，我知道我不是陈总的合适人选，但我是我心目中的合适人选。

报社要发展，想在成都做个子报。天府之国，西南重镇嘛，我们的报纸要壮大，没理由不去这样的好地方试试水。最后定下来我跟副总老柯先期南下，做子报的筹备工作。筹备工作说简单也简单，就是跟当地相关部门联络、选址、招聘人才，把必要的手续走好，按部就班即可。但说复杂也极为复杂，事情是人做的，你问他一声，他可以立马就点头，也可能三两个月后才点头；碰巧此人把点头的事给忘了，那活该你几个月后再问一次。反正事情就这么一拖再拖，大半年过去了，事情进展都不到三分之一。老柯不着急，他老婆在国外陪儿子读书，北京成都对他都一样，一个人过习惯了。对前途老柯也不抱希望，用他的话说，"顶到天花板了"。老大陈总退了，排在他前头的还有两个副总，这还没把上头空降一个老大的可能性算在内。他乐得在成都待下去，吃吃美食，看看美女，平均每周三顿火锅。这个安徽人，真能吃辣啊。

　　副总的补贴高，在成都可以住两居室的大房子；我就是个小办事员，那点补贴只够跟人合租一个两居室的小房子。当然，也是因为我想省一点儿，三十了，这辈子很多该做的事都没做，哪儿都需要钱。我还想多去几趟藏区，看看山，看看水，看看人，看看鹰。哦，老鹰。一想到鹰我就激动，我喜欢这种凶猛孤傲的大鸟。小时候看过一个纪录片，讲鹰的，那是鸡鸭鹅鸽子喜鹊乌鸦麻雀之外，最早进入我记忆中的鸟类。二十多年过去，纪录片里那只老鹰依然俯冲在我的梦里。它背后是嶙峋的高山，我能听见它的身体划破气流的声音。这种毛茸茸的清冽之声经常让我产生错觉，觉得自己的肋骨和后背上也生出了一对巨大的翅膀。

　　生有一对巨大翅膀的老鹰一直在天上飞，不落下。它咳嗽了。门缝里挤进来热乎乎的中药苦香味。李青城每天这个点儿熬药。有些中医的规矩很多，比如老铁的药，大夫说，凌晨四点五十六分开始煎效果最好。四点五十六分是否对应了宇宙中某个神秘的能量点，我不知道，老铁和青城也不知道，但青城坚决执行，她希望老铁的病尽快治好。老铁具体什么病我没弄明白，我怀疑老铁自己也搞不懂了。他们俩来到成都的第二个月老铁开始咳，三年多过去，还咳。成都的大小医院看遍了，没找出原因，最近一年开始吃中药，也是从一个神医换到另一个大仙，最近是"四点五十六分"这位老先生，江湖人称咳嗽王。没见过，据青城描述，一头银发，大胡子却是黑的，乐呵呵的像尊弥勒佛，脸色白里透红。这副尊容看着心里踏实。三年多来，老铁的变化除了咳嗽加剧，咳起来整个头脸胀大一圈，就是越咳越瘦，这个眉山人没能像他的老乡苏东坡一样富态，慢慢成了一根竹竿。大夫说，咳嗽伤气，胖才不正常呢。青城略略放了一点心。

这套两居室开始老铁和青城整个拿下了，因为老铁生病，他们俩入不敷出，才跟房东提出来，转租一间出去。我是在杜甫草堂附近转悠时遇到的房东。因为多瞅了两眼小区布告栏里的社区信息，房东一眼看出我是个外地人，伸着脖子凑上来。"帅哥，找房子哇？"他要不问，我还会再拖一阵子，天天住宾馆我其实挺喜欢，啥东西都不用收拾。"新装修的，单间，相因。"房东说，"这个地段，想找我这种房子，没得第二家。"我问他房子在哪，他让我扭头往右看，阳台的窗户上垂下来两根晒太阳的吊兰就是。果然不错，窗户都是新的。

"现在住的是小两口儿，最近手头有点紧，转出来一间。"

"他们干啥的？"

"文化人。"房东看看我，"跟你一样，精英。我没文化，我的房客必须有文化。"

有这两条我就放心了。年轻人好打交道，又是文化人，容易沟通。我跟着房东去看房。敲门，一个漂亮姑娘开了门。我就想，就这么定了。有个漂亮租友，上班看领导看烦了，下班回来调剂一下。又靠着杜甫草堂，办个年卡，每天来散散步喝个茶，神仙日子。

房子挺好，空出来的那一间十八平方米，该有的都有，还有一张大写字台。我在想象里立马给桌子铺上一块毡子，可以写字了。这些年东奔西走，笛子吹走调了，二胡音也摸不准了，有限的那点艺术童子功只剩下书法。因为毛笔带着方便。如果租下来，我就给这间屋取名"草堂"。说干就干，行李搬进来，我铺开毡子就写了幅"草堂"，装上框，挂到靠书桌的墙上。要是早知道老铁和青城他们搞艺术，我可能会低调一点。

那天没见到老铁，青城出来带上了门，我只听见门后有男人在咳嗽。我对咳嗽声不敏感，在北京生活十来年，一会儿沙尘暴一会儿雾霾，没几个不咳嗽的。但那一连串掏心掏肺的咳嗽还是让我心惊肉跳。我拿眼神看房东，房东一挥手，仿佛挥一下就可以药到病除。果然就安静了。

"没事，"房东说，"肯定是吃海椒呛到了。你看我这厨房、这卫生间，没五星也得四星半嘛。"

两个地方的确收拾得相当利索。当然后来知道，是青城的功劳。都说川妹子个子小，闲不住；青城闲不住，却是个大个子，细长的身条，说她学舞蹈的我都信。搬过来第三天，我才知道她是搞绘画的。睡前照例去一趟卫生间，刚出来，她来盥洗盆前洗调色盘。我看着盘子里所剩无几的干涸的四五种颜色，以问题代问候：

"国画？"

"画起耍的。"她说，要把调色盘往身后藏，"还在学呢。"

"跟谁学？"我没话找话，离进我自己的房间还有几步路，这个时间适合再搭一句话。

她扭过身子，调色盘依然藏在身后。她向他们的房间努一努嘴："铁老师。"

她一直称老铁为铁老师。熟悉之后，他们俩对我也不隐瞒，老铁的确是青城念师专时的老师。青城念师专美术系，年轻的铁老师是才子，差不多成了系里女学生的男神。跟一般的狗血桥段不同，青城不是在校时就和她的铁老师打成一片的。她觉得自己美术上天分不够，没信心往老铁面前凑，而是毕业四年后，在故乡小镇的中学里实在待不下去，辞了职，不知道去哪里时突然想起铁老师。她说头脑里莫名地就生出一个强悍的念头：听听铁老师的意见。

那时候铁老师自顾不暇，根本没时间搭理她。他在离婚和闹辞职。老婆考上了南京某大学的博士，不打算回四川，给他指了两条路：一是也考到南京，博士考不了先考个硕士吧；二是离婚。老铁是本科毕业入的教职，一表人才，在师专里混着自我感觉还不错，一考就出了问题，人外还有很多人，连考三年不中。都毛了。学校不同意他再考，师范学校以教书育人为主，他这样整天想着往外跑，心思不在教学上，给年轻人带了个坏头；再说，系里进修是有名额的，每年都把指标给你，别人都在一边看着？老婆那边音讯也渐稀少，对他大概也不抱多大希望了。偶尔一次听曲折转来的小道消息，有人看见他老婆跟一个陌生男人在西湖边出没。他电话质问，老婆说，有这事，去杭州开个会，还不能顺便看个西湖了？你要能到南京来，我天天跟你逛莫愁湖。老铁撞墙的心思都有了。最要命的是老铁自己怕了，考怕了，想到再考腿肚子就哆嗦。那就没办法了，老婆说，离。

那就离。决定了离，老铁反倒放松了，鼓起了烈士般的勇气决定再他妈考一次，不为去莫愁湖划船，为争一口气。他去系里请示，系主任给他四个字：除非辞职。老铁真就一根筋了，辞就辞，老子彻底解脱。但离婚和辞职不单是一张纸的事，相当于把自己从两个坑里生生地拔出来。当他血肉模糊地把自己解放了，那真是一肚子的悲愤和壮烈，哪有空理会站在家门口的李青城。说实话，他都不记得教过这个学生。他咳嗽着打开门，往堆满脏衣服的长沙发上一躺，闭上眼开始抽烟，全然不管一个陌生人在他荒凉的家里走来走去。青城也不吭声，只顾打扫卫生，要洗衣服了，才让老铁抬抬屁股挪挪身子；饭做好了，才叫老铁起来，饭还是得他亲自吃的。

那时候青城没想过要登堂入室，只是从系里打听了铁老师的境况，又见到他的颓败相，免不了心疼，辽阔的母性提前泛滥，请教的事先不提，从洒扫做起来了。她认为环境好起来，铁老师人也就会好起来。她在旅馆住了五天，每天差不多老铁游荡归来的时间，她就出现在他门口。她跟着他进门，在他的咳嗽声里开始了家务。到第六天傍晚，她让老铁从沙发上起来吃晚饭，老铁抓住她一把摔到沙发上，把她裹到了身底下。

老铁那天没做成。他把青城扒光后，突然号啕大哭，弄得青城一身的鼻涕和眼泪。青城一声不吭地把两个人擦干净，又一声不吭地把两个人的衣服一件件穿好。弄利索了，她站起来说：

"好生吃饭，我明天再来。"

没有明天。她出了门，老铁发了一会儿呆，跳起来就往外追，一直追到宾馆。进了青城的房间，老铁提起她的行李箱说：

"退房。跟我走。"

老铁跟我讲起这段，青城打了一下他的胳膊，这怎好意思跟人家讲？"怕啥子？"老铁边咳嗽边说，"兄弟，你别想歪了啊，我只是带她回我家住。天天宾馆，太贵了。"他的确就是带青城回家住。把卧室里的大床让给她，他还回到书房的小床上睡。晚上他把书房门关上抽烟，腾云驾雾一般，他要好好想想。"你都想不到，兄弟，"老铁说，"孤男寡女两个人，一套房子里睡了十天，相安无事。真想不起那十天我们都干了啥子。青城，我们都干啥子了？"

"啥子都没有干，铁老师。"青城用她的两只长胳膊从背后环住老铁的脖子，"我就陪你抽烟啊。还有，你说你喜欢淮扬菜里的平桥豆腐，那十天我把这道菜练成了。要不要哪天做给你尝哈？"后一句是跟我说的。

当然好。第二天我就品尝到了李青城版的平桥豆腐，果然味道不俗。适当加了一点辣椒，豆腐更鲜嫩了。这也是隔三岔五我们聚餐中的一道保留菜。但我还是好奇，"十天之后呢？"

"来成都了啊。"青城说。

老铁一阵咳嗽。他摩挲着青城白细的长手，右手食指沿着青城左手背上的蓝色血管上上下下。老铁的手也细长好看，像搞艺术的。"青城改变了我的人生观。"

"哪儿嘛。"青城嘤咛一声。

我不吭声，等着看戏。

"没夸张。"老铁喝一口热水润嗓子，"一个人在你一穷二白又六神无主的时候能守到你身边，你要感激她一辈子。青城说，已经没得啥子可失去的了，那就挪个地方，你看见的每一样东西都是新的，每一样新东西都是你的。我觉得她说得好，醍醐灌顶。为啥子非要考他妈的研究生呢！"

我也觉得青城说得好。树挪死人挪活，你越是执着地守着一个东西，越会觉得这东西重要，离了它地球都不会转了；真离了，你会发现这世界竟还有那么多逻辑在运行，先前的那个算个屁啊。我就是抱着这种心态来的成都。

他们俩拖了两只拉杆箱来了成都，每天到宽窄巷子里给人画像。现场画像就是图个乐，没几个人真去较真有几分像，但老铁画得像，非常像，所以生意不错。我看了他们房间里悬挂的作品。老铁的具象能力很好，这可能是他除了颜值外，被女学生们视为才子和男神的原因。但老铁的像只是被动的像，复制一般，必须有原件，一旦进入原创，有点找不着北。青城的复现能力就差了不少，一幅画磨一个月，都未必有老铁一周临摹出来的像，这大约也是她觉得自己才华不够的原因。不过她的画有神，三两下就把模仿对象的魂魄给勾出来，而且胆大，画面上常有旁逸斜出的不和谐笔触，乍一看唐突，细细琢磨，颇有神来之笔。但这神来之笔她本人似乎并不自知,言谈之间,也并未见老铁对此有所点破。我们谈及青城的画,老铁常见动作是,边咳嗽边点头,摸着下巴上看不见的胡子说:

"嗯,不错,不错。"

这个评价跟他对待我的书法一样。老铁看着我"草堂"二字,捏着下巴咳嗽说,嗯,挺好挺好。看我其他的字,也是捏着下巴咳嗽,嗯,不错不错。这"不错"说得也不多,他极少去我房间。他似乎也不乐意青城去我房间,青城过来超过三分钟,他就会以各种借口召她回去。我能理解,我老婆去别的男人房间,我也不会让她多待。

但不谦虚地说,我的书法的确比老铁好很多。画得好未必写得好,这不费解。我们经常在一起切磋,他们俩是科班出身,理论高出我一大截子,我愿意和他们聊天。忙了一天回来,有一搭没一搭说几句,就长了知识。晚饭后或者周末,老铁会去散会儿步,杜甫草堂公园进不去,就在浣花溪绕,我也跟着他们。在成都我们都没什么朋友。开始老铁还乐意我这个跟班,他咳嗽厉害了,我能给青城搭把手;后来开始拒绝,先是不愿让我帮忙,接下来散步也不带我玩了。我提出散步,他就推托有事;他们准备出门时,我如果碰巧不知趣地插一嘴,一起去啊?老铁就会说:

"兄弟,你先走,我去个卫生间。"

傻子也明白出了问题。可问题出在哪儿呢?我不跟他们比谁挣得多、谁身体好,我对青城也没有非分之想。但生活就是这样,几个人在同一片屋檐下,莫名就生出微妙的格局。只可意会,不能言传。也好,我开始有了出远门的计划,看山看水看人看鹰。有时候老柯心情好,我就多请两天假,加上周末,我会在外面待个三四天再回来。

一路往高原上走感觉很好,高原上又有大山,感觉更好。在网上认识了一个成都本地的驴友,摄影爱好者,这几年主要拍鹰。他把鹰的习性琢磨得大差不离,上了山就不会空手回,再拍两年他想做个鹰主题摄影展。进山前他会问我,要不要搭伴。能搭我都搭。我们带着户外运动的全套设备,夜晚在山上背风处支起帐篷,钻进睡袋里把自己团成一个球。次日都是同伴叫醒我,他清楚看鹰的最佳时刻。我们从一个山头爬到另一个山头,他拍,我只看;想象自己腋下也生出双翅,双翅平铺,若垂天之云,我架着翅膀一动不动就可以飞越十万大山。二十多年前那个好奇的少年又回来了，他对着鹰远去的方向嗷嗷大叫，就像它们还在电视里。一天早上，有只鹰在飞翔的过程中回了一下头，它一定听到了我的喊声。

回到草堂，我跟老铁和青城讲那些看见的鹰。他们俩跟我讲李苦禅的鹰、齐白石的鹰、徐悲鸿的鹰和王雪涛的鹰。他们的鹰都很好看，我的鹰也很好看。我对他们比画着鹰飞行和俯冲的姿态，恨自己的胳膊不够长。青城在老铁的咳嗽声中伸出手臂。她的胳膊是真长，修长的指尖如同翅尖，她柔韧放松地舞动两只胳膊。她说：

"我看过鹰飞，舒展，降落时如同一声叹息。"

"这个比喻好，贴切。"

在他们房间。老铁顺手拿起毛笔，在宣纸上轻轻地一画，笔停处的飞白淡若羽毛。

青城在老铁耳边说："我想去看看鹰。"

老铁放下笔一阵猛咳，好像这一笔耗尽了他的气力。

这世上真有弄不清缘由的病，老铁的咳嗽即是其一。他们俩到了成都没过多久好日子，老铁的咳嗽就剧烈加重。咳嗽时没法画，素描不行，国画更不行；后来咳得人枯瘦，想画也提不上来气。慢慢地只能放下。"气"是个玄妙东西，看着一支笔没二两重，我临《兰亭序》过半就得大汗淋漓，临完了，得一屁股坐下来歇两支烟的工夫。现在的老铁已经很难把一支笔连着握上半个钟头了。

跟病人不好谈病，跟家属其实也不好谈。我只旁敲侧击问过青城，咳嗽都有个时令，老铁这个？青城说，他这个不守规矩。

"怎么办？"

"治嘛。"

她的声音坚定，眼睛看着我临摹的书法家赵熙写于1931年的一副"流水归云"联：流水带花穿巷陌；归云拥树失山村。赵熙是四川荣县人，1867年出生，光绪十八年（1892年）中进士，授翰林院编修，官至监察御史，1948年去世。来成都之前，我都没听过这位大书家，在博物馆的一次展览上头一次看到他的作品，甚为喜欢。回来认真查了资料，方知是四川的大书家，也醒悟了为什么在成都常看到颇似赵字的匾额招牌，也见出了赵字在四川的人缘。就买了赵熙先生的书法集，每天临上几笔。

"要不然，我跟到你学写赵字嘛？"

"我这半吊子野狐禅，哪敢误人子弟。"

"都一把年纪了，误不误我也就这样了。我学起耍，你也教起耍。"

我还是犹豫。非是不愿教，而是赵熙不适合她。赵字流利俊朗，拘谨却森严，有优雅的金石气，碑学素养深厚。青城的画风路子有点野，怕不容易被赵字降服。但她就对上眼了，学着玩嘛，我画字玩噻。当成画来画，那就没啥可说的了。我想她学赵字也好。在风格和间架结构上，老铁在艺术上安分守己，却也扎实，赵字他是可以指点一二的。

业余除了练字，青城也找不出合适的事情做。画得再好，在美术圈他们俩都是无名之辈，成都这样的青年艺术家一抓一把，都卖不上价。老铁出不了门，到宽窄巷子里练摊画肖像的只有青城，挣的钱紧巴巴够生活。其他时间偶尔接点零活儿，也只是补贴家用。老铁一天里工作的时间没个谱儿，断断续续，看状态，一幅要画好久。他的画贵一点，也贵得有限。如果身体好，能像车间工人那样批量生产，没准倒可以发点小财。他们就是带着这个假设来到成都的，到目前为止，假设还停留在假设的层面上。所以，你不让青城练字，也没什么道理。

因为学书，青城到我房间的次数就比过去多，我们在一起的时间也比过去多。有时候起风或者下雨，老铁不方便散步，青城就跟着我出去。老铁的脸色有点不好看，我不搭茬，出门照例跟他"待会儿见"，以示此心不虚。

四月里的第三个周五，下班回住处，青城在客厅里打扫摔碎的茶碗。成都人讲究，常喝盖碗茶。我问要不要帮忙，她没吭声，我就回了自己房间。晚上十一点，老铁的咳嗽平息了，该睡着了。青城轻敲我的门，开了门，她只伸个头，说：

"定了，明天去看鹰。"

早就说再去看鹰叫上她。前天我跟她说了，周六一早出发。她要跟老铁商量一下。

第二天一早，我背着行头出门，青城已经在客厅里等我了。一看她就没户外的经验，早早就把行头穿身上了。她手里拎着帐篷和睡袋。我瞪大眼看她，她点点头，向他们的房间努努嘴。房门关着，门上贴着一张纸条，上面四个字：乖，听话啊。她用赵字写的，挺有点模样了。我点点头，确定？她使劲点头，嗯。关上防盗门时，我好像听见了老铁的咳嗽。

没有悬念，当天下午我们就看到了一只又一只老鹰。摄影家驴友从来弹不虚发。青城从看见第一只鹰时开始尖叫，一直喊到夜色融掉最后一只。嗓子都喊哑了。哑掉的嗓子发出的声音有点像老铁。由于这个原因，半夜在睡袋里，她在我身下压抑地嘶鸣时，我经常跑神。

四月的高山上依然寒冷。我睡得晕晕乎乎，只觉得脑门一凛，青城拉开了我的帐篷。"我冷。"她搓着手蹲在我睡袋边。在帐篷幽暗的夜色里，我也能看见她细长的白腿。这傻姑娘，脱得这么彻底进的睡袋。我打开自己的睡袋，有点挤，塞下两个人还是没问题。两个人在一起，很快会暖和起来的。我们紧紧抱在一起。等足以暖和到我们身体不再僵硬，青城不再说话，我在世界上最逼仄的空间里成功地脱掉了两个人剩下的衣服。青城不说话，只是从哑掉的嗓子里发出绝望的呼喊。等她含混的声音都喊尽了，我把脑袋埋到她胸口，她叫了一声：

"痛。"

我要拿手电筒，她不让。我还是坚持拿了。光圈里，青城的胸口有一块淤青。

"他干的？"

青城把手电筒关上。"咳得喘不过气时，他对自己下手更狠，"这一次她贴着我的胸口说，"身上拧得没一块好皮肉。"

我不再吭声。抱着她一直清醒到天亮。

看鹰回来，我开始刻意疏远他们，要不会是一笔糊涂账。单位也开始忙，不是进展加快，而是出了问题，老柯整天跟总部搞拉锯战。总部不知道哪根筋搭错了，隐隐传出否定的闷雷，项目似乎要撤。老柯当然不答应，我们一年都耗进去了，进展也算顺利，这时候打我们退堂鼓，不地道。老柯就催我夜以继日地跑，希望通过胜利在望来要挟总部，促成分部落地。工作日我朝九晚五，周末不加班我就冒充赵熙，这是个新的生财之道。

财神是房东。他来收房租，看我在临赵熙，伸头看了两眼，说："耶，学得像哦。这是哪个?"

我跟他说，大书法家，他老乡，四川人。

"一张字好多钱?"

"没法猜，几十万上百万。"

"我问的是假的。"

我看看他，"多少钱都可能。"

"那先来一张，就当这个月的房租了。"

我当场用赵字写了一首陈子昂的《登幽州台歌》。房东把字用磁铁固定到磁板上，拧着脖子看来看去，咕咕哝哝地说，比他亲戚店里卖的那些字好多了。

"这个样子，再来两个月的。"

我又写了两张。一副对联，一副斗方。为防止他变卦，我还白送了他一副扇面，也是赵字。两天以后，他给我电话，问我还要住多久。说不好，得看报社的安排。

"一年没问题吗?"

"应该没问题。"

"那把一年的房租一并交了噻。"

"没那么多钱啊。"

"写。不就十二张纸嘛。"

我就屁颠屁颠地写了十二张。过一周房东来取。他说行情不错，可以再住个三年五载的。我没置可否。房东走后，我到送仙桥附近的店面转了一圈，竟在一家叫"博雅轩"的书画店里看到了我假冒的"赵熙"扇面，售价三万。当然他们加了个印，又草草地做了旧。我问店主：

"这哪位的扇面?"

"写起的，"店主是个五十多岁的胖男人，跟房东长得还真有点像，"大书法家赵熙啊。"

"确定真迹?"

"确定我能这个价?"他把脑袋伸向我，压低声音，"我博雅轩从不打诳语，不确定就是不确定。万一是真的呢?"

"如果按假的卖，您给个实在价。"

他伸出右手食指，对着我直直地摇晃，"跳楼价，不能再低了。我博雅轩不打诳语。"

再砍下去，五千肯定没问题。有数了。出了博雅轩我给房东打电话，我说以后三千一幅，大小不论。房东急得成都话都出来了：

"我哥老倌那边还要做旧，成本也很高啊。"

"不还价。"我说，"要不我就直接跟你哥老倌谈。"

房东一下子软了，"好说嚷。好说嚷。"

拿到第一笔钱，周末中午我请老铁和青城吃了顿火锅。预想的是散伙饭，吃完了我打算去找个新住处。他们俩问请客的理由，我说升职了，虽然依旧跑腿小兵一枚，级别是上了个台阶。要确保这顿火锅吃得热气腾腾。老铁很给面子，没有以服中药为名拒绝，也没有在涮锅中间咳嗽得早退。一顿火锅吃了两个多小时，不算长，但吃完了真有点累，主要是犯困。尤其老铁，精力明显不济，回到住处青城就伺候他睡下了。我也想眯一会儿，但青城精神得很，她说吃多了吃多了，得去杜甫草堂走走。要我为她增加的体重负责，一起去。

从来都是川流不息。为了不被行人冲散，我们靠得很近，青城自然地就挽起我的胳膊。我没反对，很快也适应了。我曾与这个美好的身体坦诚相对过，仅此一点就让我心生感激和温暖，若非大庭广众之下，我很可能会抱住青城。随人流走了几段曲折小路，转到了杜甫草堂前。这地方我们都来过无数次。我和青城挑了块石头坐下来，看风吹起修葺一新的茅屋。说一会儿杜甫，说一会儿成都，又说一会儿赵熙，没话了。

剩下的时间我用左胳膊揽住青城，她歪倒在我怀里，薄薄的衣服完整地传达了相互的体温。我们什么都没说。直到一个孩子从旁边的小桥上摔下，哭声惊动了青城，青城一把推开我，惊慌地问，几点了几点了？

"差一刻五点。"

"得回了，"青城说，理好头发和衣服就往外走。

我们之间隔着两米的纯洁距离回到住处。他们的房门开着，老铁不在。这个点儿他很少出门。青城打他手机，没接。平均三五分钟打一次，一直到晚上七点零三分，再拨，已关机。我怀疑电是给青城打没的。我们俩在客厅里大眼瞪小眼。报警不合适，时间不够；老铁就算是个病人，你提起咳嗽，警察肯定认为你在耍他。我们继续等。九点以后她就不再坐，在客厅里走来走去，晃得我眼晕。我上前抱住她，我想让她镇定下来。她把我推开，说：

"别碰我。让我走。"

走到十二点，青城报了警。客厅里每一寸地板上都摆满了她的脚印。

警察来勘察现场，没发现意外。钱、卡、身份证等所有重要物件一应俱在。警察走后，青城给老铁留了条，我们也出了门。我骑电动自行车带着青城，清早七点推着回到住处，电用光了。老铁常去的地方翻了个底朝天，影都没有。刚进门，青城接到个陌生电话，杜甫草堂的。管理人员说，一大早巡园，发现有人晕倒在草堂前，还画了一堆水墨画呢，全是鹰。人已经送医院，暂时没有生命危险，肯定是画了一宿。给他手机充上电，发现有几十个同样的未接来电，就拨过来了。

"你是他啥子人啊？"对方问。

"他在草堂前画了一晚上？"

"哪个晓得呢。反正是晕倒在一块石头上。"

我头皮一紧。去医院的路上，我问青城："他，跟踪我们？"

青城摇摇头，两眼都是泪。不知道。

我宽慰青城，也可能就是碰巧想出来透透气，画两幅画。我也不知道自己信不信，但我知道见到老铁该说什么。

"祝你早日康复，也顺便道个别，我要搬走了。"

见了老铁我的确就是这么说的。他已经醒过来，看见我和青城进了病房，没能及时闭上眼，只好尴尬地咳嗽。青城抓住他的手，先哭出来。她用眼泪代替了说话。第一句话只能我来说。我说老铁，我要搬走了，祝你早日康复。

"你要搬走？"青城的哭声像按了个暂停键。

我对老铁笑笑："工作需要，没办法。"

青城的抽泣声又起。老铁一下子也没反应过来，咳嗽了一阵才组织好词句，但也只是把我的话重复了一遍：

"工作的事，没办法。"

青城在医院照顾老铁，我回到"草堂"收拾好行李，大大小小也塞满了一辆出租车。没想到一年我就把自己的生活弄得如此铺张。我在客厅的饭桌上留下一个大信封，刚卖给房东的五幅字的钱。信封上写：感谢我们共同的生活。到宾馆我给房东打了个电话，生意可以继续做，我空出的那个房间留一年，给老铁和青城做画室。

一语成谶。工作的事的确没办法，老柯没扛住总部来的十二道金牌。半个月后，设立分部的方案宣布废止。纸媒面临转型，压力太大，我和老柯限期返京。在宾馆住了半个月后，我把行李简化进一只拉杆箱和一个背包里，离开了成都。

其间，青城给我打过两次电话。一次转达老铁的谢意，能听见老铁在她身后咳嗽，他已经出院。一次在马路上，能听见此起彼伏的喇叭声，青城对着手机没说话，我们沉默了五分钟；我也在路上，刚从租用的办公室里收拾好烂摊子回宾馆，我们相互听了五分钟对方手机里的车喇叭声。我先摁掉的电话。摁完了给她发了一条微信：

两天后回京。

她回：鹰不会咳嗽。

忙忙叨叨，倏忽半年，突然想起房东，我在北京给他打了个电话。他说生意不好做啊，所以一直没联系我要赵字。我问他老铁和青城如何，房东来了精神。他们很好啊，房东说。我离开后，他突然想，既然书法能作假，绘画为什么不能作假呢？他想让老铁和青城给他仿古画。老铁肯定是干不动了，青城不同意，她愿意做的是临摹赵熙的字。

"不太像吧？"我有些担心。

"像，像，"房东大大咧咧地说，"神似。哥老倌说，神似。"

"神似也没法假冒啊。"

"她不假冒，落款上写得明明白白，就是临摹赵字。"

"落上摹赵字？"我还是有点不明白。

"价格肯定低得多噻，她非要这样子，没得法。"

选自《青年作家》2019年第4期

评鉴与感悟

于现实存在，向理想仰望

在刚刚结束的第十届茅盾文学奖评选中，徐则臣凭借《北上》，成为第一位获得"茅奖"的"70后"作家。这一事件对于"70后"作家甚至是整个青年作家群体都是意义非凡的，它标志着"70后"作家的写作成熟性被接受，"70后"作家正式"入史"。作为"70后"作家的代表人物，徐则臣的创作视野是非常开阔的。不仅短、中、长篇均有涉及，并且在题材上也异常宽泛，既有个人经验叙事与日常生活叙事（如《如果大雪风门》《耶路撒冷》），也有内蕴深厚的宏大历史叙事（如《北上》）。这篇《青城》，则可以看作其日常生活叙事的精妙之作。

徐则臣引起文学界的注意，是凭借他的"底层叙事"作品。但是现在，徐则臣显然已经有意开拓了自己的题材领域。《青城》描写的不再是底层，聚焦重点也不仅是具体的生活状态，还有更多的个体内心生存体验。徐则臣在《青城》的创作谈《相聚的三姐妹》中说道："很多年前去峨眉山，蜿蜒的山道上转得我头晕，心里冒出一个词：青城。西夏，居延，青城；三个词放在一起是多么合适，三姐妹聚在一起是多么美好。"说明作为题目，也作为主人公姓名，青城这个名字源于徐则臣的一个灵感。青城山是成都的地标，而故事也发生在成都。在徐则臣创作构想中，这个名字本就是一个很单纯的他所深爱的"代号"，和文本并无强烈的意蕴关联。

关于小说的主题，徐则臣曾说过，"在里面你看见一个有所心动的爱情故事，就足够了"。而在爱情故事背后，这篇作品还精妙地表现了当下个体生存中现实与理想的矛盾境况。

小说中的"我"、青城以及铁老师都有着很切实的生活追求，之所以说是"切实的"，是因为他们的生存理想并不是多么远大，仅仅是想过得好一点。"我"想要工作顺利一点，青城想要和铁老师幸福一点。在这篇作品中，需要注意的是"雄鹰"与"咳嗽"。它们可以被视为两个"意象"，具有强烈的象征意味：雄鹰象征着高远的生活理想，而咳嗽象征着"憋闷"的生活现实。"我"和青城喜欢看鹰，而鹰便是他们高远生存理想的象征。他们在现实之下或被动，或主动地压抑了自己理想化的生活追求。他们将自己最高的生活理想寄托在了鹰之上,他们已经本能地认为自己不可能实现理想,看看鹰,也挺过瘾。现实终究是现实,"咳嗽"就象征着现实的这种"憋屈"。铁老师、青城与"我"作为合租的室友,形成了三个互相对照的形象。铁老师与前妻分开,现在卖画为生,青城"越界"与老师在一起,"我"作为一个旁观者观察着他们的生活。铁老师的咳嗽,既在能指意义上代表着一种病症,也在所指意义代表一种不痛快的生存状态。不仅是咳嗽的铁老师不痛快,"我"、青城都不痛快。所以,他们的生活在一定意义上是病态的。

青城,在小说中象征着一种生存理想。"青城在老铁的咳嗽声中伸出手臂。她的胳膊是真长,修长的指尖如同翅尖,她柔韧放松地舞动两只胳膊。"在"我"看来,青城是像鹰的,而在事实上,青城也表现为一种理想的人物状态。她为了爱情突破世俗成见与铁老师在一起,与"我"越轨后继续回到铁老师身边,临摹书法时坚持用真名落款,以及回应"我"的那一句"鹰不会咳嗽"。这一切都表明她仍旧相信理想,相信生活虽然憋闷但会有光,相信鹰就是鹰,它不会咳嗽。

(李嘉桐)

雷克雅未克的光

/文珍

　　那天晚上我们其实一开始并没有准备好进行什么灵魂对话的，不知怎么就一句句讲到了说什么话都费疑猜的地步。这大概也是我自己的问题，自尊心太强，永远不肯说一句服软的话；而他又老觉得自己是对的。他是个直男——虽然很温和，但也是个直男。他貌似比我更懂得这个现实世界的运行规则。而成年后我却变得越来越反感一切本质不平等的对话，甚至在职场也一样幼稚，入职没两年就和部门领导直接发生过正面冲突。正常人最多拂袖而去，我临了还用力摔了门。好在是国企，居然也没开除我，只是从此长期免费供应穿不完的小鞋……但凡有任何好点的差事，领导就说：别让小艾去，她人缘不好，别人会有意见的。

　　也不知道这结论是怎么得出来的，其实也就是和她不对付，我的群众关系好得很。

　　就这他今天也说了我：今天脾气那么大，是不是在单位又受气了？你干吗非事事和领导对着干？

　　我说：谁有空和她对着干。就特别不爱去她办公室。一去就心慌，胸闷，气短。

　　好赖也是成年人了，总归要多沟通……你是不是还是没忘记你祖母的事？咱童年阴影能不能别这么大？眼看都奔四的人了，还这么不成熟。

一团邪火噌地升上来。我挂断了微信视频。

他可能也觉得说错话了，识趣地没再打来。

后来我就准备在房间里放一会子音乐，可能真有点被说教说顶了，在虾米上乱搜一气，居然真的就搜到了一首《讲耶稣》。坏碑唇的。这还是我第一次知道这个乐队。

我顺手又在微信对话框里打：喂，你知不知道什么叫讲耶稣？

他说：不知道哎。

我说：看过《大话西游》吧？里面那个唐僧，就是讲耶稣。

他说：啊哈？唐僧不是讲佛经吗？

我懒得同他讲，关掉了网页版，顺手又关掉了电脑。有时候人是会这样的，会一口气关掉很多东西，包括手机。明明是没手机会死星人，连开车在红绿灯路口的一分钟，都舍不得不看个条把公众号推送的。但实在烦了，也会非常渴望一瞬间人间蒸发，比如说，一个人去雷克雅未克看极光。过了一会儿我反应过来，《讲耶稣》已经放完了，现在放的这首还是坏碑唇的，《雷克雅未克的情书》。

巧合这件事真没法说。又或者我们自以为的巧合，其实都是外部环境影响造成的心理暗示。而流行曲的确也最爱歌颂极光。都市人的想象力何其匮乏啊。

关掉所有通信工具大概三个小时——而这三个小时，我一直就在沙发上躺着一动不动，直到从下午躺到了黄昏，天又渐渐黑透——终于又挣扎着爬起来重新打开网页版。他果然又留了几段长篇大论的言，但我也懒得细看，因为仍然是"讲耶稣"。这种正确就是因为永远正确所以格外让人厌倦。大道理谁不会说呢。活着，向上，振作，以柔克刚，苦其心志，劳其筋骨，方可修炼出职场不败之身——但是，对摆脱目前的困境有何益处？我们是怎么吵起来的？想起来了，是我主动告诉他办公室的一堆破事。但我告诉他并不是为了让他隔着九千公里教育我说，管好自己的事，不要理别人的是非，和领导多沟通，等等。

除了他的留言，有一个要好的女朋友也留了言：我突然梦见你了。梦见我们都好老好老了，一起组团去瑞典安乐死，还可以省团费。

我正烦得什么正事都干不了，立刻运指如飞：为啥要安乐死？为啥快死了还省团费？要是死到临头，我就去阿姆斯特丹花天酒地。

女友又过了一会儿才回复：好主意。那我比较在意色，如果要死了，一定要嫖个男妓。

我说，我要飞叶子。吸冰。那时候流行什么就吸什么。爽死好过花钱买春马上风。

好主意噢。女朋友说：我怎么没想到毒。看来就剩下对赌没兴趣了。

我说：可我对赌有兴趣呀。死之前还可以先去澳门一掷千金，没什么比这个更刺激了，要是倾家荡产，保准能一下子血管破裂，死在牌桌上。

女友还没有忘记男妓的事：那我还是坚持坐在脱衣舞男大腿上下赌注，然后兴奋过度，一下子血管破裂，死在牌桌上。

好吧。我说。不过理智地说，我觉得可能赌场不会允许你坐大腿，最多让帅哥给你当叠码仔？你倒是可以吸烟，轻喷他一鼻子烟圈。坐大腿太亲昵了点，也许同桌牌友觉得扰乱心神，算作弊。

好吧。大堂不行，就找个包间。女友看来对坐大腿格外坚持。

我说：突然想问一下，届时贵家属在哪？

家属么……这个差点忘了。要么就一起嗨？老实了一辈子，最后也放荡一把。

我说，这看上去不太可行。一辈子的惯性很可怕的，最后你们可能会携手到述仔大桥上看风景，上演"最美不过夕阳红"。

女友说：非得演暮年衰景，那就去雷克雅未克看极光，在璀璨光华里最后一"日"，一起死。

我说：又是雷克雅未克……我真的很怀疑，人过七十真的还有性欲吗？

女友说，你这样说，我到时候一定要直播给你看！

我说，无上期待，别太辣眼睛就好。

这样插科打诨一番，心情好像真的也就好起来了。我假装远方没有一个不断想要改变我的男人，也假装自己真的可以洒脱到老，到死，而不是一辈子困死在规行矩步的职场。

也许永远无法让一个直男明白什么叫作对待女友吐槽的正确反应。真的不需要他帮忙解决什么实际问题，默默听着就好了。可是男人总以为自己负有拯救地球之责，随时准备英雄救美。然而救也不是真救，就是爱说大道理。我怀疑要么就是人找错了，要么就是我太幼稚——可能两者皆有。

天早黑透了。我继续听坏碑唇，在《讲耶稣》和《雷未雅未克的情书》之外，还有《搞三》《搞死》《伤贫妄落》《太太离家上班去》。都是小众电子，看一下专辑时间，差不多都是2000年至2006年之间。整个乐队沉寂好几年又突然复出，出了这张《雷克雅未克的情书》。但依然没什么动静就沉底了。最早那几年还特别高产，差不多一年就有两三张。而我则在他们消失又复出再消失的第五年，才因为这个偶然机缘，第一次发现了这个组合。

这个老牌电子乐团最有活力的那些年，我又在做什么？

那几年里大概是在谈恋爱。讨厌的是我好像一直在谈恋爱：一个可笑的超龄恋爱狂。但渴望真正的爱的同时又渴求真正的自由（哲学命题来了：生而为人，到底何谓真正的爱，真正的生活和真正的自由？）。不希望被任何情感权力关系以及社会角色分工把控。理想中的自己是可以独自去雷克雅未克看极光、在赌场一掷千金和飞叶子到死的人。男妓？爱人？闺蜜？都算了吧。

早几年，实在伤心了还会设想自己抱着猫远走天涯。现在想想实在很中二。猫还要吃喝拉撒睡，还要找地方磨爪子，如未咔嚓不定期也有感情需要——十年之后，除了考虑周全到连猫都不打算带了，基本没什么进步。

和一直在谈恋爱一样讨厌的是，我好像从十几岁以后就一直没怎么进步。

女友下线了，应该是和先生共进晚餐去了。她爱他他也爱她，是最恩爱不过的一对夫妻，但是很奇怪的，我丝毫也不羡慕这样的鹣鲽情深。这个世界上总有一些人会非常幸运地一开始就遇到那个合适的人吧，不用寻寻觅觅冷冷清清凄凄惨惨戚戚直到老死。或者有一些人，就是穿什么鞋子都能够忍受直到变得合脚——这种想法比较可怕，我决定不告诉她。

还是让她停留在七十岁依然可以做爱的玫瑰色幻想中吧。

这一晚我实在觉得非常难过。除了一个人之外我不想和这个地球上的任何人说话。但是这个人说的,又都不是我想听的话。他在伦敦,我没法立刻打个飞的跨越重洋去看他。也根本无从知道他这一刻到底在做什么,是气我的不回复,还是早就习惯了我的幼稚病,渐渐也就不以为意。

更生气的,是自己还忍不住一直在想这件事。我们总是希望被爱、被了解、被接受。最渴望得到的爱就是被无条件接受,但是这个世界上原本就不存在无条件的爱这回事。我们被爱,是因为先主动提供了可能性,以及提供了与对方好好相处下去的完美性格的假象。或者直接说吧:所有的爱也许都是某种程度的自恋。事实上每个人心里都住着一只鬼。我们谁也不爱,甚至包括生活本身。如果很爱生活,怎么会老想着安乐死?

那些有很多钱的人可以花很多钱来泄愤。拥有很多爱——可疑的爱也是爱——的人可以用离家出走来撒娇。像我这样的独居者,连病死都没办法立刻让他人知道。也许会过很多天才上报纸——或者根本不会上——又过了一些日子,那边才恍然大悟你早已离开这娑婆世界,追悔莫及悲痛欲绝抑或仅仅只是怅然若失。也许更多的是怨恨吧,怨恨喜欢过的人竟然将自己放在一个无法补救的噩梦般的境遇里。会耿耿于怀,会念念不忘。会产生内疚感并随着时间流逝修正为可以原谅自己的版本——人的求生欲那么强,活着的人仍然会设法活下去吧。会遇到其他人,会陷入新的恋爱。会在一些瞬间,把新恋情再次视为命中注定。

而离开的人,离开了就彻底翻篇了,我知道。

前两天一个认识的前同事得了红斑狼疮去世了。朋友圈再次掀起小规模悼念浪潮,仿佛第一次认识到这个人的种种好处。各种纪念文章里,都在说一些最寻常不过的事,一看就是泛泛之交的深情告白。事实上,如果我没记错,她自从因病辞职后,淡出朋友圈已经很久了。平常生活里几乎没人提起她,虽然她也并没有伤害或者辜负过任何人,但因为不再利益攸关,就变得像随手可以用纸巾揩干净、就算不管也会自己慢慢蒸发的水渍。一定要等到一个人彻底离开,我们才会意识到这个薄情的世界又浪费了一个好人吗?

不知道为什么,这个晚上一径坐在家中思考十分之阴郁的念头。回想起最早考虑去死或者离家出走是什么时候,也许最多不过七八岁——小时候受了委屈就想从天台往下一跳，又担心下面正好有人路过——童话故事总是教育我们要善良，但只有长大后才知道，那个世界的行为准则从来不与现实世界通约；又想起十二岁那年，父母都到南方下海，自己在小城当留守儿童。因为很小的口角，被祖母用很粗的棍子体罚，每一下都精准地打向膝盖骨——一直从傍晚打到天彻底黑透——就和今天的冷战一样。同样的一滴眼泪都没有掉，咬紧牙关绝对不说"我错了"。就这样白挨了很多下，直到最后棍子终于打断，祖母假装打牌时间已到，自顾自出了门，把我扔在家中，也算给自己找了台阶下。

她一关上门，两行滚烫的泪就笔直地流下来。她不走，我不会哭。

那天晚上就想过结束一切。人生太无聊了，痛苦也太没有必要。我受够了。

真开门下楼才发现膝盖肿得迈不动步，不必撩起棉裤也知道膝头必定黑紫一片。我从小就非常清楚一个人的怒意如何一点点变成不可遏制的恨意，最终变成一种立刻用武力制服对方结束一切的狂暴决心。尤其是对待一个手无缚鸡之力又不敢还手的小孩则更易失控。关于人和人之间的互相憎恨和寸步不让，没有比一个从小就接受体罚的孩子更清楚的了。长大后看到社会新闻里很多孩子被毒打至死，我总是很庆幸当年祖母还残留了一丝理智。

这件事我和我喜欢的人说过。他今天说我忘不了的，就是这个。

说回那次。我一步步挪动步伐，从来没发现下楼那么艰难。想离家出走倒不是为了求死而是求生。我真的害怕下一次会死在唯有我和她两个人住的这个老屋子里，虽然我已经十二岁了。真要说起来，好像也活够了。

十二岁实在是最脆弱又危险的年龄。总是感到剧烈到几乎无法承受的痛苦但同时又十分善忘。每当有新事发生——经历太少所以每一天都依旧新鲜——又会迅速放弃之前想死的理由。只要未付诸实践，就可以有惊无险地活下去，活很久。

外面下雪了。地上积了薄薄一层白，天上还在零星地飘着粗砂糖一样的点子。不管发生多糟的事，雪夜依然美丽。我站在楼洞里，有一点迷惑地看着这一切的发生。好像只要一步,就可以走到美丽新世界里去。只要我敢走出去,迈出第一步。

却站在雪地里想了很久。走到哪,大概都走不了多远,因为膝盖太痛,祖母日常又克扣,我稍微有点零花钱都租了小人书,一点积蓄都无,没法坐火车汽车到别的城市去。跑近了被抓回来难免又要挨打。就算走成了,真的就能惩罚到祖母吗?最伤心的,恐怕还是母亲。我死了,活着,快乐,伤心,远处的她统统都不知道。就和现在的他一样。那些最在乎我的人,总是离得像在另一个星系那么远。

眼泪不停地流下来,流到下巴上倒已经冰凉了。我好奇地盯着落下的水珠看,看它们如何在积雪上造成两个细小的笔直的深洞。洞下面是柏油马路,也许还有一两只过冬的蚂蚁,被从天而降的咸雨弄得措手不及。平时我很少可怜自己。这一次,也并没有。

只是在想怎么办。

半个多月后父母从南方回到小城过年。伤已好了一大半,但妈妈久别重逢,看出不对劲来,非要和我一起洗澡。我不同意但是无济于事(爱的胁迫和暴力一样,都是一个孩子无法对抗的)。刚脱掉裤子她就哭了。膝盖蓝紫一片,有些地方又鲜红明黄。我好久没洗澡,没想过闭合性伤口会斑斓得像蝴蝶,煞是好看。

春节过后,我被爸妈带去了南方当议价生。在火车上吞声饮泣了一路,因为没来得及和暗恋的男生告别。而当时的我并不知道一生中会有很多夜晚将和那天一样难以泅渡。

十六岁初恋,吵到最激烈对方依旧寸步不让,最绝望的时候,会突然昏厥过去。第一次是真的,后来多半就是故技重施。只能用这样拙劣的方式迅速终止争执。这样醒来后就可以肆无忌惮地哭,闹,暴走,迅速反败为胜。爱憎分明和自尊心过分强烈的人,活着总归比温和的人要更难。一路跌撞行来,到处头破血流。喜欢的人永远在远方。——转念一想,也许和近在咫尺的人维系情感更难,谁知道。

明确自己心意的时刻,永远是即将分开的边缘。以及,远隔几千公里关山千重的此刻。

此刻我委实十分想念那个人。也想问他：为什么要这样对我？为什么要提出那么多不必要的世俗要求？为什么人和人喜欢上那么容易，相互安慰和理解却这么难？

和初恋分手后，都和别人在一起很久了，他突然发来一条短信：记得那时和你吵架，你脾气大到把人字拖都踢到珠江里去，威胁说要跳河——最后只能背没鞋子的你回宿舍。今天晚上独自走在江边，突然很怀念。

过了许多年依旧记得看到短信时的恸哭。时间会让曾经无限痛楚的一切都打上柔光滤镜，不论好坏，都不会再发生了。事情永远过去了。都说人只在失去时才知道珍惜，为求自保，务必维持一种随时离开的姿态，这样对方才会患得患失……问题是久了，也许有一天突然想明白，真的离开也没什么大不了的呢？

我们早就都是可耻的成年人了。不是因为孤独而可耻。而是因为可以忍受孤独地活着而可耻。

没有微信。没有邮件、电话。大洋彼岸的那个人，此刻大概早已沉沉睡去。也许喝了一点闷酒，也许没有。也可能和别的近在咫尺的什么人怀着一点内疚感上了床。他并不真的爱别人我想。但是人们总是会做一些事证明自己的自由，不是吗？而且，他不爱别人，难道就足够爱我吗？

我有时候怀疑他连自己都不爱。而我也是。我们都不是很好的爱的学徒。都不太懂得原谅别人，更不肯轻易放过自己。只是和自己待在一起时间多少久些，所以总归要设法搞好关系。

想到他可能在那边喝酒，我就也打开了一支薄荷酒，度数不太高的。是七月盛夏，六楼窗外的白杨树被风吹得摇摇晃晃，但关着窗的室内纹风不动。多少次睡不着的夜晚我都想过直接推窗走出去，就像十二岁那个挨打后的夜晚，十七岁那些惊人可怕的争执之后。温柔总是稀有之物，人类就是一种，嗯，不太懂得善待同类的动物。不像我见过的那些猫猫狗狗有时候还会耐心地互相舔舔毛。

睡不着的夜晚躺在床上，我常常看见自己费力地拉开生锈的窗子，一步踏进深不可测的夜色中，再被不可知的什么稳妥地托起。小时候总有那么四五年，无论春夏秋冬，一直坚持开窗睡觉，等彼得·潘过来把我带走。后来等太久老也不来，终于不等了，但一直保留了开窗睡觉的习惯，只需要一点勇气真的踏进冰凉如牛奶的夜色中，在某个月亮又大又圆的晚上，譬如今夜。

如果可以，我最想飞到什么地方呢？

首先我想去看看伦敦城偌大的地底世界，再看看月色如银辉照下的泰晤士河——因为那个让我伤心的人就在河对岸工作；然后想去看看罗马的斗兽场，香港的兰桂坊，青海的玉树，黄河的源头。这是我们一直说要一起去但总没能去成的地方；最后想去苏州的寒山寺。我们刚认识时，曾经手拉手地去过一次，从杭州转车，一个多小时就到了。那晚的月亮也非常之好，庙门早关了，我在门口的小卖部要了一瓶小茗同学，他笑得十分开心：你这么大了还喝这个？像小孩子。

那天晚上是真的以为可以一直走到地老天荒的——也不知道怎么就走到了飘荡着桂花香气的小巷尽头，走回南园饭店，走进了深沉的睡梦深处，等第二天白天醒来，夜晚坚固的幻觉再像太阳下的露水一样烟消云散。我们也是有过自己的断墙的。我们也是说过永恒的——就像太平盛世，两个独立无干的个体就真的能够彼此做主似的。

但计划过那么多，并没有一次想过去雷克雅未克看极光。太生僻的美，其实我们都想象不来。

我看见自己真的在飞。飞行中眼泪一滴滴流下来，一落地就变成一根细长的盐柱。有时候遇到空气阻力飞不动了，在空中停留时间久了一点儿，盐柱就自己噌噌地往上长，长到像巴别塔一样高，顶端的人就可以顺着那柱子咪溜滑下去。如果不想下地，抱紧不断长高的盐柱就好——只要一直流泪，那柱子就会不断地生长变粗——终于和盐柱一起缓慢升到云端里。起先经过了一朵棉花糖气味的云。后来又经过了一朵巧克力冰糕的云。再后来，就是红丝绒云。还有小龙虾云，宁波汤团云。出乎意料，我原本以为越往上云朵的味道越淡的。但现在看来，似乎我们一起吃过的所有食物，此刻都变成了各种味道各种形状的云。两个人相爱一场，竟然会一起消灭掉那么多食物，又总要凝视对方的眼睛，说那么多无意义的废话。此时此刻，那些食物的香气却让我这样难过，就好像看了一场永远看不完的八点档。

实在不愿再抱着那盐柱了，我揪住离我最近的一朵云纵身一跃。没想到是一朵薄荷牛肉卷做的云，跌坐在里面鼻子闻到的气味也是凉的，但实际并不冷，反倒因为辣椒面的存在而一碰就火辣辣的。这朵外表云淡风轻而内心狂野的薄荷牛肉云皱着眉说：一会朗姆酒云还邀请我一起来场莫吉托雨呢——但是，这些辣椒面和牛肉怎么办？去哪里换掉这身不合适的衣裳？

我这才知道原来在世界上的有些地方真的会下鸡尾酒雨的。好多地方还有螃蟹雨、虾雨、三明治雨和薯条雨。新闻报道过很多了，虽然没有亲历，但前不久不是还听说在墨西哥噼里啪啦下过好一阵子鱼雨——大概也是世界各地的恋人们吃过的鱼太多了吧。

我对薄荷云说抱歉打扰啦。这时才发现刚刚抱过的盐柱已经快化尽了，中间越来越细行将折断，而下方的伦敦城还摇摇晃晃的无比遥远。幸好我跳到云上了，否则猛然间跌落一定会惊慌失措，很可能会一一经过所有旧日恋情里吃过的食物，从天而降，狼狈不堪。

薄荷云说：不然你就和我一起去找朗姆酒云吧，你爱哭，倒是可以提供一点恰如其分的盐。

于是，我就随着莫吉托雨落在了泰晤士河上。河水上方总是不会盖上盖子的，所以夜晚，才经常有一些奇怪的雨临时决定落在河水里洗澡，河里才会有那么多奇奇怪怪的生物，但两岸来来往往的人类却从不知情。薄荷云高兴地告诉我，它很方便地在河水里洗掉了所有辣椒面，牛肉也被一条大鱼一口吃掉了，辣得够呛。

我们落在离岸很近的地方，稍微游几十米就上了岸。雨散云收，我不太记得想找的那人是住河左岸还是右岸了，但莫名其妙地坚信一定可以找到。既然都已经跨越千山万水地来到此处，一个人决定找到另一个人又怎会找不到呢。

可是，找到他又可以说些什么？

泰晤士河两畔灯火通明。有些堂皇的大楼看上去像政府机构，有些却是居民楼。因为新鲜，我忘记了原有的沮丧，开始哼着歌子走路。一个人的时候我总是更容易愉快一点。就像有一次在日本跨年，深夜一个人经过那珂川，在护栏突然发现河心有一堆被大风吹得东倒西歪的鸭子，一个人哈哈哈哈地笑出眼泪来。

就在浑身湿透不停赶路的途中，陆续遇到一些看着眼熟却想不起在哪见过的人。看了半天，才发现他们早已离开我生活的那个世界。很多人都非常年轻，穿着旧日的衣裳，看上去平静而愉悦，见到我就微笑着点一点头。我向他们问路，他们都礼貌地告诉我要去的地方就在前方。直直地，往前一直走。后来就真的走到了一栋很旧的居民楼门前，心底那个声音笃定地说，这就是我要去，想去，应该去，可以去解决一切问题的地方。

我轻轻敲门，过了很久才有人来开。打开后才发现是我去世整整十五年的祖母。她和我记忆中一模一样的，矮且胖，小眼睛，金边眼镜，一张嘴就露出那颗镶坏了的银牙。她曾在我们小城的一小当过三十年数学老师，我一直想知道她对她的学生们好不好。但还没看清她手里有没有拿着棍子，我就吓得直接关上了门。一关上就立刻后悔了。再敲，就无论如何敲不开了。

敲门的时候我一直在哭，边哭边大声地问她：为什么你那时不能好好待一个留守儿童呢？为什么一定要我说"我错了"？你真的那么恨这个孙女吗？还是因为觉得她不喜欢你，所以也不喜欢她？

哭了很久很久，哭得跌坐在房门口，却一直没人开门。可能原本就是我错了。我老是希望世界被正确的方式打开，人与人彼此温柔相待，而这想法本来就是荒谬的，无稽的。我们中国人从来不习惯说爱……但是，我爱妈妈。我爱过其他人，比如他……虽然结局堪忧。我也不是没有偷偷渴望过，有一个她爱我我也爱她的，祖母。

那次体罚后不久我就离开小城，又过了七八年，听说她中了风，又一跤跌断骨盆，再也下不了床。临终前上大学的我被父母带回小城，她谁也不认得了，却紧紧地拉住我的手，张大嘴露出萎缩的牙床和银牙，晶莹的口水在嘴边慢慢流成一条线，也许想说"对不起"——也许想问：这女孩是谁？

她的手很瘦，瘦得表皮都皱缩在一起，像随时可能折断的枯枝，上面布满了虫卵一样的老年斑，像上刑一样夹得我的手指生疼。她死的时候应该比我挨打时更疼痛。人生太漫长了，我们所有人都一样的可怜，一样的孤独，一样的蠢。

我在门外痛哭一场，终于原谅了她，也原谅了自己。我长久记得二十岁的自己面无表情地暗暗用力抽出手指，并不是完全因为疼。

随后我发现自己正躺在北京的床上，四仰八叉地。又过了好久，终于清醒过来，猛然觉得手臂上有一个什么东西很凉。低头一看，是昨晚刚喝过的薄荷酒。仔细闻，还有一点儿薄荷余味。

天光大亮，窗户洞开，没有人来。

但很快我发现手机有一条未读微信，不知道是谁的。也许是妈妈，也许是他。很有可能是分手微信：我想了很久，还是觉得我们不太合适……又或者是：我这周就回来。一起去看雷克雅未克的光，好不好？

好的呀。

但是我猜他也许根本就不知道雷克雅未克在哪里。没关系的，我也不知道。

选自《长江文艺》2019年5月上·原创版

评鉴与感悟

在爱与痛的难题中和解

与大多数城市书写不同，《雷克雅未克的光》并未着眼于宏大历史背景下城市人群的命运变迁，也不书写那些带给读者异质化体验的离奇人物，而是用放大镜般的笔触细腻追踪都市普通人童年的情结和一生的隐痛。

小说从一对青年男女的冷战开始写起，作者敏锐地捕捉到了这原本再平常不过的恋爱矛盾，通过写现实、回忆和梦境相互交织的夜晚里"我"的内心独白，呈现出"我"内心的严重精神创伤和强烈的心理诉求。"我"因此一直向往着去雷克雅未克看极光，憧憬着一种惊世骇俗的生活。

小说中追溯了主人公痛苦的根源,即"我"曾作为留守儿童与祖母一起生活,并且在十二岁时遭到了祖母严厉的体罚这段经历。童年生活中爱的极度匮乏和祖母的体罚所造成的阴影,导致"我"的内心充满了对爱和安全感的极度渴望。这种渴望使"我"变成了"超龄恋爱狂",不断地等待爱、寻找爱、学着爱,但每一段恋爱都没能让"我"找到确凿的、踏实的爱的感觉。与男友冷战透露着"我"的犹疑、脆弱和患得患失,这正是童年创伤造成的"情感后遗症",也是所谓"爱"的难题。

作者最终为小说的主人公寻求到了与爱的难题和解的方式。小说设置了"我"飞到伦敦上空的梦境,并用童话式的写法将其描绘出来。"我"在梦中流泪,与各种口味的云和雨相遇,见到了去世的祖母,这是一个梦幻的、多重的世界,也是"我"唯一可以寄居的地方。梦与现实的交错,实际上是小说主人公意识的流动和纠缠。梦境的书写不仅推动了情节的发展,更构筑了"我"苦苦寻求的心灵慰藉的居所,让梦境来医治"我"的心灵创伤。在小说的技巧层面,童话作为一种单纯的、二元对立的文学形式,化解了小说主人公爱与恨、现实与欲望之间的矛盾和冲突,使"我"超越精神的焦虑和困惑,达到了心灵的平衡与和谐。

当"我"在梦境中飞起来,"我"却没有飞到心心念念的雷克雅未克,而是落在祖母家门口,将埋藏在心底的伤痛吐露出来,十多年的心结得以释怀,并使"我"重拾爱的希望。文珍不仅揭示了都市年轻人情感困境的症结所在,还为小说中的人物寻求到了与往事和解的出路,这也正是这篇小说的可贵之处。(杨艳坤)

恶狗村访友

/陈应松

到孝子方四儒家去，是十月下旬。方四儒说，来呀，有柿子、核桃和板栗吃。神农山区到了十月，所有的树都红了。鸡爪槭、黄栌、红枫、红桦、乌桕，甚至日本落叶松，金黄耀眼，红得淌血。也有坚持不红也不准备落叶的树，常绿乔木和灌丛，什么虎皮兰、马醉木、青冈栎、土椰、扶桑、冬青、杜鹃，还有更高山上的针叶林子，巴山冷杉林和秦岭冷杉林。

方四儒邀我们去喝新酿的苞谷酒，看红叶。走进神农山区，是一个红叶的世界，整个山冈都有着一种蓬勃向上的精神，没有什么悲秋的意绪，糖分充足，到处流蜜，蜜蜂与苍蝇齐飞，浆果一沟沟红得发紫。如果当年楚国的宋玉到神农山里来，就不会搞出那个悲秋的意象，什么萧瑟凋零、缭悷有哀，影响了国人几千年。

方四儒家在赤龙坪，那儿有一扇巨大的老砖墙壁，是徽派建筑的马头墙，屹立了一百多年，当年就是方四儒家的。方四儒家在祖父那辈就是本地殷实之户，所以他父亲才能留学日本，但也资助过革命，这屋子是当年地下党的联络点。可"文革"时说他剥削农民，克扣长工工钱，经常被拉出去批斗。他不堪忍受，后来跳崖死了。现在他母亲尚健在，且身体硬朗，快九十的人了，除了耳聋外，背不驼，眼不花，腿脚灵便，还出坡干活，种菜挖笋采野菌，是个闲不住的人，家里还养了两头猪。他母亲跟他妹妹住在一起，妹妹招婿，当年也是为了照顾她母亲，他们兄弟姊妹个个是出了名的孝子孝女。

方四儒现在退休了。退休了在城里有大房子，有老婆孙子，可什么都不管，一个人回了赤龙坪陪伴老母亲。老婆跟他吵，他不在乎，问题是大家都知道方四儒是个孝子，他老婆儿子也拿他没有办法。

我们到了赤龙坪，看到那扇大白马头墙，只有这扇墙了，还列为神农山区文物保护单位，是红色教育基地。刚解放时，房子分给了农民，后来住破了，农民就拆砖瓦盖厕所，盖猪圈，结果只剩下这扇墙了。

还没进村，就传来了几十条恶狗的狂吠，都是对着陌生人的。好家伙！这些狗一条条都是德国狼狗和中华田园犬杂交的后代，有一条站在最中间的、打头的，是一条纯种的老德国狼狗，眼睛阴鸷，眼皮耷拉，是条公狗。有来过的说这就是方四儒从城里带回的狗，其余全是它的子孙，与中华田园犬也就是本地菜狗杂交的杂种。当年带回这条狗，就是为了陪伴他母亲，也是为了保护他母亲安全的。因为他母亲耳聋，有条狗一可防贼，二可防兽，三可防鬼。方四儒虽然是个知识分子，可他信鬼神。他说人到老了，阳气不足，会逗些阴秽之物，深山老林里总有这些东西。

我们每人为对付赤龙坪的恶狗，都拿了一根树棍。这些恶犬，是一个庞大的家族。其中方四儒家有两条，一条就是那十三岁的纯种德国狼狗叫冲子，一条是它的儿子，杂种，叫弹子。两条狗气势磅礴，狗毛蓬松。冲子虽然十三岁，但老当益壮，不仅繁殖了一村的恶狗，还有高寿征兆。因为在山村里空气好，吃绿色有机食品，喝山泉水，长得皮毛油光水滑，精神抖擞，任何生人胆敢大摇大摆地进村，那一定会遭到冲子和它的儿子弹子以及它们整个家族的抗击。因为它们，这个村有十多年没有出现过偷盗事件，也因此有十多个路过村里的采药人、税务员和盗伐者被咬过，全都鲜血淋漓，有的缝过几十针，惨不忍睹，也因此有了恶狗村的恶名。

方四儒不像养狗的人，又瘦，又闷，不爱说话，还结巴，但写得一手好文章。他原来在市文化局上班，当文艺科长，但因为每天打卡坐班，还时不时加班，周六周日也不能休息，这样就无法回山里探望和陪伴母亲，于是他要求调到了清闲的二级单位戏工室，挂了个副主任，当了一个内刊《戏曲研究》的主编，一年四期，闲得身上长满了青苔。方四儒十分开心，终于解脱了。可文化局局长很惋惜，摆明了说马上提他当副局长的，可方四儒不想当这个副局长，赶快要求到二级单位去。那个单位说是研究戏曲的，实际上是养老，在一个老办公楼里面，五六个人，毗邻一家餐馆，炒辣的味道弥漫在办公室，上班的人整天咳嗽。那份刊物稿费每千字三十元，找不到稿子，送给别人上厕所都嫌纸硬。有几个人给他发短信，求他不要再寄了，说没有时间看这种刊物，你这种内刊邮寄一本要两三块钱，给你节约，你就把它寄给最需要的人吧。可谁现在需要看戏曲研究？戏曲是什么？朋友还酸他说，甭说是研究戏曲的，就是研究范冰冰我也没时间看，又要看微信又要搓麻将，没有时间学习戏曲。方四儒不在乎，这正是他想要的，又不坐班，编的东西又没人看，正好让大家把他忘记，他就可以溜到山里去陪伴老母亲，给老母亲尽孝。

  我们进了村，狗们就将我们堵在村口，它们站在高坡上，我们在坡下，狗眼看人低，因此它们十分亢奋，十分雄壮，十分得意，十分嚣张。同行中有来过的，说别怕，狗就是这样，虚张声势，你越怕它，它越猖狂。甚至不用什么棍子。用棍子，它以为你是个叫花子，狗都是嫌贫爱富的。你不用棍子只管走，它反倒怕你了。不能退缩，也不看它，轻视它，视它为无物，它就会自讨没趣。如你与它纠缠，把它当棵葱，它不怕你。因为是狗，有流氓习气。同行的有人说，遇狗吠咬你，你速速地蹲下，装作捡石头的样子，狗以为你要还击，捡石头砸它，它会拔腿就跑，比兔崽子跑得还快。不管你捡没捡到石子，只要一蹲下，狗就怕了，对狗不能软，要硬，狗就是这么个贱东西。

  说是这么说，可我们往坡上爬去时，挥舞木棍，捡石头，呵斥，吼，蹲下，没有一点用，几十条狗站成一排，密密麻麻地与我们对峙。心想这事闹的，恶狗村果然不是浪得虚名啊！束手无策时有人说赶快给方四儒打电话，让他出来接我们进村。我拨通电话，给老方说我们在村口，进不去了，被狗拦住了。方四儒说，好好，你们别动，别怕，我马上就来。

  那些狗卷着粟子般的长尾，昂着脑壳，扭动身子，狗爪刨地，刨得尘土飞扬。哇哇啦啦，有的冲了下来要找人肉开荤。我们用棍子击退了它们的进攻，我们一起大喊，但是我们势单力薄，只能扯起喉咙狂喊方四儒，喊冲子弹子退回去，我们是你们主人的朋友。狗听不懂人话，才不管你是谁的朋友，先咬了再说。后来我们就不客气了，打狗看主人，但也得保住自己的命，拿起大石头就砸。砸中了狗，狗嗷嗷哀叫，咱就是要把这些狗砸死，太不像话了。可这些狗不是一般的狗，是些杂种狗，砸中了，跳起两米高，不服，不惧，被激怒了，龇着更加凶狠尖锐的牙齿，毫不退缩，向我们扑过来。我们捡石头都来不及，连连后退。这群狗褐黑色的毛，全竖起来，越砸越猛，没有一个孬种，吊着尺余长的舌头，淌着恶臭的涎液，把我们逼到一处岩坎下。这时候，只听一声断喝："狗！"救星方四儒就屁颠颠地出现了，他用手轻松挥着，就像撵一只小猫，又喊了几声："狗！狗！狗！"狗就散了，队阵一乱，气也泄了，呜呜哇哇摇着尾巴退到后头去，那些狗都服他。

我们在那儿还操拿石头和棍子，惊魂未定，方四儒哈哈笑着说："你们领教了吧。"遭到瘦丁丁的方四儒一顿嘲笑，我们这些人无地自容，埋怨说，老方，你这口酒可不好喝呀。问题是那些狗还余兴未尽地被拦在他的背后，还有跃跃欲试的冲动。我们只盯着狗的一举一动，没有看方四儒阴险的笑脸。方四儒嘿嘿地挥前挥后，帮我们退狗。狗开始分散了，往各家的门口退去。它们对外惊人的一致，就是咬，不管不顾地乱咬一气，为这个臭名昭著的恶狗村增光添彩。

还没走到方四儒家的屋场，在一个菜园的篱笆小路口，又蹿出两条慷慨激昂的狗，大家又吓个半死，一看这两条狗，正是刚才打头围攻我们的狗，冲子和它的儿子弹子。这个冲子高大威猛，都一把年纪了，还充少年英雄，真不是玩意儿。没等方四儒注意，它从篱笆后头冲过来就一口咬住了我们文化局刘科长的腿子，好像它前世与老刘有仇似的，咬了一口就开跑。它的儿子弹子也像弹珠一样跳起来准备咬我，被方四儒拖过一条棍子一棍夯去，打着了狗头。方四儒说："邪了！连我们的陈作家也敢咬吗？不知道他写过《太平狗》和《狂犬事件》？小心他将你的脊梁骨踹断。"

被咬了的刘科长卷起裤腿，有狗齿印，还出了血。这得要打狂犬疫苗，我们说。好在只有一点点血印，因为科长天生怕冷，经受不住神农山区高海拔的秋寒，出发前穿上了厚厚的秋裤加绒裤，狗咬得匆忙，下口浅，想是教训一下初来乍到的我们，没有下毒手。方四儒连连说对不起，对不起，赶忙拿来肥皂，帮科长到沟里去冲洗，还说要划开伤口，就找了把小刀，烧过后划开他的伤口，让血流出来。刘科长也不恼，也不喊疼，笑嘻嘻地说："这是啥欢迎仪式啊？见面就是咬。"我们就开玩笑说："谁叫你级别最高，正科，我们还不够资格被它咬哩。"方四儒说："不好意思，有几次都是这条狗闯祸，不过我的两条狗没有狂犬病，都带到城里打了针的，有几个被咬过，回城里去没有打狂犬疫苗还活得好好的。但狂犬疫苗必须得打，不打不行，这个费用我出了，对不起了。"刘科长笑着说："你出个卵啊，都是公费医疗，不要紧，不要紧。想给我点颜色看？我照样喝苞谷酒。"

正说着，方四儒的老母亲出来了，说："听到狗叫，就有贵客到了，还不进屋去坐？"

怎么？出了什么事？我们都知道方四儒的老母亲不是聋子嘛，是我们所讲的"门板聋"，就是彻底聋掉的老人，咋说听到狗叫？

"你母亲能听到狗叫了？"

"正要告诉你们好消息，昨天晚上，我母亲就说能听到了，好像有狗叫的声音。昨晚还打了几声秋雷，可邪乎了，把屋顶上的瓦打得直跳。后园打断了一根大树桠，折断的地方出现了一个大蜈蚣的印子，怕是蜈蚣精，修满了五百年上天了。这几十年，蜈蚣精把我母亲耳朵堵住，跟我母亲开了个玩笑吧？"

我们都说他迷信，哪有这回事。方四儒就说讲笑话的，但老母亲听到了却是真的。

"这五十年想想是怎么过来的？吃的药可以用汽车拖。这次吃的这个耳聋丸，整整吃了五年，还加上每天的按摩。这都是用时间慢慢盘的，你们说，如果我在局里上班，我哪有时间给我母亲按摩？终于把她的任督二脉和全身经络打通了，聋了五十年，唉，太难太难了……"

真的不容易，我们大家都佩服方四儒的孝心和恒心，并祝贺他的母亲恢复了听力，也向他母亲竖起大拇指说，方四儒是天下第一孝子，苦孝之人啊，天下难得，我们都要向他学习。怪不得方四儒满面红光的，颧骨红得像火炉里的刀子，这真是功夫不负有心人啊。一直以来，我们都听到方四儒喝醉了酒就是忏悔治不好老母亲的耳聋病，涕泗横流。方四儒只有二两的量，但好酒，每喝必醉，每醉必哭，都是哭老母亲耳聋，哭老母亲怎么背米到他上学的镇上给他吃，回去的路上饿昏了。这些我们都听烦了，觉得他快成神经病了。方四儒回到山里，其实就是想陪伴他老母亲，跟她说说话，可母亲什么都听不到，母子两个就像哑巴无法交流。为此，他一年四季就是求医问药，对全国任何一个地方治耳聋的医讯都不放过，要么写信或电话询问，或者亲自带老母亲前往，大包小裹的药弄回来给母亲吃。但效果几乎没有，甚至越吃越差，有一次吃一个河南神医的药，还吃出了黄疸肝炎，住院了几个月。

前些年的一天，他把他母亲接到市里，在市医院测了听力，说要给他母亲配助听器。可医生看了听力测试表，认为方四儒的母亲完全丧失了听力，说你就是佩戴什么样的助听器也是白搭。方四儒说试一下嘛，我愿意花这个钱，说不定通过助听器治疗一段时间能激发听神经恢复呢？医生说你是想得诺贝尔医学奖啊，但给你说，助听器可是要自己掏腰包的，不进入医保。方四儒说多少钱也掏，最好是配西门子的。西门子助听器稍微好点的要三千多，贵的五千多，他要医生配五千多的。医生看他穿的一双皮鞋，前面张了个口子，还散发劣质塑胶的恶臭，一看就是在淘宝上买的。上帝保佑，但愿这个方四儒给卖家打个差评。医生也没法，就给他配了一个五千多的。方四儒母亲戴了这个西门子的助听器，耳朵里本来清净无声的，现在好了，嗡嗡嗡直响，又听不明白，就好像耳朵里安了台柴油发动机，跟拿石头砸她的脑袋没有什么两样，这一个难受啊。戴了半天，耳朵的嘈杂轰隆声把她的胃弄翻了，吐了一地。方四儒阻止母亲将助听器掏出来，比画说您戴一段时间就习惯了，就能听清楚了。戴了半个月，戴成了神经官能症，睡不着觉。后来他又给老母亲配了一个国产的助听器，九百多块钱，有线的。这两个助听器被他母亲视为两匹恶狗，见着就害怕，瑟瑟发抖，现在就搁在他母亲的抽屉里，成了她给村里人夸耀方四儒孝顺的证据。有一天，她夸着方四儒，竟将助听器塞进那个狼狗冲子的耳朵里，冲子受不了，一下子就疯了，大喊大叫，又蹦又跳，围着屋场转圈，把一棵柿子树皮都啃光了，还跳下了门口的悬崖，自杀未遂，摔断了一条腿，至今冲子的一条后腿还是瘸的，成了村里人的笑谈。估计那个助听器塞进狼狗的耳朵里，就等于把狼狗捅了一百刀。

我们祝贺方四儒的母亲终于能听清了，我们一人喊一声"方妈"，方四儒的母亲一口一个"哎"回应，甜蜜的温馨的"哎"，将这个秋天烘得暖暖的。"哎哟,你们可真是稀客哟,我终于能听见我乖儿子四儒的朋友喊我了……"

这简直是奇迹,这是怎么办到的?二十四孝中有王祥卧冰、孟宗哭笋的故事,现在有了二十五孝:四儒治聋的故事。这都是因孝而感天动地啊!

方四儒把我们迎向他住的屋里,是在他妹妹家的下方,靠近悬崖边,搭了个两间小平房,石棉瓦,方四儒住,有时他老婆孙子来了也住。屋子里面空空荡荡,一张床,一床被,一张桌子上有几本破烂的戏剧研究书和他编的杂志,垫在烟缸下,烧得千疮百孔。还有就是几本很厚的非法出版物,什么《老年性疾病的治疗》《经络穴位按摩》《老年养生》,这些书一看都是为他母亲准备的。

他搬了几把椅子出来,泡茶,上烟,我们就坐在门口,门对着对面的峡谷,秋山白云,他在门口还刻了一块小木牌,叫"对云斋",真是太有情调的生活,秋山灼灼燃烧,白云袅袅升腾,树上有鸟叫,门口有鸡犬。他的老母亲,手上提着木炭烧好的"火伴"。"火伴"就是火钵,这都是方四儒烧好了给她提着的,是陶的,非常暖和,不仅可以暖手,还可以踏脚。她身上也穿上了棉袄,脚下是大绒棉鞋,不是方四儒妹妹做的,是方四儒在城里买的,淘宝上淘的,还有帽子。方四儒小到母亲的内衣鞋袜,大到棉衣棉裤,基本网购,他自己说,十次就有八次为母亲淘,网购成瘾,都是因为给老母亲挑吃穿。他其实有两个姐姐两个妹妹,但有的嫁到外地,有的在乡下还没脱贫,老母亲的吃穿从来都是他操持,其细心的程度,让他的姐姐妹妹们都自叹不如。他老母亲每见到他回来就说,我的乖乖儿啊,我的孝顺儿子啊,把他当小孩儿喊的。当然了,儿女再大再老,在老母亲的面前永远是小孩儿。

我们喝着他妹妹家种的高山云雾茶,吃着核桃,望着四面山冈的红树,对方四儒说,老方,你成仙了,不谓堪舆今未改,好峰依旧对门前。对云听鸟,行到水穷处,坐看云起时,超然物外,这可是神仙日子啊!方四儒只是笑笑说,呵呵,重新做人吧,重新做个山里人。感谢我的母亲,是她的虔诚念佛,才把我从危险的文化局给拉回到戏工室。你们没看到文化局的班子,前些时一锅端了吗?我是菩萨保佑,若不是想逃离,好照顾母亲,我不也"双规"进去了吗?所以说尽孝也是避祸的一种方式啊,如今这年月,求个安逸不容易。大家都赞方四儒有先见之明,大智若愚,塞翁失马。不是老母亲聋了五十年,哪能有他如今的平安无事?等别人都出事了,他母亲的耳朵也通了,这事儿简直可以进入神农方志中,成为一桩本时代发生的祥异之事。

方四儒的妹妹给我们做饭,方世儒也在门口架起了巨大的蒸锅和蒸笼。方世儒的外甥又给我们去摘柿子,柿子树就在坡下,挂了满满的一树红果,我们这些人就呼地跑过去,也上树去摘柿子。方四儒说,大家多摘一些,多带一点回去吃,能背多少就背多少,尽管背。还有柚子,是用苹果树嫁接的,叫苹果柚,个头不大,但水分足。方四儒要我们每个人带四个回去,把包装满为止。方四儒说,明年春天四月杜鹃花开的时候你们一定要来啊,满山都是杜鹃,也是我母亲九十大寿,你们来吃个酒,热闹热闹。我们说好呀好呀,你母亲的耳朵也能听见了,看起来精神更好,活一百岁是没什么问题的。方四儒纠正我们的话说,哪里哪里,肯定不止一百岁。我母亲一生勤劳善良,一个乡下妇女,抚养我们五个儿女长大真不容易,人还得勤劳善良为本,母亲的长寿也是因为她吃斋念佛,她吃的是花斋,初一十五吃素。方四儒说,不能让她吃长斋(就是完全吃素),这样缺少营养,是一定不会长寿的,老年人消化功能又弱,吃什么都难吸收。方四儒说,我老娘她敬菩萨是因为她耳朵听不见,没有人同她说话,她每天就花一两个小时跪在菩萨面前跟菩萨说话,现在肯定也是在菩萨面前说话去了。

我们就去看看他母亲怎么同菩萨说话的。我们走进一间专为他母亲给菩萨烧香磕头的屋子,烟雾缭绕,用电灯点的长明灯,因为长期烧香点烛,屋顶和四壁都黑漆漆的,像铺了一层沥青。我们听到他母亲在那儿念念有词,吐词清晰:"……恭请孔夫子菩萨、孟夫子菩萨、观世音菩萨、文殊菩萨、神农大帝、黎山老母、王母娘娘、土地公公、老子菩萨、财神爷菩萨、太上老君、无量菩萨、祖师爷、药王菩萨、弥勒菩萨、龙王爷、地藏菩萨,托请你们,方家儿孙一个个都要保佑,给你们烧大香,烧高香。天和地,地和天,保佑我们方家子子孙孙一帆风顺,人人活到一百二十岁,人畜兴旺,梦想成真,财源茂盛,百病不生,无灾无难,不搞斗争,工作顺利,学习进步。今天来的人都要保佑,人人是好人,个个是善人,保佑我儿的这些朋友,大家平平安安,不贪不占,成为好官清官,给你们烧大香,烧高香。天和地，地和天……"

啊，孔夫子孟夫子老子都成了菩萨，真是一套一套的。老方的母亲不愧是校长的老婆，海归的媳妇。方四儒说，他母亲年轻时是爱讲话的，聋了听不见人讲话，就只能跟菩萨说了。人老了也很可怜，他妹妹都不跟她说话，用吼叫说也听不见。他说他妹妹性格很好，因为吼着大声同她说话，声带长了息肉，去年动手术割了两个，后来再不跟她说话了，于是母亲就拉来孔夫子孟夫子神农大帝黎山老母观音菩萨说话。"我母亲这五十年真是可怜呐，现在可好了……"方四儒说着眼睛都泛红了。我们说："现在真是好了，你和你妹妹全家，全村人都跟她说话，她多好啊，多开心啊。"

我们都知道方四儒的尽孝是苦孝，也知道他的家世，慢慢地大家都能理解他。方四儒的父亲在"文革"时遭到"造反派"的批斗，他是这个村唯一的地主，只要开批斗会斗地主，就会被扯到村口的台子上。他父亲本来在镇上的学校做校长的，后来被遣返回乡，还让方四儒的母亲陪斗。他说那时候批斗，父亲头发全被扯完了，两个膀子绑着用冷水浸过的麻绳，越动越挣扎越紧，绑着跪在地上，还用杠子压他的手臂。每次回来，凡是绑过的手臂，毛孔就会渗出血来，一只手臂就这么断了。母亲是地主婆，剃了阴阳头也站在凳子上，吐她的痰满脸都是。母亲是农村妇女，更加胆小害怕，什么都不会说，"造反派"就说她装聋作哑，负隅顽抗，不打不招供，"造反派"就轮流抽她耳光，两只耳朵就抽聋了，从此以后再也听不见了。他父亲无法忍受批斗，有一天就跳了崖……

这种外伤性耳聋，比老年性耳聋还难治，耳膜已经陈旧性穿孔破裂，加上听神经的严重损伤，想恢复听力真是天方夜谭。可我们在方四儒妹妹家看到方四儒的一片苦心，给她一堆堆买来的药，还有按摩器，还有中药泡脚木桶。更难的是他每天除了催促母亲吃药，就是帮母亲按摩，雷打不动每天两三个小时，什么涌泉、合谷、足三里，也是听了医生的。他说最后吃这个药的医生那可是名副其实的祖传秘方，在大洪山里，发明了"耳聋丸"。还是通过大洪山的熟人找了去，带着他母亲进山。这个湖北中医药大学毕业的医生除了他家祖传的秘方，还加上自己的研究，制成了这种药丸。一个疗程一个月，吃了六十个疗程，整整五年，锲而不舍，终于见效了。

方四儒跟我们说着话，在门口架的蒸锅里忙着。方四儒是有名的蒸菜大王，我们就是想吃他亲手蒸的菜。他戏工室有个游手好闲的同事是荆州人，会做蒸菜，蒸菜适合老年人，再加上老母亲消化功能不好，方四儒就学会了做蒸菜，蒸得烂烂的，有肉有蔬菜。方四儒母亲最喜欢吃的是蒸野菜，有野茼蒿、豆瓣菜、革命菜、马兰头、山茴香、鸭脚板等，方四儒和他妹妹、外甥每天到山里采野菜，剁得很细，加上米粉掺和了蒸，蒸好后再淋一点香麻油。后来，为了换胃口，增营养，方四儒又发明了用野菌剁碎蒸蒸菜。今天，因为我们几个老哥们来了，方四儒大显身手，不仅蒸了他的野菌蒸菜，更有蒸腊肉、蒸扣肉、蒸豆腐，蒸笼格子码在锅中有六七层。

蒸笼格一开，整个屋场都是香的，方四儒真是蒸出了水平。除了蒸菜一大桌外，还有新鲜野菌煮的腊蹄子火锅，有青头菌、刷把菌、松菌。粉蒸扣肉是方四儒专门在镇上买回的带皮土猪肉，一寸的膘，肥而不腻，又有嚼劲，恰到好处。后来他在蒸锅中放上茶叶，蒸出的蒸菜有了高山茶叶的奇异清香，连肥肉都带着山水的灵气，简直太好吃了，还有用剁椒拌的木姜子和藠头，吃这个怎么说呢，做皇帝也不过如此吧。苞谷酒是刚酿的，七十多度，神农山区叫刀子烧。刀子烧下喉绵滑，但火力十足，就像老婆骂你，打是亲骂是爱。度数高，不打头，回味有板栗香味，越喝越想喝，越喝筋越软，半斤的量一定要冲八两。"快活，快活！"我们大家一杯一杯往嘴里盖，祝贺方四儒的母亲在方四儒无微不至的长年照顾下恢复了听力，频频给老人敬酒。老人说："听到你们的声音好亲切，你们讲话的声音咋这么好听咧？跟唱戏一样的。"方四儒说："妈，好听吧？您明年九十大寿，我一定请戏班子来咱村给您唱三天三夜。"老人说："好啊好啊，这可享福了。鸡呀狗呀，声音都像唱戏的。"我们就祝老人长寿健康，说明年春暖花开，一定都来给她做九十大寿。我们喝酒，瞎扯，干杯找理由，谈到当前的反腐，都说人要孝顺，说方四儒是个长了后眼的人，为了尽孝，官位不要，躲过了一劫，现在优哉游哉做了赤脚大仙，养一群恶狗，好潇洒。又说起山里的许多奇闻逸事，说塔坪有一个单身老头活了一百一十五岁，我们给方四儒说，你母亲现在耳朵也通了，一通百通，一定能够活过塔坪的那个老人，因为那个老人是一个老鳏夫，没有人照顾。我们还说方四儒，你可有长寿的基因了，听说现在发明了一种长寿药，要等到二十年后进入市场，那时候咱们要好好活，活够二十年，把长寿药一吃，活个两三百岁不成问题。方四儒说，活那么长，那不成了妖怪吗？不成不成。活长了，小孩嫌弃，现在的小孩谁还有我们这代人孝顺呢？他们只管玩他们的，跟我们的生活观世界观伦理观都不同，以后能像我照顾我母亲一样吗？不可能的事，所以，咱们大家就活个一百岁收手吧。我们说可以，就是一百岁了。但没有山里的空气和有机食品，你能活这么长？八十就不错了。有人就提议，咱们就搬到方四儒这里来，找个地方垒个小窝，大家一起来这里养老，天天吃蒸野菜喝苞谷酒。方四儒说，欢迎啊，欢迎大家来啊，然后跟我的母亲做个伴，她老人家爱热闹，该会多高兴！你们看这蓝天白云，天蓝得就跟贴了块蓝玻璃似的，PM2.5为零，茶叶瓜果野菜都是有机的、绿色的。谈着谈着，我们想起刘科长要回市里去打狂犬疫苗，就起身告辞了。

　　我们满载而归，又是柿子，又是柚子，又是老方妹妹送给我们的茶叶。我们离开赤龙坪时，村里的那群恶狗态度明显好了，认识了以后就好了。方四儒说，不好意思，这些恶狗都怨我，当时因为照顾母亲，就想搞一条凶点的德国狼狗来，哪知这狼狗太凶，凶过头了，可它年岁又大了，十三岁的狗相当于一个人七十多岁，还不安分，只好哪天让它安乐死。他一个劲向刘科长赔礼道歉，左一个对不起，右一个对不起。

　　华灯初上，我们刚回到城里，突然接到方四儒的电话，说他母亲走了。这是咋回事？他母亲好好的，刚刚恢复了听力，还跟我们喝了两杯酒，这么幸福，是什么原因？

　　方四儒在电话里号啕大哭，说不清楚。我们就安慰他，要他慢慢说，究竟是怎么回事，说明天早上我们一定会赶来。后来他情绪才平静了一点，缓和了一点，跟我们说都怨我啊，好事办成了坏事。原来等我们走以后，村子里有几个闲人，就在那个村口大声吆喝，喊："斗地主！斗地主啊！"他母亲一听，又要斗地主了？这不是要抓她去受罪吗？顿时浑身发抖，跑进屋里，就在菩萨面前，系上一根绳子，就这样自缢走了……

　　方四儒哭着说："哪知道啊，哪知道啊！这个斗地主不就是打牌吗，打斗地主的牌，可她受不了，突然惊吓过度，一时想不开，就这么糊里糊涂地走了，聋还好些，是我害了她，是我害了她啊！……"

　　方四儒在电话里不停地忏悔，这个苦孝的孝子，哪能怨他，几个打牌的村里闲人，硬是将一个刚刚恢复听力的老人给活活吓死了，她以为这个世界还停留在五十年前哩，事情就是这么凑巧。好在，老人家也活到高寿了，走的是顺道。唉，老人走好。

选自《上海文学》2019年第6期

评鉴与感悟

潜伏在历史深处的苍凉

陈应松的新作《恶狗村访友》讲述了"我们"应方四儒之邀到"恶狗村"做客，一路上斗恶狗、被狗咬，在方家饮酒、叙旧，度过愉快的一天。小说由一件平常的访友小事记起，于戏剧性的结局中流露出历史深处的荒凉感。

作家在小说中安排了两条线索：一条线索直接写"我们"一天中的种种见闻和经历，紧扣"访友"这一主题；另一条线索则是方老太太在"文革"中因出身问题遭到批斗，失去听觉，后来在儿子方四儒的照料下，治好了耳聋的这段往事。两条线索相互缠绕，让孝子尽孝的温情故事最终滑向了悲剧结局——恢复听力的方老太太听到打牌的闲人要"斗地主"，竟然惊吓过度，稀里糊涂地结束了自己的生命。

这仿佛是一出闹剧，但仔细想来，却是一部由时代和历史造成的悲剧。小说结尾，苦孝的方四儒陷入深深的自责和忏悔之中，他虽然治好了母亲多年的耳聋，却无意中将母亲逼上了绝路。事实上，方老太太的死是因为"一朝被蛇咬，十年怕井绳"的伤痕记忆。这种记忆深深植根于方老太太在特殊历史时期的经历，它并不会随着时间的推移得到释怀，终有一天会再次爆发出来。当她听到"斗地主"时，当年剃阴阳头、抽耳光的痛苦记忆也随之涌来。可见，身体的伤痛容易治愈，但心灵的痛苦却是久久难以平复的。

作者写这篇小说的高明之处在于，他并未直接呈现这出悲剧，而是运用大量的笔墨描绘了神农山区的自然风光和喝茶饮酒、吃蒸菜、摘水果等一系列热气腾腾的乡村生活图景，其间还穿插回忆了方四儒孝顺母亲的所作所为，营造出一种松弛、轻快的氛围，消解了时代记忆的紧张感和严肃感,让读者沉浸在老友重逢、母慈子孝的喜悦之中。然而,"醉翁之意不在酒",作者铺排了如此密集的情节,其意图并非勾勒一幅乡村风情的画卷。在看似波澜不惊的生活表象之下,实际上隐藏着悲情的内核。作者不动声色地将读者引入他的叙事圈套中,当读者以为故事将走向其乐融融的大团圆结局时,作者干脆利落地用三四百字就打碎了读者期待中的圆满。陈应松以这样的方式回应那个蒙昧的时代,让人悲从中来。方家的伤痛真实地存在于特定的人群中,艰厄又深刻,震撼又辛酸。(杨艳坤)

隔离带

/唐颖

我为公司组织年终派对，在办公室给客户打了一天电话，最后一个电话是打给礼平的，她也在受邀名单上。如果说我还有个把朋友，礼平算一个，这时，我已经在回家路上。

我常在下班路上给礼平电话，希望和礼平保持联系，却又害怕她的絮叨。当她开始唯一的话题，连诉带控前夫和前婆家的变态，我已经在公交车上，响亮的语音报站声也同时灌入她耳朵，于是她意识到我正在为生存奔波，便带着歉意与我道别。喔，礼平仍是这个社会难得的淑女，只是，一场婚姻使她沦为怨妇，我是她的垃圾桶。

礼平二十二岁那年与香港人结婚，两年后移居加拿大生子，十年后离婚，带着两个孩子搬回上海。礼平说，回到单身得到自由但也空虚。因此有什么社交性质活动，我会叫上礼平。

此时已近八点，淮海路华灯耀眼，沉浸在大都会繁华中心的幻觉让我愉悦。接着，我便要搭乘公交车，经过拥堵的隧道，走在浦东宽阔的常青路，等距离的路灯让浦东天空尤显黯淡。

走进我居住的浦东旧工房楼内，才感受真正的黑暗，楼道灯坏了，每个转角都堆着杂物。楼梯扶手全是积年灰尘，我不由自主缩起身体，为一身体面的上班服，小心避开所有邋遢的阻碍物。这时候便会想起某个老外朋友来过我家后，第二年再来中国带了十几支大小不一的手电筒作为礼物送给我。当然，我是知足的，这是丈夫单位分的婚房，我们结婚两年才得。

所以，假如我上班的地方不是坐落在淮海路边上这条法国风的街区，我早就考虑换公司涨一涨自己的工资。

和礼平聊上几句就急着挂电话，我看见淮海路转角的食品二店还未打烊，店内难得冷清。不如买一盒奶油蛋糕带去浦东，我需要这类能带给我幻觉的食物，我知道我一辈子也住不进这片繁华地段，但我至少可以带一些气息回家。

道别时我听见礼平在问，这两天华盛正在上海，叫他一起来？我立刻来了精神，止步在交通灯下，用我与客户打交道的浮夸语调回应礼平。

来吧来吧，华盛来就好玩了，这种年终派对不就是联欢会？比上班还没劲，华盛一来各种嘲笑妙语如珠，我喜欢话锋机智的男人！

最后一句话我是在心里说。

我只见过华盛一次，对他有相见恨晚的倾慕。华盛年轻时便远走他乡见多识广兼具仪表不俗，我俩一见如故聊得很爽。我认为礼平的精神层面配不上华盛，虽然他们并肩站很有型，礼平标致文静喜爱中装，在我眼里是老式美女。

礼平回国后在亲戚游说下，与他们合资买了几处正在建造的楼花，是商品房刚刚出现的头两年，楼花很快成现房，她立即转手再买楼花，就这样炒起了房地产。按照社会标签，礼平已进入富婆行列。而华盛是画家，和礼平应该不是同类人。但华盛去美国后做起旧房改造生意，当时朋友把礼平介绍给他认识，是因为华盛要了解上海房地产。他们俩一见钟情，华盛有家室，但并不妨碍他们成为情侣。

隔了一天，礼平电话告知，华盛答应来凑热闹，并且还要带个女生，这个女生叫俞自谦，说她和我认识。礼平向我打听俞自谦。

我想了想，又去翻通讯录，我的工作性质让我有广而泛的人脉，泛到我必须通过通讯录来确认自己是否认识某人。我的通讯录里并没有这个人的名字。我告诉礼平，我好像不认识她。

最近华盛和她走得很熟，他很称赞这个姓俞的女人，说她是才女。礼平没能掩饰对俞氏的醋意，这让我吃惊。礼平一向矜持爱面子，在和华盛的关系中，她总是强调他们有各自的生活。事实也是如此，他们的人生轨迹只在她的寓所交集。她从未要求华盛离婚。应该说，是华盛表示不想离婚。太太与他共过患难！礼平这么说，表示她理解华盛懂感恩。她说经过离婚不想再婚。我不晓得这是否是礼平的真心话，对于爱面子的女人，你真的很难潜到她内心深处。而我生性浅尝辄止，我怕走入人性深处，我希望生活是明亮的。

我笑说，华盛称赞女人有才，潜台词是此女有才无貌，女人却宁肯自己有貌无才。

礼平没有接收到我讥诮后面的安慰，或者说，她没有幽默感。虽然，她的优点很多，与人交往懂得忍让从不在背后非议他人；做房产生意却不看重钱为人慷慨；比如，她几次劝我买房愿意借钱给我……要是没有与华盛这段私情，礼平简直完美到令人厌烦。

她说她去过你的办公室，礼平执着地强调。我说，来我办公室的人多了去，我们公司做广告业务，阿狗阿猫都会来，谁是谁我都懒得搞清楚。

礼平"呵"了一声，我能听到她的腹诽：人来人往的，把自己的办公室弄成茶馆……她看不惯我在人际关系上的随意和漫不经心，常用没心没肺这个词作指责。

我可能真的没心没肺，那些指责对我不起作用，所以不会生气更不会与她争执。在和礼平的关系上，我比较包容，常常让她几分，从小形成的关系使然。礼平人漂亮功课好品行端正，有良好的家庭背景，父母是医生。而我因父母离婚和母亲住回外婆家，三年级时转来礼平的学校。我那时瘦小黝黑，暑假在郊区农村祖母家度过。被疏忽管教的童年，令我举止粗鄙讲话带粗口还会打架，很快在校园臭名昭著。老师派礼平与我同桌，我是她帮助对象。当我行为出格时，礼平闷声不响用她漂亮的大眼睛盯视我，让我不爽却也不敢太放肆。她会帮我补功课，测验时给我看答案。我俩黑白配美丑衬，亦敌亦友。

成年后我们失去联系，直到礼平带着孩子搬回上海，在校友会上遇到，我们才开始像朋友般往来。离婚的事她只告诉我，也只向我倾诉她那看起来光滑实则坎坷的人生。也许就是从那时开始，我们之间的平衡发生变化，就像坐跷跷板，以前她在上方，俯视的目光对着我；现在她沉到地面，我因此对她有莫名的歉意。

我们的交谈模式便是她倾诉我倾听，好像，礼平从来不问我的生活状况。事实上，她对任何人的生活都没有好奇，所以她从不八卦。我抓紧时间听她倾诉，寻找各种可能性将她的话打断，然后挂电话。这时候，我便会觉得朋友是负担。

派对夜晚，叫俞自谦的女生过来打招呼，看到她的第一眼我就想起来了，她是我丈夫报社同事的女友。那位同事是美术编辑，与我丈夫同一间办公室不算，写字台还面对面。上海甲肝大爆发期间，那位同事和俞自谦都染上肝炎。事实上，我丈夫也是甲肝受害者，我们那时还在婚前约会，我去医院肝炎隔离区探访他，我俩之间有条三米左右的隔离带，彼此抓着铁栅门看着对方让我深受刺激。我忍住眼泪发誓一般提高声调对他说，等你出院，我们就结婚。

俞自谦康复了，她男友却迟迟未能摆脱甲肝病毒。他住院期间，她常去报社，代领工资报销医药费诸如此类。我那时也爱去丈夫办公室串门，几次和她相遇。她很阳光，至少看起来很阳光，梳着马尾辫，说话带笑，笑靥动人，受到报社同仁们的欢迎。

"甲肝"的遭遇让我与她有种默契，我们几乎不聊这个话题。每次见她都穿运动装，不同款式的耐克运动鞋，双肩包也是耐克。我便问她是否爱旅行，她说非常向往，却还未去过任何地方。她和男友已经做了两年功课包括存钱，打算结婚后便辞职旅行，然后在中意的某地开个民宿。

她男友肝坏死，一年后去世，葬礼我也参加了。

回想起来，这些年里，我和丈夫几乎不再提"甲肝"这个词，也不再提那个同事的名字。他的去世，给我俩的生活敷上了阴影，我们结婚时说好不生孩子，婚后这些年，我们互相瞒着对方做肝功能检查，从来不把对肝炎的恐惧说出来。不能说我从未置疑，是否过于冲动冲进这段婚姻？

因此，当俞自谦兀然出现在我面前时，那段岁月即刻历历在目，肝炎隔离区、爱的誓言、如同判决书的验血单以及葬礼，这便是我见到俞自谦格外热络的缘故。当然，没人看出我在掩饰内心涌起的伤感。

华盛兴高采烈加入我们的谈话，仿佛帮我找到失联太久的朋友，礼平站一边斯文地微笑着，有一度我甚至忘了她的存在。

那晚回到家，我匆匆洗澡刷牙钻进被窝后才拨礼平电话，我知道她在等我电话，这将是个长电话，我得把自己安排得舒适一些。我很庆幸，丈夫正好出差不在上海。当我俩同处这十五平方米陋室时，都识相地不和他人煲电话。

我跟礼平一样，看出俞自谦和华盛关系相当熟稔，甚至有点亲密。俞自谦是拍着华盛的肩膀跳着站到我们面前，像个欢快的少女。她至少已经过了三十，仍然梳着马尾辫，笑靥仍然充满感染力，虽然眼角有了鱼尾纹。她如今着装风格更倾向休闲风，GAP白衬衣配CK牛仔裤，脚上是阿迪达斯黑白帆布跑鞋，双肩包换了时髦的比利时名牌KIPLING。她站在礼平身边，竟让美女变得黯淡。

在问候声里她告诉我，终于实现半职业旅行的梦想，一年中至少有五六个月在旅途中，自由职业，到处接活，画不完的插图，有时还做平面设计，可是还没有找到伴侣一起开民宿。她爽朗告知，笑声响亮，显得亢奋。

我在回家路上突然想起葬礼后的好些年，我曾经在丈夫报社的某次活动中见到俞自谦，她在活动现场活跃，和编辑们一起招呼着宾客。那次，我躲在人群里，没有和她招呼，我觉得她情绪过于热烈，有点喧宾夺主。活动结束回到家，丈夫才告诉我，她兼职为报社画些插图，和她男友的插图风格很接近，原来，她是她男友的大学师妹。

电话接通，未等礼平发问，我便解释我没有记俞自谦的名字，见到人就想起来了，应该说，她是我人生中很少几个印象深刻的人。但是，可以肯定，她没有来过我办公室，她倒是常去我丈夫的办公室。

我几乎是过于详细讲述了我和她认识的过程。俞自谦和她男友的故事，我并不了解，我能描述的只是一些场景，在报社办公室，在葬礼上，好些年之后报社的活动……我在讲述的过程忽然意识到，她亢奋的说笑声更像是在武装她无法释怀的"失去"。

礼平没有表达她听到这个故事的感受。

你觉得她和华盛的关系是否有点太亲密？礼平在问。

亲密得这么公开，应该不会有什么需要隐瞒。我回她。

刚才在回家路上，华盛一直在聊俞自谦的事，华盛好像不知道她有过一个生病去世的男友。

何必把伤心故事到处说。我的语气已经不太友好。

华盛说她风流，圈子里的单身男士都和她好。

我以为华盛是绅士，没想到他也会八卦！再说，华盛这个年龄段的朋友圈，还能剩下几个单身男？我回答得颇不客气。

礼平不响。

既然华盛都说到这个份上，他和她还会有事吗？我反问礼平。

我不知道。礼平回答，语气困惑。

我不无嫉妒置疑，华盛怎么会爱上一个沉闷的淑女？礼平本来满足于贤妻良母的角色，离婚的大半原因是婆婆在离间，我是从礼平的叙述推断。

你也知道，我一向不关心华盛和谁往来，我今天看到他和俞自谦谈笑风生非常兴奋，突然想到我只了解和我相处时的华盛。礼平又说，今天，我突然想到，华盛每次回国都会给自己安排一个旅行，却从来没有邀请我同去。

我有些意外，问道，他是一个人出去吗？

说是和他的朋友。

此刻，我相信，礼平和我一样，脑中的场景是：相伴的另一人是俞自谦。

他都去了哪些地方？

我也不清楚，你知道，我不喜欢到处跑。

是啊，你最大的问题就是没有好奇心。我在心里说。

他是画画出身，也一定喜欢摄影，他就没有给你看他拍下的出游的地方？

礼平想了想才回答，你这一问，我还真是想不起来他有给我看过出游的照片。

我们都沉默了。

然后我问，你从来不看他的手机？

从来不看！她回答得气壮，他知道我不做这种事，所以他也从来不关手机！突然压低声音，现在我就坐在客厅，他手机也在客厅，正在充电，你看，灯光一闪一闪，他睡了，明天早晨又要出发。

我是你，今天非得看一下他的手机。

你觉得这样好吗？

不好！那又怎么样？我们不能一生都不做一件错事，至少我做不到。有些事明知不好我还是要做，因为，好奇心会把我憋死。

礼平便笑了。

我知道，作为礼平的朋友，我的重要功能是，可以释放她内心的压抑和道德感。

今天要是不看他手机，我也会被自己的好奇心憋死。礼平语调变得轻快，看来她已越过心理障碍。

我被电话铃声唤醒是早晨六点，一看礼平来电就预感事情不妙。

礼平的声音仍然平静：他刚走，赶八点半的飞机，去北京参加朋友画展的开幕式，我一个晚上都在客厅，没有回房间。

是俞自谦？我问。

不是她！你说对了！这种事情上你比我有经验。礼平的话让我不快，换在过去，我会爆粗口。

一个完全陌生的女孩，一个模特，关系很深了，时间也不短，至少有一年！居然叫他Dad，太恶心了！奇怪的是，那些肉麻的信，他没有删，很珍惜是吗？

我意外却又不意外，华盛和礼平的婚外关系已经长达五年，既然能把老婆蒙五年，为什么就不能蒙礼平？老练的女人杀！我不是也有点迷上他？

他好像很累，鼾声一直传到客厅里。礼平突然说。

我一愣，莫名岔开的题外话，像一阵风把桌上的重要文件吹到了地上。

这就是说，礼平正设法绕开让她无法自控的瞬间。

他的鼾声可以催眠，我以为我再也睡不着了，没想到很快睡着了……我就睡在客厅沙发，而且做梦了，梦里我拿着他的手机问他，他哭了，跪下来……我对自己说，这不是真的，胸口却在痛，然后就醒了。醒来才发现，胸口并不痛。什么事都没有发生，假如我不看他的手机。

没错，这很像礼平说的话。事实上，她就是这么说的，听起来像在迁怒于我让她看手机。

现在，他俩之间产生的任何后果，我有不可推诿的责任！我不得不耐着性子和她讨论如何对付华盛的欺骗，一时间，他也成了我的敌人。

我给礼平的建议是，不给任何理由与他割断联系，在他还不打算，或者说他还没有心理准备与你分手时，先把他甩了。

礼平却说，她不想失去华盛，所以她很后悔去看他的手机。是的，后悔去吧！我干吗怂恿她去看手机？还不是心理阴暗想看别人家的白戏？我自己都不愿意去查看丈夫的手机，就像不愿翻腾家里角落堆积灰尘的杂物。

接下来几天礼平没有给我电话，我想她是怕我劝她离开华盛。我告诉自己不要再管礼平的闲事，却在下班路上给她拨电话。

礼平说，这些日子她父亲中风住在急诊观察室。她抱怨医院的拥挤混乱医生的恶劣态度以及在草草抢救中离世的病人，她叹息说人生最终是走向最难堪的境地。

此时我正走在淮海路上，或者说走在名牌街上，入夜气温在下降，我还穿着单薄的长袖衬衣，橱窗里的奢侈品擦肩而过更像是走秀的时尚达人，都成了某种嘲讽，我在想理由挂断礼平的电话。

这时礼平突然把话题转向华盛，说他已经回美国，临走前她没忍住向华盛问罪，于是梦境成了现实，华盛下跪认错，给出诺言要斩断那段关系……

我那颗八卦的心又兴奋了。我去对面马路的星巴克买一杯热巧克力，打算坐下来和礼平长聊。

礼平的话题却转了，说最近出来不少楼盘，以她的经验是买入的时机，其中有一套在飞机航道附近，所以超低价，她相信这套房我们有能力买。

这个话题比任何八卦都激动人心，我捧着巧克力纸杯冲出星巴克去赶公交车，赶在丈夫上床前和他讨论。自从肝病康复，丈夫坚持早睡早起，每晚九点半上床，十点入睡。

礼平发来不少房产资料，我和丈夫看了几套房就明白，礼平推荐的那套房是我们唯一的选择。飞机起落的巨大轰鸣声，换来了房子的面积，梦寐以求的两室两厅！

我们花了半年时间装修，给所有的窗子装上双层玻璃，打算永远不开窗，或者直到有一天，我们有能力搬往可以开窗的两室两厅。

这半年花去我们夫妇所有的精力和现金。为了省钱，我们逛遍了宜山路装修一条街，找性价比最高的材料，然后，两人轮流去新房子监察施工进度。正是大规模开发房产的阶段，装修队同时接几处活，他们通常在装修到一半时，去别处开始新工程，如果不盯得紧，这房子怕一年也装修不完。

装修后的房子让我惊艳，浅褐色水曲柳硬木地板，在晴天阳光照耀下，闪闪发亮像涂了一层蜂蜜，配上深褐色门框实木门，使这套结构平庸并且被噪音笼罩的廉价商品房有了质感。

因此搬进新房时，即使银行储蓄是零，十年按揭，两人的工资将要分一半给房贷，我仍然有着可以称之为"幸福"的心情。

礼平说住新房容易得病，劝我办一个暖屋派对，并提出派对的食物由她负责，就当作送我乔迁礼物。我问她，我可以拿什么回报，除了听你发前夫牢骚，或者一起骂骂华盛？她回答说，这已经很够了，你已经莫名其妙当了我几年心理医生。

可是丈夫并不赞成办什么暖屋派对。

我以为装修和搬家把他累了。告诉他，这个派对有礼平帮忙，不用他操心。他说，不是累的问题，装修和搬家的体力活都是别人在干！那么，问题是……

丈夫的"问题"并没有说出口，我也没有太上心。他内向，为人仔细，填补了我的粗枝大叶。但更多时候，他不得不勉强跟着我的节奏。他曾经揶揄说，我这种马马虎虎匆匆忙忙度日的人，没有时间和空间囤积心事，是人类中最乐观的种类。

我怎么会没有心事呢？可我不想去纠正他的看法。我到底是哪类人我自己也不清楚。

暖屋派对日期已定，煤气管道还没有接通。但这也不是问题，我们有电磁灶电饭煲电热壶电热锅，而我已经和礼平商量过，进入初冬了，我们可以用火锅招待客人。

暖屋派对那天，礼平中午就到了，后车厢装满食物。其中一半是给火锅准备的生食，还有一半是从她认可的餐店买来的熟菜。她还预订蛋糕，也没有忘记带来鲜花，连同花瓶。

聚会前的准备工作都是礼平在做，我插不上手，反主为客，跟着她在厨房客厅之间转来转去陪着聊天。

礼平说她在加拿大做主妇期间，遇上节日请留学生来家聚会，都是自己一手一脚做准备，一边对付孩子的哭闹，虽然累，却乐此不疲。她说她其实是爱热闹的，如果不离婚，可能还会继续生孩子，希望有三个孩子。

也想生孩子了！我宣言一般，却被自己的话吓了一大跳。这一刻才发现是我潜意识里的渴望。

现在房子大了，赶紧生！三十六岁算高龄产妇了，不是吗？礼平的语调仍然不紧不慢，却在我心里种下草，即刻焦虑爬满胸腔。

结婚时说好不生孩子的。

年轻时说的话能算数吗？

礼平的不以为然让我突然意识到，她并不知道甲肝期间，我也卷入患者的亲密关系圈。或者说，我在讲述俞自谦的故事时，隐去了丈夫患病的事。

生病丢人吗？不！我会立刻否定。生传染病呢？……我的眼前复现被两边铁栅门隔开几米远的隔离带。这条隔离带仍然横亘在我和丈夫之间。他康复后，我们不再接吻，床头柜放着安全套。渐渐地，性生活都免了。我有时会想，也许我们俩都是性冷淡，所以合拍。

可是我们的生活节奏不再一致。工作日，我很少准时下班，从浦西挤回浦东，丈夫已经上床准备睡觉。周末，他声称更要抓紧时间休息，而我完全坐不住，参加各种可有可无的社交活动，无非是凑热闹吃吃喝喝。

至少今天我不想聊堵在心头的郁闷。

好在礼平也没有继续唠叨生孩子的事。

那晚，来了二十多人。我这边除了礼平，只有三五个介于客户和朋友之间的友人，其余都是丈夫那边的朋友，多是他办公室同事，也有同事的朋友，因为都在媒体，彼此认识。

他们主要是来看房子！丈夫乘隙告诉我。

你不想开派对，你觉得这房子会让你的同事们笑话，你看，双层窗严丝合缝，屋内这么闹，飞机起降的声音还是会让他们一惊一乍。

对我的话丈夫摇摇头，叹息一声，仿佛在遗憾我们之间是鸡鸭对话，无法沟通。

我也懒得猜谜，一屋子的人要应酬。

门铃还在响，又来了几人，其中一位是俞自谦。

我并不意外,她早已是丈夫报社半个同事。可我还是有一惊的感觉。

俞自谦今天时髦得让人惊艳,终于不穿运动鞋而是短筒皮靴,配一件长及脚踝的黑色薄丝绵长袍,外套黑色厚羊毛开衫,裹着黑色镶嵌白色珠子Gucci羊毛围巾。马尾辫散开来成披肩长发。老实说,如果不是她的笑靥有辨识度,我都认不出她了。

我并没有俞自谦的联系方式,是丈夫邀请她,还是他的同事把她带来?我没有问丈夫而是向礼平嘀咕,我怕她误会是我邀请。

我有预感她会来!礼平笑笑,你没看出她就是人们说的派对动物,喜欢到处搭讪?

"搭讪"一词,带了诋毁。可她立刻又说,来的都是客,你对她客气一点。

这正是礼平让我反感的地方,心口不一,还要做好人,有时,真想和她翻脸。

好像故意让她不爽,我殷勤地带着俞自谦参观客厅之外的其他房间,包括浴室厨房阳台,我们站在已被封窗的阳台说了会儿话,那一刻正好没有飞机声干扰。

俞自谦告诉我,七年前的傍晚,是她带着她男友和我丈夫一起去一家私营海鲜店吃毛蚶,而且,连去了几次,每次都是她怂恿。她是温州人爱吃小海鲜,男友是北方祖籍,自从和她好了,也迷上小海鲜,而我丈夫只是为了凑热闹才跟着去。

那时候我在哪里呢?我不太相信似的。

你那一阵经常出差。

我点点头,有些惘然。

我一直觉得他们的患病我有责任。她直视我。

我第一次面对俞自谦没有笑意的双眸。那双眸子不笑时,竟沉郁得让我起了鸡皮疙瘩。

责任不在你,谁会想到毛蚶会带病毒!

我知道我的话一定其他人也说过,所以她像没有听见一样,凝望着窗外的居民楼。这时飞机轰鸣声来了,你能看见不远处斜斜飞向天空的客机的尾灯。她笑了,说,要是我小时候住在这里一定开心死了,那时候,听见飞机轰鸣着在天空飞过，就很兴奋，头抬得老高……

我的思绪也飞远了，我在回想和丈夫约会的日子，那时，我在一份清闲的社会杂志做编辑，并不需要出差，他却常忙到深夜……

突然想到礼平说的那句话，我只了解和我相处时的华盛。

暖屋派对后的下一个周末，我没有出门，笨手笨脚做了几样小菜。吃饭时我笑说，小房子住惯了，有点不习惯房子这么大，这样的家应该有个孩子在奔跑。丈夫的神情一变，像被惊到，他没有接我的话，饭桌一时沉寂。

我知道他没有心理准备，我告诉自己得耐心点，后面的周末我都要在家里陪他，也许，我们可以在白天做爱。

可是，下一个周末丈夫出差。我有些不快，他在临走前一晚才告知，好像我要阻碍他出差似的。事实上，他已经很久不出差了，这些年里，他更关注验血单而不是工作，几次推掉升职机会！

在他出差期间，煤气接进小区，可是我们家埋进墙壁的煤气管道无法接通。现在，面临的选择是：敲开墙壁重新安装管子；或者，另外接管道裸露在墙壁外。

我需要和丈夫商量，他没接我电话，煤气公司工人等在一边准备开工。最后的结果是，灰色的煤气管子横七竖八裸露在厨房天蓝色瓷砖的墙壁，以及雪白的吊橱上。

我感到崩溃，仿佛生活刚刚开始完美却顷刻有了破损。当丈夫回家才踏进门，我便对着他咆哮，话题很快就蔓延到装修之外，我告诉他，我在我们的婚姻里没有幸福感。我很惊诧我给出这么一个结论，就像暖屋派对那天，我告诉礼平，想要个孩子了！

这些话都没有经过深思熟虑，却又好像无比真实。

在我的号啕大哭声里，丈夫拉着他还未打开的旅行箱出门。我当即就明白，那句结论性的话伤到他了。

但是，我没有料到，他这一走就没有回来。

没错，他搬去刚搬离的浦东旧房住。

礼平认为，这是新房惹的祸，以前想出走也没有地方停留，现在有两套房，他可以想走就走。

我气死了，对着礼平尖叫，有种他就住下去，我看他怎么再搬回来？

礼平说，要他搬回来你得给他台阶下。

我问礼平，你说过现在有两套房，他可以想走就走，以后，两人吵架，他出走，一直要我给他下台阶，不是吗？

礼平就沉默了。

我因此打定主意不理他，不想让自己成为让步的一方。

一个月以后，我憋不住了，周末我换了三部公交车，去浦东找他。

这栋六层楼的工房建造于八十年代，大白天楼梯敞亮显得格外破败，却让我有回到自己家的感觉，生活重新又变得真切。我上楼梯的脚步轻快了，我决定向丈夫道歉，为那句伤害他的话。如果他住不惯新房子，我可以陪他住回这里。是的，新房子太远，飞机噪声响，按照礼平说法，买这套房主要是为升值，为了不远的将来换买一套心仪的房子。

我掏钥匙进门时被门口的鞋子绊了一下，是一双女式阿迪达斯黑白帆布跑鞋，我的心脏立刻跳出响声。通向厨房的卧房门开着，我站在厨房可以一直看到阳台，我看见俞自谦站在阳台脸对着窗外。我想起我也喜欢站在那里，可以看到对面小学校的操场，礼拜天，那里空旷。

我只停留了一秒钟便逃离般地冲出门，在楼梯上遇到丈夫，他手里提着装蔬菜和杂物的马夹袋，当我擦身而过时，他愣在那里，受到惊吓似的，就像那次的表情，当我说想要看到孩子在新房子奔跑。

我不接丈夫的电话。

两个月后我们通过礼平协议离婚。我和丈夫都不想要那套需要还贷的新房，通过礼平周旋，新房留给我，丈夫帮助我还部分房贷。

礼平对我们的离婚一直处在震惊中，我也同样无法相信，就像陷入噩梦。每个早晨醒来，我必须不断向自己确认，这不是梦，是真实的现实。每个晚上我需要和礼平电话讨论，这个称为离婚的事件是怎么发生的？

如果你不是星期天去他那里，你没有看到俞自谦，你就不会那么坚决要离婚。

这便是礼平的逻辑。

我告诉她，不管有没有看到俞自谦，是他搬出去造成分居的现实。

他那一阵觉得身体虚弱，其实不是那一阵，是在婚姻中的感觉，只能说，他早就有离婚的心了。礼平的话让我一惊，虽然我们已经离婚了。

你大概并不知道俞自谦也住在浦东，离开你家两个站？

我不知道，我不知道的事情有很多，但现在一点也不想知道，不要再提俞自谦了。

他们不是你想象的那种关系，只是病友。

所以我没生甲肝就被排挤在外了？我尖声发问，心里在反省和丈夫的关系。他是我中学班级的男神，我追求他，难道是那场甲肝让他答应娶我？

他说他比你明白和你的这个婚姻不合适，他知道你终究是想要一个正常家庭。

什么叫正常家庭？

想要有个孩子。

没有孩子的夫妇就不是正常家庭了？我冷笑了。

你们作为夫妇并不正常，这是他的原话。

现在你比我知道得还多！我恶狠狠地回答。

我并不想知道，是你让我在你们中间做传话人。

我便噤声，然后问道，他为什么同意买房？而且尽心尽力做装修？

这一问愈加觉得不可思议，我很明白，丈夫绝对不是一时冲动的人。

礼平无法给出答案，隔了一天打来电话说，我想了一晚上，他这么做是为了离开你时，心里不那么内疚，也就是，看房买房装修，是他打算离婚前的铺垫，他知道你一直想要有套房，这个，他必须成全你。

太奇怪了，只有你会这么推理！为了这个荒唐的逻辑，我几乎要迁怒于礼平。

对了，应该告诉你，我和华盛还在往来，礼平突兀地说道，他并没有和那个模特断，我接受了，我怕寂寞，有他好过没有他。

我现在对礼平的情事毫无兴趣。前夫谜一样的心理状态令我产生畏惧，对于所谓成全我心愿的这套房充满了抗拒感。我现在很怕回家，觉得房子太大了，大得空荡荡，夜深被空荡荡的恐惧惊醒，还有噪音，我越来越无法忍受飞机的噪音，我搬回了父母家。

好些年以后，至少有十二年了，我带着五岁的肤色微黑的混血女儿从美国回上海定居。我不认识孩子的父亲，我是通过人工授精得到这个孩子。为了自己的渴望，不如说是执念，我兜了好大一个圈子：第一步远离自的城市，我考托福去美国读学位，然后留在那里工作；为了人工授精的昂贵费用，我卖了上海的房子，正逢房产市场牛市，这个，我得感谢礼平；我的怀孕并不顺利，第一次流产，休整了一年后，第二次才成功，那时候，我已经四十三岁。

我和礼平不再往来。

我常常梦见我和礼平在路上相遇，我们坐进咖啡馆，她告诉我，俞自谦跳楼自杀，我的前夫辞职去某地经营民宿，民宿由礼平投资，所以他们经常在一起。

不，这不是梦里听到的故事，是真有其事。

在美国大学拿到硕士学位那年我回上海，没有见到礼平，她在富春江一带。她电话里告诉我，俞自谦患忧郁症在某个凌晨跳楼；我前夫和她在一起，一起经营她投资的民宿。此时，他走开了，去船码头接客人了。

我们只是搭伴过日子罢了，不是你想象的那种关系。

那种关系是什么关系？我明知故问。礼平在电话那头沉默，我挂了电话。

其实，我更常梦见那条隔离带，我和丈夫各自抓着面前的铁栅门相望，是遥遥相望，因为，隔离带远远不止三米，我使劲擦干泪水也看不清他的脸。

选自《收获》2019年第3期

评鉴与感悟

近与远，明和暗

在唐颖的笔下，错综的情感关系是永恒的主题。而在短篇小说当中，如何将纠缠的情感关系交代清楚，却又不似流水账般淡滋寡味，无疑是对于作家写作功力的一大考验。在新作《隔离带》当中，唐颖为我们呈现的是一出峰回路转的大戏。仍是简洁老练的语言，在精心编织的反转情节中不动声色地揭露着人性的真实。表面从容淡然的亲密关系下，两颗心却早已渐行渐远。隔离带的两端，是人生的明与暗。

故事的主题仍是交缠的情感关系。"我"和礼平的好友关系、与丈夫之间平淡克制的婚姻关系、礼平与华盛的情感关系，以及介入其中的俞自谦。这些各自怀有隐秘思绪与欲望的男女，形成纠缠交错的网。礼平，是故事中的重要人物。"我"与礼平之间的互动，也在静默地推动着所有故事情节的延展。礼平生活优渥、端庄有礼，与艺术家华盛之间保持着自由的情感关系。但伴随着俞自谦的登场，礼平开始产生强烈的危机感。当礼平终于打开华盛的手机，才发现他们之间所谓默契的关系竟脆弱得不堪一击。而"我"和丈夫的婚姻真相，也随着俞自谦的出场浮出水面。1988年上海甲肝暴发，那条仅有三米的抗传染隔离带，不但没有隔离他们的感情，反而促使他们进入婚姻。但经过多年"丁克"的婚姻后，"我"却撞见丈夫与俞自谦同处一室。当现实的隔离带不再存在时，人与人心灵的隔离带却真实地出现了。或者自始至终，隔离带两端的冷漠与麻木一直存在，他们彼此从未真正贴近过。

至此，隔离带的意义已经清晰起来。正如唐颖自己所言："再亲密的关系，仍然存在无法坦陈的秘密。"每段关系都有黑洞，有着不愿、也不想与对方分享的灰色地带，这是人性当中最真实也最复杂的一面。"我"与礼平之间的关系看似亲密无间，实际却像跷跷板一般不甚平衡；礼平与华盛间所谓自由的华丽情感，却一触即破、扭曲至极；"我"与丈夫之间平静无波的婚姻关系，实际暗藏汹涌。他们之间的关系既近又远，既明又暗。而这也正是现代人的情感世界中最真实的样貌。

小说的篇幅并不长，在自然展开人物之间交错的关系网的同时，创造出无限的留白空间，让人思考着人性中最深的痛点。"隔离带"这一题目的设置，可以说是点睛之笔。文中每段关系的两端，都有着或明或暗的隔离带。那些自以为是的感同身受背后，是冰冷横陈的真相在呼之欲出。亲密与疏离，有时或许只有一线之隔，这样的隔离带以各种形式存在于现代人的生活中。（畅悦）

上一回庐山

/陈世旭

一

二队城里下放的人，喜欢坐在坝头上，对远处的庐山指指点点，把这辈子能上一回庐山当作一个最大的人生目标。之前听招工宣传，好几个人就是冲着"江洲农场就在庐山脚下"这句话，不顾娘老子反对，要死要活从家里跑出来的。

大晴天，在坝头上可以清清楚楚地看到长江对岸金光闪闪的鄱阳湖上浮着的庐山。山腰丝丝白云飘过，像有人挥舞绸子。山上的五老峰、仙人洞、三叠泉、瀑布云、外国人留下的无数洋房……都是天下少有的奇观。到了夜晚，庐山的剪影贴在幽蓝幽蓝的天幕，一点一点星子一样晶亮的光在剪影上画着"之"字，那是山道上夜行的车灯……洲上去过的人说起庐山，一个个牛逼哄哄。

没有别人的时候，省城社会福利院来的张甲张乙张丙也会坐在坝头上，看着庐山的影子出神。

江洲农场去省城招工，带回了二三百人，其中半数是社会福利院的孤儿。

二队分到三个孤儿，姓的是社会福利院院长的姓，名字都有社会福利院的"社"。分别是张社保、张社抱、张社宝。因为读音很接近，不容易分清，喊起来容易乱，队长吴毛俚为了省事，干脆就分别叫了张甲、张乙、张丙。三个人生年不详，排名甲乙丙，依据的是他们进福利院的先后：

张甲是在社会福利院门口捡到的。大冬天，门房一早开门，看见台阶上一个烂布片裹着的婴儿，小脑壳冻得乌青，摸摸鼻孔，冰凉。这种事他见多了，不紧不慢抱起，去敲医务室的窗子。夜班医生不耐烦地爬起来，听听胸音，还是活的。

张乙是社会福利院从妇产医院接来的，生下来几天后，她娘老子突然不见了。医院等了两个星期，确定她是被遗弃了，给社会福利院打了电话。

张丙是一个乡下女人拉扯来的，慌慌张张地推进门房，说了声这孩子家里人都死光了就转身跑了。

最初，二队十几个下放的城里人依照各自的来处各分作一伙，接触多了，就有交叉，搞混了。但不管怎样搞混，张甲、乙、丙始终混不了，没人把他们当数。大家嫌"社会福利院"啰唆，直接就叫"孤儿院"，连"张甲、乙、丙"也懒得喊，就说"那几个孤儿院的"。

"那几个孤儿院的"只能自己抱团。只有他们，喊对方都喊社会福利院起的名字。

在厨房吃饭，三个人蹲在一个墙角。各人照各人的量打饭，到月吃不完的定量，张乙就分给张甲、张丙。农场吃的是定销粮，只要是劳力，每人定量一样。

每顿饭只有一个菜，见人一勺。张乙也吃不完，先分别拣到张甲、张丙碗里。那勺菜每次只有一样，或煮冬瓜，或煮南瓜，或煮茄子，连辣椒或空心菜也是煮的。一大锅菜煮好了，放一小勺菜籽油。菜是食堂菜园种的，菜籽油是春上收了菜籽从上交部分中提留的，提留的标准跟城里的定量一样，放到食堂里，没几天就舀完了。

农场惯例，一年三节各有一次加餐，每人一勺红烧肉。张乙怕油腻，都分给张甲、张丙。张甲、张丙每次都用筷子把瘦肉夹出来，拣回给张乙。在孤儿院听院医说过，怕油腻的人多半是因为体质差，要是老不吃荤油，只会更差。隔三岔五，夜里张甲就拉起张丙，去棉花地中间的裤脚套偷捉蛤蟆。

张甲脱个赤膊郎当趟水沟，张丙拿个化肥袋在沟边上跟着。洲上的蛤蟆从来没有人捉过，很憨。蹲在水边的草棵里正叫得起劲，电筒一照，马上哑了，一动不动，只鼓起两只眼睛骨碌碌吃惊，直到被人一把掐住，才四脚死命乱蹬。捉够了，就着水沟剥洗干净，在沟边拿几块石头围个灶，架上孤儿院带来的搪瓷盆，煮熟了，小心倒进带盖的搪瓷缸子，连夜把张乙喊起来——张乙的床靠窗子，在外面轻轻一拍她就听见了。

在棉花地锄草，定额一人一垄。张甲手脚快，锄完了自己的那一垄，张乙还没有锄到一半。张甲就去张乙那一垄的尽头，锄到跟张乙会合。这时候，张丙也差不多完成了自己的定额。

三个人的衣服被褥，都是张乙浆洗。起先去坝外的水塘漂洗。水塘是筑坝留下的土坑，雨水积成了塘，深浅不一，深水清，浅水浑。有一次张乙一心找水清的塘子，滑进了深水，张甲、张丙再不让她去水塘。张甲找到一截竹筒子，从里面把竹节掏空，只留下头上一节，筒身打了孔，装进明矾碎块，交给张丙。然后去江里挑水，水挑上来，张丙拿着那截竹筒在桶里搅动，泥汤样的江水很快澄清，再倒进洗衣盆。

裤褂破了，扣子掉了，鞋子烂了，张乙缝补不过夜。

他们从小给孤儿院教乖了，特懂事。上工、下工、吃饭、睡觉、浆洗、缝补，井井有条。别个不理他们，他们也不招惹别个。井水不犯河水。

时间长了，城里一帮痞子讪笑：这三个人，说是兄妹，亲得像夫妻；说是夫妻，怎么一床睡？卷毛儿说，那还不容易，张乙上半夜跟张甲睡，下半夜跟张丙睡。

三个人只当没听见，自己过自己的日子。

二

三个人里，张丙年龄最大，话却最少，一天到夜，三脚踢不出个屁，一张虚胖得松松垮垮的脸，嘴总是半开着，不是低头看着脚下，就是侧脸看着远处，一副憨样；张乙像刚出洞的老鼠，见人就惊慌失措，人细瘦得像根葱，刮个小风就能折断。

只有张甲火气冲，跟他的长相反差很大：尖头尖脑，又瘦又小，比队上所有男人都矮半个头，好像一直就没有从当初在孤儿院门口冻出的乌青中缓过来，浑身漆黑，夜里向你走来，你能看清的只有两只眼睛和白牙齿。

孤儿院三个人里，大家最不当回事的就是他。没想到独独是他，凡事都不肯认输。走路从来不在人后，小公鸡一样昂着头，撅着屁股，死命往前拱。城里人刚下来队上就讲清楚了：一年以内不评工分，只拿基本分，大约是正劳力满分的一半——这已经是照顾了，多数人没有一年，连农活的门槛也摸不着。他不服。才过了个把月，他在上工的路上拦住队长吴毛俚，要求跟正劳力一样评工分，而且他要跟壮劳力一样高。

吴毛俚精瘦，病恹恹的，从来不说笑，好像总也没睡醒，眼睛半闭着，听了张甲的话，居然睁了一眼，低头看定他：你要评工分？还要跟壮劳力一样高？

不可以么？张甲抬着头，气昂昂的。

可以倒是可以。先要过三道关。头道关，八分；二道关，九分；三道关，才是满分十分。

哪三道，你只管说。

头道，扛包，两百斤的麻包从江里扛进仓库；二道，犁地，一条垄三里，从头犁到尾不能打弯；三道，装车。

吴毛俚指着几垄地外正在装麦收没有运完的麦秸的牛车，牛车的木头轮子差不多两寸厚，包着一圈扁铁，张甲的小脑壳刚够到车轮中心的轴头。可以堆满半间屋子的麦秸齐腰高一捆，在车上码好后，比场部的屋檐还高。

这有什么！张甲一脸不屑。

伢儿你莫扯了。吴毛俚没有幽默感，不喜欢扯淡：你做不了的。

你不让我做，怎么晓得我做不了？

不是发蛮的事！我才九分五！吴毛俚有点急了。

你是你，我是我！张甲一根筋。

那好，明日，扛包。吴毛俚懒得啰唆。

第二天，早饭过后，一帮壮劳力去江上扛包。

一条大驳船，靠在江边，又宽又深的船舱，堆满了袋装化肥，每袋标明一百公斤，是张甲体重的一倍多。

一下来了好几个队的人，那么重一条船被踩踏得像小划子一样晃动。好几条长长的跳板搭在岸上，走上去，弹簧片一样上下弹动。别队有几个人上去没走几步就掉到江里，又狼狈不堪地爬上来。走在二队劳力最前面的张甲好像没看见，一个箭步蹿上跳板，然后就像粒打水漂的石子一样蹦到了船上。

吴毛俚早已带着两个壮劳力在驳船上站定了位置。见到张甲，吴毛俚忍不住说：你真来了？

张甲不搭理，转身朝麻袋堆撅起屁股，两只手撑住膝盖，等着他们往背上搁麻袋。等了半天不见动静，他扭回头，看见队上那两个壮汉把麻袋在他背上抬起老高，就是不敢放下来。他气得黑脸上的两只眼睛血红：放啊，放啊，放啊！你们要我骂娘吗！

那两个人看看无可奈何的吴毛俚，只好把抬着的麻袋在张甲背上放落。

只听"噗"的一声，麻袋把张甲整个人压趴在船板上。

吴毛俚失声喊：憨伢儿哎！

那两个人正要从麻袋堆上跳下，挪开压住张甲的麻袋，那只麻袋却又一点一点地从船板上拱起。然后一点一点地移到跳板上，一点一点地移到岸上，一点一点地移过宽阔的江滩，一点一点地移上老高的堤坝，一点一点地在堤坝上向二里外的二队移动，在堤坝那边消失。下了堤坝，要进到二队仓库，还有老长一段路。

二队一帮人，心都悬着。

张甲却小跑着回来了。照样是小公鸡一样气昂昂的。黑着脸，一过跳板就撅起屁股：来！

伢儿伢儿哎，我叫你活老子，要得啵！你要八分就给你八分，只求你莫作死！吴毛俚几乎是哀求。

来！张甲抬起一只撑膝盖的手，拍了一下肩头。

那一上午，张甲跟着二队的一帮壮劳力，一袋化肥也没有少背。

说话算数，八分，对不对？散伙的时候，张甲问吴毛俚。

算数，怎么不算数！

吴毛俚很困惑地眨眼：真是个活老子！没见过这样要分不要命的。

今年来不及了，明年秋后，我要犁地，装车。张甲得寸进尺。

要得。吴毛俚叹了口气。

三

卷毛儿是在庐山脚下的城里长大的。上下水码头，见多了怪模怪样。一头卷毛黑一撮黄一撮，像个花皮老鼠。色眯眯的眯细眼，尖嘴像涂了口红，花格子衬衫软塌塌的，男不男女不女，十足就是个本省无论城乡都厌恶的假模式儿上海小瘪三。

从小学到中学，卷毛儿一个总也改不了的恶习就是撩拨女生。趁人不备，这个腿上蹭一下，那个胸口抹一把，还学着上海话说是"吃豆腐"。不知道罚站、写检讨、挨男生痛打了多少次，就是百折不挠。有过一个泼辣的女生给他撩拨得火起，狠抓了一把他的裤裆，惊叫了一声"骚鸡公"。后来手脚动到了中学校长的宝贝千金头上，终于受到严厉处分。他自己觉得没脸在学校混下去，懒得再去学校，在社会上一直混到被动员下放。

到了二队，卷毛儿的眯细眼照旧总在城里下放的女伢儿身上睃，女伢儿一发现就啐他。他最后就瞄上了甘卫华。甘卫华不好看也不难看，却把谁也不放在眼里，说话一定伤人，很孤立。这让他觉得有机可乘，时不时去挨挨擦擦。甘卫华倒不生气，问他：说你是骚鸡公？

差不多吧。你要不要试试？卷毛儿涎着脸。

你是真的假的？甘卫华板着脸。

当然是真的。卷毛儿眯细眼刷地一亮。

是真的，就正式些。没听洲巴佬唱"捏姐莫在人前捏，人前捏姐假风流"吗？

是，是。卷毛儿的小红嘴唇像鱼一样翕动起来。

约好了，夜里入睡后，去裤脚套，在队上的小草棚会面。

裤脚套是农场最低洼的地方，中间挖了一条横穿全场的水沟，供棉花地排涝、存水、用水。各队都在沟边搭了个小草棚。从屋场到裤脚套起码二三里路，要穿过整片的棉花林。八月里，棉花林高过了人头。一头钻在里面的卷毛儿听着耳边"哗哗"的声响，脑子里尽转着平时听过的鬼故事，不知道什么时候面前就会突然出现一只青面獠牙的鬼，两只细脚杆直发软。好几次想回头，又舍不下眼见得就要到手的好事。朦朦胧胧的星光下，终于看到那个幸福的小草棚了！卷毛儿的心一下堵到了喉咙眼上，止不住咳了一声。

是卷毛儿？甘卫华的声音从来没有过的柔和。

是。卷毛儿浑身骨头都酥了。

怎么这么晚才来？想急死我？

我我我……卷毛儿快活得脚肚子转筋。

来吧，快些！甘卫华魅惑的催促幽幽地飘出小草棚。

卷毛儿跳起脚，跑到草棚门口，一头扑进黑咕隆咚。

然后就听见一声恶狠狠的叱骂："我我我你妈逼，吃屎去吧！"

然后就是背上被人猛推了一掌。

然后就是一头一身一嘴的粪便。

小草棚里，一边的空地放些锄头、铁锹、粪桶之类的小农具，一边是一口极大的牛粪窖，也供人上工时拉屎拉尿。

把卷毛儿推下粪窖的是剃头佬潘伢儿。他在省城跟着老子剃头剃得好好的，看见一条巷子里的甘卫华报名下乡，不顾一切追来了。

放开肚皮，吃饱些。甘卫华和潘伢儿叽叽嘎嘎地笑着扬长而去。

卷毛儿昏头涨脑地爬起来。浓稠的粪便倒是不深，刚刚到膝盖那儿。但窖很深，跳起来也够不到窖沿。卷毛儿陷在粪便里，想死的心都有。

绝望中忽然听到了人声。卷毛儿扯起嗓子大喊救命。

外面的人是张甲和张丙。

救命！卷毛儿可怜兮兮地喊。这之前打死他也不会想到有一天会求到这两个"孤儿院的"头上。

进去看看。张甲说。

不去。除了张甲、张乙，张丙谁也不想搭理。

张甲揿亮电筒进了草棚。

救命！牛粪窖里的卷毛儿哭求。

张甲把已经在窖里的搅屎棍移到卷毛儿身边，又放下去一个尿桶，什么也没有说就走出来。

卷毛儿的瘪三样在江洲农场本来就有些名气，这回吃屎，更是名声大噪，走到哪里都有人问：你就是那个吃屎的？永远觉得他一身的尿骚屎臭没有洗干净，把一个自以为在女人堆里人见人爱的情种搞得灰溜溜的。

甘卫华和潘伢儿一直小心地防备着卷毛儿的报复，一直没有等到。相反，卷毛儿只要一见到他们两个，就立刻低了头，像条打断了脊骨的狗一样靠边溜走。他们终于放心：没想到一向神气活现的卷毛儿是这么个货。

在城里人中间没着没落的卷毛儿，只好放下身段，混到"那几个孤儿院的"中间来。

四

事发之前不是没有一点眉眼，只是张甲、张丙没有在意。

听到队长吴毛俚敲钟，张甲每次都是第一个爬起来，把张丙从梦里扯下床，就去拍张乙的窗子。

棉花地最忙的时候，吴毛俚差不多一过三更就起来敲钟，连他老婆都咒他吵死鬼，不得好死，这帮城里下放的就更是要在床上赖半天。张甲一敲窗子，张乙同屋的女伢儿也一样咒他。只有张乙像老鼠一样悄没声息地起床，悄没声息地出门，跟着张甲、张丙下地。

这次，一直到所有的女伢儿都出了门，还没有见到张乙。张甲急了，只好硬着头皮问张乙同屋的女伢儿，只有一个人回答：我们是给你看张乙的？

所有劳力都下了地，大家发现，卷毛儿也不见了。

张甲一屁股跌在地上。

卷毛儿这一向就在极力讨好他们，晓得他们也想上庐山，说他从小跟外婆长大，外婆现在随舅舅一家住在庐山牯岭街上，他们要愿意，他可以带他们上山。

张甲当时说，等年底决分，有了现钱，我会带张乙、张丙去。

年底决分能拿到现钱的就只有张甲，他现在拿的是正劳力的八分底分了，除去饭钱，多少有些盈余。

不消啊。

卷毛儿说：我们可以搭场里的便船过江，到对面县城找便车到庐山脚下，爬山上去。上了山，就在我外婆家吃住，不要钱。

真的？张乙很兴奋。

哼。张丙白了张乙一眼。

张甲说：谢谢，我们不占人便宜。

卷毛儿大大咧咧：没——关——系，朋友嘛，这算什么。

朋友归朋友，亲兄弟明算账。

张甲说着，从卷毛儿身边拉走了张乙。心里明白：什么"亲兄弟"，这只骚鸡公打的就只是张乙的主意。

卷毛儿在后面嘟起嘴，吹了一声口哨。

就没有想到，卷毛儿说风就真下雨了；更没有想到，一向胆小如鼠的社抱会这么糊涂！

坐在地上的张甲一下跳起，抓住张丙：我们去追！

跑到农场码头，船队的人说，是看到卷毛儿带了张乙坐场部食堂的采购船过江了。张甲"呀呀"跳脚，握紧拳头猛捶胸口，倒在船头上，抱着头滚来滚去。

张丙半张着嘴，呆呆看着江对面远远的庐山。

摇橹的船老大问：是卷毛儿拐跑张乙？早晓得，就把他们拦下了。

场部就在二队地面。大家都是熟人。

船到对岸，等了半天，总算偷偷爬上一辆在县城街上不得不减速的货车。午后，快到庐山脚下，被停车加油的司机发现，赶下了车。问上山的路，还在五六十里开外。张甲、张丙终于爬到庐山牯岭街的时候，已经是下半夜了。街上空无一人，两边都是店铺，门板都关着。高高低低的石板路两边，有许多上山的岔道，通往在山坡树林里堆得密密麻麻的房子。也不知道卷毛儿外婆家该从哪条岔道上去。

庐山本来就是避暑的地方，山上的夜风大得吓人，跟山下差了一个季度。两个人就那样短衣短裤地跑上来，先是牙齿"格格"响，后是浑身像筛糠，再后来不响也不抖了，手脚发硬。

张甲说，不行，要跑动。

三九寒冬，社会福利院就让大家绕着操场跑动暖身子。

幸好这阵跑动，吵醒了在附近房子里打瞌睡的联防队。两个人被带到一间灯光通明的屋子。

省城，社会福利院，江洲农场，女同学，卷毛儿……

张甲结结巴巴，回回转转，把联防队员搞烦了，指着张丙：换个人，你说！

张丙平时没有话，一旦开口，头头是道：他们早先在哪里，现在在哪里，今天为什么上山。

就是说，要找卷毛儿？

不只是找他，找他是为了找回我们的女同学张社抱。

晓得了。

联防队员脸色缓和下来：你们就在这里坐着。找人的事天亮再说。

不行！现在就要找到。张甲颈子一拧。

你跟哪个说话？联防队员笑道。

跟你。

为什么？

卷毛儿会糟蹋张社抱。

你们跟张社抱只是同学，对不对？那卷毛儿跟张社抱是什么关系，你们晓得吗？

没有关系。

没有关系他们怎么就一路上山了？

卷毛儿骗了她。

我凭什么相信你们？你们说的只是一面之词。我们不能凭你们的一面之词就去惊动群众。你们安心坐着。眼见得天就亮了。再说，人家要做什么事，早都做几回了。

联防队几个人看着两个瘦骨嶙峋几乎还是伢儿的人，觉得又好笑又可怜。天刚见亮，有两个人就出去了。再进门时，身后跟着卷毛儿，还有张乙：是不是他们？

坐在长椅上的张甲、张丙完全憨了，睁大眼睛一动不动。

你们两个什么时候来的？请你们一块来，你们不来，怎么又自己跑来了？卷毛儿嬉皮笑脸。

张甲从椅子上蹦起来，一头向卷毛儿撞去。

卷毛儿连连后退了几步，脚后跟被门槛绊了一下，仰面倒在门外，后脑壳磕在石板上，立刻就流出一摊血。

张甲跳到门外，骑到卷毛儿身上，往死里卡他的脖子。

张乙吓得"哇"一声大哭：莫怪他！莫打了！

几个联防队员一齐扑过去，扯起张甲。

张甲嗷叫着在好几条铁钳一样的手臂中挣扎。

张乙哀求：莫怪他！莫打了！我跟你们回去。

五

张甲没有等到过犁地、装车关的那一天。

春天，从县里来了一个血防组，在农场到处张贴布告，上面是一首《三字经》：

> 血吸虫，害人精。
> 男不长，女不生。
> ……

同时开展血吸虫病普查。

张甲头一批就进了血吸虫病患者名单。

江洲是血吸虫病疫区，为了预防血吸虫病，农场早就由水田改为了旱地。但像裤脚套这样的低洼地方，照旧是疫水长流。城里人下来的时候，场里是交代过这种地方决不能下水的，但张甲为了抓蛤蟆，只当耳边风。

去年收的棉花已经上交了，上半年各队的仓库是空的，就用来做病房。地上铺一层牛没有吃完的干草，各人再铺上自己的被褥，面对面两排通铺，中间留条走道给医务人员。

按疗程，先对患者做常规检查。张甲在二队仓库只住了一个礼拜。常规检查的结果，让县里来的医生摇头：这个人的五脏六腑就没有一处正常的，最严重的是肝肿大，已经有了腹水。在场里是治不了的，不然血吸虫没有杀死，先送了小命。只能转去县医院。

其他分场也有几个跟张甲情况相似，场里派了专人送医。正是农忙，其他人不让请假。张乙和张丙最多只能送到码头。

张乙一路哭，张丙很不高兴：哭什么？又不是送丧。

张甲对张丙说：我不在，你要照护好社抱。

张丙点点头，说不出话。他的眼睛也红了。

张甲想起什么，又说：钱收好了？

头夜里，张甲把年前决分分到手的几十块现钱交给了张丙，让他今年上半年找个合适的时候带张乙上一回庐山。

她不是去过了吗？张丙说。

那回是白去。我们第二天一早让她下山了。

白去？！张丙咕哝一声，把没有说出的话吞了回去。

我说话你听见了吗？看张丙不作声，张甲又叮了一句。

听见了。放心。张丙一肚子不情愿。

如果不算张乙那回跟着卷毛儿上庐山，这是他们三个人从省城到农场后头一次分开。当时三个人谁也没有想到，张甲这一次就是永别。事后想起，张丙责怪张乙的那句话万万不该说！

张甲一个月后死在县医院。医院打电话到农场，问有没有家属来处理后事。场里为了节约开支，请医院代为火化，他们让去县里出差的人事干部蒋忠诚顺便带回了骨灰，交给了张乙、张丙。蒋忠诚说，张甲死的样子很惨：一副骨头架子，肚子鼓得像个大气泡。

张丙虚胖的脸松松垮垮，半张着嘴巴，目光呆滞，麻木地听着。张乙自己不敢说话，在后面扯张丙的衣角，希望他跟蒋忠诚提点要求，至少对张甲有个说法：他们是孤儿，没有娘老子，场里就是他们的家。

张丙没有反应。他把张甲的骨灰罐抱到洲尾的防浪林。这一带埋了许多江水回流冲上来的无名尸首，洲上人谁埋一个可以去场部管民政的干部那里领到一笔小钱。

找到最粗壮的一棵柳树，张丙在树下挖了个深坑，把张甲的骨灰罐放下去，堆了一个小坟。铲去一块树皮，一刀一刀地刻上张甲的名字：

张社保

一切停当了，张丙从身上摸出一个小包交给跟在身边的张乙：这是社保留给你上庐山的钱。上回我们坏了你的事，我现在代社保说一声"对不起"。

张乙受了惊吓一样脸色煞白，忽然明白：我那次跟卷毛儿上山，一直跟他外婆在一起。他外婆对他管得紧，他对我小心客气。我跟他真的没出事。我就是想上一回庐山。走前没有告诉你们，是晓得你们不会同意。社宝哥你一定要原谅我。社保哥走了，你不要离开我！社宝哥，你不要恨我！

张乙越说越没了声音。

我没有恨你。张丙不看她，越走越快。

好多年后，卷毛儿的老子退休，可以有一个子女顶替进工厂。卷毛儿去了，带走了张乙。他老子说，先进城，就业的事慢慢解决。那时候她已经跟卷毛儿成家了。卷毛儿外婆那次在庐山一见张乙就喜欢得不得了，说她旺夫，卷毛儿娶了她，一定浪子回头。成了家的卷毛儿除了头毛照旧是卷的，也的确正儿八经像个男人了。

女大十八变。张乙不知不觉出落成了个花红柳绿的俏妹子。她一直等着张丙开口，但张丙心里，她单独跟卷毛儿上庐山过了一夜那道坎就是过不去。张甲在场里，三个人还继续搭伙，张甲去了县医院，张丙跟张乙就几乎不来往了。

下放的城里人先先后后差不多都回城了，张丙无家可回，也不知道离开了江洲能做什么。他现在是二队三四个拿满分十分的劳力之一，城里下放人中的独一个。吴毛俚说的扛包、犁地、装车三大关，他不惊不乍就过来了，水到渠成，瓜熟蒂落，老职工个个叫绝，说真是出鬼了！没事他就去洲尾看张甲。那个小坟堆第二年就被汛期上岸的江水荡平了。但刻在树上的名字总在。

选自《上海文学》2019年第7期

评鉴与感悟

于氤氲中低吟浅唱

作为江西作家当中的领军人物，陈世旭向来对"庐山"有着某种别样的情怀与思绪。对于这一"挤满了诗人的所在"，他可谓是极尽文思与才情去装扮与抒写。庐山于他是热爱，是追寻，更是魂牵梦萦的执念。

而在此篇作品当中，"庐山"也正是这样一个令人心向往之的理想国，一个再合适不过的故事发生地。对庐山的向往与追寻，给生存在底层的人们以希望。而命运的阴差阳错，理想与现实的复杂碰撞，却又使这种希望转为绝望。希望与绝望的交织，描绘出的却是平凡人最真实的生活样貌。贯穿全篇的朦胧感伤之气，更为文章添色不少，似山头浓雾，久久难散，独留怅然于心。

故事的主人公，是被招工至庐山脚下的几个孤儿：张甲、张乙、张丙。来自省城福利院的这三个孤儿，亲如兄妹相依为命，过着清贫但温暖的日子。随着另一位主人公"卷毛儿"的意外闯入，生活也随之起了波澜。女孩张乙受了轻浮的卷毛儿的怂恿，随他上了一回庐山。虽被张甲、张丙费力寻到，却也在他们当中撕开了再难弥补的裂缝。而张甲因病离世，更将这道裂缝撕扯得更深更痛，直至一切都再难复原。至此，希望已成绝望，往昔皆成泡影。以张甲作为砝码来平衡的残存亲情再难维持，未见天光的朦胧情思也磨灭殆尽。多年后，张乙与"卷毛儿"成家，终是上了庐山。而张丙却始终留在原地，坚守过去。

正如庐山本身的氤氲色彩，《上一回庐山》在主题内涵上也表现得婉转朦胧。正如故事开头所交代的那样，庐山始终是他们心底最深的追寻与希冀。但也正是庐山，成了导致三人分崩离析的那根导火索。在命运的某些分岔口，一个看似不起眼的偶然事件、一个原本不相干的人物，都可能成为转折点上的推手。"卷毛儿"这样一个好色又无聊的人，却成为改变三人命运的举足轻重的人物。其实，一切也并非他的作为，全都是命运的裹挟。

基于婉转表达主题的需要，文章也采取了相对应的结构布局。故事情节不算曲折，却环环相扣。细读全文，处处伏笔深埋，前因后果均有迹可循，情节设置精密。结尾处则是干净利落，寥寥数笔便将每个角色的结局交代清楚。与婉转朦胧的主题表达相呼应，含蓄的言语刻意留白。不做直白清晰的述说，留下的却是更深更远的思绪与慨叹。

此外，值得一提的便是题目的设置，可谓简精。故事的起承转结，都在庐山。小说中人物的鱼贯出场，情节的从容演绎，乃至改变三人命运的力量，都是由贯穿始终的"上庐山"这一情节，在背后持续静默地推动。

在陈世旭笔下，那状似水到渠成的人物命运结局，带着几分说不清道不明的缺憾。曾经命运交织难分的三人，终是分崩离析，在阴差阳错间便被改写了一生。小说于氤氲中低吟浅唱，平淡得令人心惊。那低喃中的叹息，却不绝于耳，直抵心底。（畅悦）

吴菲和吴芳姨妈

/叶兆言

杨小玲九岁，父亲带她到南京见过一次吴菲和吴芳姨妈。当时到处都挖防空洞，南京城很混乱。父亲跟人借了一辆自行车，驮着杨小玲先去吴芳姨妈家，然后又去吴菲姨妈家。

杨小玲印象中，四十岁的吴菲和吴芳姨妈，仿佛同一个人。长得太像，离开这个姨妈家到那个姨妈家，杨小玲被双胞胎姨妈的相似程度惊得目瞪口呆。天呀，怎么会这么一模一样，外表衣着，脸部表情，说话声音，根本没差别。

两位姨妈都没留吃饭，也不沏茶，结果父女俩只好到商店里买两个油球充饥。南京特有的一种食物，很像一个握起来的拳头，有豆沙馅，用油炸过，非常管饱。杨小玲母亲为此一直耿耿于怀，自己丈夫带着女儿辛辛苦苦大老远去送虾籽鲞鱼，吴菲和吴芳姨妈也太不拿别人不当外人，太不讲客套，她们表现得太冷淡。

虾籽鲞鱼是苏州特产，杨小玲清楚地记得，外婆专门去酱菜店讨了干荷叶，用纸绳子细心包扎。外婆说，她两个侄女和她哥哥一样，最喜欢吃采芝斋的虾籽鲞鱼。外婆是吴菲和吴芳姨妈的嫡亲姑妈，杨小玲母亲与双胞胎姨妈是表姐妹，年纪差不多，童年和少年都是在四川成都度过。那时候正好抗战，她们一起在池塘里游泳，一起叫喊着跑空袭警报，一起钻防空洞,一起学骑自行车。

杨小玲外公与双胞胎姨妈的父亲,也就是杨小玲的舅公是同事,都是农民银行职员。说起来应该比较亲近,尤其在四川的那段日子,两家就隔着一堵墙。杨小玲母亲与吴菲和吴芳是同学,先在同一个小学,后来又同一个中学。三人有过一张穿童子军校服的合影,有人说她们长得像三胞胎。

自从杨小玲父女在南京遭遇了冷淡,杨小玲母亲便不太愿意在女儿面前提起这两位姨妈。外婆有时候还会念叨几句,说双胞胎侄女打小就一直闹别扭,自从出生,一直在互相捣蛋。

"我嫂子那时候真不容易,双胞胎就没办法喂奶,喂这个,那个拼命哭,喂那个,这个又像要杀了她一样,一个劲地死嚎,索性都不喂,倒也就太平老实了。"

外婆的描述中,杨小玲有个印象特别深刻,吴菲和吴芳姨妈永远在闹别扭,一别扭就互相不说话,父母关照什么事,让这位喊那位吃饭,让那位喊这位做功课,其中一个便会以"我现在不跟她说话"为理由,予以拒绝。杨小玲的舅公和舅婆因此很生气,生气也没用,双胞胎脾气都倔,都不怕挨骂,宁愿挨打,也绝不让步,不说话就是不说话,坚决不说。

当时的农民银行职员中,还有一家也有双胞胎,那家是两个男孩子,平时也吵闹,也打架,不过兄弟姐妹有矛盾,他们通常会站在一边,一致对外。外婆说她哥哥家的问题是孩子太少,还有个弟弟,老实巴交总被两位姐姐欺负。外婆的哥哥喜欢女孩子,吴菲和吴芳姨妈自小就被宠得不行。

外婆说来说去,必定要表达这样一层意思:

"我这两宝贝侄女,天生一对冤家。"

吴菲和吴芳姨妈属于那种极其相似的孪生姐妹,为了有点区别,父母故意不让她们穿一样的衣服、穿一样的鞋,甚至不留一样的头发,可是这都没用,她们不仅长得太像,关键是神态也没区别。实在太相似了,不要说别人会弄错,就连她们的父母、她们的弟弟,也经常被弄迷糊。

杨小玲母亲开始上中学,她与吴芳一个班,吴菲在另一个班。初二的时候,比她们高一级的初三(二)班,有位大官僚的公子哥叫姚谦,他有辆老牌的英国凤头牌自行车,天天骑车来上学。姚谦父亲不仅是国民政府的高官，而且是农民银行的监察和董事、杨小玲外公和舅公的上司。杨小玲舅公是银行的处长，有一天，他做东请这位上司一家吃饭，杨小玲外公作陪。姚谦也跟着父亲来了，大人们在一起说话，他便在门前的小操场上教三个女孩子骑车。

杨小玲母亲学得最快，她很快学会了骑自行车。学得最慢的是吴菲，那一阵为学习骑自行车，三个女孩经常与姚谦在一起。姚谦也喜欢跟她们玩，一有时间，便会主动过来找她们。吴菲和吴芳都觉得姚谦这个大男孩挺可爱，都觉得他有点喜欢自己，在姚谦面前都是尽量保持克制，姐妹俩平时一碰就吵架，就相互不说话，只有在那段时间，才很难得地和平相处。姚谦确实也喜欢她们，双胞胎姐妹很漂亮，长得又是那么相像，很难分清楚，他弄不太明白自己到底是喜欢谁。

吴菲和吴芳姨妈和平相处的时间并不长久，很快又出现裂痕。放假，姚谦和大家约好，到时候一起去学校操场上练习自行车。没想到本来说好上午来，结果有事耽误，拖到下午才过来。他来的时候，吴菲正好在杨小玲母亲家玩，姚谦来了，先解释自己上午为什么不能赴约，又喊她们一起去骑车，并且问吴芳到哪去了。吴菲随口来了一句，说吴芳肚子疼，在家睡觉呢。

于是就三个人一起去骑自行车，没喊吴芳，姚谦也没多想，没想到吴芳会很生气，会因此非常生气。事实上，吴芳此时正待在家里看书，看法国作家纪德的小说《田园交响曲》。她并没觉得这本小说有多好看，只是觉得无聊，只是因为语文老师说纪德是一位非常好的法国作家，比巴尔扎克还好。

吴芳没想到姚谦会不喊她，没想到事情会这样。其实他推着自行车过来，吴芳已看见他往姑姑家那边去了，看见他进了杨小玲母亲家。出于女孩子的矜持，吴芳没好意思主动迎出来，毕竟她们家与姑姑家只隔着一堵墙。她相信，如果要出去骑自行车，姚谦一定会喊她一声，会喊她一起去。她甚至能够听见姑姑家那面隐隐的说话声，只是听不清在说什么。后来声音没有了，吴芳看见他们走了出来，也没喊她，竟然是径直走了。

这件事情弄得三个女孩子鸡飞狗跳，等到吴芳清醒过来，人家压根没准备喊她，压根不打算喊她，她后悔已经来不及。眼看着他们越走越远，吴芳开始生气，生了一会儿气，她决定去学校找他们，她决定要问问姚谦，问问明白，为什么他不喊上自己，为什么就这么走了。结果到学校门口，她改变了主意，学校并没有围墙，远远地，她看见杨小玲母亲正在操场上骑自行车兜圈子，吴菲和姚谦则坐在双杠上说话，一边说一边笑。

杨小玲母亲后来只不过是实话实说，吴芳质问她，你们为什么不喊上我，她如实地告诉吴芳，是吴菲说她肚子疼。吴芳立刻咬牙切齿，立刻暴跳如雷，立刻明白是吴菲在暗中捣鬼。双胞胎姐妹终于为此大吵了一场，很长时间又是不再说话，又变成了仇敌。杨小玲母亲还把吴菲也给得罪了，吴菲觉得她不应该从中做小人，挑拨是非，不应该在中间传话。

吴菲说："你明知道吴芳气量小，为什么还要把这话告诉她？"

"这话本来就是你说的，"杨小玲母亲十分委屈，也开始较真，"你说吴芳的肚子疼，说得跟真的一样，我妈和姚谦都听见了。"

多少年以后，杨小玲母亲告诉杨小玲，当时她已意识吴菲姐妹都喜欢姚谦。毫无疑问，吴菲和吴芳姨妈爱上了姚谦，她们为了他争风吃醋。姚谦是个很讨女孩子喜欢的大男孩，个子高高的，很结实，很英俊，皮肤也白。杨小玲曾经问她母亲，你是不是和两位姨妈一样，也有点喜欢这个叫姚谦的男人，杨小玲母亲顿时脸红了，红得很厉害，说我没有，真没有，我那时候什么都不懂。杨小玲笑着说，喜欢不喜欢一个人，这跟懂不懂没关系，该喜欢就是喜欢，你用不着不好意思。

姚谦很快就报名去军校当兵，那时候，抗战都快结束，前方战事依然很吃紧。他毕竟是个热血青年，家里想阻拦也拦不住。在军校读书，还没毕业，没来得及上前线，抗战突然胜利了。

大后方难民开始返回南京，杨小玲母亲一家是坐船回来，那船很慢，前后走了差不多一个月时间。吴菲和吴芳姨妈家先走了一步，与姚谦一家坐着财政部包机返回南京，他们的父亲公务在身。

姚谦不久也转了学校，进了"中央大学"历史系，像他这种官僚子弟，自然想到哪到哪。再后来，他变成了进步青年，两位姨妈也开始上大学，也思想进步。吴菲读的是金陵大学，学医，吴芳是金陵女子学院，学习家政。有一段时候，姚谦和共产党的地下组织走得很近，不止一次差点被抓。

他是公子哥，仗着有背景有后台，平时大大咧咧，有点玩世不恭，父母和官家都拿他没办法。

刚回南京，姚谦与吴菲姐妹还有来往，渐渐地就不怎么见面。国民党迁去台湾前，他带着自己女友去吴菲姐妹家做过一次客。姚谦的女友也是一名国民党高级官员子女，也是进步青年，跟共产党走得更近，已经是一名地下党员。她显然没有吴菲姐妹漂亮，性格很开朗，说话同样大大咧咧，大家一起聊天，百无禁忌，立刻就熟悉起来。

女友说："我听姚谦说过，他说你们姐妹，都喜欢跟他玩，老是为了他吵架。"

姚谦连忙解释说："不，不是这样，应该说是我喜欢跟她们玩。"

"就是你说的，你还说她们喜欢你，你就是这样说的。"

女友不肯放过姚谦，笑着继续出卖他，继续拿他开涮。这时候，吴菲姐妹也难得保持一致，异口同声地要姚谦老实交代，必须老实交代，他是不是真喜欢过她们。姚谦被逼得没有退路，只好承认自己确实是喜欢过她们。都这么说了，大家还是不肯放过他，还要继续逼，非要他说出双胞胎姐妹中，到底是喜欢哪一个，是吴菲，还是吴芳。

姚谦真的是被逼急了，最后只能对女友说一句老实话：

"她们两个长得太像了，我是真分辨不出来。"

这以后，姚谦的全家去了台湾，只有他没走，留在了大陆。人民解放军进入南京，姚谦参军，随军继续南下，去了福建。再以后，参加抗美援朝，赴朝作战，在第四次战役中失踪，被列入了阵亡者名单。由于在大陆没别的亲属，烈士证书便寄到了那位女友手里。消息传开，吴菲正好刚结婚，正好是在蜜月里，这消息让她大吃一惊。因为有了那张烈士证书，所有的人都对姚谦的牺牲深信不疑。

姚谦的女友几年后，才和一位转业的志愿军军官结婚。为此她一直很内疚，觉得姚谦当初是为了自己，才选择留在南京，参军也是因为得到了她的鼓励。如果他不选择留下来，如果不是为了积极向上，为了进步，他可能就不会牺牲在朝鲜战场上。1957年，姚谦的这位女友心直口快，发表了不当言论，被打成右派，下放劳改，最终自杀。她的老父亲没有追随国民党去台湾，女儿的事让他非常伤心，又无可奈何，就在女儿遭遇不幸的第二年，一场并不严重的伤风感冒，夺走了他的生命。

出乎大家意外，姚谦并没有死，并没有牺牲在朝鲜战场上。三十多年后，1985年秋天，他又一次神气活现地出现在南京城里。这时候，他的身份是一名侨居巴黎的爱国华侨，来到这个城市是考察投资，已经去过上海北京，去过深圳广州，最终还是选择了南京。姚谦住进了金陵饭店，这个饭店在当时赫赫有名，颇有几分神秘色彩，有着国内第一高楼之美誉，衣冠不整恕不接待，住宿要花九十美元一晚，只能使用外币兑换券。他不仅住在这里，还在顶层的璇宫，宴请了吴菲姐妹。

真相一点都不复杂，在当年的战场上，姚谦所在的部队全军覆没，很多人牺牲了，活着的都成了俘虏。他被送进了战俘营，战后，姚谦选择去台湾地区，原因很简单，身边很多人都做了这样的选择。

姚谦到了台湾地区，大多数战俘被留在军方继续服役，特殊的家庭背景，让姚谦有机会选择再次读书。他又一次和家人团聚，并且选择了到美国读书，大学毕业，他没有回台湾地区，而是成为台湾地区驻法国代表处的工作人员。

这以后，姚谦选择了经商，赚了不少钱。他成了一名不折不扣的商人，在商场上跌宕起伏几十年，终于事业有成，家庭幸福美满。这一切可以说是始料不及，姚谦给吴菲和吴芳姨妈看自己与妻子的合影，看他子女的照片。这是一次非常难得的聚会，两位姨妈已很多年不来往。吴芳问他知道不知道前女友的事，知道不知道这个不幸的女人已经自杀了，姚谦听了，怔了一下，叹了口气说：

"我在台湾听说过这事，没想到会是真的。"

姚谦显然知道这件事，显然对这个话题不想多说，不仅不想说前女友，对怀旧也毫无兴趣。吴菲姐妹提到了杨小玲母亲，问他还能不能记得当年大家一起骑自行车，姚谦又是一怔，想了一会儿，淡淡地来了一句：

"当然记得，那个女孩叫什么来着，我记得她家就在你们家隔壁。"

吴芳丈夫钱先生最初是吴菲的男友，也曾经是吴菲的同事。吴芳大学毕业，先在民政局找了一份工作。吴菲带着自己同学兼男友钱先生回家见父母，这个钱先生是内科医生，来了就过问杨小玲舅婆的老慢支，就给老人治病，深得老太太喜欢。

钱先生成了吴家的女婿，他怎么就从吴菲姨妈男友变成吴芳姨妈丈夫，说起来太过传奇。然而这个故事从杨小玲母亲嘴里说出来，并不会觉得稀奇古怪。说到这，必须解释一下，杨小玲母亲就是我的老岳母。真也好，假也罢，事实上，我对吴菲和吴芳两位姨妈的最初印象，也正是从姐妹易嫁开始。说起来，非常像三流小说中的情节，可惜这个离奇故事，经过我老岳母的叙述，一点也不复杂，一点也不精彩。

"她们一辈子都在争吵，都在争，只要是个东西，不管好坏，总是要争的，什么都争，她们两个争男朋友，很正常。"

自从杨小玲成为我的妻子，两位姨妈的故事，开始陆续传进我耳朵。按照老岳母的说法，她们一生都在和对方过不去，从小开始争夺食物，争夺父母宠爱，争夺别人关注，争夺男孩子。

1949年以后，杨小玲家与吴菲和吴芳姨妈来往越来越少。最重要原因，杨家离开南京去了老家苏州。次要原因，杨小玲外婆过世了，大家在感情上变得可有可无，若即若离，也不太想主动联系。杨小玲父女送虾籽鲞鱼遭到冷遇，给了杨家一个很好的借口，杨小玲外婆在世，还会念叨哥哥嫂嫂，念叨她的两个双胞胎侄女，可是杨小玲母亲在心里却始终有疙瘩，一直不肯原谅，她不能原谅她们那样对待自己的丈夫和女儿。觉得不应该这样看不起人，吴家一直都比杨家有钱，杨小玲舅婆比较小气，不仅小气，而且多疑，两家交往中，都是杨小玲外婆在给吴家送东西，买这买那，讨好吴家姐妹，来而不往非礼也。

杨小玲受母亲影响，对两位姨妈印象十分模糊，唯一印象就是那次送虾籽鲞鱼，两位姨妈太像了，仿佛一个模子制造出来。她并不觉得当年的冷遇有多严重，也不明白自己母亲为什么那么在乎。因为实在是不了解，知道得太少，杨小玲说起两位姨妈更不靠谱，她对她们的叙述，来龙去脉都是乱的：

"钱先生是吴菲姨妈的男友，后来成了吴芳姨妈的老公。"

"吴芳姨妈退休前，在一个中学当副校长。"

"吴菲姨妈的工厂很大，有幼儿园，有电影院，有游泳池，是个军工厂。"

"吴菲和吴芳姨妈平时根本就不来往……"

杨小玲从苏州调来南京定居,我们有了孩子,几次搬家,曾经有一段时候,住的地方就在吴芳姨妈的学校对面。她跟我说起过这对双胞胎姨妈,也是说说而已。那时候,吴芳姨妈很可能已经从这所中学退休,即使没退休,我们也没打算主动去找。进入新世纪,女儿已考上大学,非常偶然的机会,我们发现女儿中学的物理老师,竟然是吴芳姨妈的女儿钱红梅。

于是开始叙旧,套近乎,你来我往互通情报,一些原本很模糊的事,连不起来的琐碎细节,渐渐有了头绪,变得清晰。说起来,杨小玲母亲,也就是我老岳母,与吴菲和吴芳姨妈还算是比较亲,她们是姑表姐妹,到杨小玲和钱红梅这一代,显然要更远一层。然而因为女儿在钱红梅所在的学校读过书,一下子就变得亲近起来。杨小玲觉得太可惜,女儿都已经考完大学,这一层亲戚关系才被发现。

钱红梅离过婚,没孩子,快五十岁,突然下决心要嫁到法国去。说起来足够荒唐,荒唐得让人难以置信。她突然辞了职,嫁了一个很有钱的老头,这个老头就是已快八十岁的姚谦。姚谦晚年定居法国,三年前,他的太太死了,儿女都没时间管他,现在很需要一个人照顾,结果就选择了钱红梅。钱红梅脑袋一热,居然也答应了,为这事,吴芳姨妈一度气得要和女儿断绝关系。

杨小玲去法国旅游,曾在钱红梅家住过一晚。一转眼,钱红梅在法国也待了好几年,风烛残年的姚谦,这时候完全离不开钱红梅,好在家里还有一名越南女佣,帮着一起料理。虽然只是住一晚上,她们聊了许多私房话,互通了太多情报。杨小玲告诉钱红梅,自己九岁时如何去她家送鲞鱼,怎么被她母亲和吴菲姨妈的长相所震撼,说自己母亲为了两位姨妈不管饭,如何耿耿于怀。

钱红梅则说自己也是读到中学,才第一次知道还有个双胞胎姨妈。她说我当时的那个感觉,肯定要比你更震撼,等于是突然发现自己还有一个妈,她们确实太像了,什么都像,你想想,这有多吓人。钱红梅告诉杨小玲,后来又发现了更吓人的事,她发现父亲钱先生竟然是吴菲姨妈的前男友。有一天,吴芳姨妈与钱先生急眼了,气急败坏,恶狠狠地来了一句:

"这么多年了,你心里是不是一直放不下吴菲!"

钱先生也急了，说："你别瞎说。"

吴芳说："我瞎说什么，我是不是瞎说，你自己心里明白。"

钱红梅说她在一开始，并不明白这段对话的潜台词。那时候她刚上大学，刚谈恋爱，一直只是把这事埋在心里。直到自己离了婚，终于有机会与钱先生讨论这事。钱红梅直截了当，说爸你就跟我说真话，你们真的谈过恋爱吗？钱先生没有否认，钱先生说，他确实犯过糊涂，不过和你妈以后，我确实是只喜欢你妈一个人。钱红梅问他跟吴菲姨妈有没有过什么亲密接触，有没有那个。钱先生诅咒发誓，说拉手什么的有过，搂搂抱抱也有过，其他绝对没有。

钱先生说："我们那年代的人，纯洁得很。"

"那你怎么把我妈弄到手的。"

钱先生没有如实回答，话题扯开了，只承认这么一个事实，他当初确实被钱红梅她妈挖了墙脚。

说起吴菲和吴芳姨妈，相对更熟悉的是吴菲姨妈。这和钱红梅的千叮万嘱有关，多少年来，我们与两位姨妈一直没有联系。自从杨小玲与钱红梅在法国巴黎的那次长谈，无形中多了一件事，逢年过节，杨小玲总会拉我一起去养老院看望吴菲姨妈。杨小玲说，既然答应了钱红梅，我就应该说话算话。

吴菲姨妈在养老院已住了很多年，与钱红梅一样，也是结过婚，没孩子，然后又离了。与吴芳姨妈相比，她的一生似乎要更孤独一些。钱红梅告诉杨小玲，自从嫁到巴黎，寂寞时常会想到这位姨妈，吴菲姨妈就像是她母亲的影子，或者说更像她钱红梅，注定会成为孤魂野鬼：

"我妈还有我爸，还有我，吴菲姨妈呢，她什么都没有。"

钱红梅说自己每次回国，都会去看望吴菲姨妈，就算是人在法国，也时不时会跟她通个电话。不管怎么说，吴菲和吴芳姨妈都不应该这样，她们血脉相连，不应该这样一辈子敌对。她告诉杨小玲，吴芳姨妈患过癌症，是淋巴癌，一直是病歪歪的，有一段时间，她特别担心自己母亲会不久于人世。钱红梅属于那种什么话都能说出口的人，什么话都敢说，她说我妈要是真没了，我就把我爸也送到养老院去，让他和吴菲姨妈在一起，让他们两个老情人鸳梦重温。

钱红梅希望杨小玲能代替她，经常去看一眼这位孤独的吴菲姨妈。她告诉杨小玲，吴菲姨妈的性格跟她妈一样古怪，一开始，她并不容易亲近，显然不太喜欢钱红梅，但是渐渐地，就把她看作是自己女儿。吴菲姨妈曾经告诉钱红梅，有时候她也觉得自己跟吴芳姨妈就好像是同一个人，吴芳做过的事，她同样也会去做。如果钱先生当年是吴芳的男友，她很可能一样也会去挖墙脚，也会把他夺过来占为己有。吴菲姨妈说你爸算不上什么优秀男人，他和姚谦不一样，当初我们根本不值得为了他争来争去。

吴菲姨妈走得很突然，大家都没想到先走的会是她，我们在养老院留了电话号码，因此报丧电话是直接打给杨小玲。然后就是杨小玲和钱红梅互相通电话，你打过来，我打过去，商量这商量那，没完没了。好在有互联网，电话沟通也方便。跟养老院讨论，商量处理后事，什么样的规格，大概花多少钱。很快一切安排妥当，这期间，又商量如何通知钱红梅父母，钱红梅说，她一定要说服他们去见吴菲姨妈最后一面。

终于在电话里都谈清楚，养老院那边负责一条龙服务，布置灵堂，安排花篮花圈，举行告别仪式，最后送火葬场。钱红梅显然不能从巴黎赶过来，因为那边姚谦的状况也很不妙，随时都可能出现大问题。好在钱红梅的父母也搞定了，钱红梅已经做好思想工作，我们要做的，就是开车去接吴芳姨妈和钱先生，陪他们一起去养老院。

吴菲姨妈躺在鲜花丛中，告别仪式开始前，吴芳姨妈和钱先生在灵堂休息。杨小玲有不少事急着处理，我便在灵堂陪他们。吴菲姨妈很少说话，一直在沉默，钱先生时不时找话跟我聊天，知道我是位作家，问最近在写什么，有没有作品被改编成影视剧，说最近正热播的一部电视剧很好看。吴菲姨妈没别的亲人，过来告别送终的只有我们。对了，还有吴菲姨妈单位的工会代表，过来看了一眼，匆匆留点钱就走了。

当时最奇怪的感觉，有点不知所措，我突然明白九岁的杨小玲初次见到两位姨妈时的感受，她们到了生命的尽头，虽然穿的衣服不一样，仍然还是那样相像，太像了，仍然还是像一个人。这种感觉真是太奇特，我一边喝水，一边坐在那与吴芳姨妈和钱先生敷衍，脑海里胡思乱想。细思恐极，因为太像，面前的这位姨妈，仿佛是另一位姨妈正在从鲜花丛中走了出来。告别仪式终于开始,养老院中平时与吴菲姨妈有交往的老人、医生、护士和护工,都来了,有的还坐着轮椅,他们都是第一次见到吴芳姨妈,都忍不住要偷眼看她。

告别仪式结束,吴菲姨妈的尸体被送往火葬场。整个过程都被杨小玲用手机拍摄下来,准备发给钱红梅。接下来送吴芳姨妈和钱先生回家,一路上,大家有一句没一句地说话。杨小玲在开车,跟他们聊钱红梅,说她们在巴黎的交往。吴芳姨妈害怕晕车,坐在前排,对杨小玲的话不感兴趣。快到目的地,吴芳姨妈突然回过头,质问坐在后排的钱先生,她说:"我一直都在想,都在琢磨,当初我们要是没走到一起,会怎么样,要是你和吴菲在一起,又会怎么样。"

吴芳姨妈说:"今天躺那的,很可能就应该是我,老钱你说对不对,是不是这样?"

钱先生没想到她会这样问,一时间,也不知道应该如何回答。

选自《青年作家》2019年第7期

评鉴与感悟

难以逃离的悲剧与宿命

叶兆言的《吴菲和吴芳姨妈》虽然是一部短篇小说,但它在时间向度上跨越了几十年,在空间上连接了几座城市,通过对两个女人一生命运轨迹的勾勒,搭建了三代人关于亲情、友情和爱情的交错关系,展现了一出宿命式的悲剧。

这篇小说讲述了吴菲和吴芳这对双胞胎姐妹之间几十年的爱恨情仇,她们刻薄、自私,不讨人喜欢,人生的遭遇更是可悲。小说没有直接让两位主人公开口说话,将那些真实存在于她们心灵之中的悲欢都统统隐去,只通过旁人之口转述她们的故事,这是作家有意而为。这样的写法使小说的悲剧感更加复杂,形成了一种引而不发、含而不露的悲剧效果,让读者只有站在两位主人公的角度才能深入理解她们的悲欣。

《吴菲和吴芳姨妈》呈现出的悲剧是宿命式的。两人在年轻时喜欢上了同一个男生姚谦，但由于她们从外貌到性格实在太相像了，姚谦无法清楚地辨认她们，也无法在她们之间做出选择；在婚姻中，吴菲姨妈的男友钱先生最终却成为吴芳姨妈的丈夫。这对天生的冤家争了一辈子，谁都没有过好这一生。试想，吴菲和吴芳如果是一个人，或许就和姚谦成就一段佳话，能避免孤独终老的悲剧。残酷的是，吴菲和吴芳虽然极度相似却又完全是独立的两个人。命运的安排以及性格中的刻薄和自私，使得她们针锋相对，在人生的选择中无法妥协和让步，只能在难以弥合的矛盾面前两败俱伤。

在《吴菲和吴芳姨妈》中，作家还重点处理了个人命运与时代变迁的关系，这一点主要体现在两位姨妈年轻时暗恋的对象姚谦身上。姚谦作为小说里联结两位女主角的关键人物，他的命运与时代变迁是紧密相连的。新中国成立前的战争时期、抗美援朝、改革开放、当代这几个时间段在小说高密度的情节发展里飞快流逝，姚谦从进步青年到抗美援朝战士、战俘、商人的传奇人生也随之展开。这样一来，人物不是作为单独的个体而存在，而是被裹挟在时代的洪流中，与时代同步向前。由此来看，在波澜壮阔的时代背景之下，个人的命运同时具有更加厚重的历史沧桑感和宿命感。

小说在写法上的特别之处，是以第一人称"我"来讲述故事。"我"作为杨小玲的丈夫，与两位姨妈形成了一种既亲近又克制的距离，在讲述她们的故事时，努力保持着冷静、温和的叙述格调，达到了仿真的效果，最大限度保证了故事的真实性和客观性。

这篇小说以吴菲姨妈的葬礼作结，对于吴芳姨妈的发问："当初我们要是没走到一起……今天躺那的，很可能就应该是我，老钱你说对不对？"小说没有直接给出现实的答案，却巧妙地以此呈现出吴芳姨妈的另一种镜像人生。在看待小说主人公难以逃离的宿命时，作者的目光始终是温柔的、不带恶意、不置褒贬，让读者放下对两位女性的成见，也设身处地去体察她们内心的痛苦和人生的悲哀。（杨艳坤）

火 车

/宁肯

一九七二年意大利人安东尼奥尼拍摄《中国》时，我们院几个孩子走在镜头中。安东尼奥尼并没特别对准他们，只是把他们作为一辆解放牌卡车的背景，车上挤满蓝色人群，我们院的孩子只停留了十几秒钟便走出画面，向城外走去。城墙已经消失了，护城河还在，过河就是城外：铁路，庄稼地，二道河与三道河。二道河是污水，河汊纵横如车辙，那是我们院孩子抵达最远的地方。听说过三道河没去过，通常就在铁道边上玩。从后来才见到的片子看，他们是五一子、大鼻净、小永、大烟儿、文庆、小芹。小芹是唯一的女孩，但是跟男孩差不多，一个颜色。那么，还有一个人是谁呢？他比别人都矮了一大截，落得有点远，而且不像是和前面一伙的。但是没有他一切都无从谈起。四十年后我在镜子中看到他，他也老了。别以为侏儒不会老，照样会老，满头银发雪山似的，照耀着短小的藕节似的身体。

他们——当然也可说我们——过了桥。桥是南城的永定门桥，普通得不能再普通，要不是简易栏杆几乎看不出是座桥，路面也是一样的柏油与反光。桥上永远有人在打鱼，冬天凿开冰也打，每天打得上来打不上来都打，网抬起落下，像钟一样准确。总有含着长烟袋一动不动的老人围观，就是说不管这个城市已走了多少人总有闲人。街上也还有人，公共汽车空荡荡，但算不上空驶。偶尔车后面跟着辆自行车，汽车多快自行车就多快，没任何原因。阳光不错，路面反光，汽车、人、自行车像在镜子中。

护城河泾渭分明映着城市、农村、环城铁路，火车慢慢悠悠，汽笛声声，大团的白雾飘过河来，被坚硬的城市吸尽。白雾在田野上要飘很久，这也是我们喜欢河对岸的原因之一。我们在铁路上奔跑，追着白雾。铁路本是麻雀的世界，麻雀起起落落，重复飞翔。我们的奔跑没有重复感，我们只是几个孩子，并且奔跑的原因不明，与食物无关。枕木的节奏决定着我们的奔跑，只要踏上枕木不跑不行，直到有人带头卧下才全都卧下。没人教我们倾听，只是一人俯耳大家就都跟着——好多事都这样，然后竟真的听到了轻轻的震动。尽管就课本而言我们是白痴，但本能异常聪明。火车来了，尽管在远方，但是来了，远远地来了，简直有音准。虽然我们不知道音准但已听出来，声音越来越高，越来越密越来越响，然后我们一哄而散……

火车从来轧不到麻雀，也轧不到我们。

黑色的火车红色的曲臂，顶着热气一下将我们吞没，什么也不见了，只见红色曲臂那样奇怪地来回转动，好像原地打转，但却在走。我们跟着热气大声呼喊，听不到自己的声音，只看到同伴的口型。火车过去了，我们依然跟着尾车跑，向尾车扔石头，歪戴帽子的押车员不为所动。

我们从没扔过绿皮车，看都看不够，窗口是陌生人，他们看我们，我们也看他们，我们追着窗口跑，有人扔下东西，一包垃圾，或梨核儿，我们也不在乎。我们太喜欢陌生人，远方的人，每次都追出很远，客车走了看不见了我们还在铁路上走，不知为什么。有一次走得太远，突然意外地远远发现许多黑皮车，无数平行又交叉的铁轨，闪闪光，一个我们从未见过的陌生世界。我们不知道这是车站，要是客车我们自然会想到是火车站，货车站把我们看傻了。我们猫着腰穿过铁轨，神神秘秘爬上了一列列安静的列车，从此这里成为我们的乐园。我们跳进涂着沥青的车厢，进入闷罐车厢，从车尾到火车头，扳动拉杆发出"呜，呜，呜"想象中的声音。在帽型尾车上，我们扶着简易的铁栏，站在押车人常站的地方招手，望远方，模仿叼着烟的姿势，从里面手扶门边只露半个身子，挥舞帽子。我们探寻各种可能的发现，工具箱、大衣、帽子、暖壶、杯子、饭盒、工作服，偶尔发现有工具箱没锁，打开看到里面有锤子、改锥、钳子、扳子、轴承，太让我们兴奋了。我们戴上工帽，穿上工作服，拿着扳子拧这儿拧那儿，好像工作了一样。我们不再是简单的孩子，货车站让我们像竹子拔节一下长了一大截，我们走路都和过去有点不一样，这一点甚至从影片中也可看出：我们不再是散散漫漫，而是步履匆匆。

那天是周二，是不是全世界星期二下午都没课？还有周六，不仅如此，我们那时周四下午也没课。就算上午也常有自习课。由于课本的原因，尽管我们头脑简单本能不简单，那天一吃过中午饭本能就活跃起来。在大门洞外我们等了一会儿小芹，每次差不多都是小芹最后一个出来。烟色条绒上衣，烟色的猴皮筋，猴皮筋将两条烟色硬辫勒得很紧，整个看上去小芹在我们之中是最接近麻雀的，干脆说就是一只鸟。五一子打了个榧子。

我们住在南城中轴线偏西，在和平门与宣武门之间的琉璃厂附近，我们院在北京也是数得着的上百户大杂院。有三个门，正门、旁门和后门，从前门儿进去后门儿出来要穿过迷宫似的夹道差不多就到了宣武门了。已经说不上几进几进院，院中有路，路中有院。夹道、小巷、角门、垂花门、豁口将十几个院连在一起，有的院门紧闭，常年没人，里边有树、亭子，甚至一段小河。小河好像是暗河的一段，没出院又消失了。具体到我们小院不到十户人，是这大院中最普通的小院，虽青砖没地，但房子低矮，就算正房也比别的院矮一点，据说是早年间牲口棚。

我们等小芹倒不因为小芹是女孩，我们没什么性别意识，所有人都是一个人。主要是小芹在别的方面和我们不一样，她有零花钱我们没有。小芹不和父母住，从小和姥姥住我们院，小芹父母住在北京的西城社会路，是中科院的工程师，过去节假日她父母老来我们院，去了干校后来得少多了，听说最近又去了新疆。小芹有一个姐姐在内蒙古插队，还有一个弟弟跟着父母，北京、五七干校、新疆到处跑。关于小芹我们也就知道这些。每月小芹都有固定的零花钱，五块钱呢，我们一年的学杂费才五块，这笔钱由姥姥掌握着，小芹因此恨死姥姥了。

我们从大院里出来，穿过门前的前青厂胡同，这是我们梦游都不会走错的胡同，前面不远过了北柳巷十字路口就是琉璃厂。我们的学校就叫琉璃厂小学，不在街面上，在小胡同内，走九道弯、小西南园、铁胳膊胡同都行。过了铁胳膊胡同是荣宝斋，荣宝斋对面是琉璃厂唯一的一座西洋建筑，四层带白廊柱，顶部刻有：一九二二年。老辈人说中国的第一部电影《定军山》就诞生在这楼前，但这是我们每天的必经之路已经视而不见。直到南新华街与东西琉璃厂交叉的十字路口才稍稍陌生一点：大街对我们这些孩子永远都有些陌生。这里有两辆公共汽车，一个是十四路，一个是十五络。十四路在这里的站不叫琉璃厂叫厂甸。厂甸到永定门一共七站：厂甸、虎坊桥、虎坊路、太平桥、陶然亭、游泳池、永定门。我们无比熟悉这些站牌，倒不是因为坐车而是每次都数着站牌走着，一站一站，比坐车还熟悉这些站。

只有小芹坐过一次，坐完就后悔了。小芹在永定门等了我们好久，在桥上吃了三根冰棍，喝了两瓶汽水，差一点就坐车回头找我们。那以后小芹每次都跟我们走，但每次五一子都别有用心地鼓动小芹坐车。开始我们不太明白，后来就一块帮腔，结果终于等到小芹一句话：要坐大家一起坐。不用说，小芹请我们坐车。但五一子还有幺蛾子。小芹自然统一买票，五一子偏要把钱给他，他自己上车关。小芹给了五一子一毛，这样我们都要自己买，小芹也没说什么给了我们每人一毛。七站地七分，售票员要我三分，找回的三分说好了要还给小芹。我们都上了车，五一子最后一个，没想到车门刚要关上，五一子突然跳下车。五一子说他不坐车了，他跑着。我们立刻明白了。五一子像匹小马奔跑起来，一直在我们后面，车快他也快，车慢他也慢，有时他变得只是一小点了，但路口到了，五一子又追上来，甚至超过我们。每一分钱对我们都是宝贵的，因为就算一分钱我们兜里都没有，小芹没想到快到第四站时我们每人花了四分钱买了票，到虎坊路纷纷下车。

小芹也下了车。

五一子傻了眼，问我们为什么下车。我们都不说话。我们坐了四站花了四分钱，省了三分钱。小芹先没理五一子，先朝瘦得跟刀螂似的大烟儿要，大烟儿给了小芹三分，小芹不干，让把钱都拿出来。大烟儿看五一子，磨蹭半天，嘟嘟囔囔，说后面三站他也跑，意思是三分钱他可以留下。小芹毫不客气一把夺过大烟儿手里的三分钱，大烟儿心虚没躲，看五一子。

大家都看五一子。接下来的大鼻净、小永、文庆，小芹只是伸手话都不说，他们张了手，但没主动送上钱。小芹一一从张开的手心里拿走了钱。到我这儿稍迟疑了一下，我主动把钱放到小芹手里。

小芹朝向五一子，伸出手。

五一子拍拍兜，说钱丢了，可真说得出。

"那我翻了。"小芹说。

"翻吧。"五一子梗着脖子说。

一个女孩子翻一个男孩子身，我们都没想到。虽已是春天，五一子仍穿着脏得发亮的土黄棉袄，并且是空心儿的，下面穿了一条裤。五一子跑了四站地，棉袄系在腰上，光了膀子，像小一号他装卸工的爹。小芹一点不犹豫翻了五一子腰上的脏棉袄，解了下来翻，五一子光着大板儿脊梁，肩头晒得发红。小芹在五一子身上翻了个遍。

我们挺佩服小芹的，主要是我们把钱都交了，也希望小芹翻出钱。

"把他裤子脱了！"大烟儿说。

"藏裤裆里了！"大鼻净说。

我们太了解五一子了。

"我脱了？"五一子主动说。

"脱了。"

"你脱吧。"如果马有流氓的表情就是五一子。

小芹伸手便脱，五一子拿出了钱，变魔术一般。

小芹妈妈每月从远方寄来一次生活费，姥姥把小芹的零钱换成一毛、五分，分成了三十份，每天视小芹的情况发放一次。哪怕三天一次，两天一次也行。但是不。小芹姥姥不。早晨小芹睡得迷迷糊糊便听姥姥唠叨，催快起床，数落昨天小芹的错误，不是，鸡毛蒜皮，嗡嗡嗡嗡，小芹堵上耳朵，姥姥给扒开。姥姥也真会挑时间，平常小芹根本不听，吃饭都端碗到邻居家吃，我们院倒是也兴这个。或者姥姥说一句小芹顶一句。小芹同姥姥的关系就跟中苏关系似的。上学都快迟到了姥姥还没完没了，越说越气，钱捏在手里不放下，有时小芹忍无可忍背起书包就走了。姥姥便追上去把早点钱摔给小芹，最气时不追，早点钱也不给了。第二天姥姥继续数落昨天事，讲得不算太长便给了钱。小芹拿到钱，问昨天的钱呢？姥姥没办法，要是吵起来小芹会把钱放下便走，继续不吃早点。这不是没有过。

小芹的零花钱包括早点钱，每天一个油饼，八分钱，另外的七分钱才是零花，粮票可以兑钱，或者也是钱，油饼要是交一两粮票可以省两分钱。为了这一两粮票小芹跟姥姥打了很长时间，粮票按月定量供应，每人一份，每月都有粮店的人到院里来发。"发粮票喽！"一嗓子就行，全院人都出来了，拿着户口本，就等着这天呢！小芹姥姥死活不给属于小芹的这一两粮票，买粮食都用了，哪儿有你的粮票，你都吃了。小芹不服，我早晨也得吃呀，粮票包不包括早晨，你要说不包括我就不要。不包括。包括。小芹给妈妈写信，讲理，控诉，妈妈寄来了全国粮票问题才解决。我们院谁家都没有全国粮票，看着可是新鲜了，全国粮票也叫全国统一粮票，到哪儿都能花，比一般粮票大，硬挺挺的像新钱票一样。但我们还是希望小芹把全国粮票花掉，别攒着，换成钱，攒几张就行了。每次出门远行小芹都会给我们买冰棍，去时一根回来一根，还买过汽水呢。汽水一毛五分钱一瓶，当然不是每人一瓶，五六个人一瓶，你一口我一口分着喝，喝着喝着我们就打起来。这时就算五一子是我们的头儿我们也照样会跟他急，扑上去撕咬，只有小芹就像有电棒一样将五一子分开。小芹姥姥最恨的就是五一子，最瞧不上的也是五一子，老太太总能一眼就看穿五一子，每次我们筋疲力尽从铁路回来，小芹的姥姥都像定时炸弹，是我们预料之中的。你们还回来，怎么不让火车撞死！

我们四散奔逃，五一子更是缩头乌龟。说起小芹姥姥我们都不怕，但一见小芹姥姥还是怕，就像说起炸弹不怕，一响可就另外一回事了，我们都像着了弹片被炸飞了一样，跟电影上的鬼子似的。倒是小芹充耳不闻，像没看见一样，从姥姥身边走过。她们家门敞着，弹簧都被临时卸掉，只等看着我们进院，小芹也不客气，进了屋使劲把屋门拉上，拉上弹簧，就差插上门。小芹姥姥本来冲着我们，立刻停了，无比愤怒地拉开门，哐当卸了弹簧敞开房门，跺着脚将小芹和我们一起骂。小芹躺炕上堵耳朵，有时一跃而起，摔门而出，跟长征似的好不容易回来，重新走到街上。

我们毫无同情心，没有一次到街上看看小芹。我们都在挨家长骂，那么大声我们听得出也是让小芹姥姥听的。小芹姥姥在我们那片是个很特殊的老太太，既不像有文化的老太太，也不像没文化的老太太，更不像是有着工程师女儿女婿的老太太，瘦，脸上皮包骨，抽长烟袋，黑牙。出身不好，头几年还挨过斗，可是我们院邪行，一直没怎么有社会上比如工厂机关学校那一套，红卫兵的哥哥姐姐倒是闹过一段，但很快都轰乡下去了。说不迷信那也就是嘴上说，事实在那儿摆着，我们院大人就是这心理。

我们院也就小芹不怕她姥姥，每次铁道回来零花钱至少停三天，就是那七分钱不给了，只给早点钱。上铁道是大错，小芹也不争，而且没了零花钱小芹也有办法，早点不吃了，省了，就像五一子、大烟儿、小永——我们都不吃早点，就没吃早点的习惯。这当然是农村人的习惯，但我们院大多以前都是农村人，还保留着许多农村人的习惯。我就不一一列举了，还是说小芹，习惯了早点的小芹没了早点非常挂相，中午放学回来狼吞虎咽，一点吃相没有——吃相历来是老太太教育的话题。

"是不是没吃早点？"

"吃了。"

"撒谎。"

小芹姥姥跟踪了小芹，戳破了小芹的谎言。

"我的早点钱，我愿吃就吃，不愿吃就不吃，你管得着吗？你有本事别让我吃早点，别给我早点钱。就不滚，我妈的钱我干吗滚？"

"我是你姥姥！"

"你不是我妈。"

我们走在细长铁轨上，伸出两手，排成一线，晃晃悠悠，不时弯腰捡起一块砾石扔向远方。铁轨与枕木是天然的一对，像一对老人。铁路已太老了，连石头都老了，带着深深的油腻污渍。但比起这座城市它依然是现代的钢铁世界。信号灯闪耀，路轨反光，在这盛大而又迷幻的货车站，以及这几个孩子，安东尼奥尼拍不到这里不等于这里不存在。它一定会存在。我们轻车熟路地穿过纵横交错的铁轨、道岔，划过弯曲的扇面打开的钢铁之光。在红色信号灯处我们低下头猫下腰，不像麻雀，麻雀做不到这点，避开扳道工，来到了货车丛中。这里是一个无人的世界，大多黑色车，也有个别好久不开的绿皮车。这里是我们的街道，我们的王国，我们的胡同，随便上到一辆尾车上,像以往一样,像一种固定的仪式,所有人的头习惯地凑到一起。

"海外来人了。"

"第三次世界大战就要打起来了。"

"联合国军已经登陆。"

《铁道卫士》印象深刻,已深入我们的骨髓,五一子扮演方化,手势我们太熟悉了,眼睛直直的。接下来的次序不固定,有点乱,大鼻净与大烟儿总是抢话:"可我那二百垧地?"大家一起喊:"给你弄个师长旅长干干不比那二百垧地强!"笑得前仰后合。

小芹从不参与,看着我们,这时她的确是女孩。直到有一次五一子给了小芹一支烟,是的,五一子已开始卷大炮,偷他爹的。五一子给小芹卷了一支,小芹叼起来,大鼻净一副谄媚的样子给点上。别说,这时候小芹表情还真有几分女特务的样子,特别是小芹自行把硬辫子松开,头发弄得松松垮垮。我们都看傻了,有种非常陌生的东西,我们觉得好看,但谁也没说。

说不出来。我们的表情像镜子一样,小芹肯定看到自己。我们围着桌子。尾车空间不大,两边各一张铁凳子,中间是铁架做的桌子,两边的铁窗相对。靠里有个铁炉子,烟筒伸到车顶外。一般火车其实有两股烟,一是白烟,一是黑烟。浓浓的黑烟就从这里伸出车顶冒出,比白烟更长久,更让我们心驰神往。有时桌上还会有马灯、信号灯、信号旗,随便放着简单的行车记录,以及搪瓷缸子、饭盒、水壶、圆珠笔。椅子下面是工具箱,工具箱上面卷放着被子、大衣,都脏得要命,和煤堆在一起。我们拿着信号灯照来照去,不敢拿到外面。信号旗拿外面没问题,可以在尾车栏杆处乱晃,不会被发现。从一辆尾车到另一辆尾车,总是乱窜,我们不会停留在一辆尾车上,那天发现了一副扑克牌。扑克牌又脏又破,满是油污,但仍让我们兴奋不已,就像玩惯假枪见到了真枪。

我们一有清晰记忆就赶上了破四旧,脑袋像归零一样,当插队的哥哥姐姐带回扑克牌,我们无比惊讶,世界竟有这种新鲜玩意儿,神奇极了。我们当然玩不上,一向被世界忽略。但并不妨碍我们创造自己的世界。我们撕了作业本,裁成五十四张同样大的纸,写上红桃黑桃方块梅花和数字,大猫写上大猫，小猫写上小猫，也是一副牌。我们玩大百、小百、升级、争上游、憋七，甚至带到火车上玩。我们坐在两边铁椅子上，像开会一样，非常神秘，一点也不觉得那些破纸可笑。发现真正的扑克牌！那堆烂纸立刻被我们扔到窗外，随风飘散。五一子和小芹一头，大烟儿和文庆一头玩起对家，小永和大鼻净围观，替补。五一子让我把门关上。这不用说，我负责警戒，从来如此。

汽笛声声——远处总有，尽管这次是我们的车发出的，但七十多节车厢太远了，因此任何汽笛声可忽略不计，我们都习惯了。就算屁股底下"哐当"一声火车动了，通常也不太慌张。稍不同的是那天我把门锁上了，这也不打紧，还有窗户，我去开门，大家纷纷跳窗而出，以前就算开着门也有人成心跳窗。小芹和五一子收牌，收了最后几张五一子翻身跳窗。铁门打开了，毫无疑问小芹会跟着我，这都不用说。车很慢，我下到铁台阶最后一节一跃跳下。当然摔在了地上，我太小了。果然小芹跟着我出来了，到了栏杆处，却没下台阶，迟迟没跳。我们追，喊快跳，快跳，几乎拉到了小芹的手，小芹却没动。小永摔倒了，大烟儿也摔倒了，在枕木和砾石上。

小芹扔下了扑克牌，我们每个人都捡到了，一边追一边捡，一边捡一边追。我这个罪魁祸首落在最后，远远追着，也捡到了一张。我不能说扑克牌是罪魁祸首，是一种命运，哪怕它经常用来算命，但我也恨死了扑克牌，我觉得我就是扑克牌。我们散散落落停下了，五一子从我们手中一一收走了牌。五十四张，一张不少。小芹没有一次扔下，一张一张扔下，不然我们也不会追那么远。火车消失了，我们又追了好一阵。

牌与小芹都重要。这是真的。的确，在迷茫中牌仍然是一种快乐，一种无法言状的东西。一年以后我们见到了小芹，无论牌和小芹都已被成长太快的我们忘记。当然，牌要早得多，很快那副本来就很烂的牌被我们彻底玩烂，变成了碎片。确切说我们见到小芹是一年零五个月之后，也就是在那个春天过去后又过了一个春天的秋天，小芹来到我们院，在午后的阳光中打开尘封已久的门。院里老人的匣子正在批判《中国》，义正词严。居然抹黑中国，却又不明白那个叫安东尼奥尼的怎么来到中国的？谁请他来的？这部纪录片就是这样和我们有着扯不清的费解的关系。以往的批判都是鲜明的，极易理解，唯独这次像个天外来客。我们都已经上了中学，除我之外。五一子、文庆、大鼻净甚至都已开始上初二，所有人都长高了半头一头，除了我。

我们已不认识小芹，但一看就知道是小芹。小芹也不认识我们，从我们身边走过，旁若无人。我们正在防空盖上打乒乓球，星期二，下午没课，就如小芹消失那天。小芹也一样，长个了，不再是辫子而是短发，脖子显得有点长，对一切都不陌生，熟视无睹，好像从没消失过。她们家的门锁显然锈住，她开了半天也没开开。我想下去帮她，开个锁什么的我手到擒来，是我强项，可那时我正在房上玩扑克牌的碎片。还是她自己开开了，一股灰尘飞出来，她毫无感觉迎着进了屋，掸都没掸一下。但进去后把弹簧顺手卸下，打开门放空气。她不是不敏感。她穿了一件稍短的瘦削红黑格子上衣，下身国防绿裤子，遮住脚面，背着军挎，自行车后座夹着一个棕色有拉锁的手提包。车是八成新永久二六，支在门口。说不上她从哪儿来，不像外地，也不像北京。

小芹失踪后她爸妈连着来了两次，一次为小芹，一次是前来奔丧，相隔不到三个月，从新疆来可不是容易的事。让我们惊讶的是两次小芹父母穿的是军装，领章帽徽，四个吧。彼时全民皆绿，但真国防绿很少，有也只是两个兜，下面空空如也。四个兜可不一样，馒头扣都比两个兜大一号，我们分得可清了。而且四个兜神秘在于连级到军级都一样，连毛主席都穿的一样。不过小芹父母来自偏远的新疆，我们的惊讶有点折扣，要是北京不得了。另外两人都戴着白眼镜，像兄妹，连神态都像，和解放军简直无关。所以关于小芹我们还是那句话：她没和我们在一起，那天我们去铁道没有她，不知她去哪儿了，和我们对小芹姥姥说的一样。谎言有个奇妙的作用，一旦说出，特别是集体说出就会连自己都相信、会变成石头，我们因此从没怀念过小芹，一分钟都没想到过报案或找铁路上的人报告，五一子收走扑克牌后便提出小芹没和我们在一起，不知道小芹去哪儿的谎言，心里的石头一下子落了地，一致赞同。小芹在这一刻真正消失了。我们统一了口径，攻守同盟，五一子使劲扔出一颗铁路上的砾石，挥舞着好像一下长大的拳头，说谁要是说出去，他绝不放过，会整死他。

"对，"我们随声附和，"整死他！"好像说的不是我们自己，一路上大家越来越高兴，越来越振奋。小芹姥姥定时炸弹的巨响让我们第一次觉得可笑，全不当回事，也没有四散奔逃。小芹姥姥骨碌骨碌转皮包骨的眼睛，不相信我们所说，我们的异口同声事实上反面暴露了我们在撒谎，街坊四邻其实也都听出来了。

"好啊，你们说小芹是不是给火车撞死了？是不是？是不是？我告诉你们，小芹被撞死了你们谁也别想跑，都得给我偿命！"这当然是气话，恶狠狠的话，威胁的话，但并不老让人相信的话。这么说痛快，不过验证了自己过去所教训的。但是当小芹真的没出现，我们的谎言由于不断的重复完善，越来越像真的，越来越具体，越来越无情，小芹姥姥收起了嚣张。

"真没和你们在一块？"一脸惶惑，眼睛可笑。

"没有，真的没有，真没有，向毛主席保证没有。"

"我们出门时还看见她，她往另一边走了。"大烟儿说。

"她去菜市口照相馆了。"最可信的文庆说。

"是，是，是。"

成功，是我们最成功的一次，小芹的消失其至成为我们高兴之源。直到小芹姥姥夜晚撕心裂肺的哭号才让我们的心一紧，但也很快就过去了。

"小芹，你个死嘎呗儿的，你上哪儿去了，你还不给我回来，你说你到底跟他们去没去，是不是撞死了，你去哪儿了呀，我怎么向你妈交代呀……我不活了……你快回来吧……回来吧……"一夜哭嚎，寻死觅活，非常恐怖，但直到三个月后才死去。

不是残酷，不，这是事实。

三个月后小芹父亲再次问到小芹，找了我们每个人，并保证不把我们讲的说出去。他们本来就做保密工作的，让人特别可信，可我们也在保密呀。我不知道别人说出没有，反正我没说。我相信大家都没说。如果说上一次小芹父母来，我们还能看到他们白色眼镜片后面的那种怀疑、那种静默让我们的心还怦怦跳，那么三个月后我们在他们的眼睛里什么也没见到，特别干净，因为我们干净。

小芹插队的姐姐也来了，还有新疆黢黑的弟弟，全家人都带着外地人的颜色、边疆诚实的风霜。新疆的风霜和内蒙古还不同，新疆的脸更暗一些，连男孩都暗，反倒是靠东北的内蒙古的风霜十分鲜亮，好像秋梨与苹果。全家人一样的是：都没什么悲伤，我们觉得至少红苹果似的姐姐应当大哭一场，眼圈儿是红的，但是没有。他们处理了房间大部分东西，临走上了一把大锁。没必要那么大锁，好像科研成果。

要不是小芹旁若无人的样子，我想我们会很惊喜，但她的神态提醒了我们。我们惊讶，但无话可说。而且今非昔比，我们都不是孩子，都长大了甚至有点走样儿。大烟儿像刀鸟，大鼻净湿乎乎的面积更大了，小永唇上起了一层茸毛。变化最大的是五一子，更像马了，说不清脸更像还是手臂更像，总之所有人都有点牲口的特征，何况他们现在都是我哥哥的徒弟，每天晚上跟着我的流氓哥哥举重，劈哑铃，盘杠子，个个表情生涩。小芹进进出出，收拾屋子，晾被子、毯子、枕头，到水管子处打水，从我们身边走过，我们对小芹慢慢收起好奇，像看陌生人一样。

"够牛逼的。"大鼻净湿乎乎地说。

"那裤子估计是她爸的。"文庆说。

"傻逼，她妈的。"大烟儿内行地说。

"操，你才傻逼，"文庆说，"我还不知道她妈也是解放军？可你瞧那裤子绝对是她爸的。"

"你们傻逼，国防绿不分男女，都是男式。"

声音就在小芹身后，尽管压低仍会让小芹听见。倒是五一子一直没说什么，像马一样的沉默，马一样的目光凝视着小芹。至于我，我在房上，我的样子倒是和下面也有一种呼应。虽然当初主要因为我锁门才出的事，我的责任最大，但我又是无法怪罪的。我干了什么别人都不奇怪，因此我可以跟小芹打招呼，问这问那，毫无障碍，但我也没动。

倒是院里的爷爷、奶奶、大爷、大妈见了小芹格外惊讶、亲热，问这问那。小芹对他们倒也正常，露出我们熟悉的淡淡的笑容，回答了我们遗忘已久不可思议的问题。回答得十分轻松，小芹到了新疆见到了父母，并且早就见到了。这还不算，不久便又和父母一起回到北京。这些变故早就发生过了，只不过我们一点都不知道。

小芹不用成心，很自然就戳破了我们当初的谎言，我们院大人都知道了小芹原来是和我们在一起的，一起去的铁路，老人们眼珠不动了，困惑多皱的脸与其说是惊讶不如说是麻木，瞪着我们也瞪着小芹一动不动。小芹说她一直想去找父母，那天正好就去了。正好我倒没想过，可我一直认为她的确可以跳下来。只是再狂不过的五一子他们竟然好像没听太明白小芹的话，我不知道五一子他们这会儿的聪明劲哪去了，逢到真正需要智力时五一子的脸与晒黑的手臂、膀子、大腿没什么区别。

小芹在西城月坛北街铁二中上学，搬到我们院并没转到附近的四十三中，她骑着男式二六车每天早出晚归，饭还是在西城的家吃。只是住在我们院。她干吗搬回来住谁也不知道。肯定不是为了我们或街坊四邻。她有时回来得早，下午没课中午一吃过饭就回来了，晚上吃剩的。我们胡同好多人也认识小芹，但也像我们一样对她感到特陌生。除了凡人不理，肥大的国防绿裤子、二六车也特扎眼，彼时没中学生骑车上学的。还有军挎，刘胡兰式的短发，和所有人都不一样。肯定有人拍她（拍婆子），只是不知道什么人能拍她。反正我觉得我们这片人都没戏，也就朝她瞎吼一嗓子。

他们都觉得五一子有戏，毕竟过去关系不错，便鼓动五一子。但五一子一见小芹就脸红，真的像马一样出汗，和谎言没关，小芹事实上也并没在乎，就是一种畏惧，正如小芹当初扒他裤子的畏惧。五一子都不敢，大鼻净、大烟儿、小永都不敢，干脆完全放弃，就像完全不认识小芹。

有一天我敲开了小芹的门，我早可以这么做。与别人无关。那天我和猫、鸽子相隔不远坐在房上，她推着二六车进院，不知怎么向上瞥了一眼，并没与我相视便过去了。通常谁进院也不向上看，谁都是低头看门道、脚下，或平视，反而我可以看任何人。她中午之后回我们院多在周日，有时周六。偶尔星期一，星期三，这两天全天都有课。而那天是星期三，所有人都上学去了，她的黑红格瘦削上衣划破阳光，瞥了我一眼后穿过防空洞盖、小厨房过道，屋门口支上车，没锁车，掏出钥匙开门。她的短发真的不是圈子式，很阳光的。

当然，她见了我还是很惊讶，如同我对她房间的惊讶：房间竟然如此简单。

"有事吗？"

"没事。"

我到她的腰部，她的惊讶有拒绝的内容，但是随着俯视地打量，慢慢缓解下来，一贯的表情消失了。我的惊讶稍长一点，房间只一张桌子，一把椅子，几块铺板，一点生活用品。以前的八仙桌、太师椅、自鸣钟、大黑柜都没了。四壁空空，桌上有课本、笔、作业、书包，几本没皮的不知什么书。墙上的主席像，窗台的石膏像是过去的。

"你不上学了？"她先问了我个问题。

"我想知道，"我单刀直入，没回答她的问题，"你有三个月时间没找到你爸妈，到哪儿去了？怎么找到了新疆你爸妈？还有，你那天说正好，真是正好吗？"

我说："我不会对别人说的。"

憋了太长时间，尽管我的问题多，但我觉得她应该回答我，因为她应该相信我，凭我每天坐在房上。结果事实的确不简单，她看到铁门锁了，希望把大家都拉走，结果都跳了车。

"你希望我不跳车吗？"我问。

"不希望。"很干脆。

她不想跳。爱拉哪儿拉哪儿，她当时就是这种感觉。她承认以前想过藏在尾车去新疆，但也就是想想。

"可你明明说那天就想去。"

"就那么一说。"

"真的不怪我？"我问。

她没说话。我讲了那天为什么锁门，关上门很好玩。你们玩真的牌，关上门好像开会。也真怕有人来，好不容易有一副真牌。我并没把门锁死，很快就打开了。

"你要打不开我就跳窗户了。"

我们有一句没一句聊着，都没坐，靠在空荡荡的墙壁上。上面是毛主席去安源像，我离得远，她顶到了。对面是落满灰的石膏像。一个在外面封死的窗台上，里面可放东西。

"你一个人在车上不害怕？"

她没回答，将我赶走了。她这人很没准儿，不知哪句话就惹着她了。我们聊得还行，甚至有点像朋友，但她依然对我们的"友情"没任何顾忌。另一次同样的场景，还是靠在空墙上，她回答了我上次的问题。她说她一点都不怕。我觉得她没说实话。她说她觉得火车说不定会把她拉到新疆她爸妈那儿。这感觉不错，干吗要赶我走呢？

她睡着了。火车半夜停了，上来一个人。一个提着信号灯的人把她照醒了。这是个煤矿小站，押车员是个好人，答应帮她找车去新疆。她的运气可真不错，一上来就碰上了好人。我们这些常在铁路上玩的人对押车员并不陌生，大多脏兮兮的，叼着烟，歪戴帽子。不过我还是愿意相信她的话，碰到了好人。外地和北京可能不一样。

小站叫阳泉，已是山西地界，我们对山西不陌生，院里好几个插队的哥哥姐姐都在山西，我们甚至还听说过阳泉。押车员是位大叔，小芹坐的是拉煤的车，拉煤的车一般都不去新疆，押车大叔说只有拉石油的车才会从新疆过来过去，得等拉油的车。再有就是坐客车。新疆可是远了，什么车到新疆都得一个星期。客车要很多钱，最好还是拉油车。大叔有办法，铁路上有很多朋友。

"那你怎么那么长时间才到新疆？"我忍无可忍。

油罐车不是天天有，她在大叔家等。

"你住他家了？"我吃惊地问。

"是呀，怎么了？"

居然没把我赶走，我有点庆幸。小芹的脸上写着一切费解的不可思议的东西，一些即使不真真假假也是费解的东西。阳泉站在一条大沟里，四周是黄土，押车大叔还不住在大沟里，住在另一条枝杈的沟里，人家不多，散散落落着一些窑洞。窑洞我觉得很正常，院里插队的人也都住窑洞，听说冬暖夏凉，毛主席都住过窑洞。押车的个子不高，戴着一顶新的蓝帽子，那帽子蓝得就算在北京的大街上也难找。但我对那么蓝的帽子感觉并不好，有点不祥之感。小芹讲话就有不祥之感这个特点。小芹说大叔有口音，但是能听懂，有老婆孩子。

我一下放心了。

我一高兴，小芹又把我赶出去

押车人的老婆是个盲人，但他女儿眼睛明亮。女儿十一岁了，没上过学，是妈妈的眼睛，帮妈妈干家务活。女孩想上学，有本、铅笔，自己有时写写画画。小芹说她还教了女儿写字认字画画，画青蛙和小鸟。小芹在窑洞住了一个多月，没等到新疆的油罐车，每天帮盲女人和小妹编草编。这哪是小芹干的活，可小芹不仅干了还干得非常麻利，出活，荆条没了还到塬上去割荆条。盲女人和小妹妹和她一条心，三个人加劲干，小芹说着说着眼睛红了，把我赶走了。

编草编挣车票钱？即使不是胡说八道也差不多。说好的油罐车呢？两个月都没一趟？就算攒车票钱，一个运煤小站怎么可能有客车？如果一切都是子虚乌有，押车人是个大坏蛋，小芹怎么不跑呢？押车员来来去去，小芹完全可趁他不在家逃跑。但是好像没有，她竟然还叫他大叔。我在房上和众多麻雀在一起怎么也想不明白。真有盲人老婆？我用小石子投猫，猫连躲都不躲，毫无反应，躺在房脊上睡大觉。投向鸽子，鸽子飞走了，又飞回来。再投。我站起来大黄猫才懒洋洋伸了个懒腰，跳下屋脊，走了。

另外，就算一切都来真的，问题是再怎么说也三个月呢，她怎么过的？但我再怎么单刀直入也没用，被赶出来多少次也没用。她说了能说的，自相矛盾，她说押车大叔在另一个城市把她送上火车，这是对的，但另一个城市是什么概念？忽然想到她为什么总是穿肥大男式的国防绿裤子？几乎没见她换过，能感到腿在里边逛荡，一阵风刮过来时就像旗子裹住了旗杆。安全是安全但不也很扎眼吗？这一片的玩主都比较土鳖，不敢怎么样，铁二中那边就难说了，听说铁二中有许多响当当的玩主，我总是在房上不由地想象小芹在铁二中操场走过的样子：昂首挺胸，短发一动不动。

有一次我问小芹想她姥姥不，按理这事完全犯不着将我赶走，我不过是靠在墙上没话找话，结果她将我"请"了出去，就是揪住耳朵拉开房门一下将我甩了出去。我的耳朵几乎掉下来。这样的"请"当然不是第一次，而且主要很顺手，稍一俯身即可。但这次与往次不一样，往次通常都很慢，慢慢牵着我送出屋，这次很快。她太恨她那无法言说的姥姥了，过了那么久还是那么恨，完全是雷，不能碰这话题。我从没偷窥的毛病，但那次的哭声——呜呜的深长的大哭，让我站起脚尖看到雨一样的她。

她想姥姥？

我从没见过那么混乱的脸。

我在房顶上看着太阳落山。越过海浪般的房顶，北京真的是可以看见山的，而不仅仅随口一说就是落山。那时的北京西边只有工会大楼、民族饭店、民族宫几座高层建筑，站我们院一马平川都看得见，像在海上看见个别轮船一样。金色哨音的鸽子不断掠过前方，整个房顶都是金色，哨音让我抬头，猫也在扬头，像我一样慢慢摆头，我的眼睛毫无内容，但猫不同，永远是警觉的，你能从它的眼睛里看到什么。警察的出现最初在猫眼睛中，一动不动，跳了两下又不动了。我其实并不特别意外，真正意外的是小芹的"罪行"。

不是警察来找到的小芹，而是小芹带着警察来到我们院。一共三个蓝制服警察，长得都一样。一个就够了，不知干吗要三个。小芹垂着头，短发有些乱，挡住了部分眼睛。没戴手铐，两手仍交在前面。此前在哨音中我已听见摩托车声，当然不知上面坐着小芹。哨音由远及近，掠过屋脊，摩托车突然停下，还突突响了一会儿。我立刻随着猫越过房脊跨到临街一边，两个警察押着小芹已进院，还有一个警察锁车。车是跨斗摩托，俗称跨子，就是后来在二战影片里常见的那种。

三个完全相同的警察随小芹进了屋，很快出来了一个，外面警戒，也像二战电影。打火机"啪"的一声点烟，很帅，长长地朝我们院上空吐了口，看见我立刻警觉地摸什么，随后撇了下嘴角。我们院男女老少都出来了，没人敢靠前，吱一声，问声怎么回事，倒是也都不是特别意外。没多一会儿小芹出来了，头更低了，并且惊人地戴上了手铐。

《曼娜回忆录》或者也叫《少女之心》。这个让我非常意外，怎么也想不到，我觉得也不该，她做出什么我都理解，唯独这事不可思议，抄什么不行，怎么抄的是这个手抄本？自然没不知道这个手抄本的，即使我这个已放弃学业的整天在房上的灵长类都知道。我记得马脸的五一子还拿到过两页，来到房上和大鼻净、大烟儿、文庆、小永围着一起神神秘秘地看，念，忽高忽低，高时都向后动一下。五一子特别主动地招呼我过来，肯定是冒坏，我太了解他。当我听到大烟儿"表哥的××进入了我的××"确实，我的脸都绿了，我从没听到××××那样的术语，力量也就更大，更惊人。五一子看着我哈哈大笑，并低头看我的裆。那破破烂烂的两页纸不是作业本，是信纸，有红线格的那种。

小芹抄的是全本，家里竟然还有一本。

铁二中看来就是不一样，我们这片就几张纸，大家瞎抄来抄去，要抓得有好多人抓起来，但好像一直没什么事。抄整本就不同了。小芹留给我最后的印象就是她戴着手铐低头走的样子，永远停在了这一刻。而且这次还不像上次，小芹出事后她们家的房子易主，房管所调配来了新的住家，一对在琉璃厂荣宝斋工作的老夫妇，膝下一女，据说是抱的。我们以为老头与小芹家有点关系，结果一点关系没有。关于小芹传也是瞎传，有的说小芹判了三年，有的说五年，也有的说是强劳，反正差不多。我们之中有人骂五一子脓包，说小芹不定被人铆过多少次，五一子早该对小芹下手，如何如何。我觉得就算小芹像人们说的那样五一子也没戏。小芹和小芹家完全断了音信，这次我们倒没很快忘了小芹，好长时间都兴奋地谈论，分析得很细，都和性有关。但时间抹去了一切，时间层层叠叠，时间太长了，想不到四十年后我还活着，镜中的白发完全像雪山一样，或者我就是雪山。

　　这事没想到没完，小芹的父母现在竟然都是院士，照片都在百度百科上。小芹父母还都是白眼镜，加上白发，一看竟是那么亲切，感觉就是我们院的人，虽然院子早已不存在。费尽了周折。有一天终于打通小芹父亲的电话。小芹的父亲不知道我是谁，我具体描述了当年的自己，然后我听到了小芹母亲的声音。小芹母亲接过了电话，给了我小芹的电话。

　　这天晚上，我拨通了小芹的电话。

2019，布拉格—北京

选自《收获》2019年第5期

评鉴与感悟

"北京孩子"的成长秘史

"京味"文学,是中国现当代文学史中的一种重要创作类别。宏观地来看,以北京的人文及自然景观为背景,表现北京文化与生活风致的文学作品都可以被列入"京味"文学的范畴。从代际角度来看,"京味"文学发展至今已经历经了三代。老舍是公认的"京味"文学奠基人,也是第一代"京味"文学的代表作家。第二代和第三代则分别是20世纪80年代以邓友梅、林斤澜为代表的和与20世纪80年代末至90年代初以王小波、王朔为代表的"京味"文学创作。

"京味"文学发展至今,还未形成具有成熟代际共同点的"第四代"京味作家群。但是从文学创作现状来看,以石一枫、冯唐为代表的"京味"创作正在逐渐形成第四代"京味"文学创作期。这些作家的"京味"文学作品赓续了前三代"京味"作家的精神基础,又呈现出了独特的风格。总体来看,他们既不同于第一代、第二代"京味"作家那样,将表现老北京的传统风土与人情作为表现中心,也不像第三代"京味"作家那样表现具有现代转型意义的北京生活。在他们的"京味"创作中,北京的自然与人文景观已经固化为一个标志,无须去刻意表现。他们所着重描绘的,是稳定的现代背景下具有普遍意义的北京生活。

宁肯的《火车》便是具有类似精神内蕴的一篇"京味"作品。严格上来讲,宁肯不完全属于"京味"作家,因为他的作品表现面并非集中在北京。但是作为土生土长的"北京孩子",他对于北京的描绘就具有了先天的精准性。《火车》便以回述的视角讲述了一群"北京孩子"的成长秘史。

《火车》的文本结构可以分为两个层面,一层是对于北京生活景观的细致描写。一层是对于"我"与其他孩子成长经验的入微表现。

在对北京景观的表现上,这篇作品颇有老舍、邓友梅作品的韵味。"我"和朋友们都是"南城孩子",而南城人至今也是传统北京人的代表。这样的地域身份,赋予了作品对北京景观细致描写的合理性。一方面,作品中北京方言的使用在相当程度上赋予了作品对于北京生活表现的真实性。五一子、大鼻净、小永、大烟儿、文庆、小芹这几个"我"朋友的名字,具有明显的北京风格。大鼻净本就是北京方言

（意为鼻涕），大烟儿的儿化音便更是北京方言的代表性特点。另一方面，作品对于北京的地域景观也进行了十分细致的描写。"我们住在南城中轴线偏西，在和平门与宣武门之间的琉璃厂附近……"这样精确的地理位置描述在作品中出现了多次。不仅如此，作品中还多次出现了对于老北京景观的铺排式描写："走九道弯、小西南园、贴胳膊胡同都行。"这样精细的北京地域描写，使得作品中的北京显得既真实又立体。也正是这样的描写策略，令作品在客观上便具有了扎实的现实基础。值得注意的是，作品不仅对胡同等北京的传统景观进行了精微表现，而且对"我"和朋友们的大杂院生活也进行了生动的展示。作品中的大杂院，邻里互通有无，五方混杂。每家的生活都有着相当程度的"公共性"。"我"和朋友们都十分了解小芹与姥姥关于零用钱的矛盾，小芹爸妈的情况"我"和朋友们也都很清楚。就是这样对于北京市井生活多重的表现，使得《火车》对北京的描绘显得尤为立体。

虽然作品对于北京生活的表现十分精妙，但作品的表现重心，并非北京的市井生活，而是这群"北京孩子"的成长秘史。在作品中，"我"和朋友们主要的玩耍地点并非胡同、杂院，而是城外的一条铁道。他们在铁道上真正无拘无束地放纵。更为重要的是，铁道上的火车是他们与外界沟通的重要，甚至唯一的渠道。这种"铁道叙事"很容易令我们想起铁凝的《哦，香雪》。"我"和朋友们虽然是"北京孩子"，处于全国的中心，但是本质上与《哦，香雪》中的"山里"孩子并没有太大区别。即使是在北京，铁路与火车对于"我"和朋友们也有着极其重要的意义。"我们"生活在传统的北京，火车代表着现代和外面的世界，"我们"喜欢与火车相遇，也就是渴望一种传统与现代的对撞。在这条铁道上，产生了"我"和朋友们成长过程中的最大秘密。小芹由于"我"把车门锁住而随着火车去了新疆，"我"和其他朋友却把这个天大的事件真相作为秘密隐藏了起来。从这以后，关于小芹所有的一切都成了谜团。多年以后，小芹意外地再次回到大杂院，和"我们"变得不认识。"我"多次向小芹询问去新疆的经历，但是小芹自己的回答却是前后矛盾，还屡次将"我"赶了出来。直到最后"我"也没有获得真相。以至于小芹后来由于偷抄禁书《曼娜回忆录》而被逮捕，"我"和朋友们都一直没有搞清到底发生了什么。一个又一个的秘密与谜团交织，在"我"的心中缠绕。最后，"我"拨通了小芹的电话，作品也戛然而止，这一切谜团将永远无法破解。这样的写法，源于作者对于生活的现代主义理解，即人不可能知道事实的全部，不是所有结果背后的原因，都可以被人所感知和觉察。同时，从这一书写中也可以看出，混乱无序的野蛮生长正是这一代人成长秘史中的核心要素。

《火车》对于北京的书写，在一定意义上拓宽了"京味"文学表现图景。在北京这个背景下，"我"、五一子、大鼻净、小永、大烟儿、文庆、小芹随着北京的发展、时代的发展在不断成长。而随着"我们"的成长，"我们"也将成长的秘密永远埋藏在了北京。这样的青春书写，也是对当代历史书写的一个补充。（李嘉桐）

声　明

本套"北岳·中国文学年选系列丛书"收录了2019年度众多优秀文学作品及文化时评类文章。在编选过程中，我们及各选本主编已尽力与大多数作者取得了联系，但仍有部分作者因故未能取得联系。见此声明，烦请来电，以便奉送薄酬及样书。

联系人：王朝军

电　话：0351—5628691

图书在版编目(CIP)数据

灵魂的赞颂/闫文盛著. — 太原:北岳文艺出版社,2021.10
ISBN 978-7-5378-6466-4

Ⅰ.①灵… Ⅱ.①闫… Ⅲ.①散文集-中国-当代 Ⅳ.①I267

中国版本图书馆CIP数据核字(2021)第211150号

灵魂的赞颂
闫文盛 著

//
出品人
郭文礼

责任编辑
高海霞

书籍设计
张永文

印装监制
郭　勇

出版发行:山西出版传媒集团·北岳文艺出版社
地址:山西省太原市并州南路57号
邮编:030012
电话:0351-5628696(发行部)　0351-5628688(总编室)
传真:0351-5628680
印刷装订:山西人民印刷有限责任公司
开本:787×1092　1/16
字数:282千字　印张:21.5
版次:2021年10月第1版
印次:2021年10月山西第1次印刷
书号:ISBN 978-7-5378-6466-4
定价:59.80元

本书版权为本社独家所有,未经本社同意不得转载、摘编或复制

70后实力派·闫文盛作品系列

闫文盛 著

灵魂的赞颂

ODE TO THE SOUL

山西出版传媒集团　北岳文艺出版社
BEIYUE LITERATURE & ART PUBLISHING HOUSE

·太原·

目录

主观书 I　灵魂的赞颂 ……………………………………………… 001
　　在万物之中 …………………………………………………… 003
　　与卡夫卡相遇 ………………………………………………… 020
　　佩索阿 ………………………………………………………… 026
　　中国诗人昌耀 ………………………………………………… 050
　　落叶：罗扎诺夫 ……………………………………………… 063
　　影子小说家（罗贯中） ……………………………………… 069
　　孔明 …………………………………………………………… 071
　　无题·如此 …………………………………………………… 073

主观书 II　你的秘密指纹 …………………………………………… 077

主观书 III　寓言，或未尽之书 ……………………………………… 109
　　关于永恒的讲述 ……………………………………………… 111

霓为衣兮风为马 ·· 116
　　顶级艺术折纸 ··· 123
　　叙事学观察营 ··· 128
　　坐井观天者的困乏 ·· 142
　　迷宫动物园 ·· 151
　　交响乐 ·· 161

主观书Ⅳ　时间的精选 ·· 169
　　深层流云 ·· 171
　　回廊，狂风 ·· 178
　　城市书 ·· 196
　　别一时空 ·· 213
　　我站立在思考的边疆 ··· 220
　　站在走廊的尽头描摹 ··· 229
　　原野之曦 ·· 232
　　我一无所知 ·· 239
　　灵魂变形记 ·· 241
　　绿色的凝结而为枝瓣 ··· 248

主观书Ⅴ　闪电传 ·· 251
　　未来看着你。便会疯起来！ ··································· 253

旷古·河中舟 …………………………………… 258

空旷 ……………………………………………… 264

神人愈合之状 …………………………………… 271

大风中生出绿色河马 …………………………… 275

白山铝鹅毛 ……………………………………… 280

主观书传　肖像的诞生 ……………………………………287